中公文庫

邂　　逅

警視庁失踪課・高城賢吾

堂 場 瞬 一

中央公論新社

目次

登場人物紹介

高城賢吾《たかしろけんご》……………………失踪人捜査課三方面分室の刑事
阿比留真弓《あびるまゆみ》………………失踪人捜査課三方面分室室長
明神愛美《みょうじんめぐみ》 ………………失踪人捜査課三方面分室の刑事
法月大智《のりづきだいち》……………………同上
醍醐塁《だいごるい》………………………同上
森田純一《もりたじゅんいち》 ………………同上
六条舞《ろくじょうまい》 …………………同上
小杉公子《こすぎきみこ》……………………失踪人捜査課三方面分室庶務担当
石垣徹《いしがきとおる》 …………………失踪人捜査課課長
長野《ながの》………………………………捜査一課の刑事

藤井碧《ふじいみどり》 …………………森野女子短大総務部長。失踪人
鈴原香奈枝《すずはらかなえ》………………碧の妹
占部俊光《うらべとしみつ》……………………港学園理事長。失踪人
占部佳奈子《かなこ》………………俊光の母
三浦尚志《みうらひさし》……………………港学園大法学部教授
浦島《うらしま》………………………………森野女子短大事務局長
阪井康之《さかいやすゆき》……………………東日新聞のサツ回り

三井《みつい》………………………………捜査二課の管理官

邂逅

警視庁失踪課・高城賢吾

1

酒呑《の》みの最大の特徴は、すぐに苦しみを忘れてしまうことである。しかも何度でも。二日酔いのあの苦しさは、脳と体の奥深く染みついているはずなのに。体中の水分が全て失われ、舌が膨《ふく》れ上がって呼吸が苦しくなる恐怖。絶え間なく襲う吐《は》き気《け》。頭の芯《しん》から泥《でい》流《りゅう》のように流れ出す頭痛。

「いい加減にして下さい。高城《たかしろ》さん」

組んだ腕にだらしなく顎《あご》を載せた私の前に、何かが音を立てて置かれた。透明な……水滴……ペットボトル。頭痛を悪化させないようにゆっくり顔を上げると、腰に両手を当てた姿勢で明神愛美《みょうじんめぐみ》が立っていた。光沢ある素材の白いブラウスにブレザー。動きやすさを意識してか、下は黒いジーンズだ。ジーンズ？　クソ、警視庁では仕事中にジーンズを穿《は》いてもいいことになったのか？　警察の規律はどうなってしまったんだ。

規律を乱しているという点では、私も大差ない。いや、私の方がもっと悪質か。部屋の空気にアルコールを加えるような息をしているのだから。

「さっさとそれを飲んで、アルコールを抜いて下さい」

「アルコールなんか入ってないよ」

「見え見えですよ。さっきから書類が全然先に進んでないし、今にも死にそうじゃないですか。それに臭いが……」愛美が左手で鼻をつまみ、右手をその前で振って見せた。

「まさか。俺は元気だよ」首を振ると、後頭部をハンマーで一撃されたような痛みが襲う。思わず呻《うめ》き声が漏《も》れた。

「高城さん、ここは明神の武士の情けで、素直に……」

「お前は黙ってろ、醍醐《だいご》」

「オス」いつもと同じ返事だが、少し調子がおかしい。笑っている？　残った力を振り絞《しぼ》って目を開けると、彼はそっぽを向いていたが、肩が僅《わず》かに震えているのが見えた。馬鹿野郎、こんなに弱っている人間に対して、どういうつもりなんだ。

気の抜けたやり取りをするのにも疲れ、私は何とか水を呷《あお》った。体の隅々まで水分が染みこんでいく感覚が心地好い。胃がびっくりしないよう、しばらくじっとしていた。水分を補給して頭痛薬を飲んでおけば、午後からはまともに動けるようになるかもしれない。

「高城さん、本当は酒が弱いんじゃないですか」と明神。

「弱かったら、毎晩呑む気になれないと思うけどね」

「強かったら、そんなに苦しんでないでしょう」

反論の余地のない指摘だ。確かに私は呑む。呑まない日は、一年のうちでも数えるほどしかない。こうなったのは、七年前に当時七歳だった娘が行方《ゆくえ》不明になってからなのだが……そんなことを今考えても仕方がない。高城賢吾《けんご》の飲酒の歴史を辿《たど》っても、今この身を襲う苦しみは消えないのだ。

ペットボトルを傾《かたむ》け、水を一気に胃に流しこむ。冷たさで喉《のど》が刺激され、ようやく意識が鮮明になってきた。目の前には書類の山。失踪人《しっそうにん》捜査課三方面分室管内の所轄《しょかつ》署から送られてきた、行方不明者のリストである。毎日毎日、私の前にはこの書類が積み重なる。この中から事件性のあるものを読み取れというのが私に課せられた任務なのだが、すぐに事件につながりそうなものは、まず見当たらない。ほとんどが本人の意思による「家出」であり、しかも成人が多いのだ。こういう事案は、警察としては基本的にどうしようもない。私が目を通した書類は、その後室長の阿比留真弓《あびるまゆみ》に回る。室長のチェックが終われば、種別にまとめてデータベースに入力され、二度と日の目を見ることはない。

今日はさっさと日課の書類仕事を終え、データベースに埋《う》もれてしまった古い事案に目を通す予定だった。最近、緊急を要する案件は回ってきていないし、毎日うだるような暑さが続いていて、外回りをせずに済ませるための口実が必要だったのも事実である。頭をすっきりさせて、デスクワークで埋める一日にしよう——昨日の夕方の段階では、その決意は固かった。

そのつもりだったのに、結局昨夜《ゆうべ》も呑んでしまった。愛飲している角が空にならなければ、もっと徹底して呑んでいただろう。そういえば、昨夜で買い置きがなくなってしまったのだった、と思い出す。アルコールのない家、と考えると震えがきた。二日酔いに苦しみながら、なおも帰りに酒を買うことを考えている――自分の馬鹿さ加減につくづく嫌気が差す。

「や、おはようさん」

声をかけられ、何とか顔を上げる。そこにいるべきではない人間を見て、私は一気にアルコールが体から抜け出すのを感じた。

「オヤジさん、どうしたんですか」

「どうしたもこうしたも、仕事が終わったから帰って来ただけじゃないか。そんなたまげた顔、するなよ」

オヤジさん――法月大智《のりづきだいち》が、丸い顔に穏やかな笑みを浮かべる。法月は昨日の午後から仙台に出張していた。確かにすぐに終わる用件だったが、何もこんなに慌《あわ》てて帰って来なくてもいいのに。壁の時計を見ると、まだ十時前である。それを指摘すると、法月は「もう十時じゃないか。仙台からこっちまで何時間かかると思ってる」と切り返した。確かに仙台からは新幹線で二時間ほどだが、かなり早く向こうを出たのは間違いない。

「明神、これ、お土産《みやげ》だ。『萩の月』な。十時のお茶でどうだ」

「コーヒーでいいですか」愛美が立ち上がる。分室で最年少の愛美には、全員の飲み物を用意する義務がある。警察社会で未《いま》だに消えていない、古い習慣だ。

「もちろん」機嫌よく答えて、法月がハンカチで顔を拭《ぬぐ》う。

「暑いですか」人の汗を見ているうちに、私も暑くなってきた。

「暑いねえ。向こうも結構暑かったよ。東北だから、もう少し涼しいかと思ってたが……」ひとしきり愚痴《ぐち》を零《こぼ》してから、法月が顔をしかめた。「また呑み過ぎたのか」

「まあ……認めます。有罪です」

「ほどほどにしておけよ。さて、室長に報告するか」

立ち上がりかけたのを制して、「概要だけでも聞かせて下さい」と頼みこむ。法月は愛美が淹《い》れたコーヒーを一口啜《すす》って、満足そうにうなずいてから話し始めた。

「概要もクソもないんだけどな。死亡者、藤井碧《ふじいみどり》、四十歳。住所《ヤサ》は……って、この辺は、お前さんのアルコール漬《づ》けの頭にも入ってるよな」

「ええ」一々突っこまれ、頭痛がひどくなってきた。

「遺体が発見されたのは、仙台市内の広瀬川。正確にはその中州《なかす》だ。住所は仙台市青葉《あおば》区花壇《かだん》……東北大学の裏手の辺《あた》りだな。基本的に夜は真っ暗になる住宅街だ。遺体が中州に乗り上げているのを、昨日の朝、散歩している人が発見した。身元が分かったのが午後で……向こうで家族と一緒になったよ」

「藤井碧は実家が仙台でしたね」

「ああ。ただ、運が悪いことに家族——妹さんが、たまたま親戚に会う用事があって東京に出て来ててね。母親は入院中だし、結局妹さんと俺が同着で身元を確認したんだ」

「自殺は間違いないですか」

「橋の手すりに、乗り越えた跡があった。新しいものだったし、本人の指紋も確認できたよ。他人に突き落とされたような形跡はない」

「目撃者は？」

「いない。時間が悪かったんじゃないかな」

「遺書は出てないんですか」

「ああ。東京の部屋でも見つかってないし、現場にもそれらしきものはなかった。ただ、他殺や事故を疑う状況はない」

「そうですか」

法月が言うなら間違いないだろう。ということは、この件は失踪課のデータベースの分類上は「一〇三」として扱われる。失踪後、遺体で見つかったケースだ。それが自殺と断定されれば、ファイルに閉じこめられて二度と日の目を見ることはない。

藤井碧の妹、鈴原香奈枝《すずはらかなえ》が失踪課三方面分室を訪ねて来たのは一週間前。東京で一人暮らしをしている姉と連絡が取れなくなった、ということだった。結婚して出身地の仙台に住んでいる香奈枝は、わざわざ東京まで足を運んで部屋を確認していたが、もぬけの殻だったという。

「いなくなるはずがないんです」香奈枝は涙ながらに訴えた。「姉は責任感の強い人ですから。仕事を放り出していなくなるなんて、考えられません」

仕事――藤井碧は、港区《みなと》にある森野《もりの》女子短大の総務部長だった。四十歳という年齢でそういう要職に就いているのは意外な感じがしたが、香奈枝から話を聴いているうちに事情が分かってきた。碧は大学のプロパー職員ではなく、コンサルティング会社から二年前に引き抜かれて、総務部長の椅子《いす》に座ったというのだ。森野女子短大は、愛美に言わせると「ミッション系の名門」で、偏差値よりも顔で勝負する大学、ということらしい。昔はキャビンアテンダント養成学校って言われていたらしいですよ――皮肉屋の彼女の言うことだから、額面通りに受け取るわけにはいかないが。

しかし最近は、少子化で志願者が減り、経営が悪化していたようだ。それは将来的には定員割れにつながり、大学としての存亡にも係わってくる問題である。そこで大学側は碧を経営陣に引き入れ、建て直しに尽力してもらおうということになったらしい。コンサルティングというのもまた、私には馴染《なじ》みの薄い世界だったが、大学側では彼女を「救いの神」と見ていた節がある。碧の専門は教育業界というわけではなかったが、コンサルティングの世界ではそれなりに知られた人材だったようだ。

——という話を香奈枝から引き出して、法月たちが捜索に取りかかった。

部屋には異常なし。争った跡もなければ、荷物が大量に消えているわけでもなく、「もぬけの殻」という香奈枝の表現は大袈裟《おおげさ》に過ぎるようだった。事件でもなく家出でもなく、普通に家を出て、通勤の途中でふっと姿を消した感じ。大学側にも事情を聴いたが、行方不明になるような理由はまったく思い当たらない、ということだった。もっとも彼女は、周囲とあまり積極的に交わろうとはしなかったようだが。大学の一員というより、あくまで「雇われ部長」の気分でいたのかもしれない。

碧の行方は結局摑《つか》めなかった。姿を隠そう、それまでの人生を遮断しようと強く決断してしまえば、案外簡単なものである。彼女の場合、最初は国外へ脱出している可能性も考えられた。碧は三十代前半の一時期にアメリカで暮らしており、仕事関係のコネもあったし、親しい友人もいたのだ。もっとも、出国の形跡はなかったが。病気を苦にして……誰も知らない借金があった……男関係で悩んでいた……考えられるあらゆる線が潰《つぶ》れた昨日になって、本人らしい遺体が発見された、という連絡が仙台から入ってきたのだった。

「まあ、いろいろあるんだろうね」法月が耳を擦《こす》りながら言った。「四十歳、女性、独身……俺たち野郎どもには想像もつかない悩みもあるんじゃないか。どうだい、明神？　彼女が考えてたことが分かるか？」

いきなり話を振られて愛美が固まった。目をしばしばさせた後、極めて真面目な口調で答える。

「私の立場ではまだ分かりません」

「そうだよな、まだ二十代だもんな」若き日の想い出に浸《ひた》るように目を閉じたまま、法月がうなずく。「若くて健康で、一生懸命仕事をしてる。将来に不安もない。これじゃ、気持ちを分かれっていうのは無理だ」

「私だって、不安がないわけじゃないですよ」

愛美の不安——いつか失踪課を出て捜査一課に行けるのか。もともと彼女は、所轄の刑事課から本庁の捜査一課に上がる予定だったのだが、ある事故のとばっちりを受けて、希望していた異動が流れてしまったのだ。結局玉突き人事で、本人は希望も予想もしていなかった、この三方面分室に配属されている。最近は露骨に不満を漏らすことはなくなったが、それでも失踪課の仕事を心から好きになったわけではないだろう。時折、書類を作る手を止めて、どこか寂しそうな表情を浮かべていることがある。

「人間なんて、誰でも不安な存在だよな」訳知り顔で言って法月が立ち上がる。「それじゃ、室長に報告してくる」

「お疲れ様です」

言って法月を送り出した後、私は疲労が彼の背中に張りついているのを意識した。愛美も同じことを感じたようで、声を潜《ひそ》めて私に話しかけてくる。

「法月さん、随分お疲れみたいですね」

「ああ」

「無理してるんじゃないですか？　だいたいこの出張だって、法月さんがわざわざ行く必要があったんですかね」

確かに遺体の身元を確認するだけなのだから、誰でもよかった。碧に関するデータは大量にあったから、決して難しい仕事ではなかったのだ。いつも呑気《のんき》にやっている六条舞《ろくじょうまい》や森田純一《もりたじゅんいち》でも十分こなせたはずである。しかし法月は自ら手を挙げ、取るものも取りあえず飛び出していった——誰かに仕事を奪われるのではないかと恐れるように。

「あ」愛美が小さく声を上げる。

「何だ」

「もしかしたら昨日、定期健診だったりして」

「ああ」

法月は狭心症《きょうしんしょう》の発作で倒れた後、失踪課に異動してきている。負担の少ない仕事を、という配慮からだった。本人はまだ割り切れていない様子だが、いつ爆発するか分からない心臓を抱えたままでは、無理ができないのも事実である。今でも定期的に——かなり頻繁《ひんぱん》に——健診を受けているのだが、本人はそれを嫌がっていた。「病人扱いされてると、本当に病人になったような気分になるんだよ」と。

「いや、違うだろう」私は否定した。「定期健診をすっぽかしたりしたら、娘さんが吹っ飛んでくる」

「はるかですか？」

愛美が悪戯《いたずら》っぽく笑う。実際法月の娘、はるかは、健診をサボろうとした父親を迎えに、失踪課に姿を現したこともある。私たちが普段法月に無理をさせているのではないかと疑っている様子で、失踪課の面々とは冷戦状態が続いているのだが、愛美はいつの間にか親しくなり、互いに名前で呼び合う間柄になっていた。同い年という気安さもあるのかもしれない。

「そう。ここへ怒鳴りこんで来るんじゃないかな」

「はるかなら、間違いなく来るでしょうね」

母親を早くに亡くし、二人きりの家族。父親は無理のできない体だ。はるかが法月の健康を何よりも大事に考えるのは当然だろう。私はそれを少しだけ羨《うらや》ましく思う。心配する人間も、心配してくれる人間もいない生活――慣れたつもりではいても、時に冷たいものが胸の中を吹き荒れるのは否定できない。かつては、七年前に行方不明になった娘のことを、泣き叫ぶまで心配してやれない自分が哀れだった。だが四十代も半《なか》ばになると、誰も自分を心配してくれないことが悲しくなる。

目の前の電話が鳴り、反射的に手を伸ばした。無駄話と愛美のくれた水のおかげで、少しはアルコールの影響も弱まっている。だが電話の相手の声を聞いた瞬間、私は別の恐怖に襲われた。

「法月です。法月はるかです」

「ああ」粘《ねば》る唾《つば》を飲み下し、愛美に目を向ける。彼女は目を見開いてきょとんとしていたが、傍《かたわ》らのメモ用紙に「はるか」と殴《なぐ》り書きして示すと、それだけで全て事情を察したように薄い笑いを浮かべた。同情はするが助けはしない、とでもいうように。

「これからお会いしたいんですが」

「今、仕事中なんですが」

「緊急を要します」繰《く》り返すはるかの声は冷静で、譲歩するつもりはまったくないようだった。「今、渋谷中央《しぶやちゅうおう》署の近くのファミリーレストランにいます。明治《めいじ》通り沿い。お待ちしています」

「ちょっと――」

呼びかけたが電話は切れていた。私は受話器を見詰め、弁護士というのはどうしてこう冷たく強引な喋《しゃべ》り方ができるのか、と呆然《ぼうぜん》と考えた。別れた妻も、時にこういう傲慢《ごうまん》さを見せつけたものである。特に娘の綾奈《あやな》が行方不明になってから、正式に離婚するまでの地獄のような日々には。

上着を手に立ち上がる。二日酔いが戻ってきたように、足元がふらついた。

「ちょっと出てくる」

「はるか、何ですって？」

「用件を言わないんだ。弁護士のいつものやり口だよ」

「切り刻まれないようにして下さいよ」

「切り刻まれるって――」

　愛美は薄い笑みを浮かべたまま、パソコンの画面に視線を落としてしまった。どうせ後から、はるかにゆっくりと事情を聴くつもりだろう。若い女性二人でオッサンを笑い者にするのか。無性に腹が立ったが、何一つ言い返せない自分に気づく。


　はるかは全身から凶悪な気配を発しながら、ファミリーレストランの窓辺の席に陣取っていた。顎に手を当て、ぼんやりと外の光景を見ているようだが、頭の中に怒りが渦巻いているのは間違いない。そのまま踵《きびす》を返して帰ってしまおうかとも思ったが、次の瞬間には彼女に気づかれてしまった。妙に明るい笑顔が私を捉え、硬直させる。相手を見下し、怯《おび》えさせ、自分が下劣な存在だと意識させるような笑顔。あれが業務用ではなく普段の表情だったら、彼女には絶対私の人生に入ってきて欲しくない。もちろん、そんなことはあり得ないだろうが。

　法月はるか、二十七歳。駆け出しの弁護士で、私は事件絡みで対峙《たいじ》したことはないが、こういう世界にいると、評判は何かと耳に入ってくる。父親である法月本人の口から聞いたわけではないので、一応客観的な評価だと考えていいだろう。

氷の女王。冷然と、情を交えず相手を叩《たた》き潰す。

すっきりとした顔立ちの美人で、すらりとした長身を活かして自分をスタイリッシュに見せる術《すべ》を完全に身につけており、それを仕事の上でも武器にしているようだ。今日も薄い紺色のパンツスーツを完璧《かんぺき》に着こなしている。かなり暑い中を歩いて来たはずなのに――渋谷駅からここまでは結構遠い――汗一つかいていない。肩まである漆黒《しっこく》の柔らかそうな髪は完璧に手入れされ、窓越しに夏の陽差しを浴びて綺麗《きれい》に輝いていた。黙って相対している限りでは「氷の女王」のうち「女王」の部分を意識するが、これから対決するのは「氷」の部分だと、私は自分に言い聞かせた。

ボックス席に滑りこむと、はるかが当たり障《さわ》りのない挨拶《あいさつ》から切り出した。柔らかい口調が、かえって芯の強さを感じさせる。

「お仕事中、すいません」

「いや、今日は暇ですから」先ほど自分が言ったことと正反対だ。はるかはそれをきっちり記憶に落としこんで、ことあれば攻撃材料に使うだろう。それを意識すると、店内の強烈な冷房で一度は引いた汗がまた噴き出すのを感じた。

「父のことですが」

いきなり本題に切りこんでくる。言いたいことは予想がついたが、こちらはまだ言い訳をまとめてもいない。アルコールの残る頭で慌てて考えを巡《めぐ》らし始めると、ウエイトレスが注文を取りにきた。慌ててメニューを広げ、飲み物を選ぶふりをしながら——この暑さではアイスコーヒー以外に考えられない——時間稼ぎをしたが、十秒しか持たなかった。

「ええと、アイスコーヒーを」

注文を終えてはるかを見ると、彼女の前には紅茶のポットが置かれている。黙って熱い茶を口元に運ぶ彼女は汗をかくことなどあるのだろうか、と思った。

「今回の父の出張なんですが」

「ええ」予想された質問ではあったが、口調の冷たさが私の緊張感を加速させる。

「どうして許可したんですか」

「それほど負担のかからない仕事だったからですよ」彼が自分で手を上げたから、とは言えなかった。そんなことを言えば、法月がはるかに責められるのは目に見えている。「ほとんど東京と仙台を往復するだけですからね」

「父が希望したそうですね」相変わらず冷ややかな声ではるかが言った。「昨夜、電話で話しました」

「それは——」

「どうして止めてくれなかったんですか」はるかが身を乗り出すと、怒りが波のように押し寄せてくる。法廷では絶対に対峙したくない相手だ。「上司として、あなたには父を止める義務があるはずです。父の体のこと、分かっていないわけじゃないですよね」

「もちろん」答えながら私は、法月は私たちに隠してかなり無理をしていたのだろうか、と訝《いぶか》った。昨日も今日も疲れは見えたが、特に顔色が悪いということはなかったのだが。

「法月さん、調子が悪いんですか？　それとも昨日、健診をサボったとか」

「そういうわけじゃありません。調子は悪くないと思います」

「じゃあ、問題ないじゃないですか。あまり神経質になるのもどうかと――」

「父はどうして、あんなにむきになって仕事をしてるんですか」

「いや、別にむきになってはいないと思いますけど」濡《ぬ》れ衣《ぎぬ》だ、と思いながら反論する。

「どうしてむきになってるんですか」硬い声ではるかが繰り返した。有無を言わさぬ口調である。「ここのところずっと帰りも遅いし。失踪課はそんなに忙しいんですか？」

碧の件では、法月が中心になって動き回っていた。しかし、夜中までかかるようなことはなかったはずである……もっとも私が帰った後も、まだ法月が残っていたことは何度かあった。毎回「早く帰って下さいよ」と声はかけたのだが、その都度法月は「もうちょっとな」と言ってにやりと笑ったものだ。髪の少なくなった丸い顔に似合う、愛想の良い笑い。あれに騙《だま》されていたのだろうか。

「確かに法月さん、今回の件には少し入れこんでましたね」

「今回の件？　仙台出張ですか」

「ええ。詳しい内容はちょっと言えないんですが、昨日で全部決着しました」

「決着」低い声で繰り返し、一瞬間を置いてからはるかがうなずいた。彼女は、私たちの仕事をそれなりに理解している。失踪課の仕事で決着がついたといえば、行方不明者が発見されたということだ。無事でか、遺体でかはともかく。

「法月さんは、この一件の後始末を見届けるために仙台に行っていたんです。でも、軽い仕事でしたからね。本当に、新幹線の往復だけで」

「出張先で何かあったらどうするんですか」

「いや、それは……」仙台は大都会だ。何かあっても十分対応できるだろう。しかし、ホテルの部屋で一人でいる時に発作でも起きたら……それを考えると、気楽に構えていた自分の甘さを思い知らされる。「確かにそうですね。でも、法月さん、そんなに体調が悪いとは思えないんですけど」

「心臓のことは、誰にも予測できないんです」はるかが自分の左胸に手を当てた。「だからできるだけ、私の目の届くところにいてもらわないと。倒れてから、出張は控《ひか》えていたんですよ」

「それが今回に限って、自分で手を上げて出かけて行った」

「他人事《ひとごと》みたいに言わないで下さい。あなたが止めなかったからですよ」

険《けわ》しい視線の攻撃に遭《あ》って、私は思わず腕組みをして黙りこんだ。アイスコーヒーが運ばれてきたので口をつけたが、苦味も冷たさも考えをまとめる手助けにはならない。はるかはなおも攻撃の手を緩めなかった。

「あなたは管理職ですよね？　部下の健康に気を配るのは、大事な仕事じゃないんですか。心臓に病気を抱える人間を一人で出張に送り出すのは、管理職失格だと思います」

「……申し訳ない」この場を収めるには謝罪するしかない。そう思って口にすると、はるかの冷たい怒りも少しだけ収まったようだった。

「とにかく今後は、こういうことのないようにして下さい」

「気をつけます。しかし法月さん、毎日そんなに遅かったんですか」

「それも把握《はあく》してないんですか」

耳が赤くなるのを意識しながら私は答えた。

「子どもじゃないんですから、一々監視はしていません。自分で考えて動かないと、いい仕事はできませんからね」

「それは健康であってこその話です」

「確かに」私の反撃は、彼女にかすり傷一つつけることなく、次々と打ち落とされていく。

「ここ一週間、ずっと帰りは午前様でしたよ。父はいったい何をやっていたんですか」

「それは捜査の秘密ですから」

「決着がついたと仰《おっしゃ》いましたよね。だったらもう、私に話しても問題はないんじゃないですか」

　このままでは押し切られてしまう。仕方なく、固有名詞を一切出さずに事情を説明した。事件にならなかったのだから、ここで話しても問題にはならないだろう。

「大学ですか」話し終えると、はるかがふいに怒りの衣を少しだけ脱いだ。「今、どこも大変みたいですね」

「まあ、そうなんでしょうね」

「関心がないんですか？」

「大学なんて、卒業してしまったら縁がなくなるものでしょう。関係者なら別でしょうけど」

「確かにそうですね。それにしても近い将来には、倒産する大学が出てくるでしょうね。それも少なからず」

「大学が倒産？」

「実際、他の大学に合併されたりして消えたり、学生の募集を停止した大学もあるんですよ」

「だけど今も、新しい学部や学科はできてるじゃないですか」新聞か何かで読んだうろ覚えの記憶を引っ張り出す。私の中では、大学は「滅びないもの」の代表のようなイメージがあった。

「全部、生き残りのためです」はるかが見下したような口調で言った。「社会情勢を知るのも仕事のうちだと思いますけど」

刑事は基本的に、人間関係の綾を見るのが仕事である。一方で、大局的な問題は見逃してしまうことも多い。新聞の社会面は隅から隅まで読むが、一面から四面辺りは読み飛ばしてしまう朝も少なくない。これが捜査二課の刑事だったら、政治面や経済面にも目を配らねばならないのだが。

「生き残りね。大学サバイバル時代ですか」

「そういうことです。大学だって、お金がないとやっていけないんだから」

「しかしそれは、法月さんが今回の一件に入れこんだこととは関係ないでしょうね」

「私に聞かないで下さい。あなたが分からないんじゃ、私に分かるわけがないでしょう」にわかに冷たい態度に立ち戻って、はるかが言い放つ。「とにかく、今後は絶対に無理をさせないで下さい。万が一父が倒れるようなことがあったら、ただちに警視庁を訴えます」

「あなたが原告になって裁判を始めたら、こっちにはまず勝ち目はないでしょうね」

「それが分かっているなら、父のことをよろしくお願いします。無駄な争いはしたくありませんから」

はるかが軽く頭を下げたが、あくまで儀礼的なものだった。素早く伝票を摑み取り、席を立つ。

「ここは、私が――」

「結構です」私を見下ろしながら、はるかが宣告した。「人に借りを作るのは好きじゃないので」

言い合いをしても勝てる可能性はゼロに近かったので、伝票をはるかに譲った。彼女の姿が見えなくなってから煙草《たばこ》をくわえた途端、ここが禁煙席だということに気づく。クソ、人生というのはこうも思い通りにならないものだ――煙草一本で人生について考えてしまうのはあまりにも大袈裟ではないかと思いながら、私はニコチンの味の記憶を舌の上で転がしていた。

2

「とにかく今日は早く帰って下さい」五時過ぎまで待って、私は法月に宣告した。

「しかしなあ」法月が渋い顔をした。強硬に抵抗しているわけではないが、言い逃れる術はないかと探っている。「早く帰ると、俺が夕飯の準備をしなくちゃいけないんだよ」

「それぐらい、何とでもなるでしょう。作るのが嫌なら、出前でも取ったらいいじゃないですか」

「出前は、娘が嫌がるんだ」

「オヤジさん……」私は一瞬目を瞑《つむ》り、低い声で宣告した。「とにかく帰って下さい。管理職としてのお願いです」

「お願い？　命令じゃなくてか？」法月が、愛嬌《あいきょう》のある大きな目をいっぱいに見開く。

「オヤジさんに命令できるような立場じゃないですよ、俺は」茶化されて少し気持ちが凹《へこ》んだ。管理職の柄ではないと思い知る。「とにかく、今日ぐらいはさっさと引き揚げて下さい。そうじゃないと、俺が娘さんに殺されます」

「それは……大変だな」法月が眉《まゆ》をひそめ、私に顔を近づける。「どうだい、お前さん、あいつをもらってやってくれないか？　俺は煩《うるさ》い娘がいなくなってすっきりするし、あいつだって、結婚すれば性格が変わるかもしれないだろう」

「お断りします」即座に反応して彼から離れた。

「おいおい」

「弁護士と結婚するのは、一回で十分ですよ」

バツが悪そうに法月が頭を掻《か》いた。

「失礼。その話はタブーだったな」

「タブーじゃないですけど、あまりいい気分はしませんね……それよりオヤジさん、今回は随分無理してませんか？　何かあったんですか？」

「いつも通りだよ」法月が涼しい声で言った。「この暑さだぜ？　ばててない人間なんかいないだろう。お前さんだって死にそうだ……ま、今日はこれで失礼するから」

法月を見送り、私はほっとして腰を下ろした。定時。既《すで》に全員が帰り支度を始めており、自席に残っているのは私と愛美だけだった。ふいに彼女が口を開く。

「確かに法月さん、ここのところずっと、むきになって仕事してましたよね」

「ああ」

「もうちょっと詳しく聞いてみたらどうですか？　何か理由があるんじゃないですか」

「どうだろう。オヤジさんは人の話を聞くのは得意だけど、自分のことは喋らないからな」今もするりと逃げられた、という感じがある。

「それをちゃんと聞いてあげるのも、上司の仕事ですよ」

「こういう時だけ上司って言うなよ。室長だっているんだし」

「そうですけど――」

言いかけた言葉を呑みこみ、愛美が立ち上がった。受付に人影が見える。誰かが訪ねて来たのだ。この時間になって……あまりよいことのなかった一日が終わろうとしており、もう一度仕事に対する気力を奮い起こすにはかなりの努力を要した。かといって、姿を見てしまった以上、「明日にして下さい」と言うわけにもいかない。

受付で二人一緒に話をすると、相手に無用なプレッシャーをかけてしまう。その場を愛美に任せることにして、私は自席から訪問者を観察した。年の頃七十歳ぐらいの上品な女性だった。綺麗に白くなった髪をふんわりとセットし、化粧は控え目。服装は淡い紫の半袖《はんそで》のカットソー。カウンターの陰になって下半身は見えなかったが、そのカットソーにぴたりと合った服装をしているであろうことは容易に想像できた。

一、二分話を聞いて、愛美が戻って来る。その表情を見る限り、ややこしい状況ではなさそうだ。

「どこかの署から?」

「いえ、最初からここに来たそうです」

愛美が小声で答える。家族や知り合いが失踪したら、普通はまず所轄に相談する。所轄の方で手に負えない——あるいは面倒だと判断した時点で失踪課を紹介するのだが……もちろん失踪課の存在は秘密でも何でもないから、いきなり訪ねて来る人がいてもおかしくはない。

「きっちり話を聞く必要はある?」

「そうですね」愛美の顔に戸惑いが浮かぶ。「大学関係の話みたいです」

大学。この一週間で二度目か。偶然に少しだけ驚きながら、私は訪問者の話を聞くための面談室に足を運んだ。

「占部佳奈子《うらべかなこ》と申します」

目の前で深々と頭を下げる女性を見ながら、私はその珍しい苗字を頭の中で転がした。占部……どこかで聞いたような記憶があったが、誰だっただろう。横でメモ取りに徹する愛美に視線を向けてみたが、彼女は無言で首を横に振るだけだった。

本人の住所など、ファイルに記録しなければならない基本事項を確認した後、私は両手を組み合わせてテーブルに置いた。佳奈子は緊張を解《と》く気配はない。面談室は、素っ気無い警察標準の施設とは一味変わっていて、白やオレンジを多用したポップな色合いのインテリアにしてあるのだが、ここに来る人をリラックスさせる効果はあまりないようだ。

「行方不明になったのはご家族……息子さんですね」

「はい。占部俊光《としみつ》と申します」

「何歳ですか?」

「三十九……今年で四十歳になりました」

「生年月日を確認させて下さい」

佳奈子が無言で、ハンドバッグから一枚のA4用紙を取り出した。どこかのホームページをプリントアウトしてきたものらしい。確認すると、一番上に「占部俊光」という名前が、その下にパーソナルデータが細かく書いてある。彼女が自分で用意したのではなく、大学の広報宣伝用の資料のようだった。その証拠に、一番下には問い合わせ用に大学の代表番号とメールアドレスが記されている。本人の写真も掲載されていた。いかにも広報用という、青をバックに右斜め前から撮影した写真。濃いグレイの背広にシルバーのマイクロドットのネクタイは、エグゼクティブの制服のような格好だ。丸顔。自信ありげな笑顔。後ろへすっと流した短い髪。決してハンサムではないが、奇妙に印象に残る顔だ。

「学校法人港学園理事長、ですか」

それで思い出した。一月《ひとつき》ほど前だったか、電車の中吊り広告で彼の名前を見かけたことがある。雑誌を買って読むほどは興味を惹《ひ》かれなかったが、見出しは確か「港学園大理事長 専横の学園生活」とかではなかったか。覚えていたのは、最近あまり使われることのない「専横」という言葉が目に入ったせいかもしれない。要するにワンマン理事長と言いたかったのだろうが。

そんなことを考えながら、占部という男のデータを頭に叩きこむ。出身地は仙台。五年前、三十五歳で港学園の理事長に就いている。父——佳奈子の夫が急逝《きゅうせい》した後、その職を引き継いだということらしい。それまでは、大学の理事の一人だったようだ。将来のトップ就任を見越して、経営陣に入って勉強していたということだろう。自宅の住所は世田《せた》谷《や》区、大学の所在地は渋谷区。どちらも三方面分室の管内に入っている。それで多少安心できた。他の分室の管内だと、手続き的にいろいろ面倒なこともある。

「息子さんの経歴は分かりました。いなくなった時の状況を教えて下さい」

「もう一週間になります」

「そんなに?」

私の合の手が非難に聞こえたのかもしれない。佳奈子はついと顔を上げ、細い顎を強張《こわば》らせた。目には暗い光が宿っている。

「何か問題でも?」細い声には意外な迫力が潜んでいた。

「そういうわけじゃありませんが」

「息子は忙しい人間です。それに、一緒に住んでいるといっても、仕事の内容を一々私に話すことはありません。出張も多いし、高等部のある宮城へもよく行っています」

「今回に限って失踪だと思ったのはどうしてですか」

「連絡がつかないし、大学に何を言っても埒《らち》が明かないからです」

私は思わず愛美と顔を見合わせた。話を続ける佳奈子の声がさらに硬くなる。

「私は、息子の仕事にはできるだけ口を挟まないようにしています。それは夫に対しても同じでした。仕事は仕事、家庭は家庭です。仕事が忙しくて、家に帰れない時があるのも分かっています。だけど、連絡も取れなくなるのは問題じゃないでしょうか。携帯電話もある時代なのに、おかしいと思いませんか」

「大学の方でも行き先を摑んでいないということなんですね」

「そうです——向こうはそう言っています」

「ということは、仕事ではない」

「そのつもりで申し上げましたが」佳奈子の視線が冷たくなり、目の横の皺《しわ》が一段と深くなった。

「失礼」一つ咳払《せきばら》いをして続ける。どうにもやりにくい相手だ。「旅行ではないんですか？」

「個人的な旅行をする時は、必ずそう言いますから。といっても、仕事以外で東京を離れたことは、もう何年もありません」

「お忙しかったんですね」

「大学を経営するというのは、大変なことなんです」

仕事には口を挟まないと言う割に、仕事の内容をよく理解しているような口ぶりだった。私には、大学と言えば何事に対しても呑気に構えて、金儲《かねもう》けには縁のない世界というイメージがあるのだが、最近はそうもいかないのだろう。黙っていても受験生が集まり、受験料収入を当てにできる時代ではないはずだ。はるかもそう言っていた。私は亡くなった碧の話を思い出していた。経営を立て直すために、わざわざ他の業界から人材を引き抜く

──そこまでしなければならないほど、危機感を持っている大学もあるのだ。一般の会社を経営するのとはまた違った、特殊な問題もあるのだろう。

「いなくなってから一週間、ということでしたね」こんなに長く待つのもおかしな話だ。

「最初はどういう状況だったんですか」

「いつものように大学に出かけて、それきり帰りません」

「携帯電話も通じないんですね」

「ええ」

「おかしいですね。こういう状況だと、大学の方でも大騒ぎになっているはずです。最終的に理事長の決済がないと、いろいろなことが進まないでしょう」

「そうなんですが、大学の方ではあまり真剣に捉えていないようです。夏休みのせいもあるかもしれませんが」

「それはどう考えても変だ」私は首を傾げた。「夏休みは関係ないでしょう。トップの人間がいなくなれば、普通は右往左往するものです。理事長が失踪したなら、ご家族ではなく大学側が相談してくるのが筋じゃないでしょうか」

「あなたは、大学という場所についてあまりご存じないようですね」

「はい？」

「大学という場所、です」繰り返す佳奈子の口元には皮肉な笑みが浮かんでいた。「大学はお出になってらっしゃるの？　警察は、高卒の方が多いのかしら」

「一応、大卒ですが」

「そうですか。それでも、学生としてしか大学という場所をご存じないですよね」

「普通の人間は皆そうでしょう。大学の関係者以外の人間が内情を知っていたら、かえっておかしい」

佳奈子の高慢な物言いが、次第に鼻につき始めた。しかし目の前の人間は、家族のことを心配してわざわざ足を運んできた女性である。一々反駁《はんばく》してはいけない、と自分に言い聞かせた。この辺が失踪課の仕事で最も気を遣う部分なのだが、必ずしも私の得意技ではない。

「大学というのは学術の場であると同時に、経営の場でもあるのです。特に私学というところは。ところがその経営の場に、経営というものがまったく分かっていない人がたくさんいます。普通の会社のように、理を説くことで、全員が納得するようなわけにもいきません」

「何だかとんでもない場所のように聞こえるんですが」伏魔殿《ふくまでん》、などという言葉が頭に浮かぶ。

「ある意味ではそうかもしれません。そんなことより、ちゃんと捜していただけるんですか」

「当然です。それが仕事ですから」言い切ったが胸を張る気にはなれない。私は一旦話を打ち切って、事務的な質問に切り替えた。ホームページの公式プロフィールに記載されていない事柄を中心に質問を続ける。携帯電話の番号。ガレージから消えている車のナンバーは分からない。息子の車のナンバーを知らないということがあるのか……あり得るだろう。この件は直接自宅で確認することにする。車を手配すれば、何らかの手がかりを摑める可能性が高い。

最後に、お決まりの質問。

「息子さんがどこへ行ったか、心当たりはありませんか」

「ありません」

答えが早過ぎる気がしたが、無視して続ける。

「友だちのところとか」

「それでしたら、私の方にも必ず連絡があるはずです」

どうも佳奈子という女性は、どこかずれている。もしかしたら占部は、口煩《くちうるさ》い母親の存在に嫌気が差して、家を出てしまったかもしれないではないか。四十になって母親と二人暮らし。内に籠《こも》った人間関係が捻《ねじ》れた可能性もある。

「女性関係はどうでしょう。男性の失踪にはそういう問題が絡んでいるケースも多いんですが――」

「そんなことはありません」佳奈子がぴしゃりと決めつけた。「あるわけがありません」

「占部さんは独身ですよね。女性と関係があっても、特に問題はないと思いますが」

「息子の妻——嫁は亡くなっています。四年前に」

「失礼しました」勢いに気圧《けお》され、思わず頭を下げてしまった。的を外れた質問ではなかったのだが。「ご病気で？」

「事故です。交通事故で。それは調べてもらえれば分かると思いますが」

「その必要はないでしょう」言いながら、後でチェックしよう、と決めた。四年前の交通事故が今回の失踪に関係しているとは思えなかったが、遺漏《いろう》があってはいけない。

「最近、女性とのつき合いは？」

「ない……ないはずです」

「そうですか」

少し言葉がもつれたのが気になったが、ここでこれ以上突っこむ必要はない、と判断する。むしろ大学関係者に当たった方が、詳しい情報を得られるのではないか。四十にもなった息子が、デートの顚末《てんまつ》を母親に話しているとも思えない。

さらに質問を続け、メモを取る愛美の手を忙しくさせておいてから、私は明日の朝一番で自宅を訪れたい、と佳奈子に申し出た。彼女は、こんな状況でもプライバシーに踏みこまれるのを嫌がっている様子だったが、普段の生活ぶりを知らないと手がかりを摑めないさい」


と説明すると、最後は納得してくれた。

「それでは、明朝九時にお伺《うかが》いしますので、それまで部屋には手をつけないようにして下さい」

「書斎ですか」

「書斎でも寝室でも、占部さんが立ち入るところはどこでも」

「分かりました」

どこか憮然《ぶぜん》とした雰囲気《ふんいき》を残したまま、佳奈子は失踪課を出て行った。いつものこと
——私がここへ来てから決めたローカルルールだ——で、愛美が佳奈子を署の玄関まで送る。単に話を聴いて書類に閉じこむだけではなく、最後まで面倒を見るという意思表示である。送られた相手がどこまで感激してくれるかは判然としないが。

部屋に戻ってきた愛美が、何か言いたそうにしていた。代弁してやる。

「クソババア？」

「何言ってるんですか」

「君の気持ちを代弁しただけだよ」

「私がそう考えてるって、どうして分かるんですか」

「顔に出やすいからな、君は」

愛美が慌てて頬《ほお》に手を伸ばした。思わず噴き出してしまい、直後、彼女の猛攻撃に遭っ

たが、それを救ってくれたのは真弓だった。今日も最高気温三十五度という猛暑日だったのに、汗一つかいていない。

真弓は失踪課の自席にいることの方が少ない。暇があれば――なければ暇を作ってでも――本庁に顔を出しているのだ。彼女にとって何より大事なのは、自分の存在を忘れられないようにすること、仕事の実績を認めさせることである。いつかは幹部として本庁へ返り咲きたいというのが、隠すこともない彼女の野望である。

「どうしたの、こんな時間に大騒ぎして」

「……すいません」顔を赤くして愛美が頭を下げる。

「仲がいいのは結構だけど、外まで声が聞こえてたわよ」

「室長……」

私は深く溜息《ためいき》をついた。愛美がむっとして真弓を睨《にら》みつけたが、真弓の方では気にする様子もない。

「で、どういうこと？」

簡単に事情を説明した。真弓は立ったまま無言で話を聞いていたが、私が話し終えると辛辣《しんらつ》な一言をつけ加えた。

「要するにいけ好かないバアサン、というわけね」

「そういうことです」私に対した時とは打って変わって、愛美があっさりと認めた。

「でも、好き嫌いで仕事しちゃいけないわね」

「それぐらいは分かってます」むっとした口調で愛美が答える。

「だったら結構です。この件、あなたたちで当たってくれる？　相手は社会的立場のある人だから、慎重にね」

「分かってます。給料分の仕事ですよ。その前にちょっと、法月さんのことでお話が」私は二人のやり取りに割りこんだ。

「何？」真弓がすっと眉をひそめる。

「午前中、はるかが――法月さんの娘さんが、高城さんを呼び出したんです」愛美が説明する。

「呼び出した？」真弓がゆっくりと私の顔に視線を据えた。私がはるかから解放されて戻って来た時には真弓は不在で、今まで話すチャンスがなかったのだ。

「まあ、そういうことです」あまり格好のいい話ではない。ぽつぽつと話したが、肝心の問題を避《さ》けて通るわけにはいかなかった。「法月さん、最近かなり無理してますよね。例の大学の総務部長の件にしても、毎日かなり遅くまで粘って調べていた」

「そのようね」

「止めるべきだったかもしれません。今のところは何ともないようですけど、無理が続けば……ストレスが一番よくないそうですから」

「でも、自分で進んでやっていることでしょう？　それならむしろ、ストレスは溜まらないんじゃないかしら」

「倒れてしまってからでは遅いんですよ。今日は何とか定時に帰ってもらいましたけど」

「こうやって私たちが法月さんのことを心配している間にも、彼は帰宅した振りをして一人で街を歩き回って、何かを捜査しているかもしれないけど」

「まさか」

「仮定の話よ」真弓が顔の前で人差し指を立てた。「そこまで心配するなら、毎日家まで送らなくちゃいけないわね。でも、大丈夫でしょう。自分の体のことは自分が一番よく分かってるはずだから。子どもじゃないのよ」

「そうなんですけどね……」

「何か、他に心配するようなことでも？」

「ちょっといつもと様子が違うんです」

「だったら、法月さんときちんと話をして。それも管理職の仕事よ」

あくまで俺に押しつけるつもりか。私と法月の立ち位置は微妙だ。年齢は彼の方が十歳以上も上。仕事では私が命令を下す立場だが、そういう状況は二人とも割り切って受け入れることができる。警察は必ずしも年功序列の世界ではないので、階級と年齢が捻れるのはよくある話なのだ。それでも「無理に仕事をするな」などという説諭《せつゆ》を、彼が素直に受け入れるとは思えない。むしろ、私よりももっと立場が上の人間が正式に話をすべきだ——しかしそういう論理的な筋立てを持ち出しても、真弓は「引き受ける」とは言いそうになかった。どうも彼女は、失踪課の中の面倒な仕事を、全て私に押しつけようとしている嫌いがある。

「室長からきちんと言ってもらった方が、話が早いと思いますよ」

「これも管理職の勉強だと思って。いいわね？」

今更何を。確かに私は、一時は上を目指していた。警部になったのも、同期の中では早い方だっただろう。しかし昇任試験に合格した直後に娘が行方不明になり、それ以来、人を統《す》べることに一切興味がなくなってしまった。正直に言えば、今の立場——失踪人捜査課三方面分室のナンバーツー——ですら重荷であり、放り出してしまいたくなることも多い。人事の話や査定などには、できるだけ触れたくなかった。

「では、その理事長の件は明日からよろしくお願いします」事務的な口調に戻って真弓が言った。「大学ね……デリケートな話になると思うから、十分注意して」

「デリケートな話？」愛美が首を捻《ひね》った。

「そう。大学っていうところは、昔から警察が嫌いだから。できるだけ頭を下げて、銃弾の直撃を受けないように気をつけてね」

「どういうことですか？」

愛美の質問に、真弓は薄い笑みで答えた。私には彼女の言葉の意味が分かっていたが、あえてこの場で愛美に説明することは避けた。自分の体で覚えた方がいいこともある。特に不快な経験は。

帰り道、いつも使っているコンビニエンスストアで新しい「角」を買った。食事はどうするか……酒を呑む時につまみを食べる習慣のない私は、いつもここで迷う。普通の人なら、胃を荒らさないよう、さらには酒を美味《うま》く呑むための塩気を補うようにと軽いものをつまみ、最後に腹を満たすためにまとまって何かを食べる。食事を美味くするために酒を呑む人もいるだろう。私の場合は逆で、きちんと食事を取ってから、腰を据えて呑み始める。しかし夕食に何を食べるか、最近は考えるのが少々面倒になっていた。私が住む武蔵《むさし》境《さかい》というのは基本的に学生の街で、安くてそれなりの味の料理を提供する定食屋や中華料理屋の数は多い。しかし何も考えずに家の方に戻って来てしまったので、馴染みの店がある繁華街からは、かなり離れてしまった。いっそ夕食抜きで酒を呑むか……いや、それだと明日に悪影響が残るのは分かっている。二日酔いが抜けたばかりなのだ、二日続けて苦しみたくはない。酒呑みは記憶力が落ちるといっても、さすがに今朝の苦しみはまだ鮮明だ。

馬鹿馬鹿しいと思いながら、駅の方に引き返した。空腹のせいか、袋の中で揺れる角瓶がやけに重く感じられる。結局、繁華街の外れにある古い中華料理屋に入った。いつも座るカウンター席についてメニューを眺める。今夜は麺類《めんるい》という気分ではないから……中華丼《どんぶり》、と決めた。この店は私の好きなきくらげを惜しげもなく投入してくれるのが気に入っている。「きくらげ大盛り」という注文をしたことはないから、これがデフォルトなのだろう。ビールはなし。私は食事時にビールを呑んで、その後もっと強い酒に移行するような習慣を持っていない。食べる時は食べるだけ。呑む時は呑むだけ。別にそれが健康法というわけではないが。

音を絞ったテレビに映っている野球の中継に集中できず、カウンターの下に積み重ねられた雑誌を何気なく手に取った。無意識のうちに目次を開いて記事の内容を確認すると、いきなり「港学園大理事長　専横の学園生活」という大見出しが入ってきた。中吊りで見たのはこれだったのか。この店には二か月ぐらい前の雑誌が平気で置いてあり、今回はそういうずぼらな経営方針に助けられた。

ざっと記事を読んでみる。こういう雑誌では常のことだが、見出しが大袈裟な割に内容はすかすかだった。どうも、処遇に不満で大学を辞めた人間がネタ元になっているようで、裏が取れそうもない話が羅列《られつ》してある。いわく、理事長室には「個室」が用意されており、そこへ頻繁に連れこまれる女性職員がいる。理事会は単なる食事会になっており、占部の発言に反対する人間は誰もいない。金の流れに不明朗な部分があり、その一部は占部の個人口座に流れこんでいるようだ――この記事の中から真実を選り分けるのは難しい。占部がかなりワンマンで、自分の意思を押し通しながら大学の経営に取り組んでいるというのは事実に近いだろうが、人によって受け取り方は違うはずだ。だいたい、理事長室にさらに個室があって、というのはいかにも作った話のように思える。

それ以外の部分は、占部の業績に関する情報を私に与えてくれた。三十五歳で父親の跡を継いで理事長になったというのは、先ほど見た通りだが、その後の動きは何かと派手で目立ったようだ。理事長に就任してから五年で新しい学部を一つ作り――創造文化学部という名前からは何をするところなのか想像もつかなかったが――それまで二部に甘んじていた野球部を強化して、今年は全日本大学野球選手権でベスト4まで押し上げた。選手のスカウトには、占部自らが指示を出していたようだ。いずれも「客引き」という感じは否めないし、野球選手の品定めをするのが理事長の仕事とも思えなかったが、豪腕《ごうわん》なのは間違いない。

中華丼を食べながら記事を一通り読んだ。これは参考資料として、明日愛美にも見せてやろう。しかし、どうしたものか……「コピーを取らせてくれ」というのもおかしな話だし、金を出して譲ってもらうのも妙だ。結局私は、今週号を寄付する約束と引き換えに、古い雑誌をもらっていくことにした。店にすれば、最新刊を只《ただ》で手に入れられるわけで、損はないだろう。

誰かがラーメンのスープを零した雑誌を手に、体からすべての水分を搾《しぼ》り取られそうな暑さの中、私は家路についた。

何となく、家で一人になりたくない夜もある。普段は寝に帰るだけだし、ここにいる時は大抵酔っ払っているから何も考えていないことがほとんどなのだが、今日はそういう気楽な習慣に浸れなかった。失踪課に来てからは、そういう夜が増えた気がする。

今夜もそうだった。小さなことどもが心に引っかかっており、「今夜は酔っ払うべきではない」と警告を送ってくる。明日から取り組まねばならない事件のこと。法月の体調のこと。いずれも今夜はどうしようもないのに、何か手を打たなくては、という焦りが湧いてくる。それより何より、無性に誰かと話したくてたまらなかった。家にいる時はほとんどつけっ放しのラジオが邪魔になってくる。今夜は、右の耳から左の耳に流れて消えてしまうような、七十年代のクロスオーバー特集だったのだが。こんなものはいらない。誰か、生身の人間の声が欲しい。

誰と話す？　一番話したいのは娘の綾奈だ。綾奈は時折、私が予想もしていない時に目の前に姿を現し、優しげな笑顔を見せてくれる。しかし私が望む時には決して会えないのが皮肉だ。真弓……ぎすぎすと仕事の話をするか、彼女の野望に耳を傾けるか。駄目だ。間違いなく肩が凝る。自分より三歳年長の女性管理職との間に、説明はできないが決定的な壁が存在していることを、私は最近意識するようになっている。おそらく、仕事の取り組み方に関する根本的な意識の違いが原因だろう。

はるか、という名前が不意に頭に浮かんで私は面食らった。彼女と何を話すというのか。共通の話題といえば、法月の体調のことしかない。しかし何が悲しくて、こんな時間に人の健康について話をしなくてはならないのか。それに電話すれば、こちらが一方的に責められるに決まっている。家で電話を受ければ、傍らには法月も控えているわけで、明日顔を合わせた時に気まずいことになるだろう。愛美にもすぐに知られてしまうはずだ。「何ではるかに電話なんかしたんですか」とからかわれるのだけは避けたかった。

とすると、愛美か。話すことはあるのだ。雑誌の記事で、占部という人間の側面が少しだけ見えてきたことを教えてもいい。何も明日の朝まで待つ必要はないだろう。彼女の番号を呼び出してしまってから「よく考えろよ」と思った次の瞬間には、電話がつながっていた。

「ああ、どうも」わざとらしい、気さくな声。

「高城さん？」愛美の声は少し裏返っているように聞こえた。慌てた様子をほとんど見せない彼女にしては珍しい。しかしすぐに、低い、落ち着いた声で訊《たず》ねてきた。「何か事件ですか？」

「いや、そういうわけじゃないんだ。占部のことを書いた雑誌を見つけたんでね、事前に彼のことを知っておくのもいいんじゃないかと思って」

「それは、急ぐ話なんでしょうか」にわかに、愛美の声が氷のように冷たくなった。

「そうじゃないけど、明日の朝は時間がないかもしれないだろう？」

「明日の朝で十分間に合うと思います」

「何だ、今、忙しいのか」

「私にも私生活はありますから、一応」一応、のところにやけに力をこめて愛美が言った。

「そうか」男だな、と私は直感した。まずいタイミングで電話を入れてしまったに違いない。まったく野暮《やぼ》なことをしたものだ、と自分に幻滅する。

「別に、高城さんが想像しているようなことじゃありませんから」こちらの想像を察したのか、愛美が素早く弁明した。

「俺は何も想像してないよ」

「高城さんが考えてることぐらい、分かります。外れてますけどね」

「おいおい――」

「失礼します」

いきなり電話が切れた。音を発しないただの箱になった携帯電話を眺めながら、私は自分を責めた。いったいお前は何をやってるんだ？　人とのつながりが欲しいなら、もっと他にやるべきことがあるだろう。誰かと話したい時に、仕事仲間の顔しか浮かばないとは……こんなことなら、醍醐でも誘って呑みにいけばよかった。あいつは酔っ払うと騒がしい男だが、一緒に呑んで楽しいのは間違いない。あいつとならば、外で呑むのも悪くないわけで……だけど醍醐だって、仕事仲間じゃないか。

私は自分の暮らす世界の狭さに気づき、改めて呆然としていた。

3

豪邸、だった。二十三区内では希少な、敷地二百坪を軽く超えそうな家。顎の高さまであるブロック塀越しに、家全体の様子を頭に入れた。門から玄関までアスファルトの道路が十メートルほど続き、建物の前にはよく手入れされた芝生の庭が広がっている。バスケットボールのコートぐらいは楽に確保できそうだった。他には車二台が入りそうなガレージ。その横には桜の木があり、青々とした葉が庭と道路に影を落としていた。かなりの大木であり、桜の季節にはここで花見ができそうだった。

「たまげたな」

「大学の理事長って、儲かる商売なんですね」私のつぶやきに、愛美が皮肉で彩《いろど》りを添えた。

「俺たちが知らない世界もまだまだあるってことか」

世田谷の一等地にこの広さの家。毎年の固定資産税はどれほどになるのだろうと、他人事ながら心配になった。門扉《もんぴ》に鍵はかかっていなかったが、一応インタフォンを鳴らして返事を待つ。頭上に降り注ぐセミの鳴き声が鬱陶《うっとう》しく、私はワイシャツの背中を濡らす汗の不快感に辛うじて耐えていた。今日はアルコールが残っていないのが、せめてもの救いである。ほどなく、落ち着いた佳奈子の声がインタフォンから聞こえてきた。

「どちら様でいらっしゃいますか」

「昨日お会いした失踪課の高城です」

「どうぞ、中へお入り下さい」

二人は並んで玄関への道を歩き始めた。中から覗《のぞ》いていたようなタイミングで玄関のドアが開く。佳奈子が上品かつ傲慢に――この二つを共存させるのは特異な才能かもしれない――頭を下げて挨拶をした。

「お入り下さい」

「失礼します」

大きな家にありがちだが、中に入るとひんやりとした空気に出迎えられた。一気に汗が引くのを感じながら、私はネクタイを少しだけきつく締め直した。濡れた襟首《えりくび》の感触が鬱陶しかったが、佳奈子は服装に頓さそうだったので、何でもないように振舞う。本当は上着も着たいところだが、さすがにこの陽気では、逆に暑苦しいイメージを与えるだろう。

通されたのは二階の一角、西側の道路に面した書斎だった。午前中のこの時間だと直射日光が差しこまないので、幾分過ごしやすい。窓の外を見ると、街路樹のケヤキの枝が結構激しく揺れている。窓を開ければ風が体を冷やしてくれるかもしれないが、書斎の現状を損なうようなことはしたくなかった。愛美がハンドバッグからハンカチを取り出し、素早く額に当てる。

「こちらが書斎です」佳奈子が感情の抜けた声で言った。

「少しお時間をいただいて、調べさせてもらいます。こちらで勝手《かって》にやりますから、待っていただかなくて結構ですよ」

佳奈子がじっと私を見詰めた。「荒らすな」「余計なことをするな」と警告しているようでもあったが、そんなに警察が嫌なら、最初から相談になど来なければいいのだ。何となく落ち着かない気分になって、私は佳奈子に向かってうなずきかけた。邪魔しないでとっとと出て行って下さい、と無言で忠告したつもりだったが、彼女はその場から動こうとしない。

愛美が動いた。ドアに近い場所にある本棚の前に立ち、詰めこまれた本をいきなり引き抜いて床に積み重ね始める。抗議するつもりか、佳奈子が口を開きかけたが、愛美が機先を制して言った。

「埃《ほこり》が立ちますから」淡々と告げて、床に本を積み重ねる。手際のいい引越し業者のような動きで、確かに部屋の中に埃が舞い始めた。渋々といった様子で、佳奈子が右手で口と鼻を押さえて部屋を出て行く。

「上手《うま》いぞ」

小声で褒《ほ》めてやったが、愛美は肩をすくめるだけだった。

「こんなフォローをしなくて済むようにして下さい」

「失礼」

ドアを閉めると大汗をかくのは目に見えていたので、開け放したまま作業を始める。佳奈子がまた覗きこんできたら、その時はその時だ。階下で電話の呼び出し音が三回鳴って切れる。「占部でございます」と答える佳奈子の低い声が聞こえてきた。

まずドアの位置に立って、部屋全体の様子を写真に収める。もともとかなり広い部屋なのだが、窓を除く三面全てが本棚で埋まっているため、圧迫感があってかなり狭く感じられる。窓際には巨大な木製のデスク。調度類がいずれも濃い茶色なのも、狭苦しさを生み出す一因になっているようだ。

本棚を愛美に任せ、私はデスクに向かった。がっしりしたデスクはかなり長い間使われているものらしく、細かい引っかき傷が天板のあちこちについている。引き出しを上から順番に開けていく。中はきちんと整理され、書類の類《たぐい》は全て日付順、あるいはジャンル別に綴《と》じこまれている。全て仕事関係のものだったが、とにかく膨大な数だ。押収して持ち帰り、調べるという手もあるが……それよりも、誰かに事情を聴いた方が早いだろう。それこそ大学関係者とか。占部がこの家でどれだけの時間を過ごしていたかは分からないが、母親に大学の問題を詳しく話していたとは思えない。

屈《かが》みこんでいたために痺《しび》れた背中を伸ばしてやる。その拍子《ひょうし》に、デスクに載ったフォトフレームが目に入った。正確には写真が見えたわけではなく、伏せられたフォトフレーム。何だ？ ティファニー製の高級なものだが、こういうのはきちんと立てておいてこそ意味があるのではないか。

立ててみると、二人の写真があった。一人は……昨日雑誌でも顔を確認した占部。淡い紫色のポロシャツという軽装で、横に立った女性の腰に手を回している。女性は占部より数センチ背が低く、風に揺れた髪が右目を隠して表情が曖昧《あいまい》になっていた。二人とも三十代半ばといった感じである。亡くなったという妻だろうか。伏せられたフォトフレーム。過去を乗り越えたかったのか？ しかし引き出しの奥深くにしまいこんでしまうには忍びなく、伏せるということで妥協点を見出した？ 考え過ぎだ。何かの拍子に倒れてそのままになっていただけに違いない。

デスクを引き上げ、愛美の応援に入った。

「本当に……本しかないですね」

「これを全部読んでるとしたら、かなりの読書家だぜ」

「読んでるんじゃないですか。少なくとも新品じゃないですよ」

「忙しいはずなのに、よくそんな時間があるよな」

「そうですね」

　大学の理事長がどんな本を読むのがふさわしいか、明確なイメージは浮かんでこない。占部は研究者ではなく純粋な経営者であり、それを反映して経営、教育関係の本も目につく。しかしそれは、全体の量からすれば十分の一にもならず、残りはほとんどが小説のようだった。古典といわれるものから、最近ベストセラーになったものまで非常に幅広い。読書が趣味ということか。

「何冊ぐらいありそうだ？」

「四桁《けた》、いくかもしれません」本を上げ下ろししながら愛美が答える。「ほとんど小説です」

「ざっと調べるだけにしよう」

「いいんですか」本を床におろした愛美が、膝《ひざ》をついたまま振り返る。

「きりがない。本に何か秘密の書類を挟んでる感じでもないだろう？」

「そうですね。何も、そんな面倒なことをしなくてもいいですよね」

「ああ。今は物を隠すにもいろいろな手段があるからな」

それでも一応、全ての本を抜いてチェックした。本と本の間、本と本棚の間に何かが隠してあるわけではなかった。二人がかりでほぼ一時間。最後の本を戻して、額の汗を手の甲で拭いながら愛美が確認する。

「デスクの方はどうですか」

「仕事関係ばかりだな。内容を全部チェックするには相当時間がかかる」

「パソコンはないんですね」

「ああ。今時珍しいけど、パソコン嫌いの人間はどこにでもいる。仕事の用件は携帯で十分済むしな」

「いずれにせよ、この部屋はあまり使っていた形跡がありませんね」

「書斎というより書庫かもしれないな」体重を分散させる、座り心地のいい椅子に腰かけながら私は言った。「何か探すなら、むしろ寝室の方がいいかもしれない」

「そうですね」

「俺は母親――佳奈子さんから少し話を聴いてみる。君は寝室の方にかかってくれ」

「分かりました」

隣の寝室に向かう愛美を見送ってから、私はフォトフレームを持って階段を下りた。黒光りがするほど磨《みが》きこまれており、それほど古いのに軋《きし》み音がまったく聞こえない。

佳奈子はリビングルームでぽつんとソファに座っていた。テレビはつけられているが音は消えている。きちんと畳《たた》まれた新聞が、目の前のコーヒーテーブルに置いてあった。

「終わりましたか?」目だけ動かして私を見ながら訊ねる。

「今、寝室の方にかかっています」

「そうですか」

関心がなさそうな態度。昨日の夕方とは微妙に様子が変わっていることに、私は引っかかった。疑問をそのまま口にする。

「どうかしましたか?」

「いえ」

否定する彼女に対して、それ以上突っこむ材料がない。私は彼女の前にフォトフレームを置いた。一瞬だけ、佳奈子が視線を落とす。

「何ですか」

「一緒に写っているのは、占部さんの奥さんですか」

「そうです」

「ずいぶん綺麗な人だったんですね」

「それが何か?」氷のように冷たい口調。何か気に障ることを言ってしまったのか？　嫁と姑《しゅうとめ》の関係が完全に壊れていて、今でも嫌な記憶が消えていないとか。

「このフォトフレームは伏せて置いてありました。そのことについて、何か思い当たる節はありませんか」

「いえ。書斎には滅多に入りませんので」

「そうですか……もう一つ、確認させて下さい。一週間も経ってから届け出たのはどうしてですか」

「それは……」佳奈子が躊躇《ためら》った。「私が騒ぐと……」

「世間体もありますよね」

ゆっくりと顔を上げ、無言で私をねめつける。こういう人たちは、面子《メンツ》を何よりも大事にするのだろう。早々に退散することにして、重い疲労を感じながら階段を上《のぼ》った。彼女が昨日の熱意をなくしてしまったのが、どうにも奇妙に感じられた。あの勢いはどこへ消えてしまったのだろう。私たちは年寄りの気まぐれにつき合わされただけなのか。

寝室のドアは開け放たれていた。顔を突っこむと、かすかに流れ出す空気が頰を撫《な》でる。ざっと部屋を見渡した限りエアコンはないようだったが、代わりに扇風機の風が、暑苦しい空気の淀《よど》みを多少なりとも打ち消していた。広さは十二畳ほどだろうか。シングルサイズのベッドが二つ。両方とも綺麗にメイクされている。その空しさを、私はしばらく無言で感じていた。ベッドの他には何も家具がないので、やけに広く見える。

「どうだ？」

「クローゼットは異常ないですね」

開け放したクローゼットの前で、愛美が腕組みしていた。壁一面のクローゼットには、隙間《すきま》なくスーツやコートがかかっている。女性物——占部の亡くなった妻の衣類らしきものは一切見当たらない。それなのに壁の端から端まで服があるということは、彼はとんでもない着道楽だ。今、ここにかかっているのは夏物のスーツとジャケット。試しに目の前のジャケットに触れてみると、上質なリネンの手触りが感じられた。冬物はない。夏のスーツやジャケットだけでこれだけの幅を取っているのだから、どこかに保管されている冬服も含めたら、どれだけの量になることか。

クローゼットに異常がないという愛美の報告を、私はすぐに受け入れた。隙間がないところを見ると、ここから服を持ち出したとは考えられない。一方で、これだけ服を持っている着道楽が、着の身着のままで出て行くというのもあり得ない話だ。ということは、彼が自分の意に反して事件に巻きこまれた可能性を考慮する必要がある。それともよほど慌てていたのか。

「しかし、すごい服の量だな」

「ここだけで何百万円だと思いますよ」

「本当に?」

「ちょっと見ただけですけど、ブランド物ばかりです。靴もそうじゃないですか?」

クローゼットの下側のスペースには、靴箱が大量に積み重ねられていた。三段ずつ七列。最低二十一足の靴持ち。名前を見た限り、ほとんどがイギリスのブランドのようだ。履き潰す度《たび》に安い靴を買っている私にすれば、名前でしか知らないラインナップばかりだ。値段のことは考えないようにする。

「バッグはどうだろう」

「スーツケースが二つありますね」

彼女が指差すクローゼットの隅を見ると、黒いリモワとベージュのグローブ・トロッターがきちんと揃《そろ》えて置いてある。どちらもかなり使いこまれた様子だった。海外出張も多いのだろう。

「この二つは、一週間の出張用だよ。二、三日なら、大きな荷物を持たないで出かけたとも考えられるな」

「それは変ですよ。いなくなってから、もう一週間経つんですから」

「ああ」

顎に拳《こぶし》を当てたまま、愛美がじっと考えこむ。やがて私の方を見ると「何かあったんだと思います」と断じた。

「ちょっと確認してもらおう」

一階へ下りて、佳奈子を引っ張ってきた。二階へ上がるのさえ気が進まない様子である。

「今、クローゼットの中を確認しました」

「はい」関心なさそうに佳奈子が応じる。

「見ていただけますか？　なくなっている服がないかどうか、確認が必要です」

「分かりました」

いかにも義務的といった感じで、佳奈子が廊下側から窓側へ向かってクローゼットの中を確認していく。時折手を伸ばして背広の袖に触れたが、しっかりとチェックしていないのは明らかだった。

「全部揃っているようです」

「バッグはどうでしょう。スーツケースはあるようですが、他に荷物を詰められるようなバッグはお持ちじゃないですか」

「ないと思います」

「普段はどういうバッグをお使いなんですか」

「革のアタッシェケースです。茶色の」

「それは家にありますか？」

「どうでしょう。書斎に置いてあるはずですが」

「それらしいものはなかったですね」

私は彼女にうなずきかけた。反応、なし。何か様子がおかしい。

「いなくなった日に、普通に出勤したのは間違いないんですね」

「そう、ですね」言葉が揺らいだ。

「違うんですか」

「大学へ行ったはずです」

「すいません、そこをはっきりさせないと、スタートラインで間違うことになりかねません。その日は大学へ行ったんでしょうか、行かなかったんでしょうか」

「平日は毎日大学へ行っております」

答えになっていない。私はやんわりと額を揉《も》んだ。記憶がはっきりしない、あるいは状況が分からないということはあるだろう。一緒に住んでいる息子だからと言って、一から十まで行動を把握していることはあり得ないからだ。しかし彼女の態度の変化がどうしても気になる。昨日は「捜すのが当然」という傲慢な態度を取っていたのに、今日はあからさまに迷惑そうな表情を浮かべている。態度が悪いという一点を除いては、百八十度の方向転換と言っていい。

「ガレージがありますね」私は確認した。庭の片隅、道路に面した部分にあって、シャッターがしっかり下りていたはずだ。幅から類推すると、三ナンバーの車が二台、もしもあるなら、それに加えてオートバイが一台ぐらいは楽に入りそうだった。「中を確認させてもらえますか」

「ええ……はい、結構です」

のろのろとした足取りで、佳奈子が階段へ向かう。私はもう一度愛美と顔を見合わせ、互いの頭に浮かんだ疑問を確認し合った。「何がおかしいのかが分からない」という疑問を。

ガレージには、庭側からも入れるようになっていた。細いドアを抜けて中に入ると、佳奈子が照明を点《つ》ける。私の勘は中途半端に当たっていた。車はないが、オートバイが一台置いてある。鮮やかな赤の、ドゥカティのレーシングタイプ。有機的なフォルムは、機械というよりは生物をイメージさせた。一つ推理できるのは、占部は私が見た数年前の写真と体格が変わっていないということだ。少なくとも腹はあまり出ていないだろう。何しろこのバイクは、シートよりもハンドルが低い位置にある。太りだしたら腹がタンクにつかえてコントロールできなくなってしまうはずだ。シートは薄いウレタンを貼りつけただけのようで、長時間のライディングは——特に体重の重いライダーには——拷問になるだろう。

オートバイの横にはスチール製の二段の棚がしつらえられており、上の段にはフルフェイスのヘルメットが二つと夏冬用、二種類のグローブが置いてある。ヘルメットを指でこすると、どちらにも埃はついていなかった。下の段には工具箱と、脛《すね》の半ばまで達する黒いレーシングブーツ。棚の横にはフックが取りつけられており、白と赤を基調にしたレーシングスーツがかかっていた。首の下の部分には脊椎《せきつい》を保護する仰々しいパットがしこんである。単にツーリングを楽しんでいただけではなく、本格的にサーキットを走っていたのかもしれない。

「車は何台あるんですか」私はドアの所から前に進もうとしない佳奈子に訊ねた。

「一台です」

「それは、一週間前からずっとないんですね」

「ええ」

「車種は？」

「ＢＭＷです」

「ＢＭＷの？」

「すいません」佳奈子が鼻に皺を寄せる。「車のことはあまり詳しくないので。写真はありますが」

「後で確認させて下さい。それと、オートバイももちろん占部さんのものですよね」

「そうです」佳奈子の顔が一層渋くなった。「危ないからやめろと言ってるんですが」

「いい趣味だと思いますよ」

「でも危ないんですよ」

オートバイに近づき、ナンバープレートを確認する。二年前の登録。ハンドルに手をかけてメーターパネルを覗きこんだが、液晶表示なので、始動してみないと走行距離数も分からない。タイヤの減り具合を見た限りでは、それなりに走りこんでいるようだったが。いずれにせよ、占部がかなりの額の金を自由にできるのは間違いない。ＢＭＷの車種は分からないが、ドゥカティもこのクラスになると、二百万円を越えるのではないだろうか。オートバイに二百万円……いい趣味かもしれないが、私の理解の範囲ではない。

「車の写真を確認させて下さい」

言うと、私たちがガレージを出る前に照明を落としてしまった。流れこんでくる陽光を頼りに庭に出た瞬間、どっと汗が噴き出す。それで、ガレージの中はそれなりに涼しかったのだと気づいた。

「ガレージにも空調が入ってたんだな」

「車にエアコンですか……勿体ないですよね」愛美が囁《ささや》く。

「ああ。あそこに空調を入れるのに、どれだけ金がかかると思う？」

愛美は肩をすくめるだけだった。この一家に反発心を持っているのは明らかだったが、それを表に出さないだけの自制心を、最近は身につけつつある。失踪課に来たばかりの頃は、不満を棘《とげ》のように周囲に向けていたものだが。成長したというべきか、反省して本来の姿を取り戻したというべきか……確認するだけの勇気は、今の私にはない。余計な一言にすかさず反撃して噛《か》みつく習性だけは、今も変わっていないのだ。

家に戻ると、佳奈子がアルバムを見せてくれた。どうやら占部は、自分の愛車遍歴《へんれき》をアルバムにまとめてあるらしい。いい趣味なのか悪趣味なのか……少なくとも、今の時代には流行《はや》らない気がする。

「その、一番後ろのものが、一番新しい車です」

占部が、まるでカタログのように車を撮影していたので助かった。ナンバーが簡単に読み取れる。車種はＢＭＷの６シリーズ。流麗なボディを持つクーペで、トランクリッドのマークから高性能な「Ｍ６」だと知れる。五千ccのＶ10エンジンから五百馬力を搾り出す化け物。その大馬力を四輪駆動ではなく後輪だけで吸収させるわけで、元々のシャシー性能の高さが窺《うかが》える。ただし派手なエアロパーツはないし、サイズ的にも比較的扱いは楽なはずである。もちろん日本の公道では、そのパワーを完全に発揮するのは不可能である。車好きの人間としては悪くない選択だろう。金さえあれば、だが。

「写真をお借りしていきます」

「どうぞ」

素っ気無いやり取りを続けた後、家を辞去することにした。車に乗りこんでエンジンをかけ、エアコンの風量を上げて冷風が頬を撫でていくに任せる。

「何ですか、あのバアサン」いきなり愛美の毒舌が爆発した。失踪課に来たばかりの頃のイメージが蘇《よみがえ》る。

「よせよ」

「でも、変だと思いませんか？　昨日と態度が違い過ぎます」

「それは俺も感じた」

「また、そんな呑気なことを言って。どう考えてもおかしいじゃないですか」

「分かってるよ。あんな風に変わるのは、何かそれなりの事情があるからだぜ」

「例えばどんなことですか」

「それはちょっと……ぴんとこないけど」

「本当はもう、占部さんは見つかってるんじゃないですか。引っこみがつかなくなって、今日は私たちの相手をしたけど、そのうちしれっとした顔で『見つかりました』って言ってくるかもしれませんよ」苛々《いらいら》した口調で言って、愛美がブラウスの胸元を軽く握った。ぎゅっと引き結んだ唇に怒りが籠っている。

「それすら言ってこないかもしれないな。後でこっちが確認したら、『戻ってます』なんてしれっと言ったりして」

「そんなことになったら、教育的指導ですね。警察を舐《な》めてるんですよ」

「分かった、分かった。そう怒るなよ。動揺して、ああいう態度しか取れなかったのかもしれないじゃないか」

「まあ、それはそうかも……」愛美が一歩引いた。失踪課に来たばかりの頃には見られなかった柔軟性である。「これからどうしますか？」

「とりあえず大学だな」私はシフトを「D」に押しこんだ。煙草が吸いたいところだが、ダッシュボードに張られた「禁煙」のプラスティックプレートを見て諦《あきら》める。無視して車の中で吸ったこともあるのだが、その時の愛美との棘々しいやり取りを思い出してしまったのだ。何も今、つまらぬことで喧嘩《けんか》する必要はない。

「協力してくれますかね。大学に関して、室長が変なことを言ってたでしょう」

「あれは、警察の中にある伝説みたいなものだよ」

「伝説？」

「君が——俺も生まれる前に、『東大ポポロ事件』っていうのがあってね。確か、昭和二十七年だったと思う」

「聞いたことはあります」名前だけ、と認めるのが悔しい様子だった。それを察してざっと説明してやる。

「東大で『ポポロ劇団』——学生の演劇団体だ——が発表会を行った時に、会場に警察官が入りこんでたんだ。政治的な内容の劇だったらしくて、その監視という意味だったんだろうな。ところが学生側は警察官に気づいて、身柄を押さえた」

「押さえたって……」

「ボコボコにしたってことだよ。それで学生は暴力行為で起訴されたんだけど、裁判では、警察官の身柄を押さえた行為が『大学の自治を守るためかどうか』ということが争点になった。一審、二審では正当な行為と判断されたんだけど、最高裁は、この演劇発表会について『政治的社会的活動であり、公開の集会』という判断を下した。要するに、そういう場所に警察官が立ち入っても、大学の学問の自由と自治を犯すものではない、という判断になったわけだな」

「確かにデリケートそうな問題ですね」

「そう。それに、その後の学生紛争の時代にも散々衝突があったからね。警察にとって、大学がやりにくい場所なのは間違いないんだ。今はそういう感覚も、だいぶ薄れているはずだけど」

「高城さんは、大学絡みの事件を扱ったことはあるんですか?」

「ない」

「じゃあ、飛びこんでみないと、実際にどうかは分からないわけですね」

「そういうことだ。でも、あまり構えることもないと思うよ。室長は、人を脅《おど》して楽しんでいる節があるから」

「あまりいい趣味じゃありませんよね」

「その通りだ——珍しく意見が一致したな」

「敵の敵は友、ということですか?」

「おいおい」

横を向くと、愛美は極めて真面目な顔をしていた。愛美と室長の間に、かすかな緊張が漂っていることは私も気づいている。単に気が合わないだけなのだろうが、いつかそれが火種になるかもしれないと想像すると、どうにも落ち着かない。ナンバーツーの人間が、どんな組織でも難しい立場にあるのは分かっている。しかし捜査のことで悩むならともかく、人間関係の調整で神経をすり減らすのは願い下げだった。

港学園大のキャンパスは、渋谷区と港区に跨《また》がる一等地にある。正式な住所が渋谷区になっているのは、学長室の位置が渋谷区内にあるから、ということらしい。

私は頭の中で、ざっと調べたデータを復習してみた。経営母体である学校法人港学園は、元々宮城県で中学・高校を経営していたのだが、三十年前に東京に進出して大学を新設した。その原動力になったのが、占部の父親、先代理事長の保《たもつ》である。大学を一つ設置するのが大事業であるのは、私にも容易に想像できた。一代でこれだけの大学を作り上げるには、並外れた精力と意思力が必要だろう。何しろ港学園大は、今は学部と大学院研究科を七つずつ持つ総合大学に成長している。都心部とあってキャンパスはそれほど広くないが、それでもこれだけの土地を確保するのにどれだけの金が必要だったのか、考えるだけで頭がくらくらしてくる。バブル前夜の時代、この辺りの地価はどれぐらいしたのか。

「何だか懐かしい感じですね」

来客用の駐車場に車を止めて外に出ると、愛美が伸びをするように爪先立ちになった。

「君の場合、懐かしいっていうほど遠い昔のことじゃないだろう」

「そんなことないですよ。学生時代と今では、時間の進み方が違うのかもしれません」

「らしくないな、そういう感傷的な発言は」

むっとして、愛美が私を睨んだ。大学か……それこそ私にとっては、四半世紀近い過去の記憶にしか過ぎない。あの四年間、自分がいったい何をやっていたのか、思い出そうとしても記憶は曖昧なままだ。つまり、大したことは何もしていなかったということなのだろう。友人との意味のない馬鹿話。浴びるほど呑んだ酒。教室での居眠り。最大の出来事は、別れた妻と出会ったことかもしれないが、できれば封印してしまいたい過去だった。なるほど、大学時代をぼんやりとしか思い出せないのは、彼女の存在が原因かもしれない。不幸な出来事の始まりと言えないこともないのだから。私たちが出会わなかったら綾奈が生まれることもなく、結果として行方不明のまま七年が無為に過ぎる、などということもなかったはずだ。

「行きますよ、高城さん」

「あ？　ああ」声をかけられ、我に返る。最近、自分だけの妄想の世界に逃げこむ機会が増えた気がする。それだけ年を取り、逃げこめる想い出も多くなったということか。

都心の大学らしく、裏門の近くにある駐車場はごく小さなものだった。空気が熱で揺らめく中、だらだらと建物の方に向かって歩く。駐車場の出入り口のところでキャンパスの案内板を見つけて確認すると、本部棟はここと正反対、正門の近くにあった。これなら路上駐車して、正門から入ればよかった。このまま歩き続けたら、体中の水分が抜け切ってしまうかもしれない。だが愛美は、平然とした足取りで私の前を歩き続けている。クソ、お前さんとは体の水分含有量が違うのだ。俺は枯れかけている。少しは気を遣ってくれ。

夏休み中ということで、キャンパスは閑散としていた。もちろん休みには関係なく、大学に来る連中も多い。キャンパス内を一直線に貫《つらぬ》く通りを行き来する学生たちを見ていると、私は少しだけ若やいだ気分になった。道路脇の芝生の上では、少林寺拳法の稽古中《けいこちゅう》。その横、ベンチの前では、揃いのTシャツ姿のチアリーダーたちが、真剣な表情でミーティングをしていた。演技が上手くいかないようで、どの顔にも、この世の終わりが近いとでもいうような暗い表情が浮かんでいる。ベンチには二人。一人は鉛筆のように細長い男で、プラスティック製のベンチから滑り落ちそうになりながら居眠りしている。その顔には容赦《ようしゃ》なく夏の陽差しが降り注ぎ、このままでは日射病になるのは避けられそうにない。隣のベンチにはカップルが並んで座っていたが、こちらも暑さなどまったく気にならない様子だった。ぴったりとくっついて顔を寄せ、何ごとか話しこんでいる。もしかしたらくっついている方が涼しいのかもしれない——今日の最高気温が人間の体温を上回っているとしたら。

　小さな緑地の横が購買部《こうばい》と食堂の建物、そのすぐ隣が本部棟だった。そこまで行くと、ひたすらまっすぐなレンガ道の向こうに正門が見えてくる。愛美の足取りはなおも軽快だった。

「何だか楽しそうだな」

「こういう雰囲気、嫌いじゃないんですよ」

「君はずいぶん楽しい大学生活を送ったみたいだね」

「否定はしません」いつも硬く引き締まっている顎が緩み、目尻に優しい皺が一本刻まれていることに私は気づいた。

「そんなに大学が好きなら、この場は任せる」

「分かりました」あっさり言ってから、少し心配そうにつけ加える。「でも、アポを取ってから来た方がよかったんじゃないですか。夏休み中だし、職員の人たちも休んでいるはずです」

「全員が休むはずはないさ。会うべき人間がいなければ、呼び出してもらえばいいし」

「でも……」

「いつも言ってるだろう？　事前に連絡すると相手を警戒させてしまう。いきなり質問をぶつけられると、簡単に嘘はつけないもんだよ」

「相手がいれば、ですけどね。誰に会うつもりなんですか」

「できればナンバーツー」

「理事長のすぐ下にいる人……理事会の人っていうことになるんですか？」

「それより、実務畑の人だろうな。よく分からないけど、理事っていうのは、学内の事情をそんなに詳しく把握しているわけじゃないと思う。非常任の人も多いだろうし。実際に理事長の面倒を見ているのは、総務とか、そういうセクションの人じゃないかな」

「分かりました……ここですね」

愛美が本部棟の前で立ち止まる。四階建て。元々はほぼ正方形の素っ気無い建物だったようだが、壁の一部が上から下まで蔦《つた》で覆われているので、それがアクセントになっていた。中に入ると、冷房のものとは違うひんやりとした空気が肌の熱気を鎮《しず》めてくれる。どんなに古くとも歴史は三十年前までしか遡《さかのぼ》れないはずだが、まるで戦前の建築のようだった。壁が厚く天井が高いため、夏は熱気が籠らない。最初に高い建築費に目を瞑っておけば、最終的には冷暖房費を節約できるということだろう。

総務課の部屋を見つけ、中に入る。悪い予感は当たるもので、広い部屋に職員は半分ほどしかいなかった。昼飯時にはまだ少し早い時間だということを考えると、愛美が指摘した通り、職員の半分は夏休みを消化中と考えるべきだろう。それでも私たちはまだ、運に恵まれていた。総務部長は勤務中——会議中で、十分ほど待てば面会できる、とのことだった。廊下に出て、ひんやりとした空気を楽しみながらその十分を潰す。愛美は廊下の壁に背中を預け、自分の手帳を凝視しながら質問の内容をシミュレートしていた。私はあえて話しかけなかった。

約束の十分が十五分になった頃、総務課に呼びこまれた。通されたのは部屋の奥にある別室。来客への対応や打ち合わせに使われている部屋のようで、室内の大半を占めるのは楕円形《だえんけい》のテーブルだった。それを取り巻く格好で椅子が十脚。壁が安っぽい合板でできているのに気づき、私はこの大学に対する認識を改めた。「コストを気にしない」という見方もあるが、「必要ないところには金をかけない」が正確なようだ。建物自体には惜しげもなく金を注ぎこんでも、内装は慎《つつ》ましやかに、というポリシーなのだろう。確かに、会議室の壁を杉板張りにして明朝《みんちょう》の壺を飾っても、感心する人がいるとも思えない。いたら、趣味がいいというよりは単なる俗物だ。

「お待たせしました」

飛びこんできた総務部長は五十歳ぐらいの男で、かなりの巨体だった。昔何かスポーツに打ちこんでいて、そのまま年を取ってしまったタイプ。筋肉が衰《おとろ》えているわけではないが、今は脂肪《しぼう》の量がはるかに上回っている感じだ。半袖のワイシャツ姿でネクタイはなし。ズボンは暑さと汗のせいで折り目が消えていた。いかつい、四角い顔は汗で光り、黒々と腕を覆う毛が暑苦しい。総務部長というよりも、柔道部の監督といった感じだった。

名乗り、その場の主導権を愛美に渡す。彼女が口を開きかけた瞬間、総務部長が部屋の空気を一言で両断した。

「この件に関して申し上げることは、何もありません」

4

嶋田《しまだ》と名乗った総務部長は、自分の前に防御線を引き、そこから先に私たちを立ち入らせようとしなかった。腕組みをしたまま部屋の入り口で立ち尽くし、険しい視線を送ってくる。何とか椅子に座らせるのに、五分ほどもかかった。相変わらず腕組みは解かず、「絶対に喋らない」と無言のまま主張を続けている。

しかし私は、やはりここを愛美に任せることにした。嫌な仕事だが、苦労なくして成長はない。

「今日は、理事長の関係でお伺いしました」

その件はとうに伝わっているはずだが、愛美が改めて丁寧《ていねい》に告げた。嶋田はうなずいたか？　違う。目に汗が入りそうになったのでうつむいただけだ。人差し指をワイパーのように使って眉の汗を弾《はじ》き飛ばすと、また腕組みの姿勢に入る。私はセントバーナードを想像していた。巨体で人を圧するような迫力を持ち、「待て」と命じられればいつまでも待ち続ける。問題は、セントバーナードは本質的に心優しい犬であるのに対して、嶋田がどんな人間なのか分からないこと、それと彼に「待て」を命じたのが誰かということだ。彼はあくまで中間管理職のはずであり、大学に対する防波堤の役割を果たそうとしているだけだろう。

「占部理事長のご家族から捜索願が出ています。理事長は一週間……八日前から行方不明になっているそうですね」

「そのことについては、何も申し上げることはありません」

「そういう事実がないというんですか」

「それも申し上げられません」

一瞬、私は不安に襲われた。もしかしたら本当に、何も起きていないのかもしれない。そもそもが母親の妄想だったとか、家族間のトラブルで家を出たのを大袈裟に騒ぎ立てているだけだとか。それなら、大学側がプライベートな問題だと判断して、答えを拒絶するのも分からないではない。身内の恥は晒《さら》すな、ということだ。

「言えないというのは、どういうことなんですか」

「それも含めて申し上げられません」

愛美が素早く額を揉んだ。心配するな、そのまま突っこめ。頭が痛いなら、頭痛が持病の私は売るほど薬を持っている。額から手を離すと、愛美が嶋田を睨みつけた。

「そういう説明では納得できません」

「何故《なぜ》ですか」嶋田は自分の前の壁を崩そうとはしなかった。愛美が果敢《かかん》にそこに切りこむ。

「私たちは、単に事実関係を確認しているだけです。ご家族が捜索願を出しているのだから、こちらの理事長が行方不明になっているのは間違いないでしょう。それを確かめているだけなのに、どうして何も言えないんですか。そういう事実がないというんですか」

「それも含めて何も申し上げられません」

愛美の攻撃は、先ほどと同じ答えを繰り返す嶋田の防御壁に傷一つつけていないようだったが、彼女も簡単には諦めなかった。

「言えないということは、そちらで何かを隠していると判断します。そういうことでよろしいですね？」

嶋田の頬がぴくりと動いた。気をつけて観察していないと分からないほどのかすかな動き。もちろん愛美はそれに気づき、一気に攻め立てた。

「外部に知られたくない事情があるということですか？　例えばあなたが理事長を殺したとか」

「冗談じゃない！」愛美の暴言に対して、いきなり嶋田が感情を露《あらわ》にした。爆発というに相応《ふさわ》しい激しさであり、私は彼の防御壁に亀裂が入ったことを察知した。嶋田が身を乗り出し、愛美と対峙する。テーブルを挟んだ二人の間は五十センチを切っていた。「何なんですか、あなたたちは」声が震えていた。「いきなり勝手に押しかけてきて、無礼なことを言って。そんなことを言われる筋合いはない」

「だったら冷静に、普通に話していただけませんか。木で鼻をくくったような態度でも、感情丸出しでもなく」愛美が冷ややかに告げる。「事実関係の確認。私たちが必要としているのはそれだけなんです。あなたがそこまでむきになる理由が分かりません」

黙りこんだ嶋田が、大きく肩を上下させた。私の目からは、彼の頭から上る湯気が頭上で渦を巻いているようにも見える。愛美が一段声を低くして続けた。

「いきなり『人を殺したのか』と質問されたら、普通の人は即座に否定します。ただ否定するだけです。私の経験では、いきなり怒り出すような場合は、本当に人を殺していることが多いんですが」

「――あなたの経験がどれほどのものか知らないが、それは勝手な思いこみだ」嶋田が乱暴な口調で反論したが、先ほどまでの迫力は幾分か薄れていた。しかし顎の先端にできた瘤《こぶ》には細かい皺が寄っており、怒りがまだ引かない証拠になっている。

「失礼ですが、大学の関係者の方はもっと冷静だと思っていました」

愛美の皮肉が、また嶋田の迫力を削り取った。毛むくじゃらの両手を揃えてテーブルの上に置くと、握っては開く動作を繰り返す。そうすることで、自分の中で高まる圧力を押し潰そうとしているようだった。

「失礼しました」口調は強張ってはいるが、嶋田がとりあえず謝罪の言葉を口にした。「大学内のことは大学で解決したいと考えていますので、そこはお分かりいただきたい」

「つまり、大学内で何か問題があったことはお認めになるわけですね」

「どうも、やり辛《づら》いですね」助けを求めるように嶋田が私を見た。どうやら苦笑らしい表情が、いかつい顔に浮かんでいる。

「申し訳ないですが、我々も仕事でやっていますので」私はことさら冷たく言ったが、その場の雰囲気を和《やわ》らげるために頭を下げるのは忘れなかった。いい警官と悪い警官。愛美の「悪い警官」は妙に堂に入っていた。「明神、続けて」

「はい」愛美が手帳を開いてボールペンを構える。「理事長が行方不明になっているのは間違いないんですね」

「行方不明というか、ここ一週間ほど、大学に姿を見せていないのは事実です」

「普段は？　大学へは毎日出て来るんですか」

「宮城へ行っていない限りは。もちろん、他の出張もありますが」

「今回はもちろん、出張じゃないですね。連絡も取れないいんですか」

「そういうことです」

「行き先に心当たりは？」

「残念ながら」

愛美がボールペンの先で手帳を叩いた。小さな黒い汚れがページにつく。苛々している時の癖だ。

「理事長がいないと、大学の業務が滞るんじゃないですか」

「今は夏休みですから。重要案件はそれほどないんです」

「大学側でも当然、捜していますよね」

「それは、もちろん」

「何か手がかりは？」

「今の所はゼロです」嶋田が首を振る。

「我々がお手伝いすれば、捜し出せる可能性は高くなります。いつまでもこのままというわけにはいかないでしょう」

「いや、それは――」

「嶋田さん、そこまでで結構です」

ドアが乱暴に開く音と同時に、嶋田への呼びかけが私の耳に突き刺さった。言葉遣いは丁寧だが、有無を言わさぬ命令口調。嶋田が驚いて目を見開き、振り返った。初老の小柄な男が、だらりと両腕を脇に垂《た》らして立っている。嶋田と違い、きちんとスーツを着こんでネクタイもしていた。それなのに、暑さをまったく感じさせない。頭のせいかもしれない。一本も毛がない頭が、蛍光灯の光を受けて鈍《にぶ》く光っている。強烈な意思の強さと冷静さが同居した表情が浮かんでいた。

「竹内《たけうち》さん……」嶋田の声が力なく消える。

「常務理事の竹内と申します」私の顔をまっすぐ見据え、微動だにせずに竹内が告げる。

「お話は外で聞かせていただきましたが、大学としてはこれ以上申し上げることは何もありません。お引き取り願えますか」

「ちょっと待って下さい」

愛美が反論しようとしたが、私は口を挟んで彼女を抑えた。

「そうですか。警察は大学の内部事情に首を突っこむな、ということですね」

「有体《ありてい》に申し上げればそういうことです」全く表情を変えずに竹内が認める。

「何か、警察に嗅《か》ぎ回られたくない事情があるわけですね」

「何とでも解釈していただいて結構です」傲慢な気配を露骨に発散しながら、竹内が宣言する。「とにかく、お引き取り願えますか」

「明神、引き上げるぞ」私は立ち上がった。愛美の恨めしそうな視線が背中を這《は》う。それを無視して告げた。「いいんだ。人様を不愉快にさせてまでする仕事じゃない」

「結構ですな」竹内が表情を変えずにうなずく。「では、どうぞお帰り下さい」

彼の脇をすり抜けるように部屋を出る際、厳しい視線で一瞥《いちべつ》してやったが、まったく応《こた》える様子がない。どうやら私の勘は当たったようだ。世の中には何事にも動じない人間がいるものだが、彼は間違いなくそういう人種の一人である。


「何ですか、あのクソジジイ」廊下に出るやいなや、愛美が悪態を吐《つ》いた。

「よせよ。聞こえるぞ」

「高城さんも高城さんですよ。何であんなに簡単に引くんですか」

「あれは素人《しろうと》じゃない」

「……というと?」愛美が眉をひそめて私を睨んだ。「まさか、ヤクザが大学に入りこんでるとでも言うんじゃないでしょうね」

彼女が何を考えているかはすぐに分かった。数か月前に扱った事件で、私たちは暴力団にコントロールされた投資会社に振り回されたのだ。

「そうじゃなくて、筋金入りの警察嫌いという意味だ」

「そんな人、大学にいるんですか」

「いると思う。さっきのポポロ事件の話じゃないけど」竹内という男は何者なのか……年齢は六十歳ぐらいだろう。もしもずっと大学という世界で生きてきた人間だとすると、六十年代末の大学紛争の頃には、バリケードの内側にいたとしてもおかしくない年代だ。若い頃に警察と遣り合い、「敵だ」という刷りこみをされてしまったら、警察が学内に入ってくることに拒否反応を示すのも自然である。あまりにも極端過ぎる反応ではあったが。

外へ出ると、上手くいかなかった事情聴取で落ちこむ気分に追い打ちをかけるように、強烈な陽光が体を蝕《むしば》んだ。額に手を翳《かざ》し、うんざりして空を見上げると、夏雲がどっしりと居座っている。

しかし私は、逆に闘志をかきたてられていた。絶対に何かある。目の前で門を閉ざされて初めてやる気が出てくるのもへそ曲がりな話だが、今の私はまだ、「仕事だ」と言われただけでスイッチが入る状態にはなっていない。

「ちょっと、ちょっと」

誰かの声。足を止めて周りを見回すと、通り過ぎようとしている建物の出入り口から、一人の男が私たちを呼び止めていた。真ん中が綺麗に禿《は》げ上《あ》がり、両耳の上に綿埃のように丸まった白髪。小柄で背中は少し丸まっている。濃いベージュのシャツにループタイという格好で、色褪《いろあ》せたジーンズはだぶだぶだった。ベルトで無理に締め上げているので、ウエスト部分には皺が寄っている。自分の鼻を指差して確認を求めると、彼が嬉しそうに首を縦に振った。愛美と顔を見合わせると、彼女は「放っておきましょうよ」と疲れた声で忠告する。そう……放っておくべきかもしれない。何だか胡散臭《うさんくさ》い感じだし、そもそも私たちが何者なのか分かっているかも怪しい。しかし何故か、私は彼の目に吸い寄せられた。小さな目は優しく光り、邪気が感じられない。

「何でしょう」男に声をかけた。

「ちょっと、高城さん」愛美が舌打ちする。

「五分だけだ」

愛美を残して男に近づく。建物のドアの横には「法学部」の看板があった。木製で、毛筆書き。古めかしい雰囲気、伝統の真似事を感じさせようという狙《ねら》い以外は感じられないものだった。

「あなた、今総務課にいたね」

「ええ」見ていたのだろうか。あの辺りにこの男がいた記憶はないのだが。

「常務理事と話していた？」

「そういうことは申し上げられないんですが」

「理事長のことでしょう？」

唇を引き結び、つぶらな瞳から本心を読み取ろうとした――分からない。こちらをからかって楽しんでいるようでもあり、これから秘密を告げる興奮に輝いているようでもあった。私が忙しく想像していることには気づかない様子で、嬉しそうに続ける。

「ろくに話も聴けなかったんでしょう」

「それもお話しできません」

「警察の人だよね？　仕事上の秘密は話せないってことですか」

「当然です」

「公務員の守秘義務は大事なことだね。でも、情報を提供しようとする人間に対しては、もう少しオープンにしてもいいんじゃないかな」

「情報？　あなたがですか？」

「とりあえず飲み物でも差し上げましょう。こう暑いと、体の水分が抜けちゃうからね」

何だかはぐらかされている気分になったが、私は彼のすぐ後について、暗くひんやりした廊下を歩き出した。仕方なくついてきた愛美は、抗議のつもりか、私から少し遅れて歩いている。

長い廊下の中ほどにあるドアの前で、男が立ち止まった。郵便物用のスリットの上には、「法学部教授　三浦尚志《みうらひさし》」のネームプレート。その下にある「在室中」プレートを滑らせて、赤い「外出中」のメッセージに変える。振り向いて、悪戯っぽい笑みを浮かべた。

「逆だと思ってる？」

「実際、逆じゃないですか」

「こうしておけば邪魔が入らないからね」

ドアが開いたが、座るスペースがあるとは思えなかった。正面にはドアの方を向いた巨大なデスク。右側にはパソコン作業用の小さなデスクがあるので、そちら側からは巨大なデスクの背後に回りこめない。壁の両側の本棚は本で溢《あふ》れていたが、本はそれだけに留まらず、デスクの前にある小さな二つのテーブルの上にも積み重ねられていた。椅子の上にも本や書類が溢れ、今にも滑り落ちそうになっている。三浦はスキップを踏むような軽い足取りでデスクの向こう側に回りこみ、愛想良く「どうぞ」と手を差し伸べた。

「そう言われても、座るスペースがないんですが」私は左右を見回した。

「刑事さんというのは、応用力がないんですか」

「すいません」愛美がむっとした声で切り替えした。「無駄話をしている暇はないと思いますが」

「これは失礼」三浦が咳払いをして、手を差し伸べた。「そこの椅子を使って下さい。上の物は適当に床に下ろして構いませんから」

仕方なく、デスクの前にある二つの折り畳み椅子から書類の類を床に下ろした。英語の論文、研究誌の切り抜き、本のコピー。崩さないように気を遣っているうちに、また額から汗が吹き出してきた。この部屋に冷房は……エアコンは設置されているのだが、三浦は使っていない。窓からは真夏の陽差しが容赦なく射しこんでくるのだが、彼はそれすら気にならない様子だった。

私たちがようやく椅子に腰を下ろすと、三浦が屈みこんで足元の小さな冷蔵庫を開けた。

「ビールでも?」

「まさか。公務中です」

あまりビールを呑まない私でも、この暑さではあの喉越しが恋しくなる。しかしさすがに今はまずい。

「残念だね、今日はビール日和《びより》なのに」

「六時間ほど早いと思いますよ」

「なるほど、さすが公務員だ。では色だけ似た麦茶を差し上げよう」

霜で白く凍った大ぶりのグラスを二つ、冷蔵庫から取り出し、ペットボトルから麦茶を注ぐ。愛美は疑わしげに一連の三浦の動作を見詰めていたが、私は気にせず半分ほどを一気に飲んだ。冷たさで喉が痛み、次いで軽い頭痛が襲ってくる。

「で、おたくらはうちの理事長を捜しているわけですか」

「そういうことです」

「高城さん」愛美が忠告を飛ばしたが、私は無視した。情報は常にバーターである。特に失踪課の仕事では、秘密主義を貫いていたらやっていけないことを、私は既に学んでいた。むしろある程度オープンにしておいた方が、新たな情報が集まる。

「もう一週間ぐらいになるのかな」三浦が顎を掻いた。「結構ばたばたしてますよ、学内は」

「完全に行方不明なんですね」

「そうじゃなけりゃ、ばたばたしないでしょうが」にやりと笑って、三浦が自分の分の麦茶に手をつける。ウィスキーを啜るように飲んで続けた。

「大学側でも捜しているんですよね」

「総務の連中が中心になってね」

「我々が捜すと、何か都合の悪いことでもあるんでしょうか」

「大学っていう所は、警察が嫌いだからねえ」三浦がくしゃっと顔を歪《ゆが》めて笑った。「よほどはっきりした事件でもない限り、できるだけ来て欲しくないでしょうね。だいたい、警察の後ろにはマスコミが控えているものだし。新聞やテレビで騒がれるのだけは避けたいんですよ」

「それは分かりますけど、理事長がいなくなったっていうのは、はっきりと事件じゃないんですか？」

「事件？」三浦がくいっと眉を上げた。「警察では、そういう風に判断してるわけですか」

「そうだと決まったわけじゃありません。判断するには、まだ材料が少な過ぎますね。今後大学側の協力が得られないとしたら、捜査は難航すると思いますよ」

「もう、マスコミには情報が流れてるんじゃないですか」半身になってデスクの上に身を乗り出し、探りを入れるように三浦が切り出す。

「現段階で、我々から漏れることはありません。完全に事件だと判断できれば、公開捜査も考えますけど……新聞やテレビに騒がれるのはそんなに怖いですか？」

「私は別に怖くないけどね」三浦がボールペンを取り上げ、耳の上で渦巻く髪を梳《す》いた。「怖がる人間はいくらでもいますよ。大学はスキャンダルが大嫌いだから。騒がれれば、来年の受験者数ががた減りする。そうなると、我々のボーナスも出なくなるからね。死活問題なんですよ」

「そんな、露骨な」

苦笑してやったが、三浦は大真面目で続けた。

「いや、本当ですよ。この大学の一回分の受験料……それがだいたい、全教職員の夏のボーナス分に相当するらしい。大きな収入なんですよ」

「なるほど。でも、我々の捜査とは関係なく、マスコミも動き出すかもしれませんね。しばらく前に、雑誌に理事長の記事が出てたでしょう」

「ああ」半分笑いながら三浦がうなずく。「あれは与太話みたいなものですよ。裏を取ってないんじゃないかな」

「それが分かるぐらいには読まれたわけですね」

「学内でコピーが回りましたよ」三浦が鼻を鳴らした。

「誰がそんなことを？　総務の人たちですか？」

「まさか」三浦が喉の奥で笑った。「正式なものじゃない。ただ、そういうことを喜んでやる連中がいるんだな、大学には。この部屋にもコピーが投げこまれてました。朝一番で雑誌を買って大量にコピーして、全部の研究室に投げこんだ暇な奴がいるんだね」

「反理事長勢力とか？」

「あなたも記事に毒されたんですか？」三浦が鼻で笑う。「そんなに簡単なものじゃないですよ」

「だったら何なんですか？　学内の事情を手短に説明していただけるとありがたいんですが」

「無理」三浦が即座に断言した。「講義四齣《こま》分ぐらいの時間を貰《もら》わないと不可能ですね」

「それぐらい、あなたは学内の事情をよく知っておられるんですね」

「私は外様だよ」

「そうなんですか？」

「私は元々、この大学とは縁もゆかりもないんですよ。たまたま知り合いの引きで呼んでもらって、もう二十年か……」にやりと笑って顎を撫でる。剃《そ》り残しの髭《ひげ》が、どうにも汚らしい感じだった。「それでもまだ、外様の感覚は消えませんね」

「そういうものなんですか？」

「そういうものです。その大学の出身かどうかは、非常に重要なポイントですからね。もっともこの大学は、ある程度年齢が上の人間は、外様しかいないんだけどね。何しろ大学ができたのが三十年前なんだから。この大学出身の、いわば本流の人間というのは、だいたい五十歳以下ですよ」

「例えば常務理事……竹内さんはどうなんですか」

「もちろん外様。だけど、彼の場合は少し事情が違います」

「というと？」

三浦が竹内の出身大学を明かす。どこか自慢気に顎を上げたが、私には縁遠い世界であり、ぼんやりとうなずくしかなかった。三浦が不満そうに唇を歪めてパソコンデスクに向かい、クリック音三回で何かのデータを引っ張り出す。すぐにプリンターから紙が吐き出された。

「これが理事会の名簿ね。ネットでも公開されているものだから、秘密でも何でもないですが」

十五人の名前があった。理事長、占部。二人の常務理事のうち一人が竹内だ。この三人には特に注釈がなく、大学での肩書きと名前だけが記されている。残る十二人のうち七人が大学の教授と事務畑の人間。その他の五人は港学園大のＯＢだが学外の人間だ。私の考えを読んだように、三浦が続ける。

「大学の理事会っていうのは、なかなか難しい組織でね。基本的に、ＯＢでそれなりに社会的に成功した人を迎えたいわけです。箔《はく》をつける意味もあるから」

確かに、職業で一番多いのは「社長」だ。創立三十年という若い大学だから、さすがに東証一部上場の老舗《しにせ》企業の社長は見当たらなかったが、私でも知っている会社の名前も散見する。

「竹内さんは、こういう人たちとは違うわけですね」

「理事長が直々スカウトして、学長に引っ張ってきた人でね。元々は東大の教授ですよ。大学っていうのは、権威とかそういうものが大好きだから。竹内さんは、そういうブランド好きのお眼鏡《めがね》にかなったわけで……創立の時は、色々大変だったようですよ。あちこちから有名な教授を引き抜いてくるために、相当金を使ったらしい。ちなみにそういうのは、賄賂《わいろ》とは言わないと思うけど」

「通常の商取引ですか?」

「商取引というのは変だけどねえ」三浦の口から笑いが零れる。「その辺は何と言うのが正しいのか、経営学の専門家にでも確認してもらわないと」

「竹内さんが学長を勧められていたのは……」

「去年の春までですね」

「それから常務理事になったわけですね」学長の任期は何年だろう。二年を二期、というのが妥当な線に思えた。

「上がり、ということでね。そういうケースもあるんですよ。教授会から理事会へ……学究の場から経営の場へ、ということですね。彼の場合、元々経済学部の教授だから、専門に関係あるといえばあるけど」

「これは生臭い話なんですか？」

「埃を被《かぶ》ったような話だと思ってた？」切り返して、三浦がにやりと笑う。「大学なんて、清廉潔白な人間の集まりじゃありませんよ。むしろ普通の会社なんかよりも、中はどろどろしているかもしれない。そういうのを傍から見ていると、下手《へた》な芝居よりもずっと楽しめるね」

「あなたは傍観者なんですか」

「さっきも言ったでしょう？　私は外様なんですよ」

「竹内さんが我々を遠ざける理由は何なんですか？　本当にスキャンダル扱いされるのを怖がっているから？」

「それもあるだろうけど、実際のところはどうかなあ」三浦が首を捻った。

「竹内さんは理事長派なんですか？　だからこの失踪事件を隠そうとしている？」

「だから、そういう単純な話じゃないんですよ。あなたたちの仕事に、うちの大学の内部事情が役立つとも思えないし。それより、もっと役に立ちそうな話をしましょうか」

「ええ」

「一週間前……正確に言うと八日前ですか、私は理事長を見てるんだな」三浦が卓上カレンダーを確認しながら言った。

「ここで？」私は人差し指を足元に向けた。

「駐車場、ＢＭＷだか何だか派手な車を持ってるでしょう？　それに乗って慌てて飛び出してね」

「何時頃ですか」

「夕方……五時ぐらいかな。私は資料整理でここに来てたんだけど、ちょうど帰るところでね」

「慌てて、と仰いましたね」

「慌ててなかったら、タイヤは鳴らさなかったでしょうな」

「一人でしたか？」

「そこまでは分からないけど」

「何か思い当たる理由は？」

「どうかな」三浦が肩をすくめる。「ま、私なんかが知らないことはいくらでもあるでしょうけど」

「この前の雑誌の記事とは関係ないんですか」

「あれは、話半分に読んでおいた方がいいですよ」

「詳しく話してくれると非常に助かるんですが」

「だから、講義四齣分は必要なんです」にやりと笑って、三浦が麦茶に口をつけた。「それはお互い大変でしょう。それより、具体的な質問をもらった方がいいですね。そうすれば私も、具体的に答えられるかもしれない」

「残念ながら、具体的な質問の材料もないですね」

「そうですか。私も話したくないわけじゃないんだけど」

埒が明かない。相当複雑な事情があるのか、彼がもったいぶっているだけなのか。しかしこのまま押し合いを続けていても、話が生産的な方向に向かうとは思えなかった。もう少しきちんとした手がかりが欲しい……そのためには、より多くの人に当たるしかないだろう。

「教職員の名簿はありますか?」

「それはまあ、ありますけど」警戒感を露にして、三浦が目を細める。

「お貸しいただけますか? いろいろ当たってみたいんです」

「しかしねえ、それは……そんなことをしたのがばれたら、大変なことになる」

「こちらから漏れることはありませんよ」

「とは言っても」

なおも押し問答を続けた末、結局私は教職員名簿——自宅の住所と電話番号つきで門外不出のもの——を手に入れた。自宅まで押しかけることがあるかどうかは分からないが、役に立ちそうなものは何でも手元に置いておきたかった。残った麦茶を飲み干し、顔の前で人差し指を立てる。

「最後に一つだけ」

「まだあるんですか……まあ、簡単な質問ならいいけど」

「理事長はどんな人だったんですか」

「突貫小僧」

死にかけた言葉である。実際、隣に座る愛美は、きょとんとした表情を隠そうともしなかった。

「結局、具体的なことは何も分からなかったですよね。理事長を見かけたといっても、それだけなんですから」

「まあ、そう言わないでくれ」私は愛美の不満を宥《なだ》めた。次第に失踪課に慣れてきてはいるものの、早急に結果を求め過ぎる性格までは矯正できていない。時にはどっしり構えて、向こうから答えが来るのを待たねばならない時もあるのだが。とはいえ、今がそういう呑気な状況でないのは間違いない。「一つだけはっきりしたじゃないか。占部理事長が慌てて大学を出て行ったことだけは」

「もう一つ、私たちがあの大学に嫌われたことも」

「おいおい」

車を渋谷中央署の駐車場に乗り入れる。愛美は私がハンドブレーキを引くのも待たずにドアを開け、アスファルトの上に一歩を踏み出した。一つ溜息をつき、彼女の跡を追う。これからどうするか……大学周辺で聞き込みをしてみるのもいい。駐車場の周囲には喫茶店や食堂が集中しているから、誰か占部を見た人間がいるかもしれない。他の人間が車に同乗していたことでも分かれば、手がかりになる可能性もある。

失踪課に戻ってしばらく体をエアコンの風にさらしていると、一つの言葉が脳裏に蘇る。突貫小僧。三浦は極めて真面目な表情で、その古臭い言葉を口にした。自分の信念だけに従い、周りの状況も無視してひたすら突っ走る男という意味だろう。「ワンマン」と評される男の実態はそんなものかもしれない。

「どうしたい、しけた顔して」法月が声をかけてきた。

「そうですか?」私は思い切り顔を擦った。中途半端に伸びた髭の感触が鬱陶しい。真弓にはいつも綺麗に剃るように忠告されているのだが、無視している。「昨日、娘さんに怒られたショックがまだ尾を引いてるんですよ」

「よせよ」再び心臓発作を起こしたかのように、法月の顔が蒼褪《あおざ》める。「こっちだって夕べは散々説教を食らって、えらい目に遭ったんだぜ」

「オヤジさん、育て方を間違えましたね」

「男親一人で娘をまともに育てられるわけないだろう」法月が大袈裟に溜息をつく。が、次の瞬間にははっと顔を上げ、困ったような笑みを浮かべた。「いや、別にお前さんをどうこう言うわけじゃないんだが」

「分かってますよ」関係ない話だ。妻を亡くしてから、中学生だった娘のはるかを一人で育て上げて立派に成人させた法月と、七歳の娘の行方をついに捜し出せなかった私とでは、まったく立場が違う。共通するキーワードは「娘」だけだ。

「で、大学の偉いさんが行方不明なんだって？」

「参ったな、オヤジさんには教えないつもりだったのに」

「この部屋で隠し事はできないさ……それで、俺は何をしようか」

「それを言われるのが怖かったから、黙ってたんですよ」私は盛大に溜息をついてやった。

「オヤジさんも、はるかさんに説教された割には全然反省してませんね」

「なに、出勤しちまえばこっちのもんさ。それでどうだった？　大学なんて、伏魔殿みたいなもんじゃないか。お前さんと明神の二人だけだと手に余るぞ」

「ちゃんとやってますよ」突っこまれたら、何も手がかりを摑んでいないことがばれてしまう、と思いながら私は反論した。

「しかし、結構急ぐ話じゃないか？　それだけ社会的地位の高い人が行方不明になるのも珍しい」

「そのせいかもしれませんけど、大学側が非協力的でしてね。警察が首を突っこむなって、追い出されましたよ」

「ま、そんなもんだろうな」法月が声を上げて笑った。「どうだい、ちょいとあちこちに電話をかけてみるぐらいなら、構わんだろう」

「まあ、電話だけなら」指先のちょっとした運動が心臓の負担になるとは思えない。

「よし、じゃあ俺はとりあえず電話作戦にかかるよ。それで何か分かったら、お前さんたちが裏取りに走ってくれればいい。そういう方向で行こうじゃないか」

「そうですね、でも何か伝《つて》でもあるんですか」

「そりゃあ、いろいろと。伊達《だて》に年は取ってないからな。心配しなさんなって」

一応俺の方が上司なのだが、と思いながらつい同意してしまった。丸い顔に満面の笑みを浮かべた法月は、握った拳から親指を突き上げて見せた。仕事ができるのがそんなに嬉しいのか？　彼の喜びようは、私にはどうにも理解できないものだった。

遅い昼食後に、駐車場の隅にある喫煙所——実態は水を張ったペンキ缶二つ——で煙草を二本。それで気合を入れ直し、失踪課に戻った。しかし汗がひどい。最近、意識して天気予報を見ないようにしていた。最高気温の予想を知っただけでうんざりしてしまう。部屋に入るなり、悲鳴のような愛美の声が耳に飛びこんできた。

「――いや、ちょっと待って下さい。それでは納得できません。しかし……すいません、切らないで――」

愛美が受話器を呆然と見詰めた。やがて眉間に皺を寄せ、小さく口を動かす。他人に聞こえないように小声で言ったのだろうが、形の良いその唇を突いて出たのが「クソ」という言葉であることは簡単に想像できた。

「どうした」

何も答えず、愛美がいきなり椅子を蹴飛《けと》ばして立ち上がる。

「おい――」

「電話がありました」まるで私が何か悪いことをしたかのように、下から睨みつけてくる。

「そうみたいだな」

「占部佳奈子さんからです」

「何だって?」嫌な予感がして、私はワイシャツの胸ポケットに入れた煙草に触れた。乳児のおしゃぶりのようなものである。触れていることで、何がしかの安心感を得ることができるのだ。

「これ以上捜さなくていい、と」

「何だって?」

「手を引けっていうことですよ」

5

占部家の正面に車を止めて駆け出す。午前中来た時は豪華さの象徴のように見えた玄関へのアプローチは、今はこちらの行く手を遮《さえぎ》る障害物でしかなかった。

指先をインタフォンに叩きつける。反応なし。もう一度、今度は三回立て続けに鳴らしてみた。家にいる限り、これだけやれば気づくはずである。無視しようと腹を決めているなら話は別だが。

「はい」という乾いた声。生来の礼儀正しさのせいか、佳奈子は居留守を使うつもりはないようだった。しかし私たちと面と向かって話す気もないようで、インタフォンで言葉を交わしながらも、玄関のドアを開けることは頑《かたく》なに拒絶した。

「失踪課の高城です。先ほどお電話をいただきましたね。『これ以上捜さなくていい』というのはどういう意味でしょう」

「それ以上でもそれ以下でもありません」

「理事長から何か連絡があったんですか」

「いえ」

「大学の人が見つけたとか」

「いえ」

「だったら、まだ行方が分からないままじゃないですか。どうして捜すのをやめなくてはいけないんですか」

「こちらで何とかしますので」

あなたに自分で動き回るだけの気力と体力、人を捜すノウハウがあるのか、と思わず突っこみそうになった。素人は引っこんでいろ、とも。そういうことを考えてしまった自分に嫌気が差す。彼女はあくまで行方不明者の家族で、いわば被害者である。怒りを何とか抑えつけながら、できるだけ柔らかい声を出した。

「大学の方から何か言われたんですか」

「いえ、特には」

特には。その言葉を頭の中で転がしてみる。大学側は、私たちの介入を嫌がっていた。家族に対しても「余計なことをするな」と口出ししてくる可能性がないとはいえない。もちろん、やんわりとだろうが。もっとも佳奈子の口調は、特に無理をしたり怯えているようではなかった。

「大学側は、警察の介入に難色を示しています」

「そうですか」

「大学側の事情とは関係ないんですか」

「大学のことは存じません」

屈んでインタフォンに向かって話していたので腰が痛くなってきた。一度言葉を切り、体を伸ばす。

「占部さん、そちらで何とかすると仰いますけど、何か当てでもあるんですか」

「それは、あなたには申し上げる必要のないことです」

頭の中で、嫌な想像が膨らんできた。こういう事態は前にも経験したことがある。被害者の家族が急に頑なになる場合は——。

「もしも誰かに脅されたりしているなら、細心の注意を払って捜査します。自分だけで抱えこむことはないんですよ」

「そういうことはありません」依然として冷たいが、落ち着いた声。

「しかし——」

「もう、よろしいでしょうか」佳奈子の声は冷静だったが、口調に少しだけ疲れが忍びこんでいた。「これ以上お話しすることはありません。無用なお手数をおかけしたことはお詫びしますが、これきりにしていただけますか」

「そういうわけにはいきません」

「必要ない、と申し上げているんです」

全てを拒絶する口調で宣言して、佳奈子がインタフォンを切った。ぶちり、という音が耳に不快に残る。額に浮かんだ汗を拭いながら、私は腰を伸ばした。

「何かありましたね」愛美が声を潜める。蟬《せみ》の鳴き声にかき消されてしまいそうだった。

「誘拐《ゆうかい》？」

「可能性がないとは言えないな」

「犯人に口止めされていたら、警察との接触は避けますよね」

「ここじゃまずい。車に戻ろう」

路上で物騒な会話をしていることに気づいて、私は愛美に声をかけた。助手席に座ってエアコンの冷風を浴びると少しだけ生き返り、話を再開する。

「誘拐は悪くない線だと思う」

「ですね。相手が金を持っているのは間違いないですし」

「だけど犯人にすれば、とんでもないギャンブルだぞ。占部さんはそれなりの有名人だ。犯行が発覚した時の社会的な反響は大きい」

「外国人かもしれませんよ。そういう事情をあまり考えないで、ただ搾り取れる金の額だけに目が眩《くら》んだ、とか」

うなずいたが、それは単なる肉体的な反射に過ぎなかった。こうやって様々な可能性を挙げながら話を転がしていくのは、推理の基本である。自分一人で考えていては壁にぶち当たるであろう思考の進路を、他人の助けを借りて正しい方向に導いていく。それは非常に心地よい行為なのだが、今日の私は空疎《くうそ》に感じていた。

「あり得ないな」

「どうしてですか」愛美が色をなした。

「行方不明になってから、もう八日経っている。こんなに時間が経ってから犯人側が接触してくるというのが、そもそもおかしい。誘拐は割に合わない犯罪だから、犯人側はできるだけ早く金を奪って、人質を解放するなり殺すなり――」

「殺す、は不謹慎ですよ」

「――失礼」咳払いをして続ける。「人質を解放して楽になりたいと思うはずだ。長く手元に置けば置くほど、捕まる危険性も高くなる」

「ストックホルム症候群でもなければ」

「そうだな」

ストックホルム症候群――スウェーデンでの銀行人質立てこもり事件から名前を取ったこの症状は、時間の経過とともに、被害者が犯人に同情や依存感情を抱いてしまう状況を指す。

「本当に、今になって要求を伝えてきたとは考えられませんか？」

「何のために一週間も待つ？　時間が経てば経つほどリスクが大きくなるだけだぜ」

「ですから、最初は誘拐でも拉致《らち》でもなかったんですよ。ただ何らかの事情で一緒にいただけ。それが途中から事情が変わって、身代金を要求してやろうと……」

「理論的にはあり得ない話じゃないけど、実際にはどうだろう。そういうケースは聞いたこともない」

「もしかしたら、知り合いが絡んでいるかもしれませんよ」

「それだったら、大学側がとっくに摑んでいるんじゃないかな」

「うーん」愛美が腕組みをして唸《うな》った。「どうも、上手くないですね」

「ああ、上手くない」私は素早く煙草をくわえ、火を点けた。

「高城さん、禁煙」愛美が冷たく忠告する。

「今日は勘弁してくれ」

「いつもそうやって……今回だけじゃないでしょう」

愛美の言葉を無視して窓を開ける。熱風が車内に吹きこみ、紫煙と一緒にエアコンの冷気をあっという間に追い払った。

世田谷区の中央部は「自動車のサルガッソ海」とも言われる。市街地整備がまったく進んでいないため、昔からの細い道路や一方通行路がそのまま残っており、一キロ先まで行くのに、同じところを何度もぐるぐる回ってしまうことも珍しくない。昨日一度来ているのに、小田急《おだきゅう》経堂《きょうどう》駅の北側にある占部の家から渋谷中央署に戻るのも、迷路を走るようなものだった。小田急線の高架下を抜ける一方通行の道を豪徳寺《ごうとくじ》方向に向かい、世田谷線の線路にぶつかる直前で右折する。宮の坂駅の手前に来ると、前の道路がいきなり「侵入禁止」になった。左折して世田谷線の線路を渡り、そのまましばらく走って世田谷税務署の前に出て右折すると、ようやく自分たちがどこにいるかが理解できた。再び世田谷線の線路を越えれば、世田谷通りにぶつかるはずだ。そうしたら国道二四六号線に合流するまで走って、後は道なりに渋谷までたどり着ける。平日の午後とあってトラックなど業務用の車で道路は渋滞しており、ハンドルを握る愛美が苛立たしげに舌打ちを繰り返す。話す時間はたっぷりあるが、会話を転がすための材料が尽きている。

電話が鳴り出した。ズボンのポケットから携帯電話を引っ張り出す。

「高城です」

「ああ、法月です」

「どうも」

「理事長さんの車だけどな」法月が勢いに乗って喋りだした。「東北方面に行ったかもしれない」

「ETCですか?」

「いや、Nシステム。八日前……これはちょうど、奴《やっこ》さんがいなくなった日だな。その日の夜、国見《くにみ》インターチェンジの手前で撮影されてる」

「国見……どこでしたっけ」

「東北道。福島のちょっと先だ」

　ということは、彼は出身地の仙台に向かっていたのかもしれない。宮城には頻繁に行っていたようだが、別にそれを隠すこともあるまい。もう一つ、彼はETCを使っていなかったのかという疑問も残る。占部は財布を一々引っ張り出す煩《わずら》わしさを避けるため、早々とETCを導入したタイプのように思えた。

「奴さん、そっちの方に縁があったよな」

「ええ。港学園大は、元々宮城にあった中学校と高校が出発点になってるんですよ。今でもあるはずですけど……そう言えばオヤジさん、仙台に行った時に学校に気づきませんでしたか？」

「まさか。その時はまだ、問題は発覚してなかったじゃないか」

「そうでした」

「引き続き車の手配はしてる。何かあれば情報は入ってくるはずだ。どうだい、この際思い切って宮城に行ってみたら。何か手がかりがあるかもしれないぞ」

「もう少ししっかりした手がかりがあればいいんですけど……今の段階では無理ですね」

「何だよ、それ」疑わしげに法月が言った。「随分弱気だな。お前さんらしくもない」

「家族に捜索を断られました」

「ああ？」法月が頭の天辺《てっぺん》から抜けるような声を出した。「そんな話、聞いたこともないぞ」

「俺だって初めてですよ」言うと、もやもやと胸を締めつけられるような不快感に襲われる。それを消し去ろうと、一連の経過を法月に説明した。

「参ったねえ」

すっかり薄くなった頭を法月が擦る様子が目に浮かんだ。困った時の癖。

「参りました」

「で、これからどうするつもりなんだ？」

「どうでしょう。こういうケースは経験がないし」

「誘拐かもしれないぞ」

「その件はさっき明神とも話し合いましたけど、可能性としては低いと思うな。占部のBMWが東北道で見つかったわけだから、本人の意思で北へ向かったということになるでしょう？」

「いや、本人が運転していたんじゃないかもしれないし、誘拐されたのはその後かもしれないぞ」

「確かに今の段階では、あらゆる可能性を否定できないですね」つまり、何一つ分からない、ということだ。

「そうだよ。で、今はどうしてるんだ？」

「そっちへ戻る途中です」

「とりあえず室長と相談すべきだな。捜査を進めるかストップするか、ここから先は上の判断が必要だ。だがな、お前さん、まずは理論武装しておいた方がいいぞ」

「理論武装？」

「このまま捜査を進めるための理論武装」

「やるかどうか、まだ決まってないじゃないですか」

「お前さんが、やりかけの仕事を途中で放り出すわけがないだろう。やめるべき理由もないのに」

私はそこまで真っ直ぐな人間ではない。そう言おうとした時には電話は切れていた。真っ直ぐではない――しかし諦めが悪いのは事実である。アルコールでさえ、そういう性癖を揺るがすことはできなかった。

「とりあえずここでストップね」真弓があっさり宣言した。彼女の城、室長室――三方がガラス張りなので私たちは「金魚鉢」と呼んでいる――の空気はいきなりぴりぴりと緊張した。本格的な戦闘に入る前に、真弓の顔から視線を外す。集中力を再構築するための手段だ。デスクの上にはフォトフレーム。目の前には出身大学のロゴ入りのマグカップ。私物はそれだけなのに、何故か長年彼女が住み暮らしている部屋のような雰囲気が醸《かも》し出されている。

「ストップする理由は何ですか」

真弓が両手を組み、肘《ひじ》をデスクに載せた。わずかに身を乗り出し、私の目を真っ直ぐ見据えた。

「逆に続ける理由は？」

「質問に質問で答えるのは反則ですよ」

「いつの間にそういうルールができたの？」

「今日、俺が決めました。必要ならすぐに稟議書《りんぎしょ》を回します」

「あなた、むきになってる時は冗談が下手になるわね」

「冗談のつもりはありませんけど」

真弓の目が少しだけ――毛糸一本分だけ――細くなる。レッドゾーンまであと少しということは、経験で分かっていた。

「とにかく、やめる理由がありません」

「私たちが行方不明者を捜す時は、基本的な原則がいくつかあるわね」真弓が指を組み合わせて三角形を作り、そこに顎を載せた。「家族や関係者から正式に依頼された場合。関係部署から協力を頼まれた場合。明らかに事件性がある場合。これはどのケースに当てはまるのかしら」

「原則はあくまで原則ですよ」これでは理論武装になっていないと思いながらも、私は反論した。「室長、これは異例のケースです。一度依頼してきたのを取り下げるなんていう話は、聞いたことがありません」

「私もないわ」

「おかしいと思いませんか」

「おかしいわね」

「だったら——」

「私たちの仕事の裏づけは何なの？　いわば依頼人がいない状況だし、今は事件性があるかどうかもはっきりしない。勝手に動いたら、誰かを傷つけるかもしれないのよ」

「家族の方で、警察に首を突っこんで欲しくない事情があったとしたらどうですか」

「例えば」

「誘拐」愛美とも法月とも「その可能性は低い」と話し合ったにもかかわらず、この推理を持ち出さざるを得なかった。

　真弓がかすかにうなずく。同意しているわけではなく、考えるために時間稼ぎをしているのは明らかだった。ややあって口を開く。

「考えにくいわね。仮に、八日前に家を出たのは占部さん本人の意思だとしましょう。あなたは、その後に彼が誘拐された可能性があると思ってるの？」

「可能性の一つとしては」

「状況的に、事件があったのは昨日、あるいは今日ということになるでしょう。八日も前に誘拐して、今頃金を要求してくるなんて、あり得ないわ」

「そうかもしれません。でも、もしそうなら、今日になって家族の態度が急変したのは理解できます。午前中は我々がガサをかけるのを嫌がって、午後になったらもう捜さないで欲しいと言い出した。普通はあり得ない状況ですよね。何かあったとしたら昨日でしょう」

「犯人からの脅迫電話とか？」

「否定できません」

「でも、それはねえ……」渋い口調で言って、真弓が軽快に転がっていた会話をストップさせる。マグカップに口をつけて、途端に顔をしかめるのはいつものパターンだ。煮詰まって冷めたコーヒーが入っているはずだが、あまりにも苦そうなので、実は漢方薬を煎《せん》じて飲んでいるのではないかと私は疑っている。「仮に昨夜――昨夜じゃなくて八日前かもしれないけど、占部さんが誘拐されたとしましょうか。でもそれまで、彼はどうしていたの？」

「それこそ、自分の意思で家を出ていた」

「それで突然誘拐された？　例えばホテルに泊まっていて、犯人が踏みこんで拉致したとか？　申し訳ないけど、そういう状況は想像し難いわね。そんな騒ぎがあれば、何らかの形で我々にも情報が入るはずでしょう」

「母親が、大学から何か圧力を受けたのかもしれません」

「そう思う根拠は？」

「大学側の反応が、ちょっと過敏過ぎました。大学が警察を嫌うのは分かってますけど、あまりにも極端です。それで、俺たちが大学でひと悶着《もんちゃく》起こした後で――」

「トラブルを起こしたの？」真弓の視線が鋭く尖《とが》った。

「トラブルというほどじゃありません。苦情の電話はきてないでしょう？」

わざとらしく真弓が溜息をついた。自分に罰を与えるように、再びマグカップに口をつける。見ると、カップを握る手がかすかに震えていた。そこまで苦味を我慢しなくても、と思うのだが。

「とにかく、俺たちが大学へ行った後で『もう捜さないでくれ』と家族が言ってきた。タイミングが微妙……というか絶妙じゃないですか」

「世の中には偶然はいくらでもあるわよ」

「そうかもしれませんが、今回の件は引っかかりますね」

真弓が腕組みをした。少しだけ首を傾げ、目を閉じている。一筋入っていた白髪をいつの間にか染めた漆黒の髪。背が高いせいもあって全身から威圧感を発しているのだが、どことなく少女っぽい面影も残っている。四捨五入すればだいぶ前から五十歳なのだが。

「それで、高城君の要求は？」

「捜査の続行です。それはもう、言った通りで——」

「具体的に何をするつもり？」

「関係者を当たって突き回ります。そのうち誰かが、うんざりして喋り出しますよ」

「非効率的だわ。そんな呑気な仕事をしているほど、失踪課に余裕はありません。何か具体的な手がかりがあるならともかく」

「宮城です」引っかかった、と思いながら答える。真弓は何よりも無駄を嫌う。切り札になる情報を目立たせるために、今まで埒もない話を続けてきたのだ。

「宮城？」

「ええ、仙台です」

「そこに彼がいるという明確な証拠はあるの？」真弓が私の言葉を遮った。

「残念ながら、すぐに新幹線に飛び乗るほどの確証はないですね」

「だったら諦めて」

「もう少ししっかりした証拠があれば、そっちを当たってみてもいいということですね」

念押しすると、真弓はゆっくりと首を振った。拒絶しているのではなく、証拠が挙がるはずがないと考えているのだろう。

「室長、これが事件になったら一級品ですよ」

真弓の目じりがぴくりと動き、かすかな笑みが浮かんだ。

「一級品」

「ええ。大学の理事長は重要人物ですよ。そういう人が行方不明になって、それこそ事件に巻きこまれているとしたら、事件としてはAクラスじゃないですか」

「まあ……今年の失踪課の十大事件には入るかもしれないわね」満更でもなさそうに真弓がうなずいた。彼女の目的はただ一つ。派手な事件で失踪課の実績を——すなわち自分の実績をアピールして、刑事部の本流に返り咲くこと。それ以外には何もない。「ところであなた、夏休みはまだ取ってなかったわね」

「独り者が夏休みを取っても空しいだけですよ。エアコンを効かせっぱなしで、家の電気代がかさむだけだ」そうきたか、と思いながら私は応じた。

「だったら、たまには夏休みに旅に出てみるのもいいでしょう」

「回りくどいことをしないで、出張扱いにしてくれてもいいんじゃないですか」

「無駄弾は撃ちたくないから」さらりと言って、真弓がコーヒーを飲み干した。とんでもない味にも慣れたのか、今度は平然とした表情のままである。「しっかりした手がかりを摑めば、後から出張ということで調整します。私からはそれだけ」

　勝手に話を打ち切られ、私は苦笑しながら立ち上がった。真弓は無駄話を嫌う。それ故、打ち合わせや会議は短くなるのが常だった。ありがたい話だが、時折、こちらの考えをまとめさせないための方便ではないかと邪推してしまう。

「ところでそのコーヒーメーカー、壊れてるんじゃないですか？」私は、彼女がサイドデスクに置いている専用のコーヒーメーカーを指差した。

「どうして」

「いつも顔をしかめながらコーヒーを飲んでいる。まずいんでしょう」

「眠気覚ましに、つい濃く作り過ぎるだけよ」

　合理的な説明だったが、一瞬彼女が顔を逸《そ》らすのを私は見逃さなかった。やはりコーヒーに重大な秘密が？　今はこれ以上突っこまない方がいいような気がした。

「もういいわね？　私はちょっと電話を入れないといけないから」

　一礼し、室長室を出る。ドアを閉める直前、電話に向かって話す彼女の声が聞こえてきた。

「ああ、課長、お久しぶりです。ええ、何とかやってます……」

　どこの課長に売りこんでいるのか。真弓は暇を見つけては上司にご機嫌伺いの電話を入れ、本庁に上がってランチに誘い出す。それでも何故か媚《こび》を売っているように見えないのが不思議だった。

「お客さんですよ」席に戻ると愛美に声をかけられた。

「誰？」

「本庁の人らしいんですけど」愛美の表情が歪む。かなり無礼な態度を取られたのは間違いなさそうだ。

「俺を名指しで？」

「ええ。今、面談室で待ってますけど……」

「望まれざる客か」

「否定しません」愛美が肩をすくめた。

肩をすくめ、席を立つ。室長室の隣にある面談室の方に目をやると、男が一人、足を組んでだらしなく椅子に腰かけているのが見えた。見たことのない顔だが……私と同年輩。体温並みの気温なのにきっちりスーツを着こみ、ネクタイも締めていた。そういう格好が会う人に暑苦しい雰囲気を与えることなど、考えてもいないようだった。逆三角形の細い顎に、少し長く伸ばした髪。細い目は冷酷《れいこく》な光を湛《たた》え、薄い唇が薄情なイメージを増幅させていた。お茶は出していないはずなのに、彼の前には湯飲みが置いてある。

「小杉《こすぎ》さん、今の客にお茶を出しましたか?」私は庶務を担当している小杉公子《きみこ》に声をかけた。

「まさか。お茶を出すような相手じゃないですよ」

どうやら公子も、無礼な態度に直面したようだ。権威を笠に来た中間管理職——そんなイメージを心の中で膨らませながら、私は面談室に入った。

「うちのお茶はどうですか」

声をかけると、相手が上目遣いに私を睨む。さして背は高くないし、目の位置は私の腹の辺りにあるのに、何故か見下されているような気分になった。

「問題ない」

「問題ない? それだけ?」私は片方の眉だけをすっと上げてやった。「上等な茶葉を使ってるんですよ。ここへ相談に来た人を落ち着かせるために。我々は常に、人のことを考えて仕事をしている。無闇に他人を不快にさせるようなことはしません」

「……座れ」

「あなたは俺に命令できる立場ですか?」

「座れ」

「あんたが立ったらどうなんだ」私はテーブルに両手をつき、相手を押し潰すつもりで顔を近づけた。「勝手に入って来てうちの課員を不快にさせた上に、ここへ相談に来る人のためのお茶を勝手に飲んでいる。そういう礼儀は、どこで仕事をしていると身につくのかな？」

「いいから座れ」相手がうんざりした口調で言った。巧みに体を捻り、私と目を合わせようとしない。

「そっちの用件による」

「捜査二課、三井《みつい》」男が乱暴にバッジを示した。私に一秒以上見られると溶けてしまうとでも言いたげに、背広の内ポケットに素早くしまいこむ。「仕事の話に決まってるだろう。そうじゃなけりゃ、誰がこんな呑気な場所に来ると思う？」

「あんたのように暇な人間が」

「いい加減にしろ」三井が全身に力を入れる。肩の辺りが盛り上がり、スーツがはちきれそうになった。「こっちは仕事の話で来てるんだ。それをあんたは、喧嘩腰で話を聞こうともしない。これじゃあ、何も始まらないだろうが」

「どうやら俺とあんたは、別の惑星で育ったみたいだな。礼儀に関する解釈がこれほど違うんだから」

「普通に仕事をすればいいんだ。俺の話を聞け」

「こっちは、さっさと出て行けとも言えるんだが」私はドアの方を振り向いた。

「藤井碧」

彼の勝ちだった。私たちがファイルに閉じこんでしまった事件。そこから立ち上る名前は、私の尻を椅子に縛りつけるのに十分な力を持っていた。

捜査二課の傲慢な管理官、三井は、しばらく私の出方を窺っていた。ゆっくりとお茶を飲み、「煙草は吸えないのか」と答えの分かっている質問——灰皿もないし、壁には「禁煙」のプレートが張ってある——をしてから私の反応を待つ。私の方は彼の真意が読めないまま、碧に関する報告書を頭の中でこねくり回していた。警視庁刑事部捜査二課。汚職、その他経済犯罪の担当。それがどうして、大学幹部の自殺に首を突っこんでくるのか。

「藤井碧は死んだ」唐突に三井が口を開く。

「ああ」

「あんたはそれを確認している」

「俺が現場に行ったわけじゃない」

「失踪課として確認している」

押しつけるような口調に、仕方なくうなずいた。茶々を入れたり適当な話題で誤魔化すこともできるのだが、それでは話が進まない。

「うちの課員が確認した」

「自殺と聞いているが」

「その情報は正しいし、今のところ、自殺を疑う材料は何もない」

「百パーセント間違いないのか」

「馬鹿な質問だ」私は唇の端に笑いを浮かべてやったが、彼に皮肉が通じた様子はなかった。「どんな事案でも、百パーセントはあり得ない。俺の目の前で誰かが自分の頭を撃ち抜いたのでもない限り」

「それでも百パーセントとは言えないんじゃないか」真面目な顔で三井が反論した。「あんたが夢を見ているのかもしれないし」

「そういう実りのない議論をしたいのか？」

「単なる冗談だ」三井が笑った――口を薄く開き、唇を横に引っ張る動作を笑いと言うならばだが。私には、爬虫類《はちゅうるい》が獲物を見つけた瞬間のように見えた。

「捜査二課は随分余裕があるんだ。下らない冗談で暇潰しをするような管理官を飼っておけるんだから」

三井は私の皮肉を完全にスルーした。こちらは石礫《いしつぶて》を投げつけているつもりなのに、体を素通りして向こうの壁に当たってしまう。

「お宅らは、藤井碧のことをどこまで調べてたんだ」

「そっちは？」

「どこまで調べてたんだ」私の切り返しを無視して、三井が少し強い口調で繰り返す。

「どうしてあんなところで自殺したのか、分かってるのか」

「何も分からない。俺たちの仕事は行方不明者を捜すことだ。相手が死んだら、そこで捜索は打ち切りになる。そこから先は別の人間の担当になるだろう」

「しょっちゅう余計なことに首を突っこんでいると聞いているが」

「一般論で、それとも今回のケースに限って？」

三井が私を睨みつける。的確な答えを探すために時間稼ぎをしているようだったが、私はそれほど難しい質問を投げつけたつもりはない。碧の自殺について、自分だけが知らなかったのかもしれない、と不安が襲ってきた。

「一般論で」

嘘だ、と見抜く。この男が碧のことを知りたがっているのは明らかだが、だったら何も、一般論を持ち出して私を攻撃する必要はない。碧に関して質問を集中させればいいだけだ。

「正直にいきましょうか」私は両手を拳に握ってテーブルに置いた。「我々は家族から、藤井碧の捜索を依頼された。しかし捜し始めて六日後、本人が遺体で発見されたので、捜索を打ち切って書類をファイルに閉じこんだ。以上、他には何もない」

三井が口を開きかけたが、結局その唇から言葉が漏れることはなかった。彼が呑みこんだ台詞《せりふ》は容易に想像できる。「本当に？」だ。「あんたたちが何を心配しているのかは知らないが、こっちは藤井碧に関してはほとんど何も調べていない。詳しく調べている時間がなかったというのが本当のところだ」

「そうか」

「藤井碧の妹がここを訪ねて来てから遺体が見つかるまで、一週間なかった。六日で何ができると思う？」

「六日あれば、汚職の一件ぐらいは立件できる」

「うちの仕事は、あんたのところよりも難しいんでね。やったことのない人間には想像できないと思うけど」

三井のこめかみで血管が脈打つ。よく見ると鼻には毛細血管が散り、顔色も全体にピンクがかっている。明らかにアルコールによるダメージだ。我が仲間——酒の愛好家には、どうしてろくな人間がいないのだろう。

「本人の交友関係は」

「大学の関係者。元の会社の同僚。当たれたのはそれぐらいだな」

「あんた、何も感じなかったのか」三井が身を乗り出した。

「何を期待してる？」

「何も感じなかった？」またもやこちらの質問を無視して、三井が繰り返した。一番やりにくいタイプである。二人の間でいくら言葉が積み重なっても、意味のある模様は決して見えてこない。結論は既に三井の頭の中にあり、他人と話すのはそれを裏づける作業に過ぎないのだろう。

「微妙なニュアンスは分からない。ただし、トラブルはなかった。少なくとも俺たちが知っている限りでは」

「本当に？」

「失踪の動機を探っていた限りでは」

「なるほど」急に納得したように三井が深くうなずく。残っていたお茶を飲み干すと、いきなり立ち上がった。

「ちょっと待て」私も立ち上がってドアを塞《ふさ》いだ。「これで終わりか？　説明も謝罪もなし？　あんた、俺たちを舐めてるのか」

「俺『たち』？」今度は本当に、三井の唇に笑みが浮かぶ。「あんたもすっかり失踪課の一員になったようだな」

「それの何が悪い？」

「ここの仕事に何の意味があるか知らんが」三井がどこへともなく顎をしゃくった。「俺たちの大事な仕事にも、少しは協力してくれないと困るんだよ。頭と耳を使ってな」

「何が言いたい？」急に不安に襲われる。藤井碧の事案について、何か取りこぼしてしまったのだろうか。自分たちは知らなくて、捜査二課が知っていること——一人の人間の失踪というレベルを超えて、ずっと大きな事件の端緒ではないかと簡単に想像できる。

「これ以上話はない」

「自分の都合で勝手に毒を吐き散らしておいて、それで終わりか」

「そうだ。何か問題でも？」

三井が私の脇を素早くすり抜ける。捕まえて何か吐かせようという気力は湧かなかった。捜査二課の秘密主義は徹底している。人が物理的に傷つき、あるいは命を奪われたところから仕事が始まる捜査一課と違い、二課は表面化していない事件を掘り起こすのが役目だ。人知れず手から手へ渡った金、権力に擦り寄ることで生まれる密約。取り引きルールを無視した、当事者同士による談合。放っておけば決して表沙汰にならない事件を捜査する人間は、つい自分も地下に姿を隠してしまう。

「一つ、質問がある」

さっさと面談室を出てしまった三井が足を止め、振り返った。

「どうして俺に会いに来た？　仕事の話なら、室長に会うのが筋だろう」

それと分からないほど、三井の口の端が小さく痙攣《けいれん》する。一瞬だけ私の顔をじっと見てから「進んで火の粉を浴びる必要はない」と言って背を向けた。

なるほど。ようやく三井の弱点を摑んだ。真弓のようなタイプを苦手とする人間は、少数派というわけではあるまい——私もその一人だが。今度は真弓を使って逆襲をしかけよう。それで三井の気力を打ち砕くことができるはずだ。

馬鹿馬鹿しい。これはまさに政治ではないか。普段の私なら鼻で笑っている、警察内部の権力闘争。

何だかげっそり疲れて、私は面談室に引きこもった。お茶を一杯。上等な渋みは舌と喉を慰めてくれたが、疑問で沸き立つ心を抑えるまでの効果はないようだった。

6

ありがちなこと——肝心な時に肝心な人間はいない。真弓は私を室長室から追い出してすぐにどこかへ行ってしまったようだし、碧に関する詳しい情報を確認しようと思っていた法月も不在だった。不在……このクソ暑い中、外を歩き回っているのか？　激怒するはるかの顔が脳裏に浮かび、私は温度計を突き破りそうになっている気温とは裏腹に、背筋に冷たいものを感じた。法月の行方を公子に訊ねる。

「さあ、どこかしら」公子が首を傾げた。「特に行き先は聞いてないけど」

「そうですか」私たちが世田谷から渋谷中央署へ向かっている時には、ここにいたはずだ。逃げ出したのはその後か——逃げ出す、という発想に私は思わず苦笑した。私の存在は、それほど煩わしいものなのか。

「あら、噂《うわさ》をすれば」

公子が丸い顔に穏やかな笑みを浮かべる。受付のカウンターを見やると、法月が額の汗をハンカチで拭いながら部屋に入って来るところだった。

「いやあ、今日の暑さは殺人的だな」

おどけて言う彼の顔をまじまじと観察する。顔色は悪くないか？　呼吸は上がっていないか？　とりあえず平常、と判断する。

「人の顔をそんなにじろじろ見るなよ」

「どこへ行ってたんですか。殺人的？　気温に殺されたら洒落《しゃれ》になりませんよ」

私の声は、自分で考えていたよりも冷たいものになってしまったようだ。法月が頬を張られたように目を見開き、私の顔を凝視する。彼の口から零れた言葉は、私のそれと同等の冷たさを秘めていた。

「どこへって、捜査に決まってるじゃないか」

「また無理してたんじゃないでしょうね」

「こうやって元気でいるじゃないか」法月が大袈裟に両手を広げて見せたが、私が何も言わないでいると、力なくぱたんと脇に垂らしてしまう。

「少しは自重してください。電話で話を聴いたりする分には構いませんけど、このクソ暑い中を歩き回ってたら……」

「自分の体のことは自分が一番よく分かってるよ。年寄り扱いするな」

無愛想に言って、法月が自席につく。公子に冷たい麦茶を求める口調も、やはり冷たいままだった。麦茶で一息つくと、ほっとしたように表情を緩める。

「で？　俺の情報が知りたいのか、知りたくないのか」

「情報はいつでも歓迎ですけど、体を張って取った情報までは欲しくありませんよ。オヤジさんに元気でいてもらうのが一番大事なんですから」

「もっとこう……」法月が胸の前で両手をこね合わせた。「何ていうか、クールに、ハードボイルドにいけないもんかね」

「ハードボイルドの基本は優しさじゃないんですか」

「そういうハードボイルドは、何十年も前に死んだと思ったがね。今はもっと非情な話ばかりじゃないか」

「何の話ですか、まったく」

法月が唇の端を持ち上げてにやりと笑う。彼の最大の魅力である満面の笑みには程遠かったが、私は胸の中に少しだけ暖かいものが流れ出すのを感じていた。この笑顔に騙されている、という感じも消えなかったが。

「刑事が小説の話なんかしてちゃいかんわな。で、出張の準備は進んでるのか？」

「はい？」

「仙台へ」

「仙台」阿呆《あほう》みたいに繰り返して、私はその言葉の意味を嚙み締めた。

「ちょっといい情報を仕入れたんだ。お前さんの後押しになる」法月が唇の端を持ち上げて笑みを零す。

「仙台で何かあったんですか」

「少なくとも占部はそこにいた。八日前には。Ｎシステムのデータと、ある程度は一致するわけだよ」

「仙台にいたという根拠は？」

「よし、正確にいこう。八日前、占部の銀行のキャッシュカードが、名取《なとり》市内のＡＴＭで使われている」

「名取？」

「仙台の隣だ」

「本人ですか？　それとも誰かが盗んだんですかね」

「それは現地で直接確認した方がいいんじゃないかな。使ったのが本人か別人か、防犯カメラの画像をチェックすればある程度は判断できるだろう。行ってみればいいじゃないか。夏休みも兼ねて、さ」

「室長と同じようなことを言うんですね」

「よせよ」法月が唇を歪めた。「室長と一緒と言われても嬉しくないぜ」

「しかし、よく割れましたね」

「お前さんたちの集めた情報に、銀行の口座番号があっただろう。それが分かってれば、割り出せることは案外多いんだぜ」

「おみそれしました」

大袈裟に頭を下げてやると、法月が声を上げて笑った。大方、銀行に勤めるネタ元を使ったのだろう。法月の情報源は、長い刑事生活を反映して多方面に及んでいる。

「その他にクレジットカードの番号が分かってると、もう少し詳しいことが分かるんだがな」

「それを教えてもらう前に、我々はあの母親から敬遠されましたからね」

昨日失踪課を訪ねて来た佳奈子は、占部の口座番号は控えていた。しかしカードについては分からなかった。少なくとも占部は、経済面に関しては母親からある程度独立していたようである。

「隣の仙台が、占部の出身地なんだよな」法月が確認した。

「ええ、子どもの頃はそこで育ったそうです」

「何歳まで？」

「いや、そこまで詳しいことは分かってないんですが」

「ふむ……」法月が顎を撫でる。「中学と高校が向こうにあるから、今でも仙台……宮城県とはビジネスで関係があるわけだ。だけど故郷としてはどうかな。小学生までか中学生までか高校までか。それによって、現在の地元との関係はだいぶ違ってくるはずだ」

「もしも小学生までしかいなかったら、ビジネス以外には関係が切れてしまっているかもしれない」

「高校までいたなら、案外濃い関係が残っている可能性もあるな。友だちとか」法月が私の言葉を引き取った。「その辺も調べてみればいい。だけど占部は、少し特殊な存在だったんじゃないかな」

「どうしてそう思います？」

「父親が先生なんて奴はたくさんいるだろう。だけど、父親が学校の経営者っていうのは珍しいはずだぜ。何となく、浮いた存在だったような気がする」

「そうかもしれませんね」いろいろややこしい立場にあったのは間違いないだろう。

「取り敢《あ》えずこの情報は、俺からのプレゼントだ。もう少し突っこんで調べてみるからな」

「それはちょっと……」

「踏ん切りの悪い男だな。人の心配をしてる暇があったら、自分のことだけ考えろよ」

「それができたら楽なんですけどね」再び会話が緊迫してきたのを意識して、私は話題を切り替えた。「ところで、二課の管理官がここへ来ましたよ」

「何だって」法月の目つきが一瞬で鋭く尖る。「用件は」

「藤井碧の件で、こちらが何を摑んでいるのか、興味があるみたいでした。オヤジさん、彼女は二課が関心を持つような対象なんですか」

「いや」法月がゆっくりと目を細める。「俺が調べた限りでは、それはなかったな。その二課の管理官は、具体的な話は何もしなかったのか？」

「ええ、腹の探り合いで終わりましたね」

「奴の腹は？」

「真っ黒」

法月が甲高《かんだか》い笑い声を上げる。不快に感じないぎりぎりの周波数を保っていた。ふいに真面目な顔つきになり、私に向かって身を乗り出す。

「二課の奴が何を考えてるのかは分からないが、亡くなった人間のことを探っても何も出てこないだろうね」

「しかし、妙ですよね。二課の仕事と大学の幹部職員というのは、うまくつながらない感じがする」

「気にするな。向こうは向こう、こっちはこっちだ。俺たちに取っちゃ、あの一件は終わったことじゃないか」

「まあ、そうなんですが」私は膝を叩いて立ち上がった。

「出張の準備か？」

「それは後で……もう少しあの大学について基礎研究をしますよ。相手のことをよく知らないと、戦えませんからね」

「熱心なことだ」

「何かあった時に、何も知らなかったでは済まされないでしょう。知識があるのとないのとでは、対応が違ってくる」

「確かにな。何かあってから人に頭を下げて教えを請うのは、嫌なもんだ」心底同情したように法月が言った。「ま、何にせよ勉強熱心なのはいいことだよ」

四十代も半ばになって「勉強熱心」と言われるのには抵抗がある。しかし相手が法月だと、どうにも怒る気にはなれなかった。自分よりもベテランの刑事、しかも心臓に持病を抱えた男を怒鳴り上げるほど、私は冷酷ではない。

そうではないと思いたかった。

結局私は何をしたか？　ネットに頼った。大学の沿革を知るには、大学へ行ってパンフレットでも貰ってくればいいのだが――港学園大までは、車で十五分しかかからない――

そもそも公式の印刷物に載っているような話なら、ネットでいくらでも拾えるものだ。それにビジネス誌などからネットに転載された記事には、パンフレットに記載されない話が幾らでも載っている。私の中で、港学園に関する情報が着実に蓄積されていった。

「学校法人港学園」が創立されたのは、戦後間もなくの一九四八年。初代理事長は占部の祖父《そふ》、隆俊《たかとし》だった。戦前は貴族院議員を務め、戦後に教育者としての道を歩き出したということらしい。学校法人設立後には、一貫性の中学・高校を開設し、地元の仙台では今も私立の名門校として高い評価を得ているようだ。私の記憶にあったその名前は、甲子園と結びついている。春夏合わせて三回の出場。最近ではゴルフ部や陸上部——特に駅伝——の躍進が目立っている。

大学創設に乗り出したのは、二代目の保だった。しかも地元・宮城ではなく、東京への進出。地価の高騰《こうとう》で、都心部の大学が一斉に郊外への脱出を始めていた時期である。古くなったキャンパスを作り直すためには都心の地価が重荷になり、多摩《たま》地区や埼玉、千葉などに逃げ出した大学がどれだけ多くあったか。そういう状況の中で保は、敢えて二十三区内、それも渋谷への進出を狙った。今となってみれば、先見の明だと言わざるを得ない。郊外へ脱出した大学は、地の利の悪さが足かせになって受験者数を減らしてしまうことすらあった。さらに少子化で学生数が絶対的に減り、郊外の広大なキャンパスが無用の長物と化しているところも少なくない。一方港学園は、渋谷区と港区にまたがるという立地条件もあって洒落たイメージを確立し、十年ほど前までは、毎年のように受験者数を増やしていた。

地方の受験生も、しっかり状況を見ているということなのだろう。せっかく東京へ出てくるのに、通うキャンパスが多摩の山の中、というのでは魅力は半減するはずだ。もちろんそれは、大学のレベルには一切関係のない話ではあるが。

港学園が東京で大学を開設した時、先代の保は四十二歳。今の自分より年下だったのか、と考えると何だか目の前が暗くなる。自分が今まで何をやってきたか。将来に残せるような業績を達成できたか。刑事の仕事はそんなものじゃないと思いながらも、何だか自分の人生を否定されたような気分になってくる。

六十七歳で病没した先代の跡を継いだ占部は、大学の規模拡大と派手な宣伝活動に力を注いだ。その一つが新しい学部の創設だったようだが、これが私にはどうにも理解できない。少子化で受験者数は年々減っているはずなのに、間口を広げてどうするのだろう。三浦は受験料で教職員の夏のボーナスがどうこうという話をしていたが、それはあくまで一時金に過ぎない。四年間、安定して払い続けられる授業料こそが、大学の本来の財源になるはずだ。最悪大学同士の食い合いになって、学生の受け入れ停止、倒産という事態にも至りかねない。結局、物珍しさで一時的に受験生の目を引きつけ、当面の受験料を稼ごうということなのか。非常に稚拙《ちせつ》なやり方、自転車操業に思えるが、大学の経営がそれほど切羽詰まっている証拠なのかもしれない。

スポーツに力を入れたのも、占部独自の路線だった。高等部は、既に駅伝で実績を残していたのだが、そこから大学へ直結するルートを拓《ひら》いたのである。コーチングを強化するために、現役時代にオリンピックに出場経験のある社会人の監督もリクルートしてきた。その結果、高等部からだけでなく、他の高校からも実力を持った選手が大学に大量に流れこんでくるようになった。甲子園出場ほどの宣伝効果はないだろうが、それでもスポーツの成績が上向けば、受験生の目を引くのは間違いない。

それらを推し進めたやり方が、一部の職員や関係者の「ワンマン」という批判を生み、それがあの雑誌の記事につながったのだろう。三浦に言わせれば、内部関係者が不満をぶちまけただけということだが、そういう風に考えている人間が学内にいるのは事実である。しかし、ある程度強権を持って物事を進めていく人間がいなければ組織は発展しないものだし、この程度の記事で大学の根幹が揺らぐとは考えられない。占部本人もさしてダメージを受けていないのではないだろうか。

夕方近く、真弓が戻って来たので、二人で室長室に籠った。法月が調べてきた事情を説明する。

「まだ弱いわね」真弓の乗りはもう一つだった。

「占部が宮城にいる——いたと断定できるだけの材料にはならない。それは認めます」私も同意せざるを得なかった。

「そう……」真弓が天を仰ぐ。「だとしても、あなたを止める明確な理由にはならないわね。逆に言えば、行ってもらう理由もないけど。今のところフィフティ・フィフティで、積極的に動く理由はない、という感じじゃない？」

「ただし、動かないと何も始まりません」

「そこで原理原則を持ち出されてもね。ところで夏休み、どうするの？」

「明日からいただきます」自分の意見を押し通すために、逆に真弓の提案に乗ることにした。「東北にはあまり縁がないんですよ。向こうは少しは涼しいかもしれないし、ちょっと骨休めもいいですよね。牛タンも好物だし」

「いいオッサンが一人で東北旅行ね」真弓の目に、この状況を面白がる色が浮かんだ。

「年齢の話は、この部屋ではタブーということにしたと思いますが。オッサンはやめて下さい」三歳年長の上司に向かって、私は忠告した。赴任してきた直後、この話題でやり合ったことがある。

「いいオッサンだからこそ、たまには骨休めが必要かもしれないわね」

「そういうことにしておきましょうか」人の話をまったく聞いていない。溜息をつきながら私は認めた。

「何かあったら出張に切り替えます」

が」

「そうなることを願ってますよ……それより、法月さんが相変わらず動き回ってるんです

「体調はどうなの」真弓がふっと表情を暗くした。

「今のところは問題ないと思いますけど、場所が場所ですからね」私は自分の左胸を押さえた。「散々言ってるんですけど、なかなか言うことを聞いてくれません。何であんなにむきになってるんだろう」

「私も知らない」

私の顔から視線を外す。何か知っているのでは、と疑念が浮かんだ。

「それは無責任じゃないですか」

「部下の事情は把握しておかないと。管理職として、こういうことを考えるのも必要なのよ。一晩じっくり呑みながら、法月さんと話し合ったら?」

「まさか。法月さんの心臓に負担をかけるようなことはできませんよ」

「だったら、他の手を考えて。工夫するのも給料のうち」

それ以上私の追及を許さず、真弓は手元の書類を引き寄せた。まったく、何を考えているのか。彼女は責任者としての業務を放棄《ほうき》しているとしか思えない。失踪課で業績を上げて本流に返り咲こうという野望は理解できないでもなかったが、部下のケアもできないようでは、その目標は遠のく一方ではないだろうか。

室長室を出ると、業務時間は終わっていた。失踪課ではいつものことだが、早々と人がいなくなっている。そういう風潮に抗《あらが》うように、用もないのに残業をしていることが多い愛美さえ、今日は姿を消していた。法月の姿が見えないので少しほっとしたが、もしかしたら夜の街で独自の捜査を進めるつもりかもしれない、と思うとぞっとする。真弓と話す前にもう一度忠告しておくべきだった、と後悔した。

珍しいことに、舞だけがまだ居残っていた。凄《すさ》まじい形相でキーボードを叩いている。いつも綺麗にマニキュアをしているのだが、それが剝《は》がれるのではないかという勢いだった。父親が厚労省の官僚、母親は製薬会社の創業者一族で、法月いわく「本物のお嬢様」の舞は、いつも習い事だ、合コンだで、定時を過ぎて自席に座っていることはほとんどない。

「六条」

「はい?」モニターから顔も上げずに舞が答える。

「明日、朝一番で宮城に行くんだ。悪いけど、新幹線のダイヤを調べてくれないか」

「時刻表ならそこにありますよ」右手をキーボードに置いたまま、左手で頭越しに自分の背後を指差した。あまりにもアバウト過ぎて、「そこ」がどこを指すのかさっぱり分からない。おそらく彼女の後ろにあるファイルキャビネットの中だろうと判断し、そちらに回りこんだ。一番新しい時刻表を引っ張り出して、そのついでに彼女の手元を覗きこんでみる。データベースへの打ちこみ作業をしていた。

「何で今頃そんなことをやってるんだ?」

「終わらなかったんです。今日の午後、システムがダウンしてて」

「知らなかったな」

「自分でやらないから、気づかないんでしょう」頭から湯気を立てそうな勢いで舞が文句をつけた。「もう、約束の時間に遅れちゃう」

「また合コンか」

「食事会って言って下さい。合コンなんて言い方、古いですよ」

会話が嚙み合わない。そもそもどうして彼女が警察官になったのかも、私の理解を超えている。何かの機会に確認してみようと思うこともあるが、訳の分からない理屈を持ち出されてさらに混乱するのを恐れ、未だに口にしていなかった。一つだけはっきりしているのは、戦力としては一切期待してはいけないということだ。

新幹線の時刻表を調べていると、舞の声が耳に入った。苛ついているが、少しだけ甘えたような声。何だ? 彼女のこんな声を聞いたことはなかった。

「ごめん、もうちょっと……」

「全然大丈夫だから」

顔を上げると、カウンターに両肘をついて身を乗り出した男が、舞に話しかけていた。その顔を見た瞬間、私は少ない材料から瞬時に状況を推理した。東日新聞のサツ回り、阪《さか》井康之《いやすゆき》。にやついた表情。舞の焦った、そして甘えた声。大慌ての仕事ぶり。何が食事会だ。要するにデートじゃないか。

「高城さん」私に気づいたのか、阪井が声をかけてくる。低い、よく通る声。私は黙ってうなずき、また時刻表に視線を落とした。それで「話しかけるな」と意思を伝えたつもりだったが、阪井は図々しく部屋に入りこんで来た。私の前に立つと、少しだけ身を屈めるようにして話し出す。クリーム色のコットンスーツに真っ白なボタンダウンシャツ。ネクタイは淡い青のニットだ。これに白茶コンビのウィングチップとカンカン帽でも合わせれば、殺風景な警察署の中に一九三〇年代のアメリカのリゾート地が出現するのだが、惜しくも靴は房飾りつきのローファーだった。

阪井は三方面のサツ回りで、本庁の取材をする立場ではないが、渋谷中央署に間借りしている失踪課分室にもよく顔を出す。最近は刑事課や生活安全課への出入りが厳しく制限されているために、入りやすい失踪課で暇潰しをしているようだ。迷惑だが、邪険にするわけにもいかない存在である。いっそ、立ち入り禁止を通達すればいいのだが、失踪課は他のセクションに比べれば「開かれた存在」を公言している。

「出張ですか」

「いや、夏休み」

「へえ、いいですね。俺はまだですよ」

「そうやって死ぬまで働かされるんでしょう」

「そうなんですよ、本当に人使いの荒い会社で、嫌になります」

「高い給料を貰ってるんだから、文句を言うとバチが当たるよ」

「バチが当たるほど高い給料じゃないですよ……東北ですか」

東北新幹線のページを開いていたのを、目ざとく見つけたようだ。わざと音を立てて閉じると、分厚い時刻表が立てる風で、書類がふわりと揺れる。

「おいおい、覗き見禁止だぜ」

「失礼」言葉と裏腹に目は笑っている。「向こうはそろそろ涼しいんじゃないですか」

「ああ、たぶんね」

「どちらへ?」

「ま、宮城辺りかな」

「曖昧ですね」阪井が腕組みをして首を捻った。「旅行なのに、行き先が決まってないんですか」

「気の向くままにぶらりというのもいいんじゃないかな。俺も、そういう贅沢《ぜいたく》をしてもいい年だ」

「失踪課はそんなに暇なんですか」

「もちろん暇だよ」暇なわけがあるか、という憤りを胸の中にしまいこんで、へらへらと笑いながら答える。「失踪課が忙しいわけがない。見てりゃ分かるでしょう。もう誰もいないんだから」

「でも高城さんが来てからは、何かと忙しいですよね。事件を運んできたんじゃないですか」

「何ということを」私は両手で胸を押さえた。悲しげな表情を作ることには失敗した。「俺は平和主義者なんだぜ。事件の神様に見放された男とも呼ばれてる」

「そうですかねえ」疑わしげに阪井が言った。「高城さんが動いてると、いつも何か起きるんですよね」

「そんなわけないでしょう。嘘だと思ったら室長に確かめてみればいい、まだ部屋にいるから」

「いや、それは……いいです」阪井が勢いよく首を振る。「ちょっと苦手でしてね、あの室長は」

「お仲間だね」

阪井がにやりと笑った。少し顎が細い、「草食系」と評される今時のハンサムな顔。耳を覆うほどの長さの髪も、あまり鬱陶しい感じはしない。キャリアを考えればおそらく二十代後半から三十歳というところなのだろうが、表情にはどことなく少年っぽい色が残っていた。一般受けするタイプ、いかにもてそうな感じだ。舞のデート相手としては……後で彼女の好みを聞いてみようかとも思ったが、しっぺ返しを食らいそうなので、その考えを頭から押し出した。

「何か？」

「いや……ところで六条とデートなのか？」

「ただの食事会ですよ」舞と同じ言葉だ。

「変なこと、考えるなよ」私は一転真顔を作って警告した。「正直言って、あまりお勧めできないな。ここから何かネタが出るようなことがあったら、あいつが真っ先に疑われるんだぜ」

「そんなスケベ心、ありませんよ」

「別のスケベ心はあるわけか」

阪井が苦笑を浮かべ、唇の下を人差し指で擦った。

「オヤジ臭いこと、言わないで下さい。高城さんが心配するようなことは何もありませんから」

「管理職としては、心配で胸が張り裂けそうなんだが」

「保護者としてではなく？」

「俺はそこまでオッサンじゃない」

「終わった！」

　舞が嬉しそうな声を上げ、派手に万歳をした。阪井も表情を崩し、「それじゃあ」と気軽な一言を残して、身軽に私の許を去って行く。舞にも忠告しておくべきか……いや、それは野暮というものだろう。阪井も馬鹿ではないはずだ。私が二人の関係を知っているという事実こそが抑止力になる――そう信じて、連れ立って部屋を出て行く二人の背中を見送った。何となく釈然としない気持ちは残ったが、怒鳴り上げるほどのことではないだろう……まったく、管理職でなければ、こんなことを気にする必要もないのに。


　七時過ぎまで失踪課に残り、明日の出張の手配を整えた。八時過ぎの新幹線。ということは、七時には武蔵境の家を出なければならない。さっさと引き揚げることにしたが、井の頭線に乗る前に渋谷で夕食を食べていくことにした。未だに足元から這い上がるような暑さが残っていたが、何故かラーメンが頭に浮かぶ。あまりに暑くて、体が水分と塩気を欲しているのかもしれない。

　明治通りと六本木《ろっぽんぎ》通りの上にかかる歩道橋を渡り、桜丘町《さくらがおかちょう》に向かった。ここに、失踪課メンバー行きつけのラーメン屋、「末永亭《すえながてい》」がある。メニューはオーソドックスに醬油《しょうゆ》、塩、味噌《みそ》。それ以外に創作メニューが月替わりで登場する。今月はまだ顔を出していなかったから、新作メニューを試してみようという気もあった。

店主の末永充《みつる》の明るい笑顔に迎えられると、暑さによる疲労も苛立ちもすっと解けていく。末永はラーメンを作るのが楽しくてたまらないという若者で、毎日十五時間はこの店に詰めているようだ。朝七時からスープの仕込みを始めて、夜の十時まで。もっとも、スープが売り切れてしまうので、正式な閉店時間まで店を開けていることは滅多にない。昼飯時は長い行列ができる人気店なのだ。

壁のメニューを確認して、「夏のへるしーらーめん」という新作があるのを確認する。達筆の末永本人が黒々と墨で書いたものだ。ひらがなとは合っていない感じもしたが。

「この『へるしーらーめん』を試してみようかな」

「どうぞ。だけどさっぱりしてませんよ」いつも通りの笑顔で末永が答える。トレードマークのバンダナは、今日は白にオレンジ色の花を散らしたものだった。

「ヘルシーなのに?」

「塩分控え目、ということです。その分スープをこってりさせてますから、味はそんなに変わりませんよ」

「じゃ、それを」

五分ほどして目の前に置かれたへるしーらーめんのスープは白濁しており、明らかにトンコツをベースにしていた。麺はほとんど見えない。具は大量のワカメとキャベツ、色薄く煮上げたメンマだけで肉っ気はなかった。スープを一口啜ると、普段よりも濃い味わいが口中に広がる。塩気ではなく濃さで食べさせるラーメン。最初は少し違和感を感じたが、それでも次第に食べるスピードが上がってきた。

汗びっしょりになって食べ終え——理性が勝って、美味いスープは二センチほど底に残した——丼をカウンターに置く。

「どうでした」末永が笑顔を崩さず訊ねてきた。本当は訊ねるまでもないのだろう。自分の作る味には絶対の自信を持っているはずだ。

「美味いよ。だけど、何でこういうメニューを？」

「頼まれたんですよ。お客さんのリクエストに応えるのも大事ですから」

「図々しい人もいるもんだね」

「やだな、法月さんですよ」

「オヤジさん？」

「ええ。何か？」末永が不思議そうに目を細めた。

「いや」

「塩分控えめで美味いラーメンが作れないかって頼まれましてね」

「そうか……」私はコップに半分残った水を飲み干した。この店を私に紹介してくれたのは法月である。ラーメンは彼の好物なのだが、やはり健康を気にしているのだろうか。

「何か言ってたか、オヤジさん？　体のこととか」

「いや、特にそういうことはないですけどね」

礼を言って店を辞去した。ラーメンは美味かったが、法月の行動を考えると、いつもあの店を訪ねた後で感じる深い余韻があっさり消えてしまう。体調管理は大事なことだが、法月は気にし過ぎではないか。逆にそこまで気を遣わなくてはならないほど、体調が悪化しているのか。私たちの前でだけ、「何でもない」と気丈に振舞っているのかもしれない。

何か法月を封じこめる方法はないものだろうか。そんなことを考えながら歩いていると、後ろから声をかけられた。

「おや、刑事さんじゃないですか」

振り返ると、三浦がにやにや笑いながら立っていた。足元がどこかおぼつかないのは、アルコールが入っているせいだろうか。何となくこの場では会いたくない相手だったが、無視するわけにもいかない。立ち止まって私を待っている三浦のところへ、ゆっくり歩み寄った。

「遅くまでご苦労さんですね」

「食事をしてただけですよ」

「腹が膨れたら、次はアルコールが欲しくなるんじゃないですか」

「もう入りませんよ」

私は、最近膨らみの目立ち始めた腹を摩《さす》った。三浦はそれを、何故か嬉しそうに見ている。

「まあ、そう言わずに、ちょっとつき合いませんか？　一人で呑むのもいいけど、仲間がいるのも悪くないよ」

こっちは一人で呑むのが、それも家で呑むのが好きなのだ。そう説明しようかとも思ったが、三浦の嬉しそうな顔を見ているうちに断れなくなってしまった。うなずき、彼の後について歩き出す。

三浦が選んだ店は、セルリアンタワーの裏手にある雑居ビルの地下にあった。漆黒をベースにしたインテリア。低いボリュームで流れるジャズ。そういう雰囲気と裏腹に、カウンターの奥の棚に並んでいるのは、すべて日本酒だった。日本酒か……苦手な酒だ。ウィスキーに比べて、体内の残留時間が長いような気がする。ウィスキーは体内で別の物体に変わり、呑み過ぎさえしなければ翌朝には消えてくれる――しばしば呑み過ぎるのは私自身の問題だ――のだが、日本酒は成分がそのまま残って、かならずひどい二日酔いになる。まあ、いいいか。少なくとも明日は、新幹線に乗っている間は寝ていられる。

「ここは、新潟の酒が揃っててね」舌なめずりしそうな表情で三浦が言った。

「ご出身、新潟なんですか」

「そうじゃないけど、私の知ってる限り、酒が一番美味いのは新潟だね……雪中梅《せっちゅうばい》を試してみますか。有名なのは越の寒梅だけど、これもいけるよ」

「何でもいいですよ。どうせ日本酒の味は分からないから」

酒は、独特の容器で出てきた。ガラス製で形は急須に似ているが、酒が入っているのは真ん中の円筒部分。その周囲には細かく砕いた氷が詰められている。

「これだと薄まらないで、冷えたまま飲める」説明して、三浦が二つの小さなグラスに酒を注いだ。私が受け取ると、軽くグラスを合わせてすっと呑み干す。それこそ水を飲むようにスムーズに。私も口をつけてみたが、口当たりの軽さと爽《さわ》やかさに驚かされた。こういう日本酒もあるのか……これは気をつけないといけない、と自分を戒《いまし》める。確かに水のように呑める酒だが、こういう酒ほど翌日苦しくなったりするものだ。

「美味いですね」

「でしょう？」三浦が嬉しそうに言った。「この口当たりの良さが何とも、ね」

「この店、よく来るんですか」

「この辺りは私の庭ですからね」

「大学からは結構遠くないですか？」

「いやいや、帰り道みたいなものなんでね。ついつい足が向いてしまう」

早くも二杯目を注ぎ、今度は軽く口をつける。顔は赤いが口調はしっかりしていた。この調子なら何か話を聴けるかもしれない。この男は、昼間全てを話したわけではない、という確信があった。酒の力を借りて話をさせるのはまっとうな手段とは言えないが、参考にする程度なら問題もないだろう。仮に彼の口から出てくるのが本当の話なら、後で裏を取ればいい。確認できる人間は必ずいるはずだ。

「どうですか、捜査の方は」三浦の方から話を切り出してきた。

「実は、正式には捜査できなくなりました」際どいことを話している、という自覚はあったが、あえて口にしてみた。

「ほう？」

三浦が片目を見開く。私は簡単に事情を説明した。明白な事件性がない限り、家族が望まない状態で捜査はできない、と。

「事件性ねえ」

「何かご存じなんですか」

「いやいや、まさか」三浦が顔の前で大袈裟に手を振る。「あのねえ、大学なんてのはろくなところじゃなくてね。まとまりがないんですよ」

「まとまり？」

「そう。普通の会社は、同じ目的を持った人が集まるわけだから、自然とチームワークが生まれるでしょう。でも大学っていうのは、基本的に寄せ集めなんですよね。教授陣は出身校もばらばらで、それぞれが個人営業みたいなものだし。勝手に別の方向を向いてるんだから、まとまりなんてものには縁がないですよね」

「でも、組織としてはちゃんと動いてる」

「そういうのは、それこそ理事会と事務方の仕事でね。経営と研究、教育は別物なんですよ」

「分かりにくい世界ですね」

「建て前は、大学は教育機関。もちろん研究機関でもある。だけどその実態は巨大教育産業だからねえ。最後は生臭い金の話になってくるのも仕方ないでしょう」

「占部理事長は、その辺を上手くやっていたようですが」

三浦が声を上げて笑ったが、それはひどく乾いたものであり、彼の本音《ほんね》が透けて見えた
――理事長を過大評価するなよ、と。

「金儲けが上手いのは間違いないだろうね。おかげで我々ものうのうと、自分の好きな研究をやってるわけだが」

「彼がいなくなると困りませんか」

「困るだろうねえ。ただ、代わりの人間は必ず現れるはずだよ」

「大学側は理事長を本気で捜しているんですか」

「捜してるんだろうけど、どこまで本気かは分からないね。ただ騒いでるだけで、本腰なのかどうか……」三浦が首を振り、グラスを干した。

「何かおかしいと思いませんか？　理事長が行方不明になったら、普通は必死に捜すでしょう。そのためには、我々の捜査が必要だと思うんですが」

「上が何を考えてるかは分かりませんな」

「理事長が出てくると困ることでもあるんですか」

「さあ、どうだろう」

　知らないのではなく、口を濁しているのだということはすぐに分かった。この男はのらりくらりを繰り返して私の反応を楽しんでいるようだったが、嘘をつけるような性格ではなさそうだ。

「言えないことでもあるんですか」

「私は一応、学者でね」三浦が首を捻って私の顔を見た。「もやもやした妄想が仮説の段階になれば、人に話すことはあります。そうやってアイディアを揉んで、正式に発表できる形に持っていくのはよくあることで……ただ、それ以前の段階で人に話すことはありませんな」

「つまり今は、仮説も固まっていない？」

「そういうことです。ま、自分の専門に関係ないことで仮説を立てても、仕方ないかもしれませんがね」

「アイディアの断片だけでも聞かせてもらえると助かるんですが」

「そういうのは主義に反するんですよ」

穏やかな笑みで、彼は私の願いを封じこめてしまった。

7

日本酒なんか、二度と呑むものか。
またもや酒呑みの愚かしさ——翌朝必ず襲いくる二日酔いの苦しみを忘れてしまうこと——を嚙み締めながら、私はどうにか新幹線のシートに腰を落ち着けた。三浦との酒宴は三時間近くに及び、家に帰り着いたのは十一時過ぎ。熱いシャワーで何とかアルコールを追い出そうと試みたが、それが逆効果だったようで、夜が更けるに連れて酔いはひどくなる一方だった。仕方なくベッドに潜りこんだのだが、体に合わない酒を呑んだ時の常で、どうにも寝つけない。結局何十回と寝返りを繰り返し、つけっぱなしのラジオが深夜放送から早朝の天気予報に変わる時間帯に、辛うじてうつらうつらしただけだった。ラッシュアワーが始まった中央線の中で、身を捩《よじ》るようにしながら五百ミリリットル入りのスポーツドリンクを飲み干し、さらに新幹線を待つ間に二本目を半分ほど飲む。それでもなお、全身の細胞が水分を欲し続け、頭の芯がぐらぐらする感覚は消えなかった。数時間後には間違いなく頭痛が襲ってくるだろう。それを見越して頭痛薬を飲むと、今度は胃が鈍い痛みに悲鳴を訴え始めた。「胃に優しい」と評判の頭痛薬だったのだが……製薬会社を訴えてやろうかと本気で考えながら目を瞑ると、すぐに眠りに引きずりこまれた。

短い睡眠から私を引きずり出したのは、ワイシャツの胸ポケットの中で震え出した携帯電話だった。舌打ちして引っ張り出し、「法月」の名前が浮かんでいるのを確認して席を立つ。デッキに出て通話ボタンを押した。

「よう、今、新幹線かい」法月の元気な声が耳に飛びこんでくる。私よりよほど快活な調子だった。

「ええ。寝てました」

「悪いね。だけど自業自得だぜ。出張の前ぐらいは酒を控えた方がいい」

「どうして分かるんですか？」

「声を聞けば誰でも分かるさ。死にそうじゃないか」

「今回は出張じゃないですから。あくまで夏休みです。どうしたんですか、こんな早くに」

腕時計に視線を落とす。失踪課に出てきたばかりだろう。

「向こうにはどれぐらいいるつもりなんだ」

「分かりません。休暇は三日取ってますけど、状況次第ですね」

「バックアップするよ」

「それは明神に頼んでます。大学関係者に何とか当たりをつけてもらうように――」

「そいつは、明神にはちょいと荷が重い仕事じゃないかなあ」

「あいつ、近くにいないでしょうね」私に類が及ぶことはないはずなのに、つい声を潜めてしまった。

「大丈夫だよ」そう言いながら、法月も調子を合わせるように声を低くする。「あいつには俺から言っておくから、ちょっと俺にも大学の方を当たらせてくれよ」

「無理しないで下さいよ」

「だから、少しは体を動かす方がいいんだって」

「どうしてそんなにむきになるんですか」

「むきになっちゃいけない理由でもあるのか?」

「それは体のことを考えれば――」ふいに昨夜のラーメンの味が口中に蘇った。「オヤジさん、末永亭に新作のラーメンを頼んだんですって?」

「何で知ってるんだ」法月が警戒感を露にする。

「昨夜、食べに行ったんですよ」

「何だ、あの若者もお喋りだな」法月は本気で不満そうだった。「そんなこと、一々言わなくてもいいのに」

「それはともかく、どういうことなんですか」

「どうせなら美味くて体にいいものを食べた方がいいと思わないか？　美味かっただろう、あのラーメン」

「ええ、それは、まあ」

「だったらいいじゃないか。お互い健康的な生活を目指して頑張ろうぜ。また連絡するから」

「オヤジさん？」

「ああ？」

「教職員名簿は明神が持ってますから、それを参考にして下さい。特に注目して欲しいのは、三浦という法学部の教授です」

「何者だい」

「思わせぶりな男でね。何か言いたいみたいなんだけど、いつまで経っても話の内容が曖昧なんです」

「ネタ元になりそうなのか？」

「それは向こうの気分次第かもしれませんが……俺みたいに腕の悪い人間だと、いい話を引き出せないかもしれませんね」

「高城賢吾ともあろうお方が随分ご謙遜だな、ええ？」

「お願いできますか？　ただし昼間に訊ねて下さい。夜だと、酒抜きでは話せませんからね」

「なるほど、そういうタイプか……分かったよ。任せておけ」

最初に会話を交わした時よりも、法月の口調はずっと素直になっていた。どうやら彼をコントロールすることができたようだとほっとする。「仕事をするな」と無理に命じれば、かえってストレスを増幅させてしまうかもしれないが、この程度なら体力的にも問題なく、気持ちの面でもそれなりの充実感は得られるだろう。これが管理職の仕事ということか、と溜息をつく。後は愛美に連絡を入れて、法月の監視を指示しないと。

電話を切り、それにしても、とまた溜息をつく。どうして法月はあそこまでむきになるのだろう？　今の飛ばし方は、彼にとって百害あって一利なしである。しかし法月を力ずくで止めようにも、私は時速二百キロ以上で東京から遠ざかりつつある。無理をしないことを祈るしかできなかった。


仙台駅まで行って在来線で南へ戻る——名取へ行くのにはそれが一番近道だったが、私は車を借りることにした。宮城は交通の便が悪いところではないが、東京ほどではない。自由に動き回るためには、やはり自分だけの足が必要だった。

法月と話をしたせいではないだろうが、日本酒による悪性の二日酔いはいつの間にか抜けていた。車内販売のサンドウィッチとホットコーヒー――街中の店で、この値段でこの味だったら「店長を呼べ」と騒ぎ出すところだ――を腹に収めて、さらにアルコールから遠ざかる。

仙台まで二時間。ホームに降り立った時には、またもや気力が萎《な》えそうになった。暑い。東京の酷暑から逃げられるのでは、という期待もあったのに、暑さの方で私を追いかけてきたようだった。汗がどっと噴き出し、そのうちハンカチで抑え切れなくなるのは明らかだった。後でタオルを買おう、と決める。心配になって首を捻り、鼻を肩に押しつけると、汗の臭いが気にかかった。まあ、いい。レンタカーの中でエアコンをがんがんかけて、汗を引っこめてしまえばいい。

値段を考えて一番安い車を借りたため、窮屈《きゅうくつ》な思いを味わうことになった。四人が楽に乗れる車でも、圧迫感があるのは否めない。最近乗る車といえば、失踪課が捜査車両に使っているV35のスカイラインぐらいだが、あの車はそれなりにガラが大きく、少なくとも頭や肩の辺りに狭苦しさを感じることはない。この車は、どこかがつかえるわけではないのだが、少しでも体を動かすとぶつかってしまいそうだった。

仙台から名取へ。初めて訪れる街なので、大きな道路をたどった。南へ走って市街地を抜け出し、国道四号線へ。仙台バイパスと東北本線に挟まれた道路をひたすら南下して行くうちに、都会の色である銀と白が田園の緑に取って代わられ、周囲に高い建物がなくなる。冷房を効かせているのを一瞬忘れ、私は四枚の窓を全て開け放った。熱波が車内を洗ったが、乾いているせいで不快感はない。東北の夏というのはこんな感じなのだろうか。そういえば、仙台が初めてどころではなく、福島から北にはほとんど縁がなかった、と思い出す。基本的に都道府県の枠に縛られる警察は、遠方への出張がそれほど多いわけではない。失踪課は例外だが、これまでの出張は西の方が多かった。

銀行を訪ねる前に、港学園を見ておくつもりだった。占部の野望が生まれ育った原点と言ってもいいだろう。東北本線沿いから外れ、学校の最寄り駅である仙台空港線の杜せきのした駅を目指す。高架式のホームの両側に白いポールが林立する駅舎は遠くからでも目立ち、私は肋骨《ろっこつ》が残った巨大な恐竜の化石を連想した。駅周辺の開発はこれからという感じで、学校以外のランドマークは、巨大なショッピングモールぐらいしかない。このショッピングモールができる前、港学園の生徒は勉強か運動しかすることがなかっただろう。帰りに寄り道する場所すらなかったはずで、進学校になるしかなかったのも理解できる。

駅の北側にある港学園の敷地は広大だった。最初に周辺をぐるりと一周してみたのだが、東京の大学のキャンパスの二倍は軽くありそうだ。田舎《いなか》で地価が安いことを考えても、かなりの規模である。正門には、左に「港学園中学校」、右に「港学園高等学校」と二つの看板がかかっていた。正門からは、ゼロヨンレースに使えそうなほど長い直線道路が続いている。ここへ入りこんで中を見ていたら、怪しまれるかもしれない。余計なことを勘ぐられるのもまずいと思ったが、好奇心が勝った。声をかけられたら立ち去ればいい。今日はちゃんと髭も剃ってきたし――二日酔いの割によくやったものだ――少なくとも変質者には見えないはずだ。滅多やたらにバッジを見せるわけにはいかない、と自制心を働かせる。一応今は夏休み中であり、ここでの行動は公務にはカウントされない。本当はバッジを持ち出すのも服務規程には違反しているのだが、その責任は真弓に考えてもらうことにするつもりだった。

車を道路端に停め、あまりきょろきょろしないように注意しながら正門をくぐった。「堂々としていると案外怪しまれない」と、私は駆け出し時代に盗犯専門の先輩刑事から聞いたことがある。実際、後ろめたいことのある人間ほど、周りを気にするものだ。正門から真っ直ぐ続く道路を行けるところまで行き――おそらく裏門があるだろう――その間に右側にある高校を観察する。折り返して中学校の方を見ようと決めた。

構内を貫く道路の両脇には高さの揃ったポプラの並木が植えられており、奥に向かって徐々に小さくなる様は、遠近法の手本のようだった。右側、正門を入ってすぐのところに、まだ新しい体育館がある。かまぼこ型の素っ気無い作りだが、設備は最新のようで、窓から覗くとささやかながら観客席までしつらえられていた。中からは重いボールを床に打ちつける低い音――呪術師の打ち鳴らす太鼓の音を私は連想した――と、シューズのゴム底が床に擦れる特有の耳障りな音が、絶え間なく聞こえてくる。バスケットボール部が練習中のようだ。声は聞こえない。真夏の昼前、練習していて一番疲れる時間帯だろう。ここで声を出さないと乗り切れないぞ、と心の中で未来のＮＢＡ選手たちに声をかける。

体育館の脇には武道場があった。体育館を一回り小さくしたような建物で、屋根は体育館同様、地味な小豆《あずき》色に塗られている。こちらはしんと静まり返っていた。練習、休み。部員たちにとってはありがたい話だろう。この暑さの中、剣道の防具は自殺幇助《ほうじょ》の道具になりかねない。

二つの建物の奥が校舎になっている。入り口は中央を走る道路に面しており、道路と直角に交わるように右奥に広がっていた。ということは、授業中生徒たちの目に入るのは、武道場と体育館の建物だけ、ということになる。勉強に集中するにはいい環境かもしれない。知り合いに聞いたことがあるが、彼の高校は小高い丘の上にあり、窓に目を転じると遠くで輝く相模湾の景色が嫌でも目に入ってきたそうだ。あれで勉強しろっていうのは無理だよな、というのが彼の年寄り臭い感想だった。

ふと気づくと、いつの間にか一つの音しか聞こえなくなっていた。豪雨のように降り注ぐ蟬の声。夏休みの高校らしいといえばらしいが、体育館以外に人気《ひとけ》がないのは不気味でもある。校舎を通り過ぎたところで、別の音がかすかに聞こえてきた。重なり合う管楽器の響き。決して上手くはない。ビブラートは不安定だし、ハーモニーは微妙にずれている。

だがこの学校が吹奏学部を持っていることに気づいて少しだけ頬が緩んだ。力を入れているのは勉強とスポーツだけではないのだ。文化活動が盛んなのはいいことではないか。

校舎の奥は広大なグラウンドになっていた。陸上部が使う四百メートルトラック。その奥にはナイター設備つきの野球とサッカーのグラウンド、テニスコートがあった。クラブハウスだろう、レンガ造りの二階建ての建物が、野球部のグラウンドに隣接して建っている。私立高校はやはり金を持っているのだ、と実感した。何十年も前に自分が通った公立高校の狭いグラウンドとつい比較してしまう。私の高校では四百メートルのトラックは辛うじて確保できたものの、全ての部が同時に練習をするのは、複雑な一筆書き問題を解くように困難だった。その頃強かった野球部には、グラウンドの半分の優先的な使用権があったが、ライト側はないものとして練習していた。残る半分をサッカー部とラグビー部が分け合っていたが、当然正規のグラウンドの半分も場所が取れない。その合間を縫うように、陸上部の選手たちがトラックを走っていた。投擲《とうてき》競技の練習は、他の部に声をかけてからでないと危なくてできなかった。

金があるからこういう施設を整えられるのか、施設を整えて金のなる木——受験生を誘導するのか。鶏が先か卵が先かという議論にも似ているが、いずれにせよキーワードが「金」なのは間違いないようだ。そのグラウンドに誰もいないのは、少しばかり不気味ではあった。あらゆるスポーツでそれなりに「強豪校」と言われる港学園が、夏休みだからといって練習をしないのか——違う。おそらく合宿に行っているのだろうと思い直した。この時期なら、涼しい北海道辺りかもしれない。それすら、中学生たちにとっては「売り」になるはずだ。

グラウンドのさらに奥は駐車場になっている。念のため足を運んでみた。もしかしたら占部のBMWが停めてあるかもしれない。発見できれば、この件はほぼ終了である。

それほど甘くなかった。職員はそこそこ出勤しているようで、広い駐車場は三分の一ほどが埋まっていたが、該当するBMWは見当たらない。背中を汗が伝い、ワイシャツが体に張りつく感覚を不快に感じながら、引き返すことにした。今度は中学校の方を見ていこう。しかしその計画は、半ばで頓挫《とんざ》した。それまで誰にも会わなかったのに、高校の校舎の前まで来た時、建物から出て来た教員らしい若い女性と出くわしたのだ。化粧っ気がないのを補って有り余る血色の良い丸い顔に、大きな目。Tシャツにコットンパンツというラフな格好だった。クリップボードを手にしている。バスケットボール部のコーチ？　それにしては背が低い。無視して早足で追い越そうとしたところで、声をかけられた。

「父兄の方ですか」凛《りん》とした声で、嘘を許さない厳しさがあった。

「父兄候補です」嘘と同時に冷や汗が流れ落ちる。

「子どもさんが受験予定なんですね」彼女はいつの間にか私と並んで歩いていた。最初のやや棘々しい口調は薄れている。

「ええ、娘が来年受験です。私はこちらを全然知らないので、ちょっと自分の目で見てみようと思いましてね。今日は少し時間が空いたんで、飛んで来たんですよ」

「そうですか、それはご苦労様です」

彼女が真顔で頭を下げたので、少しばかり良心の呵責《かしゃく》を感じる。今までのところ、大嘘ばかり並べていることになる。この場を早く逃げ出さないとまずい。いずれこの学校に、正式な捜査で入ることになるかもしれないわけで、その時に、この女性教諭が私の顔を覚えていたら厄介なことになるだろう。しかし私は、一つの原則に従って動くことにした。一度ついた嘘は最後までつき通せ。

「どうですか、ご覧になって」

「生徒さんがいないと、雰囲気がよく分かりませんね」私は肩をすくめた。

「夏休みですから。普段はすごく賑《にぎ》やかですよ」彼女が苦笑する。「お住まいは名取ですか？　それとも仙台？」

「東京です」

ようやく本当のことを言えたが、私が安堵《あんど》するのと裏腹に、彼女の眉が疑わしげにすっと上がった。

「わざわざこちらへ？」

「来年、仕事を辞めて戻ってくる予定なんです」

「お仕事は何を？」

「警察官です」再び真実。

「まあ」目の前にごみでも突きつけられたように、彼女が鼻に皺を寄せる。「お辞めになってこちらに……宮城のご出身なんですか」

「ええ」また嘘に戻る。「実家の商売を継ぐことになりまして。私も四十五ですし、何か新しいことを始めるにはぎりぎりの年齢です。思い切ることにしました」

「そうですか、それは大変ですね。娘さんの受験もあるし」

「それは本人に頑張ってもらうしかありませんけどね。でも、娘が憧《あこが》れるのも分かりますよ。こちら、女子の制服が可愛いんですよね」ホームページでちらりと見た情報だったが、目の前の相手の表情を緩ませるには十分だった。

「評判なんですよ。こんなこと言っちゃいけないんですけど、制服に憧れて受験してくる女子も結構多いんです」

「商売上手、と言ったら失礼ですか？」

答えにくい質問だったようで、彼女が苦笑を浮かべる。意地悪していても意味がないと思い、話題を引き戻した。

「子どもに憧れられるのはいいことだと思いますよ。制服でもいいし、スポーツでもいいし」

「制服は理事長のアイディアなんですよ」

誘ってもいないのに面白い情報が出てきた。私は内心の興奮を押し隠したまま「そうですか」とだけ相槌《あいづち》を打った。一瞬、間。それから右の拳を左手に打ちつけた。わざとらしいか？　構わない。どうせ嘘に嘘を積み重ねているのだ。この際徹底的にやってやる。

「理事長って、港学園大の理事長の占部さんですよね」

「よくご存じですね。そういうことも調べているんですか？」彼女の微笑《ほほえ》みにわずかな罅《ひび》が入った。

「いや、たまたま私の勤務先が東京の港学園大の近くにありましてね」胸ポケットに指先を差し入れ、煙草に触れる。吸えない時の精神安定剤だ。

「ああ、そうなんですか」

何とか納得してくれたようだ。額に汗が浮かぶのを意識したが、無視して続ける。

「理事長は、結構なアイディアマンなんですね」

「今の時代、ただ真面目にやっていますというだけでは、学校も大変なんですよ」

「そうなんですか？　我々公務員と同じで、安泰なのかと思ってましたけど」

「そうもいかないんです」彼女が力なく首を振った。「子どもが少なくなってますからね。最後は奪い合いなんですよ」

「でも、アイディアマンの理事長がいれば、経営は安泰でしょう」

「あの……そういうことが気になるんですか？」

「それはそうですよ。せっかく難しい試験を突破して憧れの高校に入っても、途中でなくなってしまったら大変ですからね。この時代、あり得ない話じゃないでしょう？　親馬鹿に聞こえるかもしれませんけど、こっちとしては気になるんです」

「まあ……そうなんでしょうね」彼女の顔が曇《くも》った。

「すいません、無駄な話をしてしまいました。そんなことよりも、娘の尻を叩いて勉強させないと。ここ、受験が大変ですからねえ」偏差値六十六——ネットで得た情報で、宮城県内では五指に入る難関高だ。

「好きなら、きっとやれますよ」一転して、ぱっと明るい笑顔。子どもたちには人気があるだろうな、と思った。「パンフレットとかは、お持ちですか」

「ネットでは見ましたけど」

「もっと詳しいものが用意してあります。事務の方でお渡しできますから、お持ち下さい。私の名前を出していただいても結構ですから。伊野《いの》と申します」

「伊野先生ですね。担当は何なんですか？」

「物理です」

「私が高校の三年間、赤点を取り続けた科目ですね」これは事実だ。よくぞ卒業できたものだと今でも不思議に思っている。「娘が無事入学できたら、よろしくお願いします」

「こちらこそ」

彼女と別れて歩き出す。嘘をついたことに対する後ろめたさはあったが、何となく学校の様子が摑めてきたという高揚感の方が上回った。占部は大学だけではなく、高校でも辣腕《らつわん》を振るっているらしい。制服の評判がいい……どうでもいいような話だが、それで受験者数が増えれば、絶対の正義になる。何となく、占部が自分の計画を強引に推し進めている様が脳裏に浮かんだ。反対の声を押し潰し、次第に反対意見さえ出なくなる。どんな社会でも、声の大きな人間が勝つのが常だ。

——パパ、嘘ついちゃ駄目だよ。

顔を上げると、娘の綾奈が目の前にいた。まったく、会いたい時には出てこなくて、こういうまずい状況になると姿を現すとは。こういう天邪鬼《あまじゃく》な性格は誰に似たのだろう。自分ではない、と信じたかった。

——仕事だよ、しょうがない。

——でもこの学校、制服は可愛いよね。

綾奈がくるりと回って見せた。白のポロシャツにチェックのベストは、少し野暮ったい濃紺のスカートではなく別のボトムを合わせれば、そのままどこへ出ても恥ずかしくない格好だ。ファッションショーを終えると私に向き直り、少しだけ顔をしかめる。

——やっぱり嘘はよくないよ。

――ちょっとした嘘をつかないと出てこない情報もあるんだ。

――嘘をついて、それに見合った情報は取れたの？

――なかったかな、それは。

――それじゃ駄目じゃない。

――面目ない。

認めざるを得ない。この理屈っぽい話し方は、弁護士である母親に似たのだろうか。もちろん私は、理屈っぽくなる前の七歳の綾奈しか知らないのだが。時々十四歳の姿で出てくる綾奈は、その年齢にしてはやけに理路整然と話し、時に私をやりこめる。娘にやりこめられる――経験し得なかったこと故に、それすら快く感じられた。

――でも、仕事だから仕方ないよね。

――物分かりが良過ぎるのは困ったもんだ。子どもらしくないぞ。

――子どもじゃないし。

――まだ子どもだよ。俺にとっては。

――そうかもね。

――綾奈、どこにいるんだ。

――それは聞かないで。

苦痛に顔を歪めたと思った次の瞬間、綾奈の姿が掻き消えた。私は反射的に手を伸ばしたが、熱い空気を摑んだだけだった。

銀行に残っていたビデオは、あまり役にたたなかった。白黒の画面の中にいる男——男だという確信すら持てなかったが——は終始うつむいたままで、カメラに顔は映っていない。

「身長はどれぐらいですかね」

「百七十センチ前後ですかね」支店長の松木《まつき》が説明してくれた。「ATMとATMの間に仕切りがありますよね。これとの比較で見ると、そういう感じです」

女性の線は除いていいだろう。百七十センチの女性となると、日本人のかなりが排除される。

もう一度ビデオを繰り返し観る。右側の自動ドアが開き、問題の人物がうつむいたままATMコーナーに入って来た。カメラは人物を正面から捉えているのだが、終始下を向いているので表情は一切窺えない。シャツに青いジャケット、ジャケットより少し濃い色のパンツという格好。荷物はない。右の尻ポケットから財布——ルイ・ヴィトンのようだ——を抜き出すと、カードをATMに突っこんで、やけに素早くボタンを押す。金が出てくる時間を惜しむように、体を小刻みに震わせていた。どうやら片方の足で細かくリズムを刻んでいるらしい。何をそんなに焦っているのか。金が出てくると、男は札を乱暴に財布に押しこみながら出て行った。

観るのは既に五回目なのだが、これが占部だという確証は得られないままだった。身長百七十センチ前後というデータが、辛うじて一致するだけである。彼がヴィトンの財布を持っているかどうかが分かれば、さらに可能性は高まるかもしれないが、確かめるべき相手がいない現状ではどうしようもない。

私は松木の前に一枚の写真を置いた。無理矢理体を捻るように眺めたので、「手にとって見て下さい」と告げる。松木は恐る恐る写真を手に取ったが、唇を硬く結んで顔をしかめるだけだった。この暑いのにきっちりネクタイを結んでいる。彼自身は平気な様子だったが、見ている私の方では、体の中から湧き出すような熱を感じていた。銀行の中は、震えが来るほど冷房が効いているのに。

「占部理事長……ですよね」

そもそもこの件を確認しに来たわけで、松木の口からその名前が出てもおかしくない。しかし私は、彼の口ぶりから、もっと詳しいことを知っているのではないかという印象を受けた。

「ご存じなんですか?」

「ええ、この辺では有名人ですから」

「東京の人ですよ」

「いや、元々はこちらの人ですからね。高校と中学は名取にありますから、結構頻繁に顔を出されてるみたいですよ。地元のいろいろな団体の役員にも名前を連ねてますしね」

「こちらと直接取り引きは？」

一瞬躊躇《ちゅうちょ》した後、松木が首を振った。

「それはないです」

「しかし、こちらのＡＴＭを使われていますよね」

「それはたまたまだと思います。こちらの支店には口座をお持ちではないですからね」

「三十万円ですか……」

「ええ」

返す言葉がないようで、松木は曖昧に相槌を打った。私と同年輩だが私よりは細身で、そして私よりずっと疲れている。

「一回で引き出すにしては多い金額だと思いませんか？」

「どう……なんでしょう」松木が首を捻る。

「三十万円の買い物が必要なら、普通はカードを使うんじゃないですかね。特に占部さんのような人なら」

「いや、現金でないと駄目な場合もありますから」

「例えば？」

「それは……まあ、いろいろありますよ」不用意な一言だと気づいたようだ。単なる相槌のつもりで言ったのに、私が食いついてくるとは思いもしなかったのだろう。

現金でないと駄目なこととは何だろう。足がつかないようにする、という考えがまず頭に浮かぶ。カードを使えば必ず痕跡が残り、それをきっかけに足取りを追われることになる。どこの店でカードを使ったのかが分かれば、追跡は容易なのだ。現金なら足がつかない可能性は高い。ＡＴＭで金を下ろすにしても、画面の人物のように防犯カメラから顔を隠しておくのは難しくない。

「ところで、占部理事長と直接面識はありますか？　写真を見ただけですぐ顔が分かりましたよね」

「面識というほどではありませんけど、見たことはあります」

「見た？」

「入学式で」

「娘さん？　息子さん？」

「息子です。今年の春、港学園高校に入りました。その入学式で挨拶されてましたから」

「どんな感じの人なんですか」

「理事長挨拶に三十分」

「それは長い」私は眉をくいっと上げた。「校長なら分からないではないけど、理事長が三十分はないですよね」

　松木が苦笑を浮かべた。人差し指を曲げて頰を搔き、言葉を選んでいるようだった。辛《しん》辣《らつ》な皮肉はすぐに浮かんだようだが、この場で言っても問題のない言葉を慎重に見極めようとしている。

「どうも、毎年そうらしいんですよ」

「そうなんですか」

「ええ。やっぱり、自分があの学校を背負っているという自負があるんでしょうね。普通、理事長という立場は、学校においてはどちらかといえば裏方のような感じかと思うんですが……」

「教育の現場という視点から考えると、そうなんでしょうね。港学園、レベルは高いんでしょう？」

「偏差値では、そうですね。宮城県内でも上から五本の指には入りますよ」

「だったら息子さん、優秀なんだ」

　松木の頰が歪んだ。自慢していいのか卑下《ひげ》していいのか、判断できかねている様子である。

「まあ、それはともかく……占部さんは何でも自分でやられないと気が済まない人みたいですね。カリスマ経営者にはよくあるタイプだと思うんですが」身を乗り出して、すっと声を低くする。「この五年間で、高校の校長が四人も替わってるんです」

「それは……飛ばされたということですか？」

「普通、最低でも二年や三年はやるものじゃないですか？　それがほぼ一年ごとですから ね、父兄の間でもちょっと問題になってるんですよ」

「分かります。何となく学校が安定しない感じになりますよね」

「意に染まないというか……自分についてこない人間は切ってしまうということみたいで すよ。その代わりというわけじゃないだろうけど、先生方のスカウトは積極的にやってま す。そのせいで、先生方は皆優秀なんですよ」

「校長に関しては、なかなか優秀な人材がいないということですかね」

「自分なりの、学校トップのイメージがあるんでしょうね。それに合わなければ……」松 木が、首の所で掌《てのひら》を横に引いた。「授業のレベルは高いし、進学先を見ても結果は出てる と言っていいんですけど、多少不安はありますよね」

「分かります」

「すいません」松木が水に落ちた犬のように首を振った。「私がこんなことを言ったのは ……」

「大丈夫です。今の話がこの場から外に出ることは絶対にありませんから」

「ちょっと喋り過ぎました」

「気にしないで下さい。支店長の不安は分かりますよ。私も父親ですから」

また嘘。本当は父親「だった」と言うべきなのだ。綾奈は許してくれるだろうか。

8

「港学園ですか？」

「というより、理事長の占部さんのことなんですが」

「占部さん」

「ご存じですよね」

「ええ、それはもちろん」

目の前に座った安達《あだち》が眼鏡を外した。神経質そうな細い目。七三に分けた髪は半ば白くなっており、年齢による疲れとゆとりの両方を感じさせた。五十代前半というところか。ワイシャツの袖を捲《まく》り上げ、細い前腕部を露にしている。

「警察の……それも東京の方が、占部理事長に何のご用ですか」私の名刺を取り上げ、しげしげと見詰めた。県教育委員会の総務課長。いきなり電話を突っこんで無理矢理面会を申しこんだためか、未だに身構えている。

「事件の関係です」

「まさか、占部さんが何か事件でも起こしたとか？」細い目がいっぱいに見開かれた。

「いや、そういうわけじゃありません」

私はまたワイシャツの胸ポケットに右手を突っこんで、煙草の感触を確かめた。迂闊《うかつ》に禁煙車を借りてしまったせいで、こちらに来てからろくに煙草を吸っていない。安達は私の動作の意味に気づいたようだが、あっさりと無視した。

「だったらどういう……」

「申し訳ない」私は大袈裟に頭を下げた。「警察の業務の中には、簡単にお話しできないこともあるんです。だいたいが単なる秘密主義で、話しても問題ないことばかりなんですが」

「今回は違うんですか？」

「状況がはっきりしませんから、いい加減なことは言えないんですよ」

それが説明になっているとは自分でも思えなかったが、安達は一応納得した様子でうなずいた。

「それで、何をお知りになりたいんですか」

「最近、占部理事長にはお会いになりましたか」

「最近。最近というと……」安達が親指と人差し指で細い顎をしごくようにして天井を見上げた。「一月ぐらい前でしたかね、会合で一緒になりました」

「何の会合ですか」

「研究会ですが」

　確認のために安達が手帳をめくる。教育委員会の一角にある会議室で、他に人はいないのに、彼がやけに声を低くしているのが気になった。盗み聞きでも気にしているのだろうか。

「高校の英語教育に関する年に一回の研究会で、占部さんはその後の懇親会にも出られました」

「その研究会というのは、大規模なものなんですか？」

「大規模？」私の質問の意味を捉えかねたようで、安達が首を傾げる。

「学校法人の理事長がわざわざ顔を出すほどの規模か、という意味です」

「ああ」苦笑して、安達が眼鏡をかけ直す。「そんなことはないんですけど、まあ、占部さんは特別ですから」

「と言いますと？」

「占部さんは、こっちが驚くような場所にまで顔を出してくるんですよ。それこそあなたが疑問に思った通りで、占部さんのような立場の人が、こういう小規模な研究会に出てく

うか……」

「仙台にも頻繁に来られてるようですよ。学校があるから当然なんでしょうが、熱心とい

「そこまでやっている暇があるのは不思議です。東京で仕事もあるのに」

るのは異例ですね」

「やり過ぎというか」

私の言葉に、安達の苦笑が引き攣《つ》った笑みに変わった。

「私が言ったわけじゃありませんからね」

「分かってます。口が過ぎました。確かに相当エネルギーがないと、そういうことはできないでしょうね」

「そういう研究会に顔を出されるのは、一種のスカウト活動だと思いますよ」

「先生の?」

「ええ。占部理事長は、人材集めに熱心ですからね。学校っていうところは、器と人と、二つの要素があるんです。公立の場合はそう簡単には行きませんが、私立は金をかければ何でもできますからね。常にアンテナを張って、優秀な先生を捜しています」

「何だか、違法行為について話しているみたいに聞こえますが」

「とんでもない」大袈裟に首を振り、安達が麦茶のグラスを手にした。一口呑むと、一つだけ入った氷がグラスに当たってからん、と涼しげな音を立てる。「それは教育熱心と言

うべきですよ」

「経営に熱心、の間違いじゃないんですか」

「随分突っかかりますね」眼鏡の奥で安達の目が冷たくなった。「何か、占部さんに対して含むところでもあるんですか」

「そういうわけじゃないんですが、私学では教育と経営はイコールじゃないんですか」

「否定はしません。ですが、ここは教育委員会でしてね。基本的には教育問題を取り扱う部署なんです」

答えになっていなかったが、私は無言でうなずいて今の話題を流した。

「港学園は、優秀な先生方を随分たくさん集めているんですね」

「そうですね。施設も立派で、そういうところに引かれる子どももいますが、あの学校の競争率が高い原因は、教育の質そのものにあると思いますよ」

「教育の質イコール先生の質、ですか」

「そうです。教えるのは先生ですからね」自分の言葉に深みを持たせようというのか、安達がことさらゆっくりとうなずく。「それは悪いことではないですよね。レベルの高い教育機関が地元にあるのは、子どもたちにとっては幸運なことでしょう」

「しかし、理事長自らが先生をスカウトしたりするのは異例じゃないですか?」

「まあ、占部さんはそういう人ですから」安達の口の端が引き攣った。言いたいのだが言えないという感じ。「我々としては、熱心にやっておられるとしか言いようがないですね」

「熱心過ぎる？」

「ですから、その辺のことは……」安達が言い渋った。

「学校経営者としては異例なほど熱心だ、と」

「それは否定できませんけどね」

どんな世界でも、あらゆることに自分で首を突っこみたがる人間はいる。しかしそれにも限界があるはずだ。特に占部の場合、中学・高校は宮城に、大学は東京にあるという地理的なハンディを抱えている。それをものともせず、自らの野望のために縦横無尽に走り回る男。想像しただけで、何だか疲れてしまった。仕事でもなければつき合いたくない人間、というイメージが次第に固まってくる。私は一人の男の姿を脳裏に浮かべ、占部と並べてみた。同期で捜査一課の係長、長野《ながの》。暑苦しいという言葉がこれほど似合う男はいない。とにかく事件が好きで、事件さえあれば飯も睡眠もいらないという男なのだ。他人の事件でも、横から出てきて堂々とさらっていく。あまりにも堂々としているので、周りも何も言えなくなってしまうほどだ。占部もそういうタイプではないか。

「かなりエネルギッシュな人なんですね」

「かなり、というレベルじゃありませんよ」安達の笑みが本物になった。「まあ、昔からそうなんですが」

「そんなに以前からお知り合いなんですか」

「ええ」

「それは、どういった……」

「彼は、地元では有名人ですからね」

「学校法人港学園の三代目理事長として？」

「いやいや、子どもの頃からですよ。占部さん、高校までこちらにいたことはご存じですか」

「そうなんですか」ようやく彼の個人的な情報が手に入った。

「もちろん港学園の生徒だったんですけど……在学中に英語のスピーチコンテストがありましてね。私も係わっていたんですが、彼はそこで優勝しました」

「優秀だったんだ」

「いや、そういうわけではなくて……英語の成績は、必ずしも優秀ではなかったですよ」

「どういうことですか」

「本来、それに出るのは占部さんの友だちだったんです。ところがコンテストの一週間前に、オートバイで事故をやっちゃいましてね。結局意識が戻らないまま、確か三日後に亡くなりました。占部さんは、その代役で急遽《きゅうきょ》出たんです」

「スピーチコンテストというと、ＥＣＣとかそういう……」

「そうですね。普通はそういうクラブで普段から英語を勉強している子たちが出るようなコンテストです。レベルは高いんですよ。占部さんも、亡くなった子と一緒に港学園のECCにいたんですが、実際は幽霊部員だったようです」

「話がよく見えないんですが」

安達が麦茶で口を湿《しめ》らせ、足を組んだ。少しだけリラックスした調子で続ける。

「友情ですよ」

「友情？」

「幽霊部員ではあったけど、占部さんはその亡くなった子とは非常に仲が良かったんですね。それで、どうしても彼の代わりに出場すると言い張って……猛特訓して出場して、テーマは『友情』でした。あのスピーチには、私も泣きましたね。友情と命の重さについて、堂々と話しました。亡くなった友人に対する見事な追悼にもなっていましたよ」

「いい話じゃないですか」

「そうですねえ……熱血漢というか、思いこんだら一直線というか」安達の顔が少しだけ緩んだ。「普段から熱心に勉強している他の学校の子たちにしてみれば、面白くない話だったかもしれないけど」

「英語なんて、一夜漬けで上手くなるものじゃないですよね」

「それを可能にしてしまうのが、占部さんの占部さんたる所以《ゆえん》かもしれません。とにかく一度目標を設定すれば、そこに向かって一直線に進んでいく」安達が左の掌を立て、そこに右の指先をぶつけた。「弾丸やミサイルみたいなものですよね。それを暑苦しいと感じる人もいるかもしれないけど、大事なことですよ。そう思いませんか」

「ええ」相槌を打ちながら、私はまたもや長野の顔を思い浮かべていた。この二人、本当に似ている。「エネルギッシュなのは、その頃と変わらないようですね」

「今はもっと激しくなっているかもしれません」

「確かに、係わるものの大きさが違う」

「あるいは、お父さんへの対抗心かもしれませんね……いや、悪い意味ではないんですが」安達が慌てて言い直した。「先代も先々代も、宮城県の教育界では一時代を築いた方です。よく言うじゃないですか。初代が築き、二代目が育て、三代目が使い果たして潰す、なんていうことを。占部さんはそういうのが嫌なんでしょうね」

「父親を越えようとした」

「彼自身、そういうことは隠してもいませんでしたから。でも、悪いことじゃないと思いますよ。お陰で子どもたちには、いい教育の場が与えられてるんだから」

「そうは言っても、占部さんのやり方に不満がある人もいるようですが」

「ああ、例の雑誌の件でしょう?」安達の口元が歪み、無言で不快感を表明した。「どんな組織にも、不満を持っている人はいますからね。そういう人に金でも渡せば、ぺらぺら喋るでしょう」

「事実じゃないんですか？」

「本当かどうかは知りませんよ」安達が慌てて顔の前で手を振った。「東京の大学の話ですし、無責任なことは言えません。少なくともこっちでは、そういう話は聞きません」

「そうですか」

「ところで、こんな話が何か役に立つんでしょうか」目に疑念が浮かぶ。

「もちろん」役に立ってはいない。しかし比較的気分良く喋り続けている人間を、わざわざ止める必要もない。いつかは重大な情報をぽろりと漏らす可能性もあるのだ。

「占部さん、本当にどうかしたんですか？　その、警察のお世話になるようなことが……」

「彼本人は何の関係もないんです。ちょっと参考までにお話を伺いたいだけなんですが、捕まらなくてね」

「捕まらない？」

少しはっきり言い過ぎた、と失敗を悟る。占部のもう一つの地元、宮城では、彼が失踪した件は知られていない――ごく一部を除いては――はずだ。少なくとも私は、そういう前提で話をしなければならない。話を不用意に広げると、変な噂が広がってしまう。

「お忙しいんでしょうねえ」私はまた胸ポケットの煙草に触れた。「今どこにいるかも分からないんですよ。大学の方でも、『夏休み中だ』とか言って、真面目に捜してくれないんです。本当に困ったもんですよ」

「行方不明、ということなんですか？」恐る恐るといった様子で安達が切り出す。

「いやいや、そういうわけじゃありません」わざとらしいかな、と思いながら、私は思い切り首を振った。「元々占部理事長は、何かやるべきことができると、部下にも知らせずに自分一人で突っ走ってしまう人なんでしょう？　それこそ、安達さんが仰った通りで」

「ああ」安達の顔に薄い笑みが浮かぶ。「それは分かります」

「たまたま別件でこちらに来たものですから、ついでに何か手がかりがないかと……すいませんでした、貴重なお時間をいただいて」

「それは構いませんけど、占部さん、どうしちゃったんでしょうね」さして心配している様子もなかった。

「まったくです。責任ある立場なんだから、少しは考えて行動して欲しいですよね」

「でも、あなたがこっちへ来られたのは、それほど外れていないかもしれませんよ」

「と言いますと？」

「すいません、隠していたわけじゃないんですが」安達が頭を掻いた。「二、三日前に占部さんを見かけた人間がいるんです」

「どうしてそれを最初に言ってくれないんですか」

私が身を乗り出したので、安達が思い切り背中を椅子に押しつけた。

「今思い出したんです。別に隠していたわけじゃありませんよ」ぶっきらぼうに言い放ち、再び手帳を広げる。何も書かれていない白紙のページだったが、記憶を引っ張り出す縁《よすが》にしているのだろう。「日にちははっきりしませんが、国分町《こくぶんちょう》の店で見かけた人間がいます。うちの課員ですが、私もたまたまその話を聞きましてね」

「占部さんだったのは間違いないんですか？　何か言葉を交わしたとか？」

「それは……」言葉を切り、安達が私の顔をまじまじと見詰めた。「教育委員会の中では、占部さんの顔を知らない者はいません。それに思いもかけない場所で見かけたんで、話題になったんです」

「思いもかけない場所？」

「バアです」低い声で安達が断言した。

「そこがどうして思いもかけない場所なんですか」

「占部さんは酒を呑まないんです。毛嫌いしていると言ってもいいんですよ」


さらに幾つかの情報を得て、私は教育委員会を後にした。呑まない男がバアにいた……それが何を意味するのだろう。自分の性癖に関して嘘をついていたか、人生を投げてしまったかのどちらかだ。「酒は毒だ」と周囲に宣言しながら裏では呑んでいた、ということも考えられる。本当に反アルコール主義者だとしたら、呑むという行為によって自分の信念や人生を崩壊させることになる。

占部にとって、あまりいい話ではないようだ。

夕方近く。街はまだ強烈な陽差しに炙《あぶ》られていた。昼間のうちに予約しておいたホテルにチェックインし、占部が目撃されたという国分町のバアを電話帳で調べる。「セカンド」という店で、電話で確認すると既に営業していた。こちらの意図を知らせぬまま訪問することにして、その前に失踪課に電話を入れる。そろそろ人がいなくなる時間だが、愛美がまだ残っていた。

「仙台は涼しいですか」彼女の口調は少しばかり恨めしそうだった。

「東京より暑いぐらいだな」

「牛タン、食べました？」

「まだだよ。そんなことより、そっちはどうだ？」

「上手くないですね」愛美の声が沈む。「大学関係者の聞き込みは進んでいません。相変わらず非協力的です」

「オヤジさんはどうしてる？」

「私に世話を押しつけないで下さいよ」

「何かあったのか？」

「それが、張り切っちゃって……」

「おいおい。今、そこにいるのか？」

「いえ、まだ外を回ってます。私は一足先にこっちに戻って来たんですけど」

私はこめかみを揉んだ。法月の暴走——普通の刑事にとっては普通の仕事なのだが——はまだ停まらないらしい。

真弓に電話を代わってもらい、進捗《しんちょく》状況を説明した。とはいっても、「進捗」しているとはとてもいえなかったが。占部が仙台に来ていた可能性が高まっている、と強調しても、彼女はあまり乗ってこなかった。

「夜になればもう少し詳しい状況が分かります」

「明日にでも報告して下さい」

素っ気無く言ってすぐに電話を切ってしまう。今日もこれから宴席があるのかもしれない。構わない。私は一人には慣れている。

仙台駅前のホテルから、アーケード街を抜けて国分町に急ぐ。アーケード街は清潔で新しく、東京の繁華街かと思えるほど多種多様な店が揃っているが、国分町に入ると途端に雰囲気が変わった。

ネオンが灯り始めていたが、まだ昼間の明るさが勝っていた。酔客の姿も見当たらない。

しかし、猥雑《わいざつ》な雰囲気は隠しようもなかった。くもの巣のごとく張り巡らされた電線、それに覆い被さるように並ぶ看板。一メートル四方の看板を縦に十個も並べた異様な光景も目に入った。しかし全体には、統一性は全くない。ここまで勝手にそれぞれの店が看板を掲《かか》げていると、無秩序こそがルールではないかと思えてくる。道は細く、遅い時間になると酔っ払いが我が物顔に歩き回って、車は通り抜けに難儀するだろう。アーケード街の方に向かって、タクシーが長蛇の列を作っていた。タクシーを使う客が出てくるのは、もう少し後の時間になるはずなのに。

開店したばかりのバアには、レモンの清潔な香りが漂っていた。その空気を楽しみながらカウンターについて、素早く店内を観察する。客はまだ一人も入っていない。内装は、横浜のホテルニューグランドの有名なバア「シーガーディアンⅡ」――バアに「名門」というものがあるなら、あそこはまさにそれだ――にどことなく似ていた。壁は濃い茶色の木製。柔らかい照明は明る過ぎず暗過ぎず、腰を据えて上等な酒を味わうにはいかにも適していた。床は上質な絨毯《じゅうたん》敷き。ＢＧＭは眠りを誘う弦楽四重奏だ。酒はシングルモルトのスコッチが中心で、バーボンが少し混じる。その光景だけでも、一幅の絵になっていた

客を装うつもりはなかったので、最初にバッジを示す。カウンターに入っているバーテンは三十代半ば。長い髪をきっちり後ろでまとめているせいで、細長い目がさらに細くな

り、顔に入った切れ目のようになっていた。薄い唇に尖った鼻というパーツのせいで、猛《もう》禽《きん》類をイメージさせる。黒いシャツの袖を肘のところまでまくり上げて、そこそこ鍛え上げた前腕を見せつけていた。夜の商売の人間にありがちな、不健康に細身の体ではないことがはっきりと分かる。シャツの胸は綺麗に張っている一方で、ウエストは細く引き締まっていた。

「どういったご用件でしょうか」

「人を捜しています」

私は占部の写真を、よく磨きこまれたカウンターに置いた。バーテンが確認し、素早くうなずく。

「占部さん?」

「さすが、仙台では有名人ですね」

「いや、たまたま知ってるだけです。占部さんがどうかしましたか」

「この店に来た、という話を聞いたんですが。二日か三日前です」

「ああ」それまで無表情だったバーテンの鼻にかすかに皺が寄る。侮蔑《ぶべつ》、あるいは困惑。

「そうですね。一昨日です」

情報が正確だったことに一安心しながら、私はバーテンのやけに落ち着いた態度が気になり始めた。水商売の人間とはいっても、刑事がいきなり訊ねて来てまったく動揺しない人間はいないし、捜している対象が有名人だということに驚かないのもどこか妙だ。まさか、占部の失踪は既に広く知られてしまっているのでは……いや、それはないだろう。だったら、学校や教育委員会の方でそれなりの反応があったはずだ。

　ふと視線を動かすと、酒を置いた棚の横に、一枚の古い白黒写真が張ってあるのを見つけた。野球の試合中。場面を想像する。緩いショートゴロ。セカンドが送球を受けて、滑りこんでくるランナーを身を翻《ひるがえ》して避け、一塁に送球する。ボールはまさに指先を離れるところで、両足は完全に浮いていた。六―四―三のダブルプレイ完成直前。目深に被ったキャップの下で光る切れ長の目は、今私の前にいる男と同じものだった。

「あれは、あなたですか」

「え？　ああ」バーテンが振り向き、写真を確認する。再び私に向き直った時には、顔に柔和な表情が浮かんでいた。

「店名もそこから取ったんだ」

「古い話ですよ」照れ笑いを浮かべてグラスを取り上げ、冷蔵庫を開ける。中からブリタの浄水器を取り出し、グラスに水を注いで氷を加えた。コースターを添えてカウンターに置くと、「どうぞ」と短く、しかし丁寧に言った。急に柔らかい空気が流れ始める。

「賄賂は困るなあ」

「原価は十円ぐらいですよ。それに今日も暑かったでしょう」

「まあね。東京より涼しいかと思ったけど、予想を裏切られたな」反射的にグラスに手を伸ばす。かすかにライムの香りが漂う水は、一気に体に染み渡った。

「今年の夏は異常なんですよ。お盆を過ぎても全然涼しくなりませんからね」

「異常気象なのかね……それで、あの写真は？」

「甲子園です」

「出たんですか」

「二十年前にね。今年ちょうど、初出場から二十年になるんです」

「もしかしたら、港学園？」

「ええ」

「それで占部理事長のことも知ってるんだ」

「そういうことです。野球部は毎年ＯＢ会をやるんですけど、理事長は毎回顔を出しますからね。今年は甲子園初出場の二十年記念っていうことで、いつもより盛大にやったんですけど、当然出てきました」

「それで、演説三十分？」

「どうして知ってるんですか」

「そういう人だという噂を聞いてる」

「噂じゃなくて事実ですよ」バーテンの顔に苦笑が広がる。「乾杯の音頭を取ったんですけど、ビールが注がれてから三十分の演説……あり得ないですよね。あんなに気の抜けた温《ぬる》いビールを呑んだのは初めてですよ」

「どこにいっても同じ感じらしいですね」

「ええ」

疲れた笑みを交換し合ってから、ギアを切り替える。

「それ以外で接点はないんですか」

「もちろん、ありませんよ。たかが野球部ＯＢと理事長というだけの関係ですからね。それに俺が高校生だった頃は、あの人もまだ大学生だったんじゃないかな？　ここ何年か、野球部のＯＢ会で顔を合わせるだけです。挨拶はしたことがあるけど、向こうは俺を覚えてないでしょうね。店に来た時はびっくりしましたよ」

「理事長がいきなり現れたから？」

「いや、酒を呑んでたから」

「ああ、酒を嫌ってるらしいですね」

「そうなんですよ」

安達の言葉を思い出す。「占部さんは酒を呑まないんです」。そういう人間が、ひたすら酒を呑むためだけに存在する場所に現れたら、確かに強い印象を与えるだろう。

「ここへ来たのは何時頃ですか」

「あれは……」バーテンが頤《おとがい》を上げて目を瞑る。そのまま少しあやふやな口調で答えた。「十時過ぎでしたね。入って来た時には、もうかなり出来上がってた感じでした。ドアのところが段差になってるでしょう？　そこで思い切り転んだのに、痛さも感じないみたいでした。それですぐに、今あなたが座っている席について、マッカランを注文されました」

「いいチョイスだ……でも、酒を呑まない人間に分かる酒なのかなあ」シングルモルトは少し癖のある香りで、好きな人——酒呑み——にはそれがたまらないのだが、呑み慣れない人には鼻につくこともあるだろう。

「選んだわけじゃないんですよね。もう完璧に酔っ払っていて、この棚を指差して『それをくれ』ですから。指が震えているんで、どれなのか分からなかったぐらいですよ。何度も確認したら、そのうち怒り出しちゃってね。結局マッカランで了解してくれたんですけど、それは最初に『違う』って言われたやつでした」苦笑が不快な表情に変わる。酔っ払いの相手には慣れているはずなのに。

「それはかなり性質《たち》の悪い酔っ払いですね」

「ねえ」同調の微笑み。「まあ、客ですから、こっちはあまり強いことは言えませんけど、あの呑み方は本当にひどかったな。呑むというか、喉の奥に放りこむみたいな感じで」

「酒に申し訳ない」

「好きなんですね」バーテンが唇の端を持ち上げて笑った。

「仕事で来ているんじゃなければ、もうとっくに呑んでますよ」

「それじゃあ仕方ないですね。また別の機会にどうぞ」

バーテンが同情するようにうなずく。私は水を一口飲み、アルコールに対する欲求を消火しようとした。あまり効果はなかった。

「占部さんとは何か話しましたか?」

「いや、理事長だということはすぐに分かったんですけど、あまりいい客じゃなかったもので……絡んできそうな感じがしたんですよ。そういう時は、何も言わないのが一番ですからね。もっとも、向こうも何も話しかけてきませんでしたけど。ちょっとやばい感じでした」

「どんな風に?」

「グラスを両手で抱えこんでじっと見詰めて、思いついたように酒を呷って。一言も喋らないんですよね。他のお客さんもいらっしゃったんですけど、目も合わせようとしなくて」

「本当に何も話さなかったんですか」

「ええ。酒をお代わりする時も、目線だけです。結局、マッカランをボトル半分近く呑んだんじゃないかな」

「酒を呑まない人がねえ」

私は腕組みをした。占部がどうして酒を毛嫌いしていたかは分からない。酒呑みに呑むための百万の理由があるのと同じように、呑まない人にもそれぞれの理由がある。元々体質に合わない人、酒で大失敗して反省し、強い意志の力で遠ざけた人、酒を呑む場所の雰囲気が嫌いな人、単に酒を覚える機会がなかった人。「毛嫌いしている」という人間が呑み始めるには、よほど強いきっかけが必要だったはずだ。何が占部に影響したのか。

「本当に悪い呑み方でした」バーテンがまた顔をしかめる。

「何時までいたんですか」

「一時」

「三時間ですか。随分長っ尻ですね」

「最後はもう、腰が抜けてました」その時の様子を思い出したのか、バーテンの顔に苦い表情が広がった。「仕方ないんで、俺がタクシーを呼んで乗せましたけどね」

「随分サービスがいいんですね。普通、そこまでは面倒みないでしょう」

「最後の客だったし」バーテンがゆっくりと髪を撫でつけた。「それに話はしなくても、こっちは占部さんだって分かってたわけですから。その辺に放り出すのもまずいでしょう。教育者だし有名人だから、変な噂がたったりしても困る」

「あなたは優しい人だ」

「いやいや、学校のOBとしてね」バーテンが照れ笑いを浮かべたが、一瞬後には真顔に戻った。「あの週刊誌の記事があったでしょう？　いくらここが東京じゃないからって、どこで誰が見ているか分からないじゃないですか。また変なことを書かれたら、こっちも気分が悪いし」

「OBとして」

「OBとして」バーテンが繰り返し言ってうなずいた。

「随分愛校心が強いんですね」

「不思議なもんですよ。三年間、野球しかやってなかったのに、こういう気持ちになるものなんですね」

「怠惰《たいだ》な高校生活を送っていた人間としては、羨ましい話でもあるな」

「いずれにしても古い話ですよね……お互いに」

　私たちはしばらく沈黙を共有した。バーテンはずっとこの街にいるのだろうか。三十年以上——四十年近くも同じ街で暮らしていれば、しがらみも愛着も生じるのが当然だろう。私にはそれはない。流れ続けた生活は、一つの街や学校を愛する気持ちを育ててくれなかった。

「占部さんは無事に帰ったんですかね」

「どうかな。一応、タクシーには行き先を言っておきましたけど」

「どこですか」

「ホテル」バーテンが名前を告げた。ビジネスホテルではなくシティホテル。ＪＲの大きな駅前ならどこにでもある。

「何で分かったんですか」

「無理矢理聞きだしたんですよ。タクシーに放りこんでも、自分で行き先が言えるような雰囲気じゃなかったから」

「そうですか。助かりました。よく覚えていてくれましたね」

「バーテンなんて暇な仕事でね」くしゃりと表情が歪む。「つまらないことをよく覚えてるものです」

今の情報はつまらないものではない。そう告げて彼の気分を少し上向かせてやりたかったが、彼の方では私の意図などすぐ見抜いてしまうだろう。毎日毎日酔っ払いの相手をしていると、目の前の相手が考えていることを見抜く能力が自然に鍛えられるものだ。

足取りが少しずつつながってきた。それは歓迎すべきことだったが、依然として占部がどこにいるかが分からない。彼が仙台の街を彷徨《さまよ》っていた理由については、それこそ想像もできなかった。

占部が泊まっていたホテルでの聞き込みを始める前に、腹ごしらえをしておくことにした。牛タン。しかし仙台名物のこの料理を出す店は、東京におけるコンビニエンスストア並みの頻度で通りに現れ、どこに入ればいいのか分からなかった。空が完全に暗くなった今は、呑み屋しかないと思っていた国分町にも「牛タン」の看板がやけに目立つ。親切なバーテンにアドバイスをもらっておくべきだったと後悔したが、今さら引き返すのも面倒だ。とりあえず目に入った店でさっさと食事を終え、腹が膨れたところで、ホテルに向かって歩き出す。

冷房の効き過ぎた店内では上着を着ていたのだが、外に出ると昼間の熱気の名残に襲われ、上着を脱いで肩にかけた。どうも逆のような気がするのだが、これが今の日本の平均的な状況なのだろう。国分町は早くも酔客で賑わい始めていた。楽しそうに歩く人たちを避けながら、腹ごなしを兼ねて早足で歩く。あのバアから駅前のホテルまでか……タクシーが必要な距離ではないが、酔いつぶれた占部を安全に送り届けるにはそれしか手がなか

9

ったのだろう。いくらあのバーテンが親切だといっても、背負って送っていくわけにもいくまい。

幸い、ホテルのフロントは協力的だった。

「はい、昨日までお泊まりでした」フロントについた小笠原《おがさわら》――名札で名前が知れた――という初老の男が、端末を操作してすぐに確認してくれた。

かすっていたのだ、と私は舌打ちした。

「チェックインは？」

「九日前ですね」

頭の中で歯車がかちりと嚙み合った。占部が東京から姿を消した日。

「一人ですか」

「ええ、お一人ですね」

一瞬目が合う。「お一人」というのが、「チェックインしたのが一人」という意味であると、私たちは認識を共有した。

「他に出入りしていたのは誰ですか？　女性ですか」

「いや、それは……」小笠原が咳払いをした。

「分かってますよ。別に観察していたわけじゃないですよね」

「お客様のプライバシーがありますから」

「当然ですね……で、女性ですか」私はカウンターに身を乗り出して念押しした。

「申し訳ありません」小笠原が私の肩越しに何かを見た。振り返ると、チェックインを待つ客の列ができている。一歩引いて客を通したが、小笠原の腕を摑むのは忘れなかった。

「ちょっと場所を変えてお話しできませんか？　ここでは迷惑になりそうですから」

「そうですね」

小笠原はしばし躊躇っていたが、結局他のスタッフに「ここをお願いします」と声をかけた。ロビーのソファに場所を移して話を続ける。小笠原に貰った名刺を改めると、「宿泊部門サブマネージャー」とあった。思っていたよりも上位の肩書きだった。

「この占部さんという方なんですが、ご存じないですか」

「私は顔を合わせていないと思います」

「お客さんという意味ではなく、一般的な意味では？」

「申し訳ありませんが」

小笠原が馬鹿丁寧に頭を下げた。そういう仕草がぴたりと板についている。短く刈りこんだ半白の髪はきちんと七三に整えられ、陽に焼けた精悍な顔立ちに信頼感のある威厳を加えている。体にぴたりと合った濃紺のブレザーと白いボタンダウンのシャツ、ホテルのイメージカラーでもあるこげ茶のネクタイ。足元は柔らかそうなコードバンのタッセルローファーだった。

「地元では結構有名な人なんですけどね」

「我々は転勤も多いですから、勤務地の事情を完全に知ることはできません。観光名所は嫌でも覚えますが」

「港学園の理事長なんですよ」

「港学園？」一瞬間を置いてから、小笠原が大袈裟にうなずく。「ああ、名取の」

「ご存じですか」

「うちの宴会場を何度か使っていただいたことがあります。名取の方には、大きな会場がないんですよ」

「そういう席で会ったことは？」

「そちらはバンケットの担当ですので、私は直接の関係はございません」

「そうですか」写真を取り出し、彼に確認を求めたが、やはり記憶にないと言う。商売柄、人の顔を覚えるのは得意なはずだから、全く顔を見ていないのだろう。

「九日間、泊まっていたんですね。最初からその予定で予約が入ったんですか？」

「いや、最初は二泊だったのが、後から伸びたようですね。確認すれば分かりますが」

「お願いします。それで、一人じゃなかったんですね」

「まあ、その……女性が一緒だった時もあるようです」ようやく認めたが、顔は少し引き攣っていた。

「誰かが見た、と」

「あまり格好のいい話ではありませんけどね。ホテルの中でも噂話は出ます。ただそれを表に漏らすようなことがないだけで」

「状況によっては、出してもらわないと困る場合もありますよ」

「それは困りましたね」さして困った様子でもなく小笠原が言った。こういう場面にはすっかり慣れている様子である。「私どもとしては、お客様のプライバシーを守るのが、何よりも大切なことですので」

「速やかに占部さんを発見しないと、彼の身に危険が及ぶ可能性があってもですか？」

「それが本当なら検討させていただきますが、そうでなければ軽々に喋るわけにはいきません」

　言葉を切り、小笠原が私の目を真っ直ぐ見据える。瞬間、絶対に壊れそうにない強烈な意志の強さが覗いた。だがすぐにそれは消え去り、愛想の良い柔らかな笑みに取って代わられる。

「失礼しました。仕事のことになるとついむきになってしまいまして」

「こちらも同様です」

「私ははっきりした話を聞いていませんので、いい加減なことはお答えできないんです」

「分かります。直接目撃した人に会わせていただくか、後でもっと詳しい話を教えていただけると助かります」

「努力しましょう」

適当な口約束でないと確信が持てたので、話題を変える。

「ところで、部屋を見せていただくことはできますか」

「同じ部屋ですか？」小笠原が首を傾げる。

「できれば。誰か泊まっているなら諦めますが」

「ちょっと調べてみましょう」

軽快な動きで立ち上がり、フロントに向かう。すぐにカードキーを持って戻って来た。

「今は空いています。占部様がチェックアウトされてから、他のお客様は泊まっていませ
ん」

「清掃は？」

「それは終わっています」

「そうですか……仕方ないですね」

もちろん清掃が終わっていなくても、私にできることは限られている。鑑識が入れば、一ミリ幅に刻みながら部屋を調べ上げることもできるのだが、私にあるのは長年鍛えてきた観察眼だけだ。最近は視力が落ちてきているから、それもあまり当てにできない。

占部が泊まっていたのは、二十階にあるスイートルームだった。清潔なベージュのイン

テリアが高級感を醸し出している。巨大なソファが二脚置かれた部分は絨毯敷きだが、ベッドが二つ並ぶ一段高い場所は、フローリングになっていた。

「さすがにスイートは広いですね」ドアのところから室内を見回しながら、私はつい感想を漏らした。

「この上にまだロイヤルスイートもありますが」

「そんな広い部屋、いったい誰が使うんですか」

「外国人のお客様が多いですよ。仙台は国際都市ですから」

「ああ、外国人はスイートルームが好きみたいですね。日本人は、ホテルに金を使う習慣があまりないいんじゃないかな」

「私どもとしては残念なことですが」

小笠原の顔を見やる。冗談だったようで、顔には薄《う》っすらと上品な笑みが浮かんでいた。

「ここの広さは？」

「このタイプは七十平米ですね」

「私の家より広い」

小笠原の顔に驚きと困惑が広がった。ここより狭い家に住む人間がいるのが信じられない様子だった。何となく誤解を招きそうだったので、正確な情報を投げてやることにする。

「一人暮らしなので、広い部屋に住んでも無駄なんです」

そうですか、という言葉の代わりに、小笠原は素早くうなずいた。さらに余計な想像をさせてしまったかもしれない。

「ここのほかには、バスルームとトイレですね？」

「右手の方になります」

言われるまま、そこから調べ始めた。トイレとバスルームは別になっており、それだけでもかなり贅沢な感じがする。自分が泊まる狭い部屋を思い浮かべて、少しだけ羨ましくなった。どうせ夏休みなのだから——今のところは——自腹でこういういい部屋に泊まる手もあったのだ。次にこういう機会があれば、自分に贅沢を許してもいい。座り心地の良い椅子に腰を落ち着け、占部ががぶ呑みしたシングルモルトウィスキーを本来の正しい呑み方——氷なし、チェイサーつき——で静かに楽しみながら、街の灯を愛《め》でるのもいいだろう。そういうのが自分のスタイルでないことは分かっていたが。

「この部屋、一泊いくらですか」

「五万三千円からです」

計画、撤回。ホテルに高い金を注ぎこむぐらいなら、いい酒に金をかけた方がいい。ただし私が愛飲しているのは「角」である。高い酒の味は分かるが、それを美味いとは思わない。ましてや気取ってこんな部屋で呑むことはあり得ない。

ゆったりとしたバスタブ。タオル類も、ただ泊まるだけでどうしてこれだけの量が必要になるのか不思議なぐらい揃っていた。いずれも交換されていて真新しい。バスタブは完全に乾いていた。念のために、片膝をついて目の位置をできるだけ床に近づけ、舐めるように精査する。何も落ちていなかったし、何か——例えば血——の跡もない。トイレも綺麗に掃除されており、リフォームしたばかりといっても通じそうだった。

背中に小笠原の視線を感じるので、どうにもやりにくい。早々にバスルームとトイレの捜索を終え、部屋に戻った。

「如何《いかが》ですか……私が口を挟むようなことではないかもしれませんが」

「掃除が完璧だということは分かりました。警察的には、ここまで徹底してやっていただかない方がありがたいんですが」

小笠原が苦笑いし、両手を軽く揉み合わせる。私はソファの前のテーブルに、綺麗に磨いた灰皿が置いてあるのに眼を留めた。一瞬だけ。しかし小笠原は鋭く気づいた。

「お吸いになっても結構ですよ」

「まずいんじゃないですか？　また掃除をしなくちゃいけない」

「大した手間ではありません。実は私も吸いたいと思っていたところです」少しだけ笑顔を大きくして、小笠原がワイシャツの胸ポケットから煙草を取り出した。同士。私は連帯の笑みを投げたが、やはり今は遠慮しておくことにした。

「一段落してからにしますよ。煙草でも吸って、ゆっくりしていて下さい」

「私もしばらく我慢しましょう」

それ以上煙草の勧め合いをするわけにもいかず、私は部屋の捜索に取りかかった。絨毯なので、今度は完全にはいつくばって床を精査する。絨毯の毛足は短いが、すぐに鼻がむずむずしてきた。次いでソファを動かし——かなり重かった——陰になっていた部分も確認する。何もなし。続いてライティングデスクに移った。ホテル備えつけの電話とメモ帳、ボールペンだけ。メモ帳は使われた形跡があったので灯《あか》りに翳してみたが、筆圧から読み取れるほどではない。引き出しを開けたが、新約聖書と仙台の観光案内が入っているだけだった。きちんと引き出しの角に揃えて置いてあるのは、掃除の担当者が直したのではなく、誰もこの引き出しを開けなかったせいではないかと思われた。

ベッド。布団《ふとん》をめくってみたが何もない。直すのに悪戦苦闘していると、小笠原が「そのままでいいですよ」と声をかけてくれた。好意に甘え、放置したままベッドの下を調べ始める。暗くて目視できないので、手を差し入れてベッドと床の隙間を探っていく。埃っぽい手触り。さすがにここまでは掃除機も入らないようだ。窓際のベッドを確認し終え、壁側に移る。ヘッドボードの脇に指先を差し入れた瞬間、何かが触れた。奥へ押しやってしまわないように、さらに姿勢を低くして指先を深く滑りこませる。中指で場所を確認したまま、人差し指を少し上に上げて押さえる。そのまま引っかけて引きずり出した。

ピアス。シルバーで三日月を模した小さなものだった。曇りはなく、まだ新しいもののようだ。そっと掌に載せ、毛布を直していた小笠原に見せる。あまり関心なさそうな反応を示した。

「落とし物ですね」

「よくあるんですか？」

「ベッドの下にはいろいろなものが落ちていますよ。気をつけているんですが、ずっとそのままになっていることも少なくありません」

「これは、まだ新しいもののようですね。曇りがない」

「そんな感じですが、どうでしょう」小笠原が目を細めてピアスを注視する。

「占部さんが泊まっていた時に落ちたものかもしれませんね」

「可能性がないとは言えません。確認してみましょう。お客様から何か連絡が入っているかもしれません」

「お願いします」

占部がこの部屋に女を連れこんでいたというのが本当なら、その女性が落とした可能性もある……あくまで可能性だ。ピアスを小笠原に渡しておいて、部屋の残りの部分を調べ続ける。ピアス以外に、気になるものは見つからなかった。そのピアスさえ、私の中でただちに警報が鳴るほど重要なものとも思えなかったが。

「どうやらこれで終了ですね」

私は煙草に火を点け、ソファに座った。向かいのソファに腰を下ろすと、小笠原も煙草を口にする。結構広い部屋なのだが、二人で煙草を吸っているとあっという間に白く染まり始めた。小笠原がピアスをテーブルに丁寧に置いて言った。

「ピアスの確認をします」

「落とし物……忘れ物でなかったら、こちらで預からせてもらってもいいですか」

「どこにあるのか、所在がはっきりしていれば構いません。後からお客様が連絡してくることもありますから、その時にお返しいただければ」吸いかけの煙草を灰皿に置いて立ち上がり、小笠原がデスクの受話器を取り上げた。三回ボタンをプッシュした後、すぐに話し出す。

「小笠原です……はい。ちょっと忘れ物の確認をお願いできますか。部屋は二〇〇一号室。ピアスです。ピアス、片方だけ。いや、右か左かは分からないけど。シルバーで、三日月の形をしてますね」

　情報を伝え終えると、送話口を手で塞いで「確認中です」と私に告げた。私は煙草を灰にしながら、目の前のピアスをぼんやりと眺める。どこかで見たことがあるか？　ない。すぐに断言できる。商売柄なのか、人の服や装身具はまじまじと見てしまう癖があるのだが、このピアスに限っては特定の誰かのイメージと結びつくことがなかった。そもそもそれほど珍しいデザインでもない。

電話を終えた小笠原が、煙草を取り上げながら腰を下ろす。

「お忘れ物の届けはないようです」

「そうですか……それではこれは、一応私の方で預からせていただきます」

煙草を揉み消して腰を浮かしかけたが、小笠原に止められた。

「担当の者が参りますので、ちょっとお待ちいただけますか」

「担当？」

「フロントの担当です」

「占部さんと一緒の女性を見た人ですか？」

「そういうことです」

小笠原の言葉が切れると同時に、ノックの音がした。小笠原が素早く立ち上がり、ドアを開ける。彼と同じデザインのブレザーを着た若い女性が一礼して入ってきた。ころんとした愛嬌のある体型。くりくりとした目の輝きが、その印象に拍車をかけた。それほど長くない髪を無理矢理後ろでまとめているので、目が細く引き伸ばされている。

「三井です」声は案外低く、落ち着いたものだった。小笠原が自分の隣に座るよう促し、彼女は私と正面から向き合う格好になった。煙草……は遠慮しておいて、早々に話を進める。

「こちらに泊まっていた占部さんのことなんですが、女性が一緒でしたね」

「はい」小さな声で答えてから、助けを求めるように小笠原を見る。小笠原がうなずいて発言を許可したので、私に向き直って続けた。「何度か見ました」

「どんな女性だったんですか」

「三十代後半……四十歳ぐらいでしょうか。ちょっと背が高くて、綺麗な方でした」

「名前は分かりませんか」

「分かりません」

「職業は？」

「それも存じませんが……」

「だったら、とりあえずあなたの印象ではどうでしょう」

膝の上に置いた自分の手をしばらく凝視していたが、やがて顔を上げる。

「そうですね……秘書？」

「秘書ですか」意外な答えだった。そう言われても、私の方ではイメージが湧かない。

「それは、どういう感じの？」

「かっちりしているんですけど、ちょっと華やかな感じで」

これでは本当に単なるイメージだ。あるいは彼女の頭の中にある「秘書」が、そういうものなのかもしれない。

「服装は？」

「スーツでした。グレイの、サマーウールの」

「何回見ました？」

「二回……三回ですね」

「いつも同じ格好でしたか」

「私が見た限りでは」

「見たのはこの部屋でしたか？」

「いえ、呼ばれない限りお部屋に伺うことはありませんし、私は通常、フロントについておりますので」

「では、フロントにいる時に見たんですね？　ロビーを歩いていたとか？」

「ええ」

「二人はどんな様子でした？　つまり、どういう知り合いに見えましたか？」

「そうですねえ……」答えに詰まる。歯切れも悪かった。誘導尋問になりかねないのだが、助け舟を出してやる。

「仕事上の関係者ですかね。秘書というと、やはり『社長と秘書』という感じですか」

「いえ、そういう感じではないんですが……」依然として、明確なイメージは雲の中に隠れたままだった。

「占部さんは、秘書がいてもおかしくない立場の人ですよ」

実際、いるだろう。もしもこのホテルを訪れていたのが本当に彼の秘書だとしたら、事態はどういう方向へ向かうのか。秘書と一緒に逃げたとしたら……大学として隠しておきたい、表に出したくないと必死になるのも理解できる。スキャンダルになりかねないのだ。もしかしたら、理事長室の裏にある秘密の小部屋に連れこまれていたのは、この女性かもしれない。

「とにかく、そういう感じではなかったです」

「じゃあ、恋人同士ですかね」

「それも違うんですよ」顎に人差し指を当てて首を傾げる。「距離感がちょっと……明らかにお連れの方なんですけど、横に並んでいなかったですし」

「なるほど」

「話しているのも見たことがないんです」

「他にも、その二人が一緒にいるのを見た人はいますか」

「ええ。でも、お二人はこの部屋をあまりお出になられなかったみたいです」

「というと？」

「ルームサービスが……」言ってから、彼女がはっと口を手で塞ぐ。助けを求めるように小笠原を見たが、彼も渋い顔をしていた。状況は分かっているようだ。やがて小さくうなずき、先を促す。「何度かルームサービスを頼まれています。だいたい二人分でした」

「そうですか……ずっとですか？　チェックアウトするまで？」

「いえ、それは最初の頃だけでした。最初の……そう、三日目か四日目までででした」

その後はどうしていたのだろう。占部は女と別れたのか、それとも外へ食事に連れて行っていたのか。どちらにしろ、不可解な状況だ。質問を変えながらさらに情報を引き出そうとしたが、それ以上は出てこなかった。彼女に丁寧に礼を言い、引き取ってもらう。残された小笠原にも、さらにいくつか質問をしたが、状況を前進させるだけの材料は出てこない。ふと思いついて、車のことを訊ねてみた。

「占部さんは、ここへは車で来た可能性が高いんですが」

「それはまた、別に調べてみないと分からないですね」

「お願いできますか」

車の情報が何につながるかは分からなかったが、この状況では何でもやってみるしかない。当たりが出るまで手当たり次第に叩き続けるのは基本の基本である。

占部がレンタカーを使っていたことは、すぐに確認できた。自分のＢＭＷで東京を出て、東北道を走っていたことが確認されているのに、ホテルに入る時はレンタカー。何をしようとしていたのかは分からないが、かなり怪しい行動ではある。問題はどこで車を借りたか、だ。自分で宮城県警に電話を突っこんでもよかったが、一応休暇中ということを考慮に入れて自重する。九時……この時間に失踪課に人が残っている確率はゼロに近い。ホテルのロビーに居座って、念のため電話を入れてみたが、やはり誰もいなかった。仕方ない……この時間に捕まりそうな人間が一人だけいる、と思い出す。携帯電話ではなく課の電話にかけてみると、案の定、同期の長野は在席していた。

「よう、久しぶり」この時間でもまだテンションが高い。話しているとどれだけ疲れるかを思い出し、私は思わず苦笑した。

「久しぶりってほどじゃないよ。一月前に会ってる」

「そうだっけ？」長野は、仕事以外のことはすぐに頭からすっぽり抜け落ちてしまう男だ。一月前、本庁に用事があって出かけた時に誘い出して昼飯を一緒に食べたのだが、それを忘れているらしい。

「まあ、いいよ。仕事のこと以外で、お前さんに何か期待する方が間違ってる」

「ひどい言いようだな。で？　こんな時間に何の用だ」

「お前さんこそ、こんな時間に何をしてる」

「警戒」

馬鹿か、と思わず言いそうになったが、いかに同期で仲のいい男であってもこれは禁句である。こと仕事に関する限り、この男に冗談は通じない。捜査一課の各班は、捜査本部に投入されていない限り、本庁で「待機」になる。暇な時は本当に暇で——そんな時は滅多にないのだが——昼間の仕事は書類や伝票の整理ぐらいのものだ。捜査本部に入ると二十四時間こき使われるので、こういう時は定時に引き上げて体を休めておくのが暗黙の了解になっている。しかし長野は、何もなくても絶対に定時に帰宅はしない。何かが起きるのを待って、日付が変わる頃までじっと爪を研いでいる。この男の下にいる人間はたまらないだろうな、と同情した。係長が帰らないのに、自分たちが先に引き上げるのは後ろめたいだろう。

「警戒ということは、何もしてないんだな」

「警戒は警戒だ」

「分かった、分かった。お前さんがただぼうっとしてるわけがないよな。警戒中で忙しいところ悪いんだけど、一つ、頼まれてくれないか」

「事件か」声が前のめりになる。

「いや、まだはっきりしないんだが」

「絶対に事件だな。隠すなよ。お前には事件の神様がついてるんだから」

「そんな神様は願い下げだ」

長野が声を出して笑った。邪気のない、心の底からの純粋な笑い。日々事件に追われる生活——自分から事件を追いかけているとも言えるが——なのに、こんな笑い方ができるのが私には驚きだった。大抵の刑事は心をすり減らし、十年もやっていると、斜に構えて皮肉な薄ら笑いを浮かべるぐらいしかできなくなるのに。

「分かったよ。で、何だ？」

「車のナンバーを調べて欲しいんだ。レンタカーなんだけど、どこの会社のものか分からない」

「何だよ、そんなこと、俺じゃなくてもできるだろう」

「実は今、夏休みなんでね」

「夏休み？」長野の声が裏返った。「お前が夏休みって……雪でも降るんじゃないか」

「大袈裟だ」

そうでもない。以前の私……そう、綾奈がいなくなる前の私は、長野と同じように仕事にしがみついていた。事件になれば家にも帰らない。早く管理職になろうと試験勉強も必死にした。実際、警部への昇任は私の方が長野よりも早かったぐらいである。夏休みが潰れたことも一度や二度ではなかったし、むしろその状況が当然だとも思っていた。仕事が第一。家庭はその次。ささやかな家族旅行の予定が潰れて、綾奈を泣かしたこともある。その時は胸が痛むのを感じながら、刑事というのはこういうものだと自分を納得させようとしていた。

それが誤りだと分かったのは、綾奈がいなくなってからだ。二度と娘に会えないと分かっていれば、もう少し家族の時間を作ったのに。しかしそんなことは、誰にも予想できない。失踪者を抱える多くの家族と同じように。

一人になってからの私は、仕事に打ちこむわけでもないのに、夏休みを取る理由を思いつかなくなった。酒浸りの生活は毎日が休みのようなものだったし――昼間はろくに仕事もしないでデスクで半分居眠りしていただけなのだから――仕事をしていなければ疲れもしない。休みで席が半分空になる夏場も、毎日ぶらぶらと顔を出しては、自席で二日酔いの辛さに耐えているだけだった。あるいは恐れていたのかもしれない。夏休みをとっても行く場所もなく、家に籠ってひたすら呑み続けることになるのではないか、と。そうなったら、夏休みが永遠に続いていた可能性もあった。

「勝手には動けない状況なのか」

「そういうことだ。面倒かけて悪いけど、頼むよ」

「大した手間じゃない。ナンバーは？」

告げると、彼は本当に驚いたような声を上げた。

「宮城？　マジで夏休みなのか？　七夕《たなばた》祭りとか」

「それはもう終わったみたいだぜ。大体俺は、人ごみは好きじゃないし」

「一度切るからな。すぐ分かると思うけど、電話代がもったいない」

「携帯にかけてくれ」

「了解」

電話を切る。すぐにまた鳴り出した。着信を確認する間もなく、反射的に出てしまった私は、すぐに後悔するはめになった。失踪課課長、石垣徹《いしがきとおる》。上司でありながら、私の――三方面分室の天敵。

10

「高城警部」喉の奥から搾り出すような声。階級で呼ぶことで、この話が堅苦しいものであることを宣言している。

「お疲れ様です」何も敵愾心《てきがいしん》むき出しで話すことはない――私は静かに会話を滑り出させた。

「夏休みだそうだが」

「ええ。ちょっと暇ができたので、旅に出てます」

「そう、旅ね……」嫌な含みを残して一旦言葉を切る。「また何か、余計なことをしてるんじゃないだろうな」

「まさか」低い声で笑ってやった。上司の冗談に対する素直な反応……と受け取ってもらえただろうか。「私がいつ、余計なことをしましたか？」

「かなり頻繁に」

「そんなことはありません。濡れ衣です。今夜は牛タンを満喫していい気分ですよ」

「牛タン……仙台か」

「ええ」

「仙台へ一人旅ね」溜息をつくように石垣が言った。

「何か問題でも？」

「いや……確か、そこにある学校法人の理事長が行方不明になっている案件があったはずだな」

「あれは捜索を中止しました」

「ほう」

「報告が上がってませんか？」

「聞いてないな」

「家族が捜索願を取り下げたんです」

「三方面分室は報告が遅いようだな」

石垣の口調が次第に粘っこくなってきた。四十八歳、警視正。失踪課の、確か三代目の課長。失踪課は元々刑事部にとっては「お荷物」あるいは「盲腸」のような部署であり、発足して数年経った現在、早くも「廃止」の声すら上がっている。石垣は非常に微妙な立場に立たされているわけだ。自分がトップにいる時に「廃止」という事態だけは避けたい。そのためにはひたすら頭を下げて、行きかう銃弾を避けているのが一番、という処世術なのだろう。失踪課には、他の捜査部門のような派手な手柄は要求されていないのだから、何もしないこと、失策をしでかさないことこそが点数につながる。とにかく自分が課長でいる間は何事もなく過ぎてくれ——それが石垣の願いだ。もちろん、そんな後ろ向きの台詞を露骨に口にすることはないが、会話の中から推測するのはたやすい。真弓とは別の意味で、出世至上主義者なのだ。真弓が失踪課で得点を稼いで本筋への返り咲きを狙っているのと対照的に、マイナスポイントをつけられないことで出世しようという、官僚主義の典型——ある意味王道を歩む男である。

「とにかくあの件は、家族からストップがかかったんです」

「それなら、動く理由はまったくないな」石垣の声に安堵が滲《にじ》む。

「当然です。我々は家族のために仕事をしているんですから。相談してきた人の立場を第一に考えています」

「分かってるなら結構だ。せいぜい夏休みを楽しんでくれ」

「そうですね。で、仙台土産は何がいいですか？　牛タン関連の商品がたくさんありますよ。カレーとか」

「そんなことは気にしなくていい」

「……でかい事件の端緒、なんていうのはどうでしょう」

「おい――」

追及の言葉が飛んでくる前に電話を切った。どうせまた電話してくるだろうが、そんなものは無視すればいい。話が平行線をたどることが分かっている人間と時間潰しをするほど、無意味な行為はない。

それにしても気に食わない。腹の底に芽生えた苛立ちを押し潰すために、やはり今夜も酒が必要だろうと考え始めると、また電話が鳴った。どうせ石垣が激怒してかけ直してきたのだろうと思い、ぶっきらぼうな声で電話に出る。

「何だよ、その愛想のない声は」長野が不機嫌に切り出す。

「すまん。嫌な奴と電話で話してたんだ」

「課長か？」

「嫌な奴って言っただけでどうして分かる？」

「勘さ……嘘だよ。失踪課が空中分解しそうなのは有名な話だからな」長野が嬉しそうに言った。ここにもスキャンダル好きが一人。「さて、レンタカーの会社が分かったぞ。ついでに営業所も」

「そこまで調べてくれなくてもいいのに」言いながら、私は長野が告げる営業所の名前と電話番号を書き取った。どこかで見覚えがあると思ったら、私が車を借りた営業所ではないか。確か二十四時間営業である。これから時間を無駄にせずに話が聴ける——そう思うと、石垣との会話で張り詰めた緊張感がすっと萎《しぼ》んでいく。

「これでいいか？　で、どんな事件になりそうなんだ」

「そんなこと、まだ分からないよ」

「応援が必要になったらいつでも言ってくれ。一個小隊を引き連れてそこへ乗りこんでやる。宮城県警ごときに任せておけないからな」

「よせよ。少しは部下にも休みをやったらどうだ」

「事件になったら関係ない。俺が一声かければ、すぐに全員飛び出せるぜ」

いったいどういう教育をしているのだろう。一課には一癖ある人間が多い。それは悪い意味ではなく、合理化が進んだ現在でも職人肌の頑固な刑事が集まっているのだが、それだけに一つのチームとしてまとめ上げるのは難しい。まさか長野の暑苦しい雰囲気に当てられて、全員が変な考えを持つようになってしまったわけでもないだろうが。

「今のところ、応援の必要はないよ。どっちにしろうちの案件なんだから、一課の手を煩わせることにはならない」

「冷たいこと言うなよ。そっちで何かあっても、田舎警察じゃ頼りにならないぜ」

事あるごとに警視庁以外の県警を馬鹿にするのが長野の悪癖だ。警察の仕事は都道府県単位で完結するわけではなく、しばしば県境を越えた共同捜査が必要になるのだが、長野は協力関係を無視して暴走することも珍しくない。それこそ「警視庁捜査一課」の看板を錦の御旗のように振りかざしながら。

「詳しいことが分かったら連絡するから、それまでは騒がないでくれよ」

彼がこっちに首を突っこんでくる前に、一課で捜査本部事件が起こらないだろうか、と願っている自分に気づいて嫌気が差す。一人静かに仕事をしたいがために、誰かが殺されるのを待っているようではないか。

まさか。そんなことは考えてもいけない。自分を戒めながら、少しだけ熱気が抜けた夜の街に私は足を踏み出した。


自分のホテルには帰らず、そのままレンタカーの営業所に向かう。歩くには少し遠いし、汗まみれになってしまうのも分かっていたが、何となく歩きたい気分だった。歩くことで考えをまとめようという狙いもあったのだが、あっさりと失敗してしまった。穴だらけ……どころか分からない部分が多過ぎて、仮説を立てる段階にも至らない。三浦ではないが、これではとても人に話せない。

十時前に営業所に到着した。予《あらかじ》め電話を入れておいたので、一度引きあげた所長が、わざわざもう一度出て来てくれていた。家で寛《くつろ》いでいたのだろう、白いポロシャツにオリーブ色のコットンパンツ、素足にデッキシューズという軽装だった。

「どうもすいません、お休みのところ」

「いや、とんでもない」私と同年輩の所長は荒川《あらかわ》と名乗り、愛想のいい笑みで出迎えてくれた。プレハブの建物の半分は、順番待ちをする客のためのスペースになっていたが、さすがにこの時刻になると人はいない。残り半分、事務用のスペースに通された。非常に狭く、接客用の場所もない。彼のデスクの斜め向かいにあるデスクを勧められたので、椅子を引いて狭い空間に体を押しこんだ。

「すいませんね、こんな狭いところで」

「とんでもないです。こちらこそ無理を言って申し訳ない」

「それで、ご用件は？」愛想の良さが一瞬で引っこみ、探るような口調で荒川が切り出した。「捜査の関係ですよね」

「ええ。行方不明の人を捜しているんですが、こちらで車を借りていることが分かったんです」

「どなたですか」

「占部俊光、という人なんですが」名前を出す時、かすかに喉に痛みを感じた。

「少々、お待ち下さい」

表情を引き締めたまま、荒川が端末を操作する。すぐに結果は出たようだ。

「確かにうちの車を借りられていますね」

「今現在も？」

「返却はされていません」

　ようやく灯りが見えてきた。いずれ占部は車を返却する。その時にすぐ連絡してもらえば、本人を捕まえられるかもしれない。

「いつ借りられたんですか」

「九日前です」

「予約で？」

「いや、飛びこみだったようですね」書類を指差す。「夜遅くに来られて……空きがあったんでしょう。今の時期は、仙台は観光のオフシーズンなんですよ。七夕祭りが終わってしまいましたからね」

「ナンバーを確認させて下さい」ホテルで教えてもらったものを読み上げる。一致した。

「車は何ですか」

「W‐Cクラスですね」

「それは……」

「ミニバンです。七人乗りの」

　妙だ。そもそも占部は一人でここに来たのだろうし、仮にホテルに出入りしていた女性を乗せるにしても、七人乗りのミニバンは必要ない。

「一人で来られたんですか」

「それはちょっと……受けつけた人間が今いませんので、分かりかねます。明日の朝出てきますが、覚えているかどうかは何とも……何しろ人の出入りが多いですから」

「よほど変なことをしたか、事故でも起こしていない限り、一々覚えていないわけですね」

「正直言ってそうです」

「ちなみに料金はいくらになりますか？」

「こちらですと……」荒川がモニターに顔を近づけた。「二十四時間で二万七千円ですね」

「それで九日ですか」三十万円近い。その額が頭に引っかかった……銀行で下ろした金額。

「返却予定はいつですか？」

「明日です。こちらにお戻しの予定ですね」

チャンスだ。返しに来る時間を狙ってここに来れば、占部に会えるかもしれない。時間を確認して、手帳に控える。午前九時。これで明日も、朝一番で仕事ができた。二十四時間営業の営業所なので、もっと早い時刻に占部が来ることも考えられるから、取り敢えずできるだけ早い時間から私もここで待機しよう。

それにしても占部は、今回の仙台滞在にいくらかけているのか。ホテル代だけで四十万円ほど。さらにレンタカーの料金が三十万円近い。銀行で三十万円を引き出したのも、筋が通るような気がした。できるだけカードを使いたくなかったのだろう――足がつかないように。

しかし彼は、いったい何から逃げ回っているのか。

明日の朝のことを荒川に頼みこむ。自分はかなり早く来て来客用のスペースで待機しているが、無視して欲しい。占部の顔を見逃すことはないはずだが、カウンターに来たら合図が必要だ――渋々だが、荒川は私の要求を呑んでくれた。

明日の朝、占部は捕まるだろうか。彼に聴きたいことはいくらでもある。まず最初の質問はこれだ。

「私が捜していて迷惑でしたか？」

寝酒は自重し――その気になれば呑まずにいられるのだ――早朝五時に目覚めた。いくらなんでもこんなに早く占部が現れるとは考えにくかったが、念には念を入れた方がいい。シャワーで完全に目を覚まし、部屋を出る。私の泊まっているホテルからレンタカーの営業所までは車で五分ほど。昨夜のうちに用意しておいた文庫本に加え、途中、コンビニエンスストアで新聞と熱いコーヒーの大カップ、それにサンドウィッチを買いこんで張り込みに備える。

営業所の前に着いたのは六時前だったが、レンタカーのドライブコンピュータによれば、既に気温は二十八度まで上がっていた。今日も暑くなりそうだ。駐車場への出入り口が見渡せる位置に車を停め、エンジンを切って窓を開ける。ハンドルの上で新聞を広げ、コーヒーをちびちび飲みながら、何も起きない時間を一人でやり過ごす。張り込みの大部分——おそらく九十パーセントまでは暇との戦いで、相棒がいるならともかく、一人だと拷問のようになる。慣れてはいるが、いつまで経っても好きになれなかった。時々外へ出て煙草を灰にする。駅の近くなのに、歩く人もほとんど見当たらない。

七時になると人通りが増えてきたので、車に籠ったままサンドウィッチの朝食にする。コーヒーは冷めていたが、ずっと持たせるために、一気に飲まずにちびちびと啜るようにした。八時になったのを見計らい、車を出る。空になったコーヒーカップを営業所の外にある自動販売機のゴミ箱に捨て、建物に足を踏み入れる。他に客がいなかったので、受付の若い男性にバッジを提示し、まだ占部が姿を現していないことを確認した。

そのまま、客用のスペースで待機に入る。長時間待たせることは想定していないのか、椅子はサイコロのような真四角のクッションを幾つか並べただけのもので、座りにくいことこの上ない。仕方なく、壁に背中を預けて立っていることにした。文庫本を広げ、文字を追うふりをしながらちらちらとドアの方を窺う。冷房のために締め切っているから、人の出入りがあれば開け閉めする音で気づくのだが、警戒を怠らないのは癖になってしまっている。

じりじりと時間が過ぎた。九時までに来客は二組だけ。最初は二十代半ばのカップルで、関西弁で声高に喋っていた。次は五十歳ぐらいのサラリーマンらしき男性で、とにかくせかせかと手続きを進め、何かに追われるように出て行った。

九時。レンタルの延長が決定した。さらに十分待ってから受付に向かう。既に出勤していた荒川が「残念でした」とでも言いたげに眉をひそめ、私に向かってうなずきかける。

「お茶でもどうですか」

「いただきます」

カウンター越しに麦茶の入ったグラスを受け取り、二人で客用のスペースに向かう。今度は座りにくいクッションに並んで座った。小さな溜息を漏らしたのは私ではなく荒川だった。

「来ませんでしたね」

「延長の連絡もなかったんですね」

「ええ」

「そうですか……」半ば予想していたことだが、やはり多少はがっくりくる。昨夜は、あまりにも上手く話が転がり過ぎていたのだ。大抵の捜査は、どこかで壁にぶつかって止まることがある。今がそのタイミングなのだ、と私は自分を宥めた。

「まだこちらにおられますか？」

「もう少し。念のためです」

「もう少し、ですね」

「邪魔になってますか？」

「いや、そういうわけじゃないんですが」

荒川が苦笑を漏らした。人の出入りがあるから、ずっとここにいてもさほど目につくことはないはずだが、やはり私は歓迎されざる存在なのだろう。

「九時半まで待って引き上げます。その後は……」

「車が戻ったら、すぐに連絡しますよ」

「お手数ですが、よろしくお願いします」

麦茶を飲み干してグラスを返し、時計との睨めっこを再開する。今度の二十分は、九時までとは時間の進み方が違うように遅かった。結局九時四十分まで粘って無駄な時間を延長し、荒川に無言で頭を下げてから営業所を後にする。

クソ、つきもここまでか。急に仕事を失い、私はレンタカーの運転席で呆然としてしまった。ここが最良の手がかりだったはずなのに……気を取り直して電話を取り出し、失踪課に連絡を入れる。庶務の公子が電話を取ったので、すぐに真弓につないでもらった。

「首尾は？」

「尻尾《しっぽ》を掴んだと思ったんですが、上手くいきませんでした」

レンタカーの一件を話す。こちらとしては自分の失敗を報告しているようで気が重かったが、真弓は途中から急に関心を深めたようだった。

「怪しいわね」

「それは最初から言ってるでしょう」

「彼自身の車……ＢＭＷはどうしたのかしら」

「まだ見つかってませんね」

「お金を使い過ぎよね。それもかなりの部分を現金で支払っているわけでしょう？　旅行というわけじゃなさそうね」

「最初から、旅行だとは思ってませんよ」

「でも、何だか分からなかったわけでしょう？　今でもそうだけど」

「暑いんだから、厳しい突っこみは勘弁して下さい」私は拳を額に二度、三度と打ちつけた。昨夜は酒を呑まなかったのに頭痛が忍び寄っている。バッグに手を突っこんで頭痛薬を取り出し、二錠《じょう》を水なしで飲み下した。「手がかりは少しずつ見つかっているんですけど、直接占部につながる材料がまだない」

「もうしばらく休みを取る？」

「そのつもりです。少なくとも明日までは休暇ですしね。占部がレンタカーを返しにくる可能性もありますから、引き続き警戒を続けます」

「宮城県警に引き継いでおく手もあるけど」

「こんな訳の分からない状況じゃ、引き受けてくれないでしょう。自分でやりますよ」

「何かしらねえ」真弓が間延びした声を出した。「何かあるのは間違いないにしても、ちょっと想像できないわ」

「ご同様です。とにかく、もうしばらく動いてみますから……それと、昨夜石垣課長から電話がありました」

「何ですって」真弓の声が低くなり、冷たい雰囲気が張り詰める。

「余計なことに首を突っこむなって」

「あの馬鹿……」言葉を呑みこんだせいか、真弓の怒りはさらにリアルに私に伝わってきた。「相変わらず保身のことしか考えてないわけね」

「口出し無用ですよ。別に俺は気にしていませんから」

「あなたが気にしなくても私は気にするの。人の仕事を邪魔するような人間は許せない。叩ける時に叩いておかないと」

「室長からは余計なことは言わない方がいいですよ。こっちにはまだ、事件と言い切るだけの材料がないんだから」

「皮肉を言っておくぐらいはできるけど」

「余計な刺激を与えないで下さい。それで火の粉を被るのは俺なんですから」

「それぐらい、自分で払って」

いきなり電話が切れた。まったく……思わず苦笑が浮かぶ。狙うところはまったく別だが、二人の上司は私にとって頭痛の種だ。もっとも石垣にしてみれば、私こそが頭痛の種なのだろうが。それほど暴走している意識もないのに。

車を出そうと——行き先は決まっていなかったが——した途端に、愛美から電話がかかってきた。慌ててブレーキを踏みこみ、サイドブレーキをきつく引いてから電話に出る。

「法月さんが」

「オヤジさん？　どうした」口が渇く。鼓動が速くなった。

「昨夜は振り回されて……法月さん、お酒は呑んで大丈夫なんですか」

「適量なら問題ないと思うけど、二人で呑みに行ったのか？」

「いえ、例の教授と」

「三浦さんか」

クソ、まさかいきなり呑みに誘うとは……頭痛が悪化してきて、私はやんわりと額を揉んだ。確かに「当たるなら三浦という法学部の教授にしてくれ」と言ったのは私である。瞬時に後悔の念に襲われた。

「夕方大学に行って、そのまま三浦さんを連れ出したんです。あの人、相当好きなんですね」

「俺も日本酒をご相伴して、ひどい目に遭った」昨日の朝の辛さを思い出すと、さらに頭痛が悪化する。「それで、何か聴き出せたのか?」

「それは、ちょっと」愛美が言い淀む。「二人で意気投合してましたけど、役に立ちそうな話は出ませんでしたね。何だか疲れました」

「相変わらずのらりくらりだったんだな」

「もしかしたらあの人、私たちにたかってるだけじゃないんですか? 只酒が呑めると思って」

「否定できないな」私と呑んだ時も、結局彼は一銭も払わなかった。もちろん私が奢《おご》ってもらうわけにはいかないのだが、同じようなことが二度続くと、「たかり」というのが現実味を帯びてくる。「それでオヤジさん、大丈夫なのか?」

「ええ、今朝も早く出勤して来て、もう外へ出てます」

「頼むよ。しっかり捕まえて監視しておくのも仕事のうちだぜ」

思わず嘆いたが、私はそれ以上の嘆きを打ち返された。

「法月さん、私が一緒にいると嫌がるんですよ。どうも監視されているのが分かっているみたいで。逃げられました」

「クソ、仕方ないな」監視役も満足にできないのか、と文句を言いたくなったが、何とか呑みこむ。ここで喧嘩していても何も始まらない。愛美が警戒されているというなら、醍醐を監視につけよう。男同士の方が法月も油断するかもしれない。

「後で醍醐に代わってくれ。監視はあいつに任せる」

「私は用なしですか」愛美が皮肉っぽく言ったが、本気で怒っている気配ではなかった。むしろ面倒な役割から解放されるのを喜んでいる。

「いや、君が駄目だっていうわけじゃないんだが」

「構いませんよ。こんな情けない仕事で給料を貰ってるんじゃ、申し訳ないですから」

「そういう皮肉はやめてくれないかな」

「皮肉の一つも言いたくなりますよ……でも取り敢えず、法月さんは元気ですから。昨夜も三浦さんに上手く飲ませて自分はセーブしてたし、今朝もぴんぴんしてました」

「娘さんはまだ大人しくしてるんだな？」

「はるかですか？　ええ、大丈夫ですよ。ちょっと話をしておきましょうか？」

「いや、それはいい。眠っている相手をわざわざ起こす必要はないよ。余計なことをして、君まで嫌われても困る」

「嫌われてるのは高城さんだけだと思いますけど」

「勘弁してくれよ……そうだ、六条のことなんだけど」先日の一件をふいに思い出し、訊ねてみた。

「六条さん？　どうかしたんですか」

「何か変な様子はないか」

「変って言われても……」愛美の口調に戸惑いが生じた。そもそも変な人間だと思ってい
るはずで、普段以上におかしな様子を見つけろと言われても困るだろう。「別に観察して
るわけじゃありませんから」

「浮かれてるとか、逆に落ちこんでいるとか」

「そんなことはないと思いますけど、いったい何なんですか」愛美の声に苛立ちが混じる。

「恋愛沙汰」

「そういうことに首を突っこむのは、上司の仕事じゃないでしょう」一転して冷たい口調
になる。

「上司の仕事になるかもしれないんだよ」

「どういうことですか」

「まだ言えない」

「つまらない話はやめて下さい……醍醐さんに代わります」

むっとした口調で愛美が告げる。しばしの沈黙の後、醍醐が電話に出た。

「お疲れ様です」さらに疲れを増幅させるような、元気過ぎる声。一瞬電話を耳から離し
た。

「一つ、頼みがある」

「オス」

「オヤジさんが今外に出てるんだけど、捕まえてくれないか。一人で聞き込みをしてると思うんだが、一緒にいてやって欲しいんだ」

「オス。それでは――」

「ちょっと待て」何も聞かずにいきなり電話を切ろうとしたので、大声で呼び戻す。

「何ですか」

「どうしてそんなことをするのか、理由ぐらい聞けよ」

「いや、命令なら従いますから」

「素直なのはありがたいんだけど、話ぐらい聞いてくれよ。オヤジさん、かなり無理してるみたいなんだ。どうしてむきになっているのか分からないけど、無理矢理突っ走ってるような感じがする。お前の仕事は、オヤジさんが暴走しないように監視することだ」

「縛ってどこかに閉じこめておきましょうか？」

「そんなことをしたら、本当に体調を崩すだろうが」

「では、監視だけで」

「頼むぞ」

「オス」

彼にも六条のことを聞いておくか、と一瞬思った。だが、勢いはあるが感覚が鈍い醍醐に、女性の微妙な変化について訊ねても無駄だろう。電話を切って車を出す。行き先は……バア「セカンド」は、こんな時間には当然開いていない。港学園に突っこんでも、拒絶されるのは簡単に予想できた。となると、ホテルに回って従業員に聞き込みをするのがいいだろう。他にも占部と女性が一緒にいるのを見た従業員がいるはずだ。一緒にいたのが誰なのか分かれば、占部を見つける突破口になるかもしれない。

ホテルの駐車場に車を突っこんでから、話をしておくべき人間がいるのに気づいた。佳奈子。もしかしたら占部は、何事もなかったかのように家に戻っている可能性がある。仮に帰っていても、佳奈子が私にわざわざ知らせてくれるとは思えなかったから、こちらで確認しておかなければならない。気は乗らないのだが。

電話には出ないのではないかと思ったが、佳奈子は呼び出し音が一回鳴っただけで出た。まるで占部からの連絡を電話の前で待ち続けていたように。

「警視庁失踪課の高城です。先日は失礼しました」名乗ると、電話の向こうで佳奈子がいきなり沈黙した。このまま電話を切られるのはまずい。取り敢えず話を続ける。「その後、占部さんから何か連絡はありませんか？　もしお帰りになられているなら、私どもの方でも知っておきたいと思いまして」

「いえ」

「連絡はないんですね」

「はい」

「どうですか？　その後、占部さんが行きそうな場所や会いそうな人を思い出しませんでしたか」

「申し訳ありませんが、もう話せません」

「ちょっと待って下さい」私は思わず携帯電話をきつく握り締めた。「いったい何なんですか？　大学側から圧力があったんじゃないですか」

「何もお話しできません」

「占部さんは宮城にいるはずです」話を続けるために、情報を漏らした。

「宮城……」佳奈子が言葉を呑んだ。

「ええ。はっきりしたことは分かりませんが、行方不明になってからずっと、こっちにいる可能性があります。何か心当たりは？」

「ありません。これで失礼します」

いきなり電話が切れた。あくまでも失踪課を排除するつもりらしい。そう思った瞬間、自分のミスに気づいた。この情報が彼女の口から大学側に漏れたらどうなるだろう。大学が私たちにとって敵対勢力だとは思いたくなかったが、状況が分からない以上、事態がどう動くかは分からない。しかし、少なくともプラスの方向に向かうことはないだろう。人は年を重ねるに連れ賢く、慎重になるとは限らない。どんどん愚かに、迂闊になることだってあり得る。

ここに一人、いい見本がいるではないか。

ホテルでの聞き込みは、言葉の洪水との戦いになった。小笠原が橋渡ししてくれたせいで、従業員たちは全員が協力的だったが、占部と一緒にいた女の様子が具体化しない。様々な証言を総合すると、女は常にうつむいており、誰かに顔を見られるのを極度に恐れているようだった。ホテル内の飲食店での食事は一度もなし。どうも占部が女をかくまっていて、どうしても必要な時だけ一緒に外へ出ていた感じらしい。

女の顔……そこにつながる証言が出てこないのが痛い。服装についてはある程度イメージが摑めた。とにかく働く女性、それも結構固い商売をしているのではないか、という印象は共通している。

「残念ですねえ」昼飯につき合ってくれた小笠原が、慰めの言葉をかけた。ホテル内のカフェテリア。仙台牛のステーキが目の前にあったが、値段が脳裏でちらついて、食べていても味が分からない。昼飯に二千円もかけることなど、普段はほとんどないのだ。

「捜査はこういうものです。九十パーセントまでは無駄ですからね」

「警察の方も大変ですねえ」肉を咀嚼《そしゃく》し終えて、小笠原が大袈裟にうなずく。「こんなに手間がかかるものなんですか」

「何かあって、すぐに現場へ急行する方がましですね。現場には無数の手がかりがありますから……我々の仕事は、現場があって始まるわけじゃないんです。いわばマイナスからのスタートなんですよ」グリルされたジャガイモをフォークで突いた。天辺ではバターが溶けかかっている。ステーキにもレモン風味のバターが載っていた。この店は、客を脂《あぶら》漬けにするつもりなのだろうか。春の健康診断の結果も今一つだったのに……仕方なくバターをどかし、ぱさつくジャガイモを食べた。

「今回は、どういった事件なんですか」

「そうですね……」これまで小笠原は、余計なことを何も聞かずに協力してくれた。それは極めて稀有なことなのだが、いつまでも好奇心を抑えておくのも難しいだろう。「大した話ではありません。占部さんの証言が必要なだけです」

「そうですか？　まるで占部さんご自身が何かやったような……」

「小笠原さん」私はナイフとフォークを置いて、静かに言った。彼はとうに、事件の本質——占部本人が渦中にいること——を見抜いているはずだが、やはり忠告せざるを得ない。「度が過ぎた好奇心は命取りになりますよ」

　小笠原の喉仏がゆっくり上下し、顔が強張る。私はゆっくりと笑みを広げた。

「冗談ですよ。警察の仕事っていうのは秘密主義が原則でしてね。迂闊なことは言えないんです。その辺で誰かが聞き耳を立てているかもしれないし」

「そんなこともないと思いますが」

「いや、用心に越したことはありませんから」

「まあ、そうかもしれませんが……」

食べ終えた皿を脇に押しやり、小笠原がコーヒーを手元に引き寄せた。砂糖とクリームを加え、ゆっくりかき回す。私はステーキの脂身の部分とジャガイモを少し残すことにして——今の自分にできる最大限の健康法だ——彼と同じように皿を横にどかした。コーヒーを一口飲んで、小笠原が口を開く。

「私は存じてなかったんですが、占部さんは地元では本当に有名な方だったんですね」

「嗅ぎ回ったんですか」

「いやいや、とんでもない」小笠原が顔の前で大きく手を振った。「ただ、人にちょっと訊《き》けばすぐに答えが返ってくるぐらい有名な人だ、ということは分かりました」

「そうですね」

「そういう人が、簡単に連絡が取れなくなるものなんですか？　仕事も立場もある方でしょう」

「どういう状況で連絡が取れなくなっているのかは、私にも分かりませんけどね」

「そうなんですか？」いつの間にか、小笠原は好奇心の塊《かたまり》になっていた。「もしかしたら行方不明とか、そういうことじゃないんですか。港学園の理事長さんが行方不明ということになったら、大騒ぎになりますよね」

「申し訳ありませんが、これ以上は言えないんです」

ゆっくりと頭を下げる。小笠原は不満そうだったが、言葉にしないだけの礼儀は失っていなかった。私はブラックのままコーヒーを飲み、話が占部の方にいかないよう、無難に天気の話やプロ野球の話題を重ねた。職業柄なのか、小笠原も如才なく応じる。話が彼の出身地、福島の話に入りかけた時、携帯電話が鳴り出した。

「ちょっと失礼します」

立ち上がり、レジの脇を抜けてロビーに出る。電話の相手は予想もしていなかったレンタカー店の店長、荒川だった。

「お見えになりました」

「何ですって？」

「占部さんですよ」私が聞き返したのが気に食わない様子だった。本人はスパイのつもりでいるのかもしれない。「つい、十分ほど前に」

「車は返したんですか」

「ええ、延滞料金は現金でいただきました」訊ねてもいないことをいきなり説明する。

「今はどこに？」

「たぶん、学校に向かっているはずです」

「何ですって？」話がつながらない。荒川はどこか重要なポイントを飛ばしてしまっているのではないか。「どうしてそんなことが分かるんですか」

「タクシーをお呼びしましたから」

「それで？」

「占部さんは……いわゆる上客でしたから、タクシーまでお送りしたんです。せっかちな方なんでしょうかね。ドアが閉まる前に『港学園まで』とおっしゃってましたので、それが聞こえてしまって」

「助かります。ありがとうございました」

電話を切ってすぐに走り出そうとしたが、勘定がまだだったことを思い出した。店の外に出ていたメニューで、ステーキセットの値段が二千円ちょうどであることを確認してから財布を取り出す。残金を心配しながらテーブルに戻り、小笠原の前に千円札を二枚置いた。

「どうしました？」小笠原が怪訝《けげん》そうに眉を歪める。

「動きがありました。これで失礼します」

「お金は結構ですよ。こちらで……」

「賄賂はまずいです。この後、あなたにお返しできる予定もないし」札を指先で叩き、私はその場を辞去した。自分で言っておいて心配になり、走りながら周囲を見回してしまう。新聞記者らしき人間は見当たらなかったが、用心に越したことはない。

そんなことはどうでもいい。事態は新しい段階に入ったのだ。

11

昨日走ったルートを思い出しながら南へ向かう。道路は空いており、ついアクセルを踏む足に力が入った。さほど遅れは取っていないはずだと自分に言い聞かせたが、一分、二分の遅れが致命的になるかもしれないと考えると気が急《せ》く。結局学校へたどり着くまで、三十分ほどかかった。仙台市を出る辺りで、四号線のちょっとした渋滞に引っかかったのが痛かった。占部はまだ学校にいるのか……そこに向かったということは、すぐに東京に帰るつもりはないのだろうが、とにかく時間が惜しい。何としてもここで捕まえて話を聞きたかった。

中学か？　高校か？　一瞬迷った末、高校の校舎に入る。昨日教わった校務課に突入し、のんびりした雰囲気をぶち壊しにしてしまった。

「理事長にお会いしたいんですが」

応対してくれた校務課長は、すぐには反応しなかった。何を言われているのか、理解していない様子である。

「占部理事長です。こちらにいらっしゃるはずですが」

声を荒らげたが、校務課長は目に戸惑いの色を浮かべるだけだった。

「いや、ここにはいませんよ」

嘘をついているのか？　私は彼の目を真っ直ぐ覗きこんだ。しかしその瞳は澄んでおり、惚《とぼ》けている様子はない。もしかしたら私は占部を追い越してしまったのか、それとも彼が途中で気を変えてどこか別の場所に行ってしまったのか。

「ここへ向かっていたはずなんです」

「そう言われましても、いないものはいないんです」

「そんなはずはない」

「こんなことで嘘をついても仕方ないでしょう」

校務課長の顔に本物の困惑が浮かぶ。五十絡みの実直そうな男で、顔色一つ変えずに嘘をつけそうなタイプには見えなかった。待つか、引くか。躊躇っている間に、答えは向こうからやってきた。

「何の騒ぎだ」

私と校務課長が同時に振り向く。威圧感をまき散らしながら、大股で向かって来たのは、占部その人だった。


「で、何のご用件でしょうか」

占部は理事長室に私を招き入れた。明らかに何か別の用件があったようだが、その前に面倒なトラブルを片づけてしまおうという様子だった——そう、彼は実際に「トラブル」と言ったのだ。トラブルの芽は早目に摘《つ》んでしまわないといけない、と。

理事長室は綺麗に掃除されていた。オーク材の巨大なデスクの前に、ぱんと革の張ったソファのセット。占部は私の正面のソファに浅く腰かけ、ふんぞり返って足を組み、盛んに煙草を吹かした。私が吸っているよりずっと軽い煙草だが、次々と灰にしていくのを見る限り、一日当たりのニコチン摂取量はかなりの量になるようだ。

「あなたを捜していたんですよ」

「私を？」驚いたように目を見開き、身を乗り出して煙草を灰皿に押しつけた。「何でまた。警察の方に追われるような覚えはありませんがね」

精一杯背伸びした男、というのが占部に対する第一印象だった。何をするにも動作が大袈裟で、声は太く張りのある低音だが、それも必要以上に大き過ぎる。相手を威圧しよう、勢いで圧してしまおうという意図が見え見えだった。学内では既に誰もが彼の権力を知っているのだから、こういう態度が恐れられるかもしれないが、外ではどうだろう。内弁慶、という皮肉な言葉が浮かんだのは、私がこの男に引っ張り回された恨みを抱いているせいかもしれない。

逃亡——本当に逃亡していたかどうかは分からないが——生活はかなり長くなっているのに、服装はぱりっとしていた。真新しいシアサッカーのスーツに薄い青のボタンダウンシャツ。ネクタイはなし。足元は鈍くワイン色に光るローファー。堅苦しくはないが上品、という感じだ。短めの髪を真ん中から分けて、軽く後ろに流している。決してハンサムとは言えないが、大きな目や存在感を示す巨大な鼻が強い印象を残す。初めて本人を目の前にした私は、「政治家によくいるタイプ」という印象を抱いた。

「ご実家と連絡は取られていましたか」

「いや、別に」占部が不思議そうな表情を浮かべる。「それが何か問題でも？」

「ご家族から相談を受けたんですよ。あなたが行方不明になっているから捜して欲しいと」

「行方不明って、私が？」占部が自分の鼻を指差した。次の瞬間には下卑た笑いを爆発させる。「冗談じゃない。母には、旅に出ると言ってありますよ」

「旅、ですか」

「珍しくまとまった休みが取れましてね」占部がそっくり返り、腹の上で両手を組んだ。

「何年ぶりかな。こんなこと、本当に久しぶりですよ」

「お忙しいのはよく分かっていますが――」

「少し気分転換が必要だったんですよ」占部が私の言葉を遮った。こんな表現が正しいかどうかは分からないが、非常に堂に入った遮り方であった。「ご存じかもしれませんが、学校法人の理事長というのは、サボるつもりならいくらでもサボれます。理事会に顔を出して、後は適当に決済書類に判子を押しているだけでもいい。だけど本当に真面目にやろうと思ったら、いくら時間があっても足りないんです」

「そしてあなたは、何でもご自分でやろうとしている」

占部が目を大きく見開き、私を睨みつけた。右肘を膝に置いて、体を捩るようにして前のめりになる。

「あなたが私に関してどんな評判を聞いているかは知りませんが、それは話半分だと思っていただきたい」

「半分、ですか」それでも相当のものだと思うが。

「そう、半分です」占部が左の掌を水平に保ち、そこに手刀にした右手を垂直にぶち当てた。ケーキを二つに割るような仕草。「ワンマンだとか独裁者だとか、いろいろ言われてますけど、実際はもっとひどいですよ」

冗談なのか本気なのか図りかね、私は唇を引き結んだ。どうやら本気だったようで――

冗談の方がありがたかったが——真面目な表情を崩さぬまま、占部が持論を展開した。

「学校っていうところはね、放っておくとぐずぐずになってしまうんです。毎年同じことの繰り返しで、生徒も教職員もだれてしまう。公立の場合はそれでも何とかなるかもしれませんが、私立は呑気に構えているわけにはいかないんですよ。レベルが下がれば受験生が減る。そうすると、程度のいい教育を提供し続けるのが難しくなるんです」

「要するに、金を儲けなければいけない、と」

「正直に申し上げればね。私学というのは自転車操業みたいなものなんですよ」私の皮肉をあっさり受け流して、占部が答えた。「毎年新入生を迎えて、卒業生を送り出して。その繰り返しの中で、さらに新しいものを生み出さなくてはいけない。そうしないと新陳代謝が止まってしまうんです」

流れが彼のペースにはまっていることを意識し、私は強引に母親の話に引き戻した。

「ご家族は心配されていたんですよ」

「ああ」初めて占部の顔に暗い影がさした。「こんなこと、初対面の人に言うべきじゃないかもしれないけど、母は最近、記憶の方がちょっとね……日常生活に差し障るようなことはないんですけど、肝心な部分がすっぽり頭から抜け落ちてしまったりするんです。そろそろ医者に見せないといけないんですが、そういうのを嫌がりましてね。難しいところです」

嘘だ。私が会った佳奈子は言葉もはっきりしており、瑣末《さまつ》なことまで決して忘れそうにない人間だった。アルコールが残っている時の私よりも——ということは大抵の時の私よりも——よほどしっかりしている。

占部の表情は変わらなかった。鉄の仮面を被っているのか、この状況を何度もシミュレートして、自分でも真実だと信じこめるようにしてしまったのか。

「とりあえず、ご実家に連絡してあげたらどうですか。心配されていると思いますよ」

「そうですか……いやあ、本当にご迷惑をおかけしました」占部が深々と頭を下げたが、誠意は一切感じられなかった。頭を下げることには慣れているようだが、そこに魂をこめる術は忘れてしまっている——あるいはどうでもいいと思っているようである。「親というのも、年をとると弱くなるものです」

「ええ」

「とにかく、警察の方にまでご迷惑をおかけしてしまって、お恥ずかしい次第です」

「それは構いませんが……」

「というわけで、これでお引き取りいただけますでしょうか」占部がちらりと腕時計を見る。ベゼルに派手なピンクゴールドをあしらってはいるが、デザインはシンプルな三針式だった。「さすがに一週間以上も休むと、仕事が溜まっていましてね。こんなことなら、休まなければよかったな」

腰を浮かしかけた彼を、私は質問でソファにつなぎ止めた。

「ちなみに、どちらにお出かけだったんですか」

「東北をあちこち、ね」

「ずっと仙台にいらっしゃったわけではないんですね」

「ええ、かなり走り回りました」

「お一人だったんですか」

「そうですよ」

また嘘。ずっとホテルにいたではないか。女も一緒だったではないか。突っこむこともできたが、あえて口を閉ざした。占部は犯罪に係わったわけではない。こうやって姿を見せたのだから、非難めいた質問をするのは筋違いである。いくつもの疑問を押さえつけているうちに、頭痛が激しくなってきた。

「車だったんですか」

「そうですけど、それが何か」

「いや、理事長さんともあろう方が、ご自分でハンドルを握られるのもどうかな、と思って。何かあったら大変でしょう」

「いや、私は車が好きだし、基本的には安全運転ですからね。うちのＢＭＷはまだ新しいんで、今回は慣らし運転も兼ねて走り回りましたよ」

「BMWですか……いい車ですね。でもあなたは、レンタカーを借りましたよね」

「故障したんですよ」

「なるほど。でも、BMWの代わりに七人乗りのミニバンというのも変じゃないですか?」

「田舎では、大きい車の方が安心して運転できますからね」

一瞬言葉を切り、占部が私の目を覗きこむ。沈黙が二人の間に降りたが、先にそれに耐えられなくなったのは彼の方だった。

「本当は車よりオートバイが好きなんですけどね。さすがに最近、そっちは自粛しろと周囲から言われてます」

「オートバイにも乗られるんですか」家のガレージで静かに主を待っていたドゥカティの獰猛《どうもう》な姿を思い出しながら、適当に話を合わせる。

「ええ。学校の連中が『危ないからやめてくれ』っていうんですが、今まで無事故無違反なんですよ。気をつけていれば事故は防げるものです」

「そうですか……しかし一週間以上もお一人で旅行されていたんじゃ、暇を持て余しませんでしたか?　普段忙しく仕事をされているんだから、休みの取り方なんか忘れてしまったでしょう」

占部が豪快に笑ったが、私を見る目はまったく笑っていなかった。

「ご心配いただいて恐縮ですね。でも、今回の旅行は堪能しましたよ。人が行かないような山奥の露天風呂につかって……命の洗濯ができました」

「分かりました」私は両膝を同時に叩いて腰を上げた。「それでは、失礼します。どうやら無駄足を踏んでしまったようですね」

「他にももっと大変な事件はあるでしょう」言葉に皮肉を滲ませてから占部も立ち上がった。私を送り出すために、さっさとドアノブに手をかける。振り返って相好を崩したが、それが偽りの笑顔であるのは明らかだった。

嘘を並べて何を隠している？

車に戻り、とりあえずやることがなくなったという事実を噛み締めた。しかし占部の嘘は気になる。彼は自分の車で動き回っていない。本当に故障したかどうかは調べれば分かることで、嘘としてはあまり上等ではない。車を借りることは問題でも何でもないが、それを隠す意味は何だったのか。ずっと仙台にいたはずなのに、行き先は「あちこち」。そして大学側の態度。あれは明らかに、私たちを排除しようというものだった。休暇なら休暇と言えばいいではないか。

占部は無事戻って来たのだから、もうどうでもいい話かもしれない。佳奈子の心配もこれで消えるだろう。だが私の本能は、「これで終わりではない」と告げていた。捜査とは、全ての出来事に合理的な説明がつき、一つのピースも失うことなくパズルが完成するようなものではないが、今回の一件には穴が多過ぎる。

刑事の習性とはこういうものかもしれない。つい穴を探してしまう、そしてその穴に合うものを見つけて塞ぎたくなるのだ。全ての穴には、ぴたりと埋まる栓《せん》があるはずだと信じてしまう。そんなことは決してないのに。

「現れた？」

初めて聞く真弓の声のトーンは、私の耳を不快に刺激した。彼女は普段からあまり感情の動きがないのだが、今は違う。驚愕《きょうがく》と怒りが入り混じり、電波を伝って私の脳を汚染しそうな勢いだった。

「ええ、高校に」

「で、何ですって？」

「旅に出ていた、と。一週間以上、東北の秘湯を回っていたそうです」

一瞬言葉が途切れる。真弓が額を手で支え、力なく首を振る様が目に浮かんだ。頭痛に耐えているのは私の方なのに。

「それを真に受けたの？」

「疑うに足る理由はありません」

「高城賢吾にしてはずいぶん消極的ね」

「俺のことを何だと思ってるんですか？」

「素手でダムに穴を開ける男」

「それはオランダの都市伝説でしょう」

「あれは、穴を塞いだ話よ」

転がる軽口も、心に開いた「謎《なぞ》」という名の穴を埋めてはくれなかった。これは……そう、信じていたものを奪い去られ、そこにぽっかり穴が開いた状態。私は何を信じていたのか。占部が事件に巻きこまれ、自力では脱出できなくなっているという想像——いや、妄想か。

「とにかく本人が出てきてしまった以上、うちとしては何もできないわね」会話を立て直した真弓が、即座に断じる。

「誰も失踪していないし」

「そういうこと……それで、どうするの？　このまましばらく夏休みを続ける？　せっかくだから、あなたも秘湯巡りでもしてくればいいじゃない」真弓の口調は、半ばやけっぱちになっていた。

「田舎は性に合わないんです。一人で温泉に浸かっても仕方ないし。これからすぐ、東京に帰りますよ。ああ、それとオヤジさんには、もうこの件で動く必要はないと言っておいてくれませんか。また無理しているかもしれないし」

「了解。今日はこっちに顔を出す？」

「そんな元気が残っていれば」

「年寄りみたいなこと、言わないで。暑気払いにビールでもどう？」

「炭酸飲料は嫌いなんです」

互いにちくちくと突き合うような会話を終え、溜息をつきながら終話ボタンを押す。失敗した……そうかもしれない。家族の意向を無視し、行方不明者をこの手で捜し出すこともできず、クソ暑い宮城の空の下で汗をかいている。

失敗ではない。正確にいこう。「訳が分からない」だ。


レンタカーを返しに行って、営業所で荒川に会わなかったのは不幸中の幸いだったかもしれない。せっかく知らせてくれたのに、結局何ら有益な情報は得られなかったのだから、申し訳ないという気持ちは強い。迂闊に彼に出くわさないよう、うつむいたまま駅に向かって歩き出す。

仙台駅の中は、既に終わったというのに七夕飾りで賑わっていた。おそらく一年中、構内を彩っているのだろう。その他には土産物を売りこむ看板と垂れ幕で、駅全体が極彩色のモザイクになっている。失踪課の連中に何か土産を買って行こうかとも思ったが、猛烈な宣伝攻勢に嫌気がさしてしまい、さっさと新幹線のホームに上がった。

「はやて」で東京まで一時間四十二分。近いものだ。乗っている時間が短いが故に、考えがまとまらない。気づいた時には、新幹線は東京駅のホームに滑りこんでいた。地下鉄を乗り継ぐのも面倒で、そのまま山手《やまのて》線で渋谷まで向かう。ちょうど夕方のラッシュにぶつかってしまい、押《お》し競饅頭《くらまんじゅう》をせざるを得なくなったので、ここでも余計なことを考えている暇はなかった。失踪課に着いたのは六時。既に愛美しかいなかった。

「お疲れ様でした」

義理以外の何物でもない口調で愛美が言う。私は肩からバッグを提げたまま冷蔵庫を探って麦茶を取り出し、自分用のマグカップ——「末永亭」が開店二周年記念で配ったもの——に注いだ。凍る寸前まで冷えた麦茶が喉を痺れさせる感触を楽しんでから、自席に戻る。

「オヤジさんはどうしてる」

「法月さんのことしか興味がないみたいですね」愛美の口調は素っ気無かった。

「何だい、焼餅《やきもち》か？」

「馬鹿言わないで下さい」愛美の声が途端に低くなった。「今日は引き上げました。仕方ないですよね、やるべき仕事がなくなったんだから」

「まったく、みっともない話だよ」私は頭の後ろで手を組み、椅子に体重を預けた。俺は何をやっていたのか。徒労感が体の芯から湧き出し、全身を満たしていくようだった。

「しかし、何か引っかかるんだ」

「確かにおかしいですけど……」同調しそうになった愛美が言葉を切る。かすかに首を振ると、艶《つや》のある髪が部屋の照明を受けて鈍く光った。「何がおかしいのか分からない、という状態ですよね」

「理事長自ら、隠密行動をしてたのかもしれないいな」

「隠密行動？」疑わしげに愛美の目が細くなる。

「そう。占部という男は、何でも自分でやりたがるタイプらしい。自分で教員のスカウト活動までしてたみたいだぜ。今回もそうだったんじゃないかな。例えば法外な金を積んで、どこかから優秀な教師を引っ張ってこようとしたとか……そういうことを、たかが刑事には知られたくなかったとか」

「無理がありますね。私たちに隠すようなことじゃありません」愛美があっさり否定する。

「分かってるよ」苛立ちが波のように心を洗っていく。長い時間、煙草を吸っていないせいだと分かっている。しかし立ち上がって喫煙所に行くのも面倒で、ただだらしなく腰かけたまま、疲れが抜けるのを待った。首だけ巡らせて愛美に声をかける。「室長は？」

「帰ったみたいですよ」

「そうか……まあ、こんな話の報告を受けても困るだろうな」

「もう電話で話したんでしょう？」

「ああ」

「それで十分だと思ったんじゃないですか」

「そうかもしれない」椅子を戻して、デスクに両手を置く。「君も、何もないなら帰れよ。無駄な残業は必要ないよ。毎日こう暑いと、ばてちまうぜ」

「ちょうど帰ろうとしてたところでした」愛美が自分のバッグを摑んだ。「お疲れ様……とは言われたくないですよね。余計疲れるでしょう」

「分かってるじゃないか」

「高城さん、そういう人だから」

「どういう人だよ」

愛美が、いかにも裏のありそうな笑みを浮かべた。唇は皮肉に歪んでいる。

「そういう邪悪な笑い方を覚えるんじゃないよ。嫁にいけなくなるぞ」

「大きなお世話です」

一転して怒りに顔を染め、愛美が大股で出て行った。その背中に「悪いな」と声をかける。暴言の一つも吐かないとやっていけないんだ。

いつの間にか自分は、失踪課の仲間たちに甘えていたのだ、と意識する。ここへ来て数か月、私は数年前に失った警察官としての仲間意識を取り戻しつつあると感じていた。七年前……娘の綾奈が突然行方不明になった後、私は自分の人生を無意識のうちにゆっくりと崩壊させ始めた。刑事の目で、綾奈が帰ってくるはずがないと勝手に結論を出し、離婚し、酒に逃げ——離婚と酒の順番はどちらが先だったか覚えていない——捜査一課から暇な所轄に回された。それから酒への逃避はさらにひどくなり、仕事に差し障るぎりぎりまで落ちてしまった。しかしあくまでぎりぎり。破滅しなかったのが、私の覚悟の中途半端さを証明する。その後失踪課に移ってきて、刑事部の他の仕事とは違うやり方に戸惑いながら——他の部署は犯人を捜す。私たちは行方不明者を捜す——いつの間にか仕事の渦に巻きこまれていた。

いいことなのか？

悪いことではない。酒の量は確実に減っているし、生意気な後輩や野心の大き過ぎる上司の相手をするのも悪くはない——楽しいとまでは言えないが。それだけに、今回の失敗は骨身に染みた。失敗とさえ言えない失敗。訳も分からず動き続けたことで生じた徒労感は、ここへ異動してきてから初めて感じるものだった。

今夜は呑まずにはいられないだろうな、と思う。自棄《やけ》酒の愚かさは十分過ぎるほど分かっているつもりだが、それでも呑まざるを得ない夜はある。

すぐに帰る気にはなれず、今回の一件をデータベースに打ちこんでおくことにした。「一〇一」——行方不明者無事発見——のケースに当てはまるのは明らかだが、その数字を入力するのに何故か抵抗を感じ、テンキーの上で指が止まってしまった。そもそも正規の依頼で動いていたわけでもないのだから、データベースに入力しておく意味すらないのではないか。管理を担当している六条は、明日の朝これを見て困惑するかもしれない。どうでもいいか。入力した情報を削除してパソコンをシャットダウンし、一つ伸びをして荷物をまとめる。昨夜、ホテルの狭いバスルームで軽くシャワーを浴びただけなので、体がやけにべたつく。今日は久しぶりにゆっくりと湯船に浸かってみるか。

渋谷中央署を出る。まだ空は明るく、東京特有の湿った熱気もしっかりと居座っていた。十歩歩くうちにどっと汗が噴き出し、シャツが肌に張りつく。手で顔に風を送りながら、明治通りに足を踏み出した。目の前の歩道橋が、そびえる壁のように見えてくる。まったく不便なものだ。すぐ目の前にある駅へ向かうのに、必ずこの歩道橋を使わなければならない。いっそ、大きく遠回りして階段を上らないようにするか。迷って立ち止まった瞬間、声をかけられた。

「お帰りか」

振り返ると、二度と会いたくないと思っていた男が立っていた。捜査二課の三井。今日もきちんとスーツを着こみ、ネクタイを締めている。そんなことはないはずだが、この前会った時よりもさらに唇が薄くなったようで、冷酷な気配は増していた。私はわざとらしくワイシャツの首元に手を伸ばし、ボタンをもう一つ外した。

「だらしない格好だな」

「今日はもう閉店だよ」

「仕事が終わろうが関係ない。ここは日本だ。スーツを着ているのにネクタイを外すような奴はクソだ」宣告して、三井が目を細める。ほとんど糸のようになった目の奥に、凶暴な光が宿っていた。

「時代遅れの考えだな」

「そうか」三井がふいに表情を緩め、柔らかい声色で語りかけてくる。「ちょっと一杯奢ろうと思うんだが」

「賄賂は通用しないよ」

「あんたに賄賂を贈っても仕方ないだろうが。ちょっと話を聞きたいだけだ」

「酒はやめておく」

「あんた……」何か言いかけた三井が口を閉ざした。酒にまつわる私の評判を聞いていないはずがない。何か用事があって訪ねて来る時、相手のことをまったく調べておかない刑事などいないのだから。私と酒を呑むという提案が、いかに馬鹿げたものか、気づいたのだろう。

「酒より、冷たいコーヒーでもどうだ」

「コーヒーね」三井が薄い笑みを浮かべた。獲物を目の前にした爬虫類の顔が脳裏に浮か

なかった。

「あんたは一緒に酒を呑む相手を探してるのか？　それとも俺と何か話がしたいのか」

三井が顎にぐっと力を入れる。再び目つきが鋭くなったが、今度は邪悪な光は感じられなかった。

「コーヒーにしよう」

「最初からそうやって、素直でいればいいのに」

「商売柄、これは仕方ないんだ」

「二課に行かなくてよかったと思うよ、本当に。あんたみたいになったら、まともな社会生活は送れない」

私たちは微妙な距離を置いて、明治通りを駅と反対方向に歩き出した。署の近くにあるファミリーレストラン——先日はるかから警告を受けた場所だ——に入り、喫煙席を選んで腰を下ろす。ちょうど夕食時で、店内は混み合っていた。座るなり、三井が煙草に火を点ける。ショートホープだった。

「あんたには自殺願望があるみたいだな」

何を言われたか分からない様子だったが、私が彼の煙草を指差すと、納得したようにうなずいた。

「どうせ体に悪いんだ。だったら味のしない煙草を吸っても面白くない……そういうあんたも、きついのを吸ってるじゃないか」

私はマルボロに火を点け、硬い笑みを浮かべた。喫煙者同士の連帯の言葉をかけられても、嬉しくも何ともない。「あんたほどじゃないよ」と言い返すに留める。

アイスコーヒーを待つ間、二人とも無言で煙草を吹かす。コーヒーがきても三井はまだ口を開こうとしなかったので、私の方から切り出した。

「また藤井碧の話か」

「あの件は終わった」

「捜査終了という意味か」

「捜査していたかどうかを含めて何も言えない」

「いい加減にしてくれないか。二課の秘密主義にはうんざりしてるんだ」

「あんたの仕事とはレベルが違うんだよ」三井がストローを使わず、グラスに直《じか》に口をつけた。「こっちが扱ってる案件は、全部微妙なんだ。ちょっとしたことで、まとまる話もまとまらなくなる」

「それはご苦労なことで」

皮肉は三井には通用しなかった。瞬きもせず、私の顔を凝視している。そうしていれば、そのうち私がじれて全てを告白するとでも信じているように。

「何が気にかかるんだ？　それが分からない限り、こっちだって何も言えない」

「藤井碧のことは、本当に調べていないんだな？」

「あの件はもう、ファイルにしまった。『一〇三』だ」

「何だ、それは」

「行方不明者、死体で発見のコード」

どこかぼんやりした表情で三井がうなずく。グラスを両手で握り締め、その冷たさを体に送りこもうとしているようだった。灰皿で煙を上げている煙草を揉み消すと、新しく一本取り出して掌の上で転がした。やがて意を決したように口を開く。

「おたくら、占部俊光という男を追ってたよな」

いきなり出てきたその名前に、私は面食らった。神経戦の始まりを告げるホイッスルが頭の中で鳴り響く。

「捜査の秘密は話せない」

「秘密だということは認めるわけだ」

「一般論だよ」

三井は、私の仕かけた神経戦からあっさり降りた。

「おたくの課長からの情報でね」

あの野郎。私はぎりぎりと奥歯を噛み締めた。ここまで露骨にこっちの邪魔をしてくるとは。後で必ず痛い目に遭わせてやる。

「無事に見つかったそうじゃないか」

「長い夏休みを取って、東北の秘湯巡りをしてたらしい」

「それを真に受けたのか」

「無事に見つかれば、そこから先のことは俺たちの仕事じゃないんでね」

「なるほど……で、奴さん、どんな様子だった？」

「傲慢」

「ほう？」三井が眉をすっと上げる。「お気に召《め》さなかったわけだ」

「ああいう立場にいる人間は、どうしても傲慢になるんじゃないか？　立場が人を作るって言うよな」

「そうか……その理事長さんは、今どこにいる？」

「どうかな」私は肩をすくめた。「昼過ぎまでは仙台にいたけど、今は分からない」

「フォローしてないわけだ」

「フォローも何も、もうこっちの仕事じゃなくなったんでね」応じながら私は、言いようのない不安を感じていた。二課が占部に、そして碧に関心を持っている。自分の知らないところで、あの二人が何か事件に関連しているとしたら……どんな事件かという問題よりも、自分が何も知らぬまま間抜けな動きをしていたのではないかという不安が先に立つ。

「二人は何か関係があるのか」

「二人って？」とぼけて三井がコーヒーを啜る。

「藤井碧と占部」

「あるともないとも言えない」

「相変わらず秘密主義か」

「俺たちから秘密を取ったら何が残ると思う？」三井がまた、あの爬虫類のような笑みを浮かべた。「それにしてもがっかりだな。あんたも、もう少し詳しく調べていると思ったんだが」

「そもそもの前提が間違ってるよ。調べたことを全部あんたに教えると思ってるのか？こっちにだって捜査上の秘密もあるし、気に食わない人間に喋りたくないのは当然だろう」

「教えざるを得ないようにもできるんだが」

睨み合い。無言の時間に火花が入りこんだ。しかし周辺のざわめきが、緊迫した空気をかき消してしまう。

「ま、こんなもんかね」三井が唇の端に小さな笑みを浮かべた。

「どういう意味だ」

「失踪課の実力さ。本当に、ただ人捜しをしてるだけなんだな」

「それが仕事だからな。俺は、自分の職分をちゃんと理解してるよ」

言いながら、私は目尻が引き攣るのを感じていた。この野郎。人を馬鹿にするのもいい加減にしろ。しかしそれを口に出さないだけの智恵ぐらいは私にもある。

「じゃ、そういうことで」三井が伝票を手に取った。

「占部に話を聴くつもりか」

「さあ、どうしたものかね」三井が顎を撫でる。「状況次第だな」

「何の状況だよ」

「それをあんたに話す必要はない。俺も自分の職分を理解してるからね」

三井が立ち上がった。やけにゆっくりとレジに歩いて行く後ろ姿を見送りながら、私は仕返しの方法をじっくりと検討し始めた。今日は酒抜きだ。こういう時こそ、頭をクリアにしておかなければ。

12

「藤井碧ですか?」愛美が疑わしげに言った。「亡くなってるんですよ?　それも明らかに自殺です。何で今さら」

「二課が追ってたみたいなんだ。彼女の失踪には、俺たちが知らない事情があるんじゃないかな」

「でも、これ以上は調べようがないでしょう。本人はもう死んでるわけだし」醍醐も異を唱える。

「確かに難しいだろうなあ」法月も同調した。「これから家族に話を聴くのも大変だぞ。妹さん、遺体を確認する時もえらく動揺してたからな。まだあまり時間も経ってないし、簡単には落ち着かないだろう」

「家族以外にも話を聴ける人間はいるでしょう。それと、占部の件ももう少し調べてみたい」

「高城さん、それはもううちの仕事じゃないですよ」愛美が大袈裟に溜息をついた。

舞と森田は無言。真弓が本庁での会議に出かけた隙を狙って会議を召集《しょうしゅう》したのだが、二人は話に入る姿勢すら見せなかった。舞はつまらなそうに髪を指に巻きつけているし、森田はぴしりと背筋を伸ばしたまま、この状況に困惑して固まっている。

「今、俺たちは暇だよな」私は諦めなかった。「出来る限りのことをやっても、何も損はないんじゃないか。どんな捜査でも、九割までは無駄なんだし」

「何でむきになってるんですか」愛美が冷たい口調で言い放つ。

「釈然としないだけだ」

「それが命令——」

「まあまあ、ここは高城の言う通りにやってみようよ」法月が割って入った。

「法月さんまで何ですか」愛美が目を剝《む》いた。

「管理職の提案だ。あんまり反対すると査定に響くぞ」法月が肩をすくめて言う。

「高城さんが言うなら仕方ないですね」醍醐も同調して、両手を叩き合わせた。「暇潰しも兼ねて頑張ってみますか」

「どうなっても知りませんよ、私は」愛美がそっぽを向いたが、大勢は既に決していた。

「じゃ、決まりだな」私は全員の顔を見回した。最後に法月に目を留める。「ただしオヤジさんは、ここに残って下さい。司令塔ということで」

「おいおい——」

「反論は却下です」ぴしりと言うと、法月がそれまで見せたことのない険しい表情を私に向けた。何とか目を逸らさずに答える。「これは管理職としての命令です。オヤジさんは情報の集約と指示をお願いします」

「それこそお前さんの仕事じゃないか」法月が口を尖らせる。

「業務命令です」

睨み合い。法月はしばらく引く気配を見せなかったが、結局は折れざるを得なかったようだ。小さく肩を上下させ、唇を歪めるようにかすかに笑う。

「ま、警察官だから……」

命令は絶対。彼が呑みこんだ言葉は簡単に想像できる。こんな高圧的な物言いは俺には似合わない——かすかな胸の痛みを感じたが、それを何とか無視して続ける。

「醍醐は森田と組んで、港学園大の方を当たってくれ。明神は俺と一緒に藤井碧——森野女子短大を当たる」私は碧の捜索にはほとんど係わっていなかった。今なら新鮮な目で見られる。「六条は……」

「留守番です」舞が嬉しそうに手を上げた。たまに積極的に発言すると、こういう台詞が出てくる。三十度を軽く超える気温の中、歩き回る気分にはならないのだろう。構わない。どうせ最初から戦力としては当てにしていないのだから、失踪課で涼んでいてくれた方がありがたい。それにさして忙しくもない現状で全員がいなくなったら、さすがに真弓も疑うだろう。

「よし。六条はここでアリバイ作りだ。親父《おやじ》さんと二人残っていれば、室長の目を誤魔化せる」

「室長を騙すんですか？」六条が嬉しそうに言った。どうも遊びと勘違いしている様子である。

「室長は、自分のためにならない仕事はしないよ。とりあえず黙って捜査を進めて、当たりが出たらオヤジさんに報告する。そういう方針でいこう」

「オス」醍醐が気合を入れて立ち上がる。森田はいつものようにおどおどした様子で、彼の後に続いた。失踪課で下から二番目に若く、現在は舞の下僕状態。役に立つと期待してはいないが、転ぶなり壁にぶち当たるなりしないと仕事は身につかないものだ。この男が今まで、そういう状況を巧みに避けてきたのは分かっている。

「こっちも行くぞ」愛美に声をかける。

「ちょっと待って下さい。今地図を出します」愛美がパソコンのモニターに現れた地図をプリントアウトした。

失踪課を出る時、私は一度だけ後ろを振り返った。法月の険しい表情は変わらない。しかしこれでよかったのだ、これしかなかったのだという気持ちに揺らぎはなかった。

「うまく封じこめましたね」車が動き出すなり、愛美が言った。

「何が」

「法月さんのこと。命令だって言えば従うしかありませんよね」

「あんなこと、言いたくなかったんだ」私はこめかみに指をきつく押し当てた。「上司風を吹かすのは柄じゃないからな。背中がむずむずするよ」

「でも、倒れられるよりはましでしょう……法月さんも、ちゃんと精密検査を受ければいいのに」

「定期的に健診を受けてるから、そこまでする必要はないんだろう。一応、普段は元気なんだし」

「何であんなにむきになるんでしょうね。私には理解できないな」

「確かにオヤジさん、今回は異常に頑固になってるよな」私は拳で顎を擦った。「何か、上手い手を考えないと。今回みたいなやり方だって、いつまで通用するか分からない」

「大変ですね、管理職は」

「からかうな」

「からかってませんよ……すいません、次を左へお願いします」

「港学園の方じゃないか」

「知らなかったんですか?」愛美が私の顔の前で、プリントアウトした地図をひらひらさせる。「結構近いんですよ、あの二つの大学。森野女子短大の方が歴史はずっと古いんですけどね」

「昔ながらのお嬢様大学だよな」

「そういう表現は、今はもう流行りませんよ」

「最初にそう言ったのは君だぞ。何で一々言い返すんだ?」

「高城さんが突っこまれやすいことを言うからです」

「じゃあ、黙ってる」

「私もその方がありがたいですね」

毎度のやり取りだが、いつもより棘々した雰囲気だった。どこへたどり着くか分からない捜査、それに法月の扱いについて、私は不安を抱えたままである。愛美はそれを敏感に感じ取っているのだろう。チーム。心地よい響きの言葉だが、時に相手の存在を近く感じ過ぎて鬱陶しくなることもある。

「次の交差点を左に曲がると正門です」

言われるまま、渋谷中央署から車を走らせること二十分。外苑《がいえん》西通りと外苑東通り、それに首都高二号線と三号線を各辺とする四角形の中央付近だろう。信号が青になるのを待ってゆっくりとアクセルを踏み、交差点を左折する。目の前に、長い茶色のレンガ壁が姿を現した。壁の内側には青々と木が生い茂り、外からは内部が覗けないようになっている。正門から入り、警備員に事情を話して駐車場に車を停めた。車を降りると、途端に蟬の声が降り注いできて暑さを意識させられる。

「不便な場所だな、ここは」

「そうですね」愛美が額に手を翳して陽差しを遮りながら認めた。「南北線が開通するまでは、陸の孤島だったんじゃないですか」

「イメージ的には、それがまた良かったのかもしれないけど」

「深窓の令嬢っぽくて」

「その表現も古過ぎるよ」

「高城さん、一言多いです」

棘。それを感じているのは彼女も同じようだった。その後はしばらく無言のまま、会うべき相手を捜すことに専念した。まず総務課に向かう。夏休み中ということで職員は半分ほどしかいなかったが、課長の杉内《すぎうち》が応対してくれた。総務課の隣にある、小さな会議スペースに通される。杉内は五十歳よりも六十歳に近そうな、痩身《そうしん》の男だった。実直そうなのは一目見ただけで分かったが、それ故に秘密を引き出すのは大変そうだ、と覚悟を決める。慎重に、碧の経歴を聞き出すところから始めた。

「私の上司に当たる……当たった人です」すぐに過去形に改めて、杉内が説明し始めた。

「これは以前にも、そちらの刑事さんにご説明したことなんですが」

「念のためです」私は薄い笑みを浮かべて、両手を楕円形のテーブルに置いた。「この件は残念ながら途中で……打ち切りになってしまいまして」

「打ち切り」その言葉が大変な意味を持っているとでもいうように、杉内が大仰にうなずく。

「私たちの仕事の範囲を逸脱する結果になってしまいましたから。残念です」

「ええ、まったくです」機械仕掛けのようにぎごちなく、杉内ががくがくとうなずいた。

「葬儀は済んだんですか」

「はい、あちらで、妹さんが……我々もお手伝いさせていただきました」

「かなり優秀な人だったんですね」

「それは間違いありません」杉内が低い声で言い切った。

「わざわざスカウトするほどですか？　彼女は確かに経営の専門家だったかもしれませんけど、大学とは何の関係もありませんよね」

「大学にも経営センスは必要なんですよ」どこか遠慮がちに杉内が言った。「最初はコンサルタントとして、外部からアドバイスをもらっていたんですが、それがことごとく当たりましてね。それで、正式に大学に来ていただくことにしたんです」

「いきなりあなたの上司になったわけですよね。抵抗はありませんでしたか？」

「その頃私は、総務課長ではありませんでしたが……」杉内が苦笑を浮かべる。「能力のある人に力を振るってもらうためには、それなりのポストを用意しなければなりません。実力主義ですからね」

「大学も実力主義ですか。年功序列の世界かと思ってましたけど」

「事務方は確かに年功序列のようなものですが……先生方は、ね」杉内が口を濁した。

「いろいろ難しい世界なんですよ。世間の人にはあまり関係ないかもしれませんが」

「準教授や教授になる時に、教授会の中であれこれごたごたがあるとか？」

「まあ、その……そういうテレビや小説の中のような話ばかりじゃありませんよ」杉内の否定は、いかにも通り一遍なものだった。「先生方に個性的な人が多いのは確かですけど」

「平たく言えば変な人とか、常識知らずということですか」

杉内の目が細くなった。しかし、面と向かって「ふざけるな」と言うほどの度胸はないようだった。無意識のうちにからかってしまったようで、少しだけ後ろめたくなる。すぐに話を切り替えた。

「藤井さんの仕事ぶりはどうでしたか」

「それは、もう」杉内の表情が明るくなった。「我々の発想ではついていけないこともありましたけど、そこは経営のプロの見方ということだったんでしょうねえ」

「大学の経営というのは、突き詰めればいかに受験生を増やすかということですよね？受けたくなる大学を作るためにはどうすればいいか」

「ええ。そうやって経営を安定させることで、教育も研究も安定するんです。ただ、差別化が難しい時代ですからね」杉内が髪を撫でつけた。「特に女子短大は大変なんです」

「こちらは昔からの名門じゃないですか」

「それでも今の時代、就職に不利なのは間違いないですからね」杉内が口を尖らせた。

「長い目で見れば、うちは流れに乗り遅れているんです。男女雇用機会均等法……それ自体は素晴らしい法律だと思いますし、仕事の上で男女の不平等があってはいけないんですが、あの法律が施行されて以来、女子短大の就職事情は苦しくなる一方なんですよ」

「何となく分かります。あの法律ができる前は、女性は何年か勤めたら結婚退職というのが当たり前でしたよね」

「口の悪い人は、短大を『腰かけ養成所』なんて言ってました……今は会社も、戦力にならない学生は必要ないんです。短大よりも四年制の大学の方が即戦力だという考えのようですね。根拠はないと思いますが」

「いずれにせよ、腰かけの就職は許されないわけですね」

私はちらりと愛美を見た。彼女も当然、職場における男女平等の現場を知っている世代である。もちろん警察は未だに典型的な男社会であるが、それ以前、例えば真弓の世代と比べれば苦労は少ないだろう。それでも、自分が女であることを意識する機会は多いはずだ。腰かけ……という言葉で彼女が気を悪くしたのではないかと思ったが、その顔を見る限り、いかなる感想も抱いていない様子であった。

「それで景気が悪くなると容赦なく解雇ですから……どうも、負のスパイラルですね」杉内がふっと溜息をついた。

「こういうのは誰が悪いのか分からないですよね」

「藤井部長は、その辺りを一番気にとめておられまして……ご自身が女性として長年、厳しい仕事の一線で働いていたせいもあるんでしょうね。先頭に立って資格教育を進めていました。専門学校と提携したりして。中には『大学は学問の場だ』なんて憤る原理主義者もいたんですが、手に職をつけるのも大事な教育だと思われませんか？」

「ええ。藤井さんは、そういう問題に積極的に取り組んでいらっしゃったんですね」

「ええ、それはもう」杉内の顔に複雑な笑みが浮かんだ。長年安閑《あんかん》と日々を送ってきた彼らが、碧に蹴飛ばされててんやわんやになっていた様は簡単に想像できる。ぴくりとも動かないぬるま湯に投げこまれた一つの石。波紋は多くの人を巻きこんだだろう。

「正直、ついていけないな、と思うこともありました。でも実際、ビジネス講座を設けてから、受験生の数は上向きましたからね」

「藤井さんの仕事はきちんと結果を残していたわけですね。そんな人がどうして自殺するんでしょう」

「それは……」言葉を切り、杉内が唇を噛む。悔しさのあまりというわけではなく、適切な言葉を見つけるまでの時間探しのようだった。「正直申し上げて、まったく見当がつかないんです。ただ、学内の事情とは関係ないと思いますよ」

「どうしてそう言い切れますか？」

「学内で何かあれば、さすがに私でも分かりますから」杉内が胸を張る。何となく場違いな仕草だった。「ただ、私生活がどうだったかまでは……原因はそちらの方にあったとしか考えられないんですけどね」

「藤井さんのデスクは？」

「二つあります。一つは総務課の事務室に」杉内が親指を倒して壁に向けた。「あとは、狭いですが、部長室が別にあります」

「見せていただいても構いませんね？」

「ええ、それは……本人はもう、いらっしゃらないわけだし」深い溜息。

「これから大変じゃないんですか」ふいに愛美が口を挟んだ。このタイミングは助かる。質問者が変われば、同じ内容でも別の答えが出てくることもあるのだ。

「そうですねえ。藤井部長が温めていたいろいろな計画もどうなるか……こういうのはよくないんですが、仕事というのは担当者の力量によるところもありますからね。頓挫する計画も出てくるでしょう」

「例えばどういう計画が？」涼しい声で、愛美が突然突っこんだ。

「いや、それは……」杉内が言い淀む。「ご本人は亡くなっているんだし、これからどうなるか分からない計画について喋るわけにはいきませんよ」

「そうですか」愛美が落ち着いた声で応じ、手帳を閉じる。それを事情聴取を打ち切るタイミングにして、私は立ち上がった。

「それでは藤井さんのデスクと部屋を調べさせてもらいます。その後、必要があればまたお話を伺いますので」

「ええ、まあ、会議が……」杉内がわざとらしい仕草で腕時計に視線を落とす。「それは関係ないんでしょうね、警察の方には」

「申し訳ありませんが」

「そうですか」杉内が深々と溜息をつく。この世のことは何もかも自分の思い通りにならない、と悲観してでもいるようだった。


徹底した捜索には、丸一日の時間とあと二人の刑事の手が必要だった。できれば鑑識の出動も要請したい。碧はデスク回りをきちんと片づけてはいたが、とにかく物が多過ぎる。総務課に置かれているデスクを見るだけでも一仕事で、部長室の方となると、ほぼお手上げの状態だった。彼女が使っていたパソコンはそのまま残されていたが、デフォルトの「ドキュメント」フォルダの中だけでも、ファイル類は三百を超えている。その他に自分でデータ保存用のフォルダも作っており、ファイル数は四桁近くに達していた。彼女がこの大学に来てから二年強。これはいくら何でも多過ぎるのではないか。内容を完全に把握するには、押収して徹底的に調べるしかない。

ふと思いついて、スタートメニューから「最近使った項目」の一覧を調べてみる。ざっと出てきたファイルは、ほとんどワープロソフトと表計算ソフトのものだった。一つ一つファイルを確認していくと、リストの中ほどに開かないファイルがあった。名前は「G計画」。ファイルの場所を確認すると、彼女が独自に作っていた「G計画」というフォルダの中だったが、そのフォルダ自体は消えている。

「このパソコンは、まだこのままにしておきますか」

杉内に訊ねると、彼は困ったように首を傾げた。

「そうですね……いずれは処分しないといけないんでしょうが、まだこの部屋を次に使う人間が誰になるかも決まっていないので」

「あなたじゃないんですか」

杉内の耳が赤くなった。そんなに恥ずかしがることでもないと思うのだが。地位を狙って彼女を殺したと疑われている、とでも考えているのか。

「それは最終的に理事会が決めることですから」

「分かりました」何とかパソコンを押収する手はないか……今のところ、的確な理由を思いつかない。あとで時間を取って、この部屋に籠ることにするか。しかし仮に何か重要なファイルを見つけても、それを持ち出すのは面倒そうだ。セキュリティ対策で、USBポートは全て塞がれている。

「そっちはどうだ」

壁一面を埋めた本棚の方を調べていた愛美に声をかける。高い位置にある本を戻そうと爪先立ちになったまま、彼女は「表だけです」と答えた。その意味はすぐに分かった。ずらりと並んだ本の背後に、何か隠してある様子はない。もっともそれが分かっただけで、本棚に収まった全ての本と書類を確認していくのは、パソコンを完全に調べるのと同じぐらい時間がかかりそうだったが。本は基本的にジャンル別に並べられているが、やはり数が多過ぎる。

仕方なく、デスク周りに絞って調べていく。全ての引き出しに、無造作にファイルフォルダが突っこんであった。どれも森野女子短大の校章入り。背表紙には内容を示すプラスティック製のテープが張ってあったが、先ほどの「G計画」と同じで、名前からは内容が類推できないものも多い。仕方なく、上から順番に中身をざっと確認していくことにした。本棚の方を終えた愛美が確認に参加する。私は碧の椅子に座り、愛美は立ったまま。言葉を交わすこともなく、黙々とファイルに目を通していく。ほとんどが大学の財務状況などを示す数字で、すんなりとは頭に入ってこなかった。それこそ、二課の刑事でもないと内容の意味を瞬時には見抜けないだろう。教職員の勤務状況などの記録も一応チェックする。長期休暇を取っている教授が、彼女の失踪に関係しているとは思えなかったが。

ふと気づくと、杉内がドアのところに立ったまま、不安そうにこちらを見ていた。

「立ち会っていただく必要はありませんよ。終わったら声をかけますから」正式な家宅捜索の場合はそうはいかないのだが、今回はあくまで任意だ。

「いや、しかし……」

私たちは苦笑を交わし合った。次に口を開いたのは私だった。

「見ていただいても構いませんけど、何かを盗むような気はありませんよ」

「そういう意味では……」

「分かってます」

笑顔を見せておいて、デスクに載ったフォトフレームに目をやる。整然とした、極めて事務的なデスクの上で、それだけが彼女のプライベートな時間を感じさせるものだった。碧と犬。小さなポメラニアンを抱きかかえた碧が、満面の笑みを浮かべていた。彼女は犬を飼っていたのか。その犬は今どうしたのだろう、とぼんやりと考えた。そういえば真弓も、飼っている豆柴犬の写真を自分のデスクに飾っている。

写真の中の碧は笑っているせいか、四十歳という年齢よりも随分若く見えた。少し長めのボブカット。顔は卵型で、意志の強そうな薄い唇と、対照的に可愛らしいと言っていい丸い鼻が大きな特徴だった。目には優しそうな光を湛えているが、これは愛犬を抱いているせいだろうか。あるいは元々、こういう愛嬌のある顔なのか……少女の頃の面影が、今でも容易に想像できた。外資系のコンサルティング会社から引き抜かれて大学経営の建直しに奔走していたという経歴から、私はもっと厳しい顔の女性を想像していたのだが。

「随分柔らかい表情をされる方だったんですね」

突然話を振られ、杉内が訳が分からないと言いたげに目を細める。写真を掲げて見せると、彼の顔にも柔和な表情が浮かんだ。

「ああ、犬がお好きでしたね」

この写真を撮影したのは誰だろう。この自然な表情は、愛犬を抱いていたからだけとは思えない。よほど心を許した人がカメラを構えていたのではないだろうか。

「高城さん」

短い一言で、愛美が私の注意を現実に引き戻す。彼女は無言で、私の前に一冊のフォルダを差し出した。背表紙を確認する。「G計画」。開かなかったパソコン上のファイルと同じ名前。こちらの中身は……やはり空だった。顔を挙げ、視線で彼女に回答を求めると、紙を綴じこむリング部分を無言で指差した。紙の残骸《ざんがい》。細長くぎざぎざに切り取られて糸のようになった白い紙が数本、リングに残っている。無理やり引き千切った、と考えるべきだろう。

杉内が見守っている状況では、愛美と話がしにくい。私はファイルをめくる手を早めた。愛美も事情を察したようで、広げていたファイルを閉じて重ね始める。引き出しの順番通りに重ねていたので、後はそれを元に戻すだけでよかった。全て片づけ終えると、立ち上がって杉内に丁寧に礼を言う。

「何か分かりましたでしょうか」上目遣いに杉内が私を見た。

「いや、今のところは何とも——あ、そうそう」部屋を出ながら振り返り、ドアに手をかけている杉内に声をかける。「G計画って何でしょうね」

「さあ？　存じませんが」

一つ分かった。杉内という男は嘘が下手だ。唇の引き攣りを隠すこともできないようでは、嘘などつかない方がいい。


足早に駐車場に向かう。中天の太陽が頭を焼き、全身の毛穴が開いてしまった感じがするが、スピードを緩めることはできない。幾つかの謎が目の前にあるのだ。

「誰かがG計画を消した」パソコンから削除されていたフォルダについて説明する。

「本人じゃないんですか」

「そうかもしれない」煙草を取り出してくわえる。近くの校舎の壁に「歩行中禁煙」の文字を見つけたので火は点けなかったが、そのまますかな甘い香りを味わった。「でも、何だか引っかかるんだよな。彼女は物を溜めこむけど、整理ができない人じゃないと思う。そういう人が紙のファイルを捨てる時はどうするだろう？」

「きちんとリングから外してシュレッダー行き。破り捨てたにしても、ごみは残さないはずです」

「ああ」

生協の建物のところで自動販売機を見つけ、缶入りのお茶を二つ買う。一つ放ってやると、愛美が両手で受け止めて軽く頭を下げた。無言のままベンチに座り、冷たいお茶で喉を潤《うるお》す。ベンチの脇には脚の長い灰皿が置いてあった。つい最近も誰かが吸った形跡がある。生協の壁には「禁煙」の文字。どっちに従えばいいか一瞬迷ったが、こういう時は当然、自分に都合よく解釈する。フィルター部分が少し湿ってしまった煙草に火を点け、深く煙を吸いこんだ。愛美が顔を背《そむ》けるのはいつものことで、私は彼女に迷惑をかけないよう、顔を捻って口の端から煙を吐き出す。

「今回の件と捜査二課と、どういう関係があるんですかね」愛美が口火を切った。

「問題はそこなんだ」

「文科省絡みとか？」

「確かに、新しい学部や学科の認可には、文科省が絡んでくる。スムーズに話を進めるために賄賂を贈っていたとか」

「それぐらいのレベルの事件になると、二課マターじゃないですよね。中央官庁が絡むと、東京地検が出てくるんじゃないですか」

「二課が地検に対抗意識を燃やして、色気を出したのかもしれない」

「今のは撤回します」愛美が右手を上げた。「補助金絡みはどうでしょう」

「いい線だ」私は人差し指をぴんと立てた。「不正受給の話はよく聞くよな。事件化されるケースはレアだけど」

「わざわざ立件しても、あまりメリットはないのかもしれませんね」

「基本的に、刑事事件として立件するものじゃなくて、行政処分の範囲の話かもしれない」

「これも撤回します」愛美が再度右手を上げた。

「どうでもいいけど、そのアクションは何なんだ？」

「いや、意味はないんですけど」

暑さと状況の不可解さで彼女が煮詰まっているのは、容易に想像できた。

「G計画ね……何だか謎めいた感じがしないか？」

「案外、単純に何かの略かもしれませんよ。頭文字とか。疑って見れば、何でも怪しく見えるでしょう」

「疑って見るのがこっちの仕事なんだけどな」私は無意識のうちに手を伸ばして頭を掻いた。指先が汗で湿る。今はポプラの木陰にいるからまだましだが、今日も気温は体温以上の高さになっているはずだ。

「もう一つ、占部理事長の件はどうなるんですか」

「そっちは今のところ、お手上げだ」私は頭の上に両手を挙げた。「共通点は、大学が舞台っていうことだけだからな。もちろん、二人が顔見知りである可能性もあるけど。占部さんはあちこちに積極的に顔を出していたから、知り合いも多いと思う」

「占部さんが藤井さんを引き抜こうとしていたとか」

「理事長自らのスカウト活動は、彼の得意技だからな」軽口で応じながら、あながちあり得ない話ではない、と思った。どの大学も、なりふり構わず学生集めをしなければならない時代なのだ。そのためのアイディアを持っている優秀な人材なら、どこの大学でも欲しがるだろう。碧は高い評価を受ければ、再び転職する可能性もある。一度転職した人間は、新しい職場に移るのにさほど抵抗を持たないはずだ。

しかし彼女は死んだ。

様々な可能性を論じることは簡単だが、どれもリアリティがない。

「碧さんのことですか」

いきなり声をかけられ、私と愛美は同時に振り返った。五十歳ぐらいの男が一人、暑い陽差しから目を守ろうとでもするように、額に手を当てて立っていた。細長い五角形の顎。厚みのある唇には細いシガリロが挟まっている。鷲鼻《わしばな》が顔の中心で存在を誇示し、額は綺麗なV字型に禿げ上がりつつあった。しかしそれを隠そうとはせず、むしろ強調するように、綺麗にオールバックにしている。この暑さにも拘わらず白いシャツはぱりっとしており、金色と紺色——校章の色遣いと同じだ——のレジメンタルタイをきっちり締めている。きちんとしたスーツ姿の上着だけを脱いだ格好である。足元はがっしりしたダブルソール、外羽根の黒いウィングチップ。

「失礼ですが」彼を品定めしながら訊ねた。威厳。それを全身から発しているが、声が柔らかだったので、少しだけ雰囲気が和らいでいる。

「申し遅れました。事務局長の浦島《うらしま》と申します」財布を抜いて名刺を取り出し、私たちに一枚ずつ渡す。用心して、こちらは名乗るだけにした。

「最初に確認させてもらえますか」

「何でしょう」浦島はにこやかな笑みを崩そうとしなかった。

「今の我々の話、どこから聞いてました？」

「今来たばかりですよ。追いかけて来たんですが、ちょっと見失ってまして」

「どうして追って来たんですか」彼の言葉を額面通り受け取っていいかどうか分からないまま、私は質問を切り替えた。

「先ほど、総務課長が対応させていただきましたね。何か失礼はありませんでしたか」

「大変丁寧に協力してもらいましたよ」

「それは良かった。ちょっとお話ししておきたいことがあるんですが、よろしいですか」

「もちろん。助かります」

浦島が、私たちの座っていたベンチをじっと見詰めた。エアコンの効いた場所ではなく、この場で話すつもりなのだろうか。首の後ろにちくちく刺さる凶暴な陽光を感じながら、長くなるのは勘弁して欲しい、と願う。どう考えても情報提供とは思えなかった。

「学食でも見てみませんか」

「懐かしいですね」

「そうでしょう。ほとんどの方は、大学を卒業すると二度と足を踏み入れませんからね。たまには懐かしい雰囲気を味わうのもいいんじゃないですか。今は夏休み中で学生もほとんどいませんから、ゆっくり話ができますよ」

「それでは、学食で」

浦島が先に立って歩き始めた。足取りはゆったりしており、散歩でもするような雰囲気である。学食は生協の入った建物の半分、さらに地下全体を占めていた。古い大学だけあってあちこち傷んでいるが、清潔な感じは保たれている。女子短大だからかもしれない。圧倒的に男の方が多かった私の大学では、学食はニューヨークの無法地帯、ブロンクス並みの荒れ果てた一角であった。

学食の一階部分で、私たちは飲み残しのお茶を持ったまま、浦島は自動販売機でカップのコーヒーを買って座った。落ち着くと、異常に冷房が効いているのに気づく。人が少ないせいかもしれない。百人以上が同時に座れそうな学食に、学生らしき人間は二、三人ほどしかいなかった。

「教職員専用食堂はもう少し綺麗なんですが」音を立ててコーヒーを啜ってから浦島が言い訳した。「大学に長くいると、こういう雰囲気が好きになるんですよ」

浦島がさっと右手を払った。こういう雰囲気――少しだらしなく、安っぽく、揚げ物の臭いが漂う空気。休みでなければ、若い女性の嬌声が、そういう雰囲気を多少は和らげてくれるはずだが。

「そのうち渋谷中央署の食堂にもご招待しますよ。そういうところで食事をする機会はないでしょう」

「できれば遠慮したいですね」浦島が苦笑を浮かべる。それを一瞬で真顔に切り替え、いきなり本題を持ち出した。「そもそも碧さんをこの大学に引っ張ってきたのは、私なんです」

「ほう」

「最初は経営者セミナーのようなところで知り合いましてね。彼女が講師をしていたんですが……なかなか印象深い話をしていて、響くものがあったんです。大学の経営について相談しているうちに、彼女の方でも今まで経験したことのない仕事をしてみたいと思うようになったようで、こちらの思惑と合致したんです」

「コンサルタントですから、いろいろなことに首を突っこむんでしょうけど、大学というのは珍しいんじゃないですか」

「だからこそ、やりがいがあるということだったんじゃないですかね。そういう人でしたよ。チャレンジャー精神があるというか」

「かなり積極的に仕事を進めていたようですね」

「ついていくのが大変でした」先ほどの苦笑がまた浮かぶ。「我々はやはり、ぬるま湯の中にいたんでしょうねえ。彼女の提案には、正直言って首を傾げることもありました。でも後から考えれば、正しいことも多かった」

「正しくないこともあった？」

「人間のやることですから、百パーセント正解はあり得ませんよ。でも彼女は、自分のアイディアが却下されてもめげなかったな」コーヒーを一口。ゆっくりと口の中に留めておいてから飲み下した。「基本的に、百の提案をして一つ受け入れられればいい、という考え方だったんでしょうね。コンサルタントにもいろいろなタイプがいるようなんです。相手と徹底的に話し合って、一緒に一つの結論を練り上げる人、絨毯爆撃みたいにアイディアを投下して、相手に無数の選択肢を与える人。碧さんは後者でした」

「それほど張り切って仕事をしている人が、どうして自殺なんかしたんでしょうか」

「それはねえ……」浦島が腕を組んだ。「正直言って、我々にも分からないんです。皆頭を抱えてますよ」

「何か悩んでいた様子は？」

「それは……そう、なかったとは言えませんね」

「そうなんですか？」

「ただしそれが何だったかは、分からないんです。仕事は普通にこなしていました。夏休みも取らないでね。来年、ビジネス講座をさらに拡大する予定になっていまして、専門学校との折衝も積極的に続けていましたよ。学内の会議でもいつも通りにリーダーシップを発揮してましたし、いよいよ大学の雰囲気にも慣れて、これからという時だったんですけどねえ」

「でも悩んでいた」

「仕事関係ではなく、プライベートだったんじゃないでしょうか」囁くような声で言って、慌てて「あくまで推測ですが」とつけ加える。「彼女をこの大学に引っ張ってきたという立場上、私はよく一緒に食事をしました。もちろん、変な意味じゃないですよ」

「そんなことは考えてもいませんでしたが」適当に話を合わせる。人の悩みの大半は金か異性関係であり、碧と浦島がややこしい間柄になっていても不思議はない。

「そういう席で、ちょっとぼうっとすることがありましてね」

「いつ頃からですか」

「今年の……初夏ですかね。六月頃からだったと思います。それまでそういうことはなかったから、ちょっと不思議に思ったのを覚えてますよ。それに、泣いていたこともありました」

「泣いていた？」写真の穏やかな笑みを思い浮かべる。泣き顔が似合わないタイプだ。

「車の中でね。彼女、車で通勤していたんですけど、夕方、駐車場で車の中に座って泣いていたんですよ。それをたまたま見てしまって……声はかけられませんでした」

「碧さん、独身でしたよね」

「ええ」

「パートナーは犬だけですか」

「前はよく犬の話をしたんですけど、最近はそれも聞きませんでした。だから私は、何か私生活の悩みがあると思っていたんですよ。だけど、そういうことはなかなか聞きにくい」

「彼女が外様だから、ですか」

「まあ……」浦島が細い顎を掻いた。「正直言って、そういう感じはなかったわけじゃない。彼女はうちの幹部職員ではありますけど、つき合いがそれほど長いわけではないですから。他の職員なら、すぐに相談に乗るところなんですけどね」

「だったらプライベートですか」私は顎を撫でた。杉内もそう言っていたが、二人で口裏合わせをしている可能性もある。

「今となっては分かりません」

「そうですか」

「本当に今回のことは残念で……得がたい人材でしたからね、彼女は」

「大きな損失ですか」

「まったくです」

何も見抜けなかったという悔いを隠そうとしない浦島に対して、私はかけるべき言葉を失った。「大学は何か不正をしていたのか」などと聴けるわけもない。自殺。その背景には何か悩みがあった——だがそれはあくまで浦島の個人的な印象に過ぎない。もっと突っこんで聴いてみたかったが、その場はそれだけで引き下がらざるを得なかった。


その後は、碧の部屋を調べるつもりでいた。彼女は目黒《めぐろ》にあるマンションを購入しており、場所はすぐに分かったのだが、昼間だけ詰めているという管理人が、鍵を開けることに難色を示したのだ。家族の同意が必要だと言い張られると、令状のないこちらは強く出られない。仕方なく、まだ打ちひしがれているはずの碧の妹に連絡を取ろうとしたのだが、簡単に捕まらなかった。あちこちに電話をかけているうちに夕方が近づき、今日は無理かもしれないと諦めかけた時に、私の電話が鳴った。妹の家の電話にメッセージを残したのを聞いてくれたかと思ったが、電話の向こうではかつて聞いたことのない醍醐の慌てた声が響いていた。

「大変です！」

「落ち着け。ゆっくり話せよ」

「大変なんです！」

「それは分かったから。何なんだ？」

「オヤジさんが倒れました」

その瞬間、私は握り締めた携帯電話の感触が消えたように感じた。

13

ひとまず碧のマンションの捜索を諦め、私と愛美は病院に走った。

「どういうことなんですか」愛美の声は焦りで上ずっていた。

「詳しいことはまだ分からないんだ」

「だって法月さん、失踪課で待機してたはずでしょう」

「だから、分からないんだ！」思わずハンドルに拳を叩きつけた。クラクションが間抜けな音を立てる。

「ハンドルに当たらないで下さい」愛美が一気に冷静になった。

「分かってる」唇に拳を二度三度と打ちつける。鈍い痛みが、罪の意識を重く感じさせた。

「サイレンを鳴らしたらどうですか？」

「緊急じゃない」

しかしアクセルには遠慮なく鞭《むち》を当て続けた。前の信号が青になったので、一気に右足を床まで踏みこむ。助手席で愛美の体がバウンドし、押し殺した悲鳴が喉の奥から漏れる。

法月は確かに午前中、失踪課で待機しており、それは部屋に詰めていた公子も舞も確認している。その後昼食で席を外したが、一時を過ぎても戻って来ない。待機のはずなのに、と公子たちが心配し始めた頃、たまたま戻って来た醍醐が「法月が倒れた」との電話を病院から受けたのだった。動転した醍醐はまず私に電話し、それから法月の娘のはるか、真弓と連絡を回している。

法月は中野の警察病院ではなく、港区内の救急指定病院に運ばれていた。港区……港学園大がある場所、とも言える。しかし法月がどこで倒れ、何故その病院に運ばれたのかは見当もつかなかった。

病院……私は今までいくつの病院に足を踏み入れただろう。刑事は、医者と救急救命士に次いで病院に係わる機会が多い。多くの場合は、重傷を負って運びこまれた被害者から事情を聴くために。大事な家族を亡くした人にその事実を告げるために。消毒薬の臭いは、そういう暗い記憶と常に結びついている。今日はさらに、嫌な記憶が一つ増えそうだった。

受付で状況を確認すると、救急処置は既に終わり、法月は病室で休んでいるという。取り敢えず生きているということで、両肩に背負った重荷は半分ほどに減ったが、それでもまだずっしりとのしかかっている。患者や見舞い客で咎《とが》めるような視線が突き刺さるのを無視し、廊下を走って法月の病室の前にたどり着いた。出迎えたのは「面会謝絶」のプレート。

はるかが廊下の壁に背中を預けて立っていた。私の姿を認めると、ゆっくりと体を引き剝がす。廊下の真ん中で私と正面から向き合うと、打たれ続けたボクサーのように体がゆらりと揺れた。心労で倒れるかもしれない、と手を伸ばして支えようとした瞬間、彼女は鋭く右手を振り抜いて私の頰を打った。バックスウィング抜きだったのに、その一撃は一瞬意識が飛んで目の前が白くなるほど強烈なものだった。鋭い音に、愛美が体を強張らせるのが分かる。

「父が死んだらあなたの責任です」感情的な台詞だったが、物言いは冷静な弁護士のそれである。私は背筋に冷たいものが流れるのをはっきりと意識した。こういう台詞は、泣き叫びながら言われた方が対処しやすい。彼女は冷静になることで、私の前に厳しい現実を突きつけた。

「……申し訳ない」

言い訳は幾つも頭に浮かんだが、今は謝るしかできなかった。自分は管理職であり、部下が倒れたことに関しては間違いなく責任があるのだ。

「この件は正式に問題にさせてもらいます。娘ではなく弁護士として対処させてもらいますから、そのつもりでいて下さい」

「はるか……」愛美が割って入る。はるかは一瞬、彼女に向かって悲しげな表情を見せた——涙をせき止める堤防は決壊寸前だった——が、すぐに硬い顔に戻った。「ごめんね、愛美。だけど、はっきりさせておかないといけないから」

敵を私一人に絞る作戦のようだ。それならそれで構わない。管理職とはこういう時のために存在しているのだから。今この瞬間も、生きようと戦っている法月……彼をフォローできなかったのは、明らかに私の責任である。

「どうして父に無理をさせたんですか」はるかが厳しい視線を私に突き刺した。

「だからはるか、法月さんが自分で」

「ごめん、あなたはちょっと黙ってて」苛立ちと悲しみが混じった口調で、はるかが愛美を制した。愛美は顔をくしゃくしゃにし、必死に涙をこらえているように見える。二人の友情もここまでかもしれない、と私は覚悟した。はるかが私の顔を正面から見据え、質問を繰り返す。「どうして父に無理をさせたんですか」

「その件については、申し開きするつもりはありません。椅子に縛りつけておけばよかったですね」

「そういうことを言ってるんじゃありません。無理をしないよう、きちんとケアしてもらわないと。それがあなたの仕事でしょう？　私は一度忠告したはずですよね」

「覚えてます」

「だったらどうして……」

「それは、私も法月さんに聞いてみたい……逆にあなたに確認します。法月さんは、どうしてこんなに無理をしてたんですか？　あなただって、無理しないように散々忠告してたはずですよね」

「それは……」痛い所を突かれたようだ。はるかも、ことあるごとに小言を言っていたのは間違いない。定期健診をサボらないように、毎回病院までついていったのも、親を思う子どもの気持ちの現れだ。しかし法月の方では、「面倒臭い」という程度にしか思っていなかったのかもしれない。慣れてしまうと、耳に痛い小言は単なるＢＧＭに変わる。

「今回の件に関しては謝罪します。だけど私はまず、法月さんがどうしてこんなに無理をしたのかを知りたい。あなただってそうでしょう」

「それは無理です……まだ面会謝絶ですから」

「医者に状況を確認してみますよ」

「それは私がやります」はるかが慌てて言った。自分の居場所を私に奪われるとでも恐れている様子だった。

「もちろん、結構ですよ。明神、お供してくれないか」

「分かりました」低い、緊張した声で愛美が答える。今、彼女がはるかと一緒にいて何のメリットがあるのか。緊迫した雰囲気が友情を裂いてしまうかもしれないが、私は二人がそういう危機を乗り越えてくれるように祈った。私の悪口を話題の中心にしてもいい。刑事と弁護士が友人関係を結ぶ機会など、まずないのだ。それが互いの仕事にプラスになるかどうかはともかく、自分の知らない世界の知り合いがいるのは悪いことではない。

二人を通すために、私は脇にどいた。通り過ぎる際、明神が自分の目の下をさっと指す。私か？　そういえば目尻の辺りがひりひりする。二人を見送ってから近くのトイレで鏡を覗くと、左の目尻に小さな引っかき傷ができていた。小さな玉になって盛り上がった血は既に乾き始めており、赤黒い泣き黒子《ぼくろ》のようにも見える。ゆっくりと顔を洗って再び鏡を覗くと、血の塊は消えており、引っかき傷の跡がかすかに残るだけだった。はるかの爪先か、指輪でも引っかかったのだろう。当たり所が悪ければ、今頃私は眼科に担《かつ》ぎこまれていたかもしれないが、はるかにはそうする権利もあったと思う。一人戦っている父親のために。

廊下に戻ると、愛美が慌てて駆け寄って来る。「説明してもらえるそうです」と、急ブレーキをかけながら言った。

私は彼女をその場に置き去りにして、廊下をダッシュした。

医師の説明は、私の耳を素通りしていった。最初に「重大な心配はいらない」という結論を聞いてしまったがために、後の話はどうでもよくなってしまったのだ。どうも過労と寝不足が、彼の心臓に過大な負担をかけたらしい。発作としては中程度。命に係わるものではない。

はるかはそっぽを向いたままだ。まだ若い医師は、部屋の中を汚染する気まずい雰囲気にまったく気づかない様子で、淡々と説明を続けている。

「今回は狭心症の軽い発作ということで、命に別状はありません。投薬治療で問題ないでしょう。とりあえず検査と経過観察のため、一週間ほど入院していただきますが」

「分かりました」はるかが険しい表情でうなずく。「軽い」という言葉は頭に入ってこないようだった。

「それと、今日……明日の朝までは、念のために面会謝絶にしますので、お見舞いは明日以降にお願いします」

「本当はかなり悪いんじゃないですか」はるかが小さな椅子から腰を浮かし、医師に詰め寄る。「私は娘ですよ。たった一人の家族です。それなのに会えないっていうのは、どういうことなんですか」

「患者さんを興奮させないため、それだけですよ」医師が思い切り引いた。「意識はしっかりしていますし、今は痛みも苦しみも訴えていませんけど、難しい話をすると心臓に負担がかかる恐れがあるんです。落ち着くまで待って下さい。それだけのことです。病院としては、危険因子は完全に排除しないといけないんですよ」

「……そうですか」はるかがようやく引いたが、顔には不満の色がありありと浮かんでいた。

「ええと、こちらは仕事関係の方ですね」医師が私と愛美に目を向ける。

「そうです」

　私がまだ呆然としているのを見て取ったのか、愛美がすかさず応答した。

「今後のお仕事の関係で、ちょっとお話ししておきたいことがありますので、お時間、よろしいですか」

「私も聞きます」はるかが断固として言い張ったが、その強硬さは医師を驚かせただけだった。

「もちろん、ご家族は聞いていただいて結構ですよ。ええと」カルテを取り上げ、眼鏡を直してざっと目を通した。「これまでの治療記録も確認してみましたが、とにかくストレスを溜めないのが一番大事ですね。お仕事は警察の……いろいろ大変かと思いますけど、そこは周囲で気を遣ってあげて下さい」

　はるかの鋭い視線が首筋の辺りに食いこむのを感じる。首を抉《えぐ》られ、体中の血液が流れ出すような冷たさを味わっていた。医師は、私たちの間に流れる緊迫した空気にはまったく気づかない様子で、淡々と続ける。

「食事の方はですね、塩分を控え目にして、量を少しだけ減らしてもらって……体重は今のところ問題ないようですが、このままをキープしていただくには、量のコントロールも大事ですね。特にコレステロールには十分注意して下さい」

法月が注文して作らせた「へるしーらーめん」。あれのコレステロール値はどうなのだろう、と私はぼんやりと考えた。

「分かりました」食事の注意書きを記したメモを、奪い取るようにはるかが受け取る。その勢いに、再び雰囲気が凍りついた。

空気の流れが変わったので、ドアが開いたのに気づく。振り返ると真弓が、体の力を抜いた自然体ですっと立っていた。彼女に心からの感謝を捧げたくなる。はるかの怒りを引き受けてくれる人間が増えたのだから。分散することで、一人当たりの負担は減る。


夕方。はるかはまだ病院を引き上げようとしなかった。私も残った。叱責、あるいはもっと直接的な暴力を加えられる危険性を感じながらも、病室の前を離れられない。真弓が謝罪——私が知る中で、一番堂に入った謝罪だった——してはるかの怒りは少しは収まったようだが、その後は徹底して私を無視し続けている。

自分がどうしてここに居残っているのか、自分でも分からなかった。どうせ面会はできないのだし、自分の存在がはるかの怒りをまた増幅させてしまう可能性も頭に入っている。しかし何故か、法月を——そしてはるかを一人にしておけない。廊下の両側にある二人がけのベンチ。私たちは一人一つずつ占有し、ただ時が過ぎ行くのに任せていた。二人の間には三メートルほどの空間。看護師や見舞い客が忙《せわ》しなく行き過ぎ、金属製の巨大なワゴンで夕食が運ばれていく。私は一度その場を離れ、愛美と醍醐に電話を入れて仕事の指示をした。といっても、聞き込み続行、それと碧の家を捜索する準備をしろという程度のもので、指示を待つまでもなく二人は動き出していた。仕事を中断させた私の電話に対して、迷惑そうな声を隠そうともしなかったほどである。

外へ出て煙草を吸い、自動販売機でカップの紅茶を二つ買って戻る。縁《ふち》ぎりぎりまで入っているので指を火傷《やけど》しかけたが、何とか無事に法月の病室の前まで戻った。はるかは膝にきちんと両手を置き、うつむいたまま目を閉じている。疲れて寝てしまったようだ。ひどく無防備で幼く見える。しかし眠りはごく浅いものだったようで、私が近づく足音で慌てて目を開けた。

「お茶でも」

「結構です」

「何か胃に入れておいた方がいい」

「そんなもので買収されませんよ」

「自分が飲むついでです。紅茶でよかったですよね」

無言の睨み合いが数秒で途切れ、はるかが「ありがとう」とつぶやく。私に聞かせるのが悔しいとでもいうような小声だった。

「帰らないつもりですか」

「帰っても一人だし」

「それはこっちも同じだ」はるかがちらりと私の顔を見る。私はゆっくりと首を振った。「意味が違うか。俺は元々一人だけど、あなたは家族のいなくなった部屋に帰らなければいけない」

「この年になっても親と住んでるのは変ですか」また声が鋭くなった。

「そんなことはない」

「座ったらどうですか。立ってると……」

「分かってます。目障りですよね」

はるかにカップを渡し、彼女が座るベンチにゆっくり腰を下ろした。私の尻がベンチに着く瞬間、はるかが体をずらして間隔を開ける。私は苦笑を嚙み殺し、浅く腰かけた。そのまま後頭部と肩を壁に預ける。カップの熱さが掌から腕に伝わってきた。

「今回は、本当に申し訳ない。言い訳に聞こえるかもしれないけど、私はオヤジさん……法月さんには失踪課での待機を命じていました」

「父が命令を無視して出かけたんですね」

「結果的にそうなりました」

はるかが紅茶を一口飲む。私もそれに倣《なら》ったが、かすかに味のついたお湯でしかなかった。ブランデーでも垂らせば少しは味がましになるかもしれないが、そういう気取った飲み方は私の柄ではない。

「何を考えてるんだろう」はるかが深く溜息をついた。彫刻的とも言える綺麗な顎の線がかすかに強張る。

「昔からあんなに強情な人だったんですか？」

「強情……普通にいう強情っていう感じではないですね。怒ってるのを見たこともないし。でも、いつもにこにこしてるのに、人の言うことは絶対聞かないんです」

「ああ、確かにそんな感じですね」横を見るとはるかの頬の強張りは消え、かすかに笑みが浮かんでいる。それに気を強くして続けた。「はっきり言って、その方が性質が悪い」

「ええ。それでも何となく、憎めないんですよね。自分の父親のことをそんな風に言うのはおかしいかもしれないけど」

「子どもみたいなところもありますよね」

「あんな風になったのは、母が亡くなってからだと思います」はるかがすっと背筋を伸ばし、かすかに体を捻って私に顔を向けた。「私が中学三年生になってすぐでした」

「難しい病気だったそうですね」

「しかも進行が早かったんです。五月の終わりに入院したと思ったら、六月の初めには亡くなってしまって。あまりにも急で、悲しんでる暇もなかったわ。私、母親が亡くなった後で泣いた記憶がないんですよね」

「大変な時期でしたね。受験もあったし」

「ええ。父もまだ若くて仕事も忙しかったし。でもあれがきっかけで、今みたいな感じになってしまったんですよ。何だか私に甘えるみたいな……『ママの代わりにしないで』って文句は言ったんですけど、にこにこしてるだけで」

何となく、法月の考えが読めた。甘えるような態度を見せたのは、自分に対する慰めではなく、娘に対する思いやりだったのではないか。忙しくさせることで悲しみを遠ざける……もしも私が法月と同じような立場に立ったら、同様の行動を取ったかもしれない。

「今は何となく分かるんですけどね、父の気持ちが」

「あなたを落ちこませないためだったんですよ、きっと」

「そうなんでしょうけど、いい迷惑でした」はるかが寂しそうに笑った。「ひどいですよね。こっちは受験生なのに、家事は全部私任せで。司法試験の準備中もそうでしたから。自分では食器も洗わないし、ベッドメイクもしない……おかげで余計なことを考える暇もありませんでした。でも倒れてからは、その甘えが本物になってしまったような気がする」

「弱気になったんでしょう」

「そうだと思います」はるかがうなずく。「父は父なりに、ずっと気を張っていたと思うんです。私も弁護士になって、ようやく仕事を覚え始めた時期で、父は少し気が緩んだのかもしれません。これでようやく娘を一人前にできたって」

「それで今度は、本当に法月さんの体を心配しなくちゃいけなくなった」

「だから怒ったんです。分かってもらえますよね？」

「もちろんです」

「変な話ですけど、異動させてもらうわけにはいかないんですか？　デスクを離れなくて済む、もう少し体力的に楽な仕事もありますよね」

「それは、法月さんが嫌がりそうだな。失踪課勤務は、法月さんにとっては最大限の妥協だったと思いますよ。ここより楽な部署はあまりない……現場を持っている部署で、という意味ですけどね」

「何でなんだろう」はるかが長い髪をさっとかき上げる。「定年も近いんですよ？　もう無理をしなくてもいい年じゃないんですか」

「最近、家で変わったことは何かありませんでしたか」彼女の質問には直接答えず、逆に訊ねた。

「私は気づかなかったけど……駄目ですね、これじゃ娘失格だわ」

「家族は失格しませんよ」私以外は。

はるかが私の目をじっと見詰めた。高貴と言ってもいいその眼差《まなざ》しには、簡単には読み取れない複雑な感情が宿っている。憐れみ？　哀《かな》しみ？　怒り？　彼女は法月から、私の事情を聞いているだろうか。家族というグループから脱落した男に、こんなことを言う資格などないと鼻白んでいるかもしれない。

「正直言って、何も分からないんです。私は、仕事の関係で何かあったんだと思っていたんですが」はるかが盛大な溜息をついた。

「実は私も、何も分かっていないんです。あんな風にむきになり始めたのは、本当に急に、なんですよ。もちろん、手がけた事件が興味深ければ、無理をしても仕事をすると思いますけど、そういうわけでもなかったはずです。失踪課の仕事なんて、基本的に地味なものですから」

「そういうこと、訊いても話さないんですよね」

「意固地だから」

「そうなんです」

はるかが悪戯っぽく笑った。大変に魅力的な、心の奥底に直接杭を打ちこむような笑顔。私は臍《へそ》の辺りに、かすかな強張りを感じた。冗談じゃない。年上の部下の娘で、二十歳近く年下……人生はすべからくシンプルであるべきで、ただ欲望のままに従ってややこしくしてしまうのは自爆行為だ。

「まあ、そういうことですね」言葉が喉に絡まる。咳払いしてようやく押し出すと、はるかが不思議そうに目を細めた。

「どうかしました？」

「いや、何でも――」

私の言い訳は、ドアが開く音で妨げられた。慌てて振り向くと、腕に点滴の針が刺さったままの法月が、顔を突き出している。怪訝そうな表情を浮かべて、私たちの顔を交互に見た。

「何やってるんだ、お前ら？」


法月に事情を聴く機会は失われた。トイレに出て来ただけだというのだが、彼の姿を目ざとく見つけた看護師が二人飛んできて、警護するようにトイレにつき添っていったのだ。戻って来ながら、用事がある時は必ずナースコールを鳴らすように、と念押しをする。法月も私たちと話したいようで、盛んに文句を言っていたが、結局は病室に閉じこめられてしまった。私は「明日、来ますから」と声をかけるだけで精一杯だった。

小さな騒ぎが終わり、私とはるかは再び静かな病院の夜に取り残された。

「さて、と」わざとらしいかな、と思いながら腕時計を覗きこむ。もうすぐ七時だ。食事時。「このままここにいても、今日はもう会えないでしょう」

「そうですね」

「どうしますか？　飯でも……」

「ごめんなさい」さらりとした謝罪だった。「仕事を途中で抜けてきたので。一度事務所に戻らないと」

「右に同じく、なんですがね」

「じゃあ……駅までご一緒しましょうか」

「そうですね」

病院を出て、地下鉄の駅までの道を歩き出した。申し合わせたわけではないが、歩調はゆっくりとしている。熱気の残る空気が鬱陶しかったが、はるかが近くにいる気配は悪いものではなかった。

「……奥さん、弁護士ですよね」

「元妻」

いきなり投げかけられた指摘を、私は素っ気無い声で訂正した。

「すいません。そうでした」はるかの口から、初めて、申し訳なさそうな台詞を聞いた。

「何で知ってるんですか。法月さんが喋った？」

「まあ……こっちも狭い世界ですから」

「この話はここまでにしませんか？　あまり話すこともないんです」

「忘れた？」

「忘れたい、かな。正確には。卑怯《ひきょう》かもしれないけど」

「忘れることができるのは、人間という動物の特権ですよ」

「いい台詞です。覚えておきましょう」

　病院と駅が近いことを、先ほどまではひどく残念に思っていた。今は逆に、ありがたく感じている。私にとって別れた妻の話は、最も避けたい話題なのだ。行方不明になった娘のこと以上に。

　駅に着いてしまった。二つの路線が交わるこの駅で、私たちは別々の線を利用することになる。改札に入ったところで別れなければならなかったが、はるかはすぐには立ち去ろうとしなかった。

「奥さんのこと……立ち入ったことを言いました」

　素直な謝罪と受け取って頭を下げたが、一言返さずにはいられなかった。

「仕返しだと思えばいいんじゃないですか」

「仕返し？」はるかが首を傾げる。少女のような仕草だった。

「私が法月さんを助けられなかったことに対する仕返し」

「私はそこまで性格は悪くありませんよ」

「性格のいい弁護士なんて、存在しないと思ってたけど。間近で見ていたからよく知ってます」

「そういうことを……」はるかが言葉を呑みこむ。喧騒《けんそう》の中で一瞬口をつぐんだが、話題を一気に変えた。「明日も病院に行くんですか」

「そのつもりです」

「あくまでお見舞い、ということですよね？　仕事の話はやめてもらえませんか。少しでもゆっくりさせたいんです」

「私はお見舞いのつもりですよ。でも、法月さんが何か話したがっていたら、止めることはできない。無理に止められたら、それこそストレスが溜まるでしょうからね」

「でも、できるだけ仕事の話はなしでお願いします」

「……分かりました」

「それでは。失礼します」

さっと一礼して、はるかが踵を返す。長い髪が、構内を渡る風にふわりと揺れた。「何時に病院に行くつもりか」という肝心の質問を忘れていた。何という失策……馬鹿馬鹿しい。今更こんな気持ちを持つことに、何の意味があるのか。

「はるかをナンパしたそうじゃないですか」

朝一番で愛美にからかわれ、私はコーヒーを噴き出しそうになった。土曜の朝、今日は出ている人間は少ない。

「馬鹿言うな」

「だけど、食事に誘ったでしょう？　勇気ありますよね、殴られた後なのに」

「あれはただの平手打ちだよ。食事の話をしたのは、ちょうどそういう時間だったからだ」

「本当にそれだけですか？」

「礼儀として、誘わない方がおかしいんじゃないか？　だいたい俺は、もうそういう下心を持つような年じゃないよ」

「三つ子の魂百までもって言いますよ」

「その言葉は使い方を間違ってる」

「下手な言い訳しないで下さい」

「何なんだよ？　君たちは毎晩連絡を取り合ってるのか？」

「昨日は当然でしょう。法月さんが心配だったんだから」

「これからは迂闊なことはできないな」

「迂闊だったことは認めるんですね」

「明神……」私は溜息をつきながら言った。「君の突っこみには、反応できない時がある。会話っていうのは、こういうもんじゃないんだぜ」

一瞬唇を尖らせて、愛美が何か言いかけた。結局言葉にしなかったのは、またもや反応できない突っこみを口にしかけていたのに気づいたからだろう。

「醍醐」

「オス」

呼びつけると、醍醐が自席から飛んで来て私の前に立った。

「でかい声を出すなよ。室長もいるからな」

「オス」

失踪課全体に響き渡るような声で醍醐が言った。この男にデリケートなことを言っても無駄だ、と改めて意識する。

「オヤジさんが昨日どこへ行ったかは、結局分かってないんだな」

「すいません」いきなり声が萎んだ。

「いいよ。今日は面会できるはずだから、俺が確かめてみる」

「私たち、何をやってるんでしょうね」愛美がぽつりと呟いた。

「どういう意味だ」

「法月さん、無理して倒れて……私たちはそんな法月さんから情報を搾り取ろうとしてる」

「嫌か？」

「嫌じゃないから困るんです」愛美が前髪をかき上げながら言った。「それが当たり前だと思ってる自分が嫌ですね。何だか非情過ぎます」

「業だな」私は愛美の目を真っ直ぐ見詰めた。「俺たちは刑事なんだよ。オヤジさんも刑事なんだ。真実を求める以外に、何も考えていない」

　私の言葉は、どこか空しく響いた。そんな人生に何の意味がある？　今時「仕事が人生の全てだ」などというのは流行らないだろう。なのに私たちは、昔ながらの刑事の習癖に逆らえずに動き続けている。たぶん私たちが、何かすがるものを必要としているが故に。私たちはそれぞれ何らかの事情を抱えて、「警視庁の盲腸」と揶揄《やゆ》される失踪課に集《つど》っている。ここから抜け出すにせよ、ここを建て直すにせよ、何らかの拠《よ》り所が必要なのだ。

　一日が回り出す。私は醍醐と森田を再び港学園大に送り出し、愛美にはひとまず待機を命じた。真弓に法月の状況を報告した後で、一緒に失踪課を出ることにしている。昨夜愛美が碧の妹と連絡を取り、部屋を調べる許可を貰っていた。管理人の方には妹から連絡が入っているはずである。午前中を捜索に費やし、その後二人で法月の見舞いに行くつもりでいた。はるかとかち合わせになった時に、愛美がいればある種の防御壁になるかもしれない。はるかの怒りを抑えるために。あるいは私の間違った欲望を抑えるために。

「碧さんの妹さん、電話で話した感触ではどんな様子だった？」今日は愛美が車のハンドルを握っている。私は助手席で火を点けないままの煙草を口の端でぶらぶらさせながら訊ねた。

「まだショックが抜け切らない様子でした。当然でしょうけど」

「ちゃんと話はできたのか？」

「必要最小限ですね。碧さんの様子を詳しく聴くなら、現地に行って時間をかけてやった方がいいと思います。電話では聴きにくいこともありますよね」

「仙台か……」とんぼ返りになるのは構わない。ただし今の状況では、出張の許可は出ないだろう。碧の周辺を調べていることは、真弓にはまだ伏せているのだ。

「今はちょっと無理ですよね」ハンドルを握ったまま、愛美が肩をすくめる。

「部屋を調べて、何か出てくるのを期待しよう。具体的に聴くことがあった方が、答えやすいんじゃないかな」碧の部屋を調べるのは、私は初めてだった。

「そうですね。時間は……」

「病院の面会は二時からだ。そのぎりぎりまで粘る」

「了解」

予め管理人に話を通しておいたので、スムーズに碧の部屋に入れた。四階の四〇二号室。

広い1LDKで、部屋に入った途端、愛美が溜息を漏らした。

「いい部屋ですね」

「この辺りでこの広さだと、幾らぐらいになるのかな」

「分かりませんけど、私の給料だったらローンは組めないいんじゃないですか」

廊下の先のリビングは二十畳を軽く越えていた。家具が少ないせいか、実際以上に広く見える。一人がけのソファが二つとテーブル、壁際に置かれたテレビ台の上には四十二インチの液晶テレビ。その横にはシンプルなデスクと小さなファイルキャビネットがあった。いずれも木製で、白を基調とした部屋に暖かなぬくもりを与えている。デスクの上にはノートパソコン。リビングにつながるダイニングルームは六畳ほどの広さで、丸いダイニングテーブルと椅子が二脚置いてあるだけだった。一人暮らしの部屋に二つの椅子……この段階ではあまり意味を詮索しないようにする。男であれ女であれ、知り合いが訪ねて来ることはあるだろう。冷蔵庫は大型だったが、開けてみるとビールやミネラルウォーターの類しか入っていなかった。ガス台も綺麗なまま。小さな食器棚には空白が目立ち、洒落たワイングラスも曇っているのが見えた。基本的に料理には——少なくとも自炊には興味のない女性だったようだ。

廊下を挟んでキッチンの反対側にあるベッドルームは、六畳ほどの小ぢんまりとした部屋だった。ベッド、ドレッサー、小さな本棚。マガジンラックからは雑誌が溢れていたが、どれもファッション関係を中心にした女性誌だった。壁一面にしつらえられたクローゼットを開けると、隙間なく詰めこまれた服に出迎えられた。派手な色、地味な色……複雑な立体パズルのような趣である。

「犬はどうしたのかな」

「妹さんが引き取ったそうです。まだ碧さんが遺体で見つかる前ですけど」

「そうか……とりあえず寝室を調べてくれないか。俺はリビングのパソコンを見てみる」

「了解です」

デスクに載ったパソコン。手をつける前に全体を眺めてみる。少し前のモデルのようだ。蓋《ふた》の部分の輝きは曇り、少し傷もついている。電源ケーブルとLANケーブルは刺さったままで、電源を入れればすぐに使えそうだ。

電源スイッチを入れる。お馴染みのウィンドウズのロゴが立ち上がり、ほどなくデスクトップが現れたが……何もない。もちろん、ごみ箱などのアイコンはあるが、普通にこのパソコンを使っていた様子が感じられないのだ。もちろんデスクトップを常に綺麗に、出荷当時と同じ状態に保っておきたがる人もいるが、普通は何がしかのファイルやフォルダ、ショートカットが、いつの間にか増えてしまうものである。「マイドキュメント」を開けてみる。空。少し古いパソコンのせいか、ハードディスクは分割されておらず、ドライブは「C」だけだった。そこを開いてみたが、データファイルらしきものは一切見当たらない。

次いでメールソフトを立ち上げる。設定を確認する画面が出てきた。電子メールを使っていなかったのか？　もしかしたらブラウザを使うウェブメールだったのかもしれない。ブラウザを立ち上げてみると、パソコンメーカーのサイトが最初に出てきた。本当に出荷時の状態？　ブックマークを確認してみたが、メーカー関連のサイト、それにマイクロソフトのサイトがあるだけで、碧が自分で追加した形跡はない。

誰かがデータを消した？

そうとしか考えられなかった。少しパソコンに詳しい人間なら、ハードディスクを丸ごと初期化してしまうこともできただろうが、それには時間がかかる。個人のデータが入っていそうなファイルを、手当たり次第に削除していったのではないか。

「高城さん？」愛美に呼ばれて寝室に入る。彼女はベッドのマットレスを一人でずらして奮闘中だった。

「何か見つかったか？」

無言で、私に向けて手帳を掲げてみせる。森野女子短大の校章が入った、シンプルな模造革のもの。

「いつの手帳だ？」

「今年のです。ベッドの下の引き出し……冬物を入れてあるところなんですけど、そこに入ってました。いえ、隠されてました」

「どうしてそう思う？」

「こんなもの、わざわざセーターにくるんだりしないでしょう？」

「そういうことか」手帳を持って彼女が近づいて来るわずかな時間に、私は一つの結論に達した。

「誰かがこの部屋に入ったんだな」

「盗みに？」

「違う」彼女を促してリビングルームに向かう。起動したままのパソコンの前で、データが消された可能性が高いことを話した。

「もしかしたら碧さんが自分でやったんじゃないですか。何か知られたくないことがあって」

「パソコンのデータはすぐ消せるけど、手帳はゴミ箱に捨ててもばれるからな。とりあえず隠したのかもしれない」

「となると、大学の部屋でデータを破棄したのも碧さんですか？」

「それは何となく筋が合わない」

「ええ……鑑識に入ってもらいますか？」

「明神」

「はい？」

「君はこの件をどう思ってる？　事件なのかどうか……」

「可能性があるうちは捨てるべきじゃない、でしょう。高城さんがいつもそう言ってるじゃないですか」

「それはそうなんだが」

私は失敗の暗い影が忍び寄ってくるのを感じていた。碧の件は既に、宮城県警が自殺として処理している。法月も現場で特に違和感を感じなかったようだ。今からひっくり返せるだけの材料が出てくるのか。

「妹さんともう一度話してくれ。彼女は碧さんと連絡が取れなくなってから、この部屋に入ってるんだよな。その時と何か様子が違っていないか、確認してもらうんだ」

「電話だと分からないいんじゃないですか」

「だったら呼びつけてもいい」

「それはちょっときついと思いますよ」愛美が目を細めた。「お葬式が終わったばかりで、いろいろすることもあるだろうし」

「もしかしたら碧さんの死は、全然別の意味を持つことになるかもしれないんだぞ」

「……分かりました」

完全に納得したわけではなかったが、愛美が携帯電話を取り出した。低い、落ち着いた声――相手をできるだけ刺激しないような声――で彼女が話し始めるのを聞きながら、私はベッドの下から見つかった手帳をぱらぱらと開いた。ほとんど書きこみはなく、特に前半のスケジュール帳部分は真っ白だった。後ろのメモ帳のページに、やっと彼女の字を発見する。数字とアルファベットの羅列。一見規則正しく並んでいるように見えるが、それを見ても意味は一切推測できなかった。

今度は暗号か。もちろん暗号というほど大袈裟なものではなく、碧が「自分にだけ分かればいい」と書き殴ったものなのだろう。私のメモも似たようなものだし、自分でも解読不能になることも多い。

背負ってしまったものの不気味さを感じながら、私は手帳の数字を眺め続けた。

14

碧の妹、香奈枝は、上京に合意した。「じっとしているとかえって辛い」と愛美に言ったそうだが、それは本音かもしれない。この部屋をもう一度見ると、さらに辛くなるかもしれないが。最愛の家族が自殺したのと誰かに殺されたのと、どちらが精神的なダメージが大きいだろう――その考えに私はぎょっとした。殺された？　それを積極的に裏づける材料など、何もないのに。

香奈枝の到着は夕方になるという。それまでに空いた時間を利用して、予定通り法月を訪ねることにした。大急ぎで昼食を済ませ、病院に向かって車を飛ばす。面会時刻が始まると同時に滑りこみたかった。

少し大き目の音でノックしてドアを開けると、ぼうっと天井を見上げている法月の姿が目に入った。夕べトイレに出てきた時は比較的元気そうだったのだが、一晩経って急に体が萎んでしまったように見える。

「天井ってのは」私たちの方を見もせずに、法月が独り言のように言った。「一つとして同じものがないんだね」

「何気取ってるんですか、オヤジさん。そういうの、似合わないですよ」

冗談だろうと思ってからかったが、彼は極めて真面目な表情だった。まるでこれからずっと、同じ天井を見上げながら暮らしていかなければならないと覚悟を決めたように。点滴につながれている様子を見れば、確かにそんな感じがしないでもない――冗談じゃない。私は椅子を引いてベッドの脇に腰かけた。愛美は立ったまま私の背後に控えている。法月がゆっくりと顔の角度を変えて、私たちの存在を確認した。私、愛美、もう一度私。二度目に私を見た時、かすかに顔が歪む。

「お前さん、その日の横の傷……どうしたんだ」

「ああ」前日の記憶が小さな痛みとともに蘇る。「髭を剃ってて手が滑りました」

「嘘つけ」一気に真顔になって、法月が私の顔を指差した。「そんなところ、剃らないだろう。それにいつも室長に『剃れ』って言われてるのを無視してるくせに」

「天の邪鬼ですからね。人に言われると剃りたくなくなるんです」

「その傷はどう説明するんだ」

よほど目立つのだろうか。今朝顔を洗った時に……私には、洗顔後に鏡をじっくり見る習慣がない。四十代も後半に入った男が毎朝そんなことをしていても不気味なだけだ。朝、傷に水が沁《し》みたのは意識したのだが、他人が気に止めるほどだとは思ってもいなかった。助けを求めて後ろを振り返ったが、愛美は諦めたように首を振るだけだった。

「……はるかさんに張り飛ばされました」

「な……」法月が言葉を呑む。喉仏がゆっくり上下した。「怪我《けが》はそれだけで済んだのか？」

「ええ」慌てて目元に手を伸ばす。一瞬、完全に塞がっていない小さな傷に指先が触れてしまい、鋭い痛みが走った。「それが何か？」

「あいつ、高校から大学まで、七年間空手をやってたんだぞ。よくその程度で済んだな」

今度はこっちが言葉を呑む番だった。痛みを引き受けて責任を取ったつもりが、実際は失明の危機に瀕していたわけだ。

「悪いことしたなあ。目は大丈夫なのか」法月が頭を掻いた。

「大したこと、ありませんよ。今回の件は、オヤジさんを除けば、俺に一番責任があったんだし」

「俺が一番悪者か?」法月が目を剝いた。

「当たり前でしょう」胸が痛む台詞だが、ここはぴしりと言っておかないと。「俺は失踪課で待機しているように言ったんですよ。命令です。それを無視して、あのクソ暑い中で動き回ってるから、こういうことになったんですからね」

「分かった、分かった」法月が首を縦に振ることで「降参」の意図を表した。「今回の件は俺が全面的に悪かった。反省してる。だから、そう責めんでくれよ」

「反省してるなら、どうしてあんなに無理をしたのか、教えて下さい」

「理由なんかないよ。普通に仕事してただけだ」法月が目を逸らした。

「そうは見えませんでしたけどね。本当に、どういう——」

「よしてくれよ。どうせこれから、はるかからも散々お説教を受けなきゃいけないんだぜ」

「来るんですか?」

「たぶんな」法月がすばやくうなずいた。私の後ろにいる愛美に向かって声をかける。

「明神、ベッドの反対側に椅子がもう一つあるから、持ってきて座れ」

「私はいいですよ」

「内密の話があるんだ。一人だけ突っ立ってたら話しにくい」

「何ですか、内密の話って」愛美はまだ納得していない様子だった。

法月が胸を叩いた。控え目に、しかし心臓がある場所をはっきり示して。

「俺が体を張って摑んだ情報だ。役に立つかどうかは分からないけど、どうしても聞いて欲しいんだよ」

冗談じゃない、人の命令を無視して何をやっていたんだ——「命令」などと言うのが柄でないことは分かっていたが、この時ばかりは、私は上意下達という警察の原則に従おうとした。しかし忠告を発しようとした瞬間、あまりにも真剣な法月の視線にぶつかって、口をつぐんでしまった。

「港学園大は潰れるかもしれないぜ」

「まさか」

「おいおい」法月が苦笑を漏らした。「いきなり否定するとはお前さんらしくもない。心を開いて情報を受け入れろよ」

「失礼。続けて下さい」

「無理な拡大政策が仇《あだ》になったみたいなんだ。新学部の創設や運動部への金の投入……想像するより大変なことらしいぞ。百億単位で金がかかるらしい」

「そんなに?」

「人を受け入れるには新しい箱を作らなくちゃいけないからな。二年前に新学部を作った時、キャンパスを拡張したんだよ。隣接する土地を買収したんだが、その費用だけで三十億だ。それプラス上物でどれだけになったかな。それに加えて新しく教授陣を迎えるための費用もある」

「だけどそれだけで、急に経営が傾くなんてことがあるんですか」

「もう一つ別の損失もあって、そちらのダメージの方が大きかったという話もある」法月が体を起こそうと肘を立てた。寝たままでは喋りにくいらしい。私は手を貸して、背中に枕をあてがってやった。少し楽になったのか、法月がほっと溜息をつく。傍らのペットボトルに手を伸ばし、スポーツドリンクを口に含んでゆっくり飲み下した。

「損失?」

「デリバティブ取引の失敗。資金運用ということなんだろうが、その損失が百億近くになるらしいぞ」

「百億?」私の声は、無意識のうちに裏返ってしまった。

「声がでかい」法月が人差し指を唇に当てる。「外資系金融機関との間で、『金利スワップ』とか『通貨スワップ』とかいう契約を締結したそうだ。ところが金融危機で円高が進んで、去年から損失が一気に拡大した。もう解約したそうだが、最終的な損失はそれだけ巨額になったそうだ。銀行から、キャンパスの土地建物を担保に融資を受ける方向で話が進んでいたらしいな」

「かなりヤバイ話なんですか？」

「表に出れば評判はがた落ちになるだろうね。大学側では、致命的とは思っていないようだが……責任問題を問う声は、当然出ている。で、そういう拡大政策を強力に推進したのは誰だと思う？」

「占部理事長」

「そういうこと。あのやり手の、しかもやる気満々の理事長が走り回って、金儲けの算段をしていたわけだ。学校法人の三代目の理事長で、絶対的な権力を持ってる男だし、やるって言えば逆らえる人間もいないだろう」

「裸の王様という感じですか」

「まあな」法月が手の中でペットボトルを回した。「お前さん、あの男には会ったんだよな」

「ええ」

「どんな印象だった？」

「強がり、ですかね」

「ほう?」法月が眉をひそめた。

「自分を無理に作っている。本当の姿以上に大きく見せようとしている」

「ああ、いるよな、そういうタイプ。それでいつの間にか、演技しているはずが本当の姿になってしまったりするんだが」

「そういうこともあるでしょうね」私は髭でざらつく顎を撫でた。「ワンマン理事長が突っ走って、その結果大学の経営が危機的状況に陥《おちい》った。周りの人間は……」

「責任の追及を始める」愛美が短く口を挟んだ。

「その通りだよ、明神」法月がうなずいた。「どんな組織でも、軋みみたいなものはあるだろう。上手くいっている時は、そういうのは表に出てこない。だけどちょっとした躓《つまず》きで、一気に噴き出したりするんだよ」

「それが、例の週刊誌の記事ですか?」と愛美。

「そういうことなんだ。なあ、明神よ、あの記事を読んでどう思った」

「どうって……」愛美が鼻に皺を寄せる。「週刊誌の記事ですから、百パーセント本当ということはないでしょう。話半分というところじゃないですか」

「ただし、とっかかりにはなるだろう」法月が人差し指をぴんと立てた。「そこだけ見ている限りでは、病床に臥せっている人間には見えない。「誇り高き刑事のやり方としてはいかがなものかと思うが、たまにはマスコミの連中からネタを貰うのもありじゃないか。使えるものは何でも使わないと」

「今の話、もしかしたら例の週刊誌の関係者から出たんですか?」私は思わず声を荒らげた。確かに情報は手に入ったかもしれないが、あまり上手いやり方とは言えない。こちらが情報を集めていることが分かれば、「警察が港学園大に狙いをつけている」と思われてしまう。その結果マスコミの連中が動き出せば、捜査の邪魔になりかねない。

「まあまあ」法月がペットボトルをサイドテーブルに戻した。「その辺はちゃんと心得てるから、心配するな。あくまで一般論、情報収集として話を聴いただけだから」

「オヤジさん、週刊誌の編集部なんかに知り合いがいるんですか」

「いや、いなかったよ」軽いニュアンスの過去形。つい最近知り合った、という意味を言外に滲ませている。

「いったい何をやらかしたんですか」

「おいおい、いい加減にしろよ。お前さん、本当に管理職みたいになってきたぜ。そんなに厳しく追及するなって」

実際に三方面分室ではナンバーツーの立場にあるのだが、改めて指摘されると口が過ぎたと反省してしまう。神妙な表情を浮かべると、法月のにやにや笑いに迎えられた。

「明神よ、六条の新しい男、知ってるか」

「それって……」愛美が眉をひそめる。どうやら失踪課では公然の秘密らしい。私に対してはきちんと言わなかったのに、法月に訊ねられてあっさりと喋っているのが気に食わなかった。「東日の阪井さんですか？」

「そうそう。例の週刊誌を出してるの、東日だろう？　六条経由で奴さんに紹介してもらったのさ。それで編集部につながった。実際に書いていたのはフリーのライターで、昨日はそいつに会ってたんだよ」

「なるほど」

「まあ……悪かったとは思ってるよ。こんなことが課長辺りの耳に入ったら、お前さんの立場も台無しだからな」すっかり白くなった髪を、法月が乱暴に指で梳いた。「だけど俺だって、何か役に立ちたかったんだよ。その程度のことなら体に負担はかからないと思ってた。それが間違ってたことは認める」

「ええ」

「そのライターは海千山千の奴で、俺がどうしてあの大学のことを知りたがってるか、なんて野暮な質問はしなかったよ。もちろん、知ってる情報を全部話したわけじゃないだろうし、当然見返りも期待してるだろうけどな。その辺、阿吽《あうん》の呼吸ってやつだ」

「もしかしたら、第二弾を準備してるんじゃないですか」

「いや、裏を取るのがなかなか難しいみたいでね。例えば近隣の土地を買収したことに関してだけど、きっちり書類で確認しない限り、実際に動いた金の実態は分からない。そもそも、書類も表と裏の二種類あるかもしれないしな。デリバティブの失敗に関しても、今言った以上の情報はなさそうだ。奴さんも、そこまでは食いこめてないみたいだな」

「本当に大丈夫なんですか？　こっちが占部の周辺を調べていることは、向こうにはばれてないでしょうね」

「大丈夫だよ。そこは俺の話術を信じてくれ……とにかく、最近になって占部の立場が微妙に悪化しているのは間違いない。もしかしたら、俺が想像しているよりもずっと悪いかもしれないぜ」

「そういう状況になると、週刊誌にあれこれ喋る連中も出てくるわけですね」

「これは始まりに過ぎないかもしれないな」法月がまばらに無精髭《ぶしょうひげ》の生えた顎をゆるりと撫でた。「実際は既に、あの大学は崩壊への坂道を転がり始めている可能性もある。反占部グループの動きもかなり急みたいだぞ」

「何をしようとしてるんですか」

「大学の放棄」

「まさか」

「それがまさか、じゃないんだよ」法月の目が一瞬で真剣になった。「何でも絶対ってことはないんだ。大学みたいなところは潰れないとお前さんは思ってるかもしれないが、そういう思いこみも今は通用しない。先代の頃から仕事をしている古い連中が事務方には結構残ってるんだけど、そういう連中が中心になって根回しを始めているらしい。大学を閉めて、仙台に戻って中学と高校の経営に専念する——そういうアイディアらしいね。具体的にどこまで進んでいるかは分からないけど」

「それは……大変な動きですよね」

「それぐらい、大学の経営状態は悪いということなんだ。土地購入で借入金は相当な額になってるらしいし、それに加えてデリバティブの損失を埋めるために銀行の融資を受けるとなると、さらに経営状態は悪化する。しかも港学園には、他の大学に比べて不利な点があるんだ」

「何ですか？」

「古い大学なら、ＯＢがたくさんいる。ある程度自由になる金を持っているような金持ちも、少なくはないだろうな。そういう連中からの寄付を、ある程度は当てにできるわけだ。これが驚くことに、直接会って頭を下げると、結構応じてくれる人が多いらしいんだな。自分も、母校が寄付を求めてくるぐらいの人物になったとプライドをくすぐられるわけだ。亡くなる時に、何千万円単位で遺産を寄付する人も珍しくないらしい。ところが港学園は、まだ開校して三十年だ。そんなに悪い大学じゃないんだが、一期生辺りでも、会社のトップまで登り詰めた人は多くない。そういうわけで、金回りは決してよくなかったんだよ。古くから事務をやっている人なら、引くことで守る、という考え方になるのもおかしくはないだろう？　元々は高校と中学を経営してたわけだし、昔の姿に戻るだけの話だ」

「占部理事長はそういう動きを知ってたんでしょうか」

「さあ、どうかな。ただ彼の新しい動きが、守旧派の連中をさらに焦らせたのは間違いない」

答えを求めるように、法月が私と愛美の顔を順番に見渡す。何も思いつかず、私たちは顔を見合わせるだけだった。

「占部理事長はね、一世一代の賭けに出ようとしていた。森野女子短大との合併計画を進めていたんだ」

「そういう話なら、二課が興味を持つのも分からないじゃないですね」愛美が溜息をつくように言った。「具体的に何か容疑があるかどうかはともかく」

「大学同士の合併か……相当大きな金が動くんだろうな」

「財政的に追いこまれていたのに、そんなお金を用意する余裕があったんでしょうか」

「ないはずだけど、そもそも大学同士の合併でどれだけ金がかかるかが想像できない」

「ですよね」考え事をしている時の癖で、愛美が拳を鼻に押し当てた。くぐもった声で続ける。「藤井さんの件は、これと何か関係があるんでしょうか」

「はっきりしたことは言えないけど、話はグレイゾーンに入ってきたみたいだな」

「まあまあ」

　私たちの会話を黙って聞いていた法月が、久しぶりに口を開いた。かなり疲れているのに、無理に喋っていたのかもしれない。顔にはわずかに疲労の色が見えた。

「仮にだよ、合併推進の主役が占部理事長と藤井碧だったらどうする」

「彼女は大学のトップっていうわけじゃないですよ」私はひとまず否定にかかった。「外部から招かれて、経営の建て直しを任されていた人です。どれほど重要な仕事を任されていても、あくまで外様ですよね」

「だからこそ、大胆な作戦に出ることもできたんじゃないかな。大学にしがらみのない藤井碧と、独断で話を進める占部理事長っていうのは、結構面白い組み合わせだと思うがね」

「ちょっと飛躍し過ぎですよ」

「とにかく、二人の周辺をもっと洗ってみろよ。何か出てくるかもしれないぞ」

「でも、藤井碧はやっぱり自殺じゃないですかね」今度は愛美が反論した。「私生活で何か悩んでいたという話もあるんです」

「誰が言ったんだよ、それ」法月が強い口調で訊ねた。

「大学の関係者ですけど」思いもかけない法月の勢いに、愛美が声を小さくした。

「それがそもそも嘘だという可能性もあるんじゃないか」

「大学側が何か罠《わな》を仕かけたとでも言うんですか」

「罠、は言葉が悪いかな。そんな極端なことは……」法月が言葉を呑みこんだ。「ま、とにかく何でも調べてみることだ。占部が十日近くも姿を消していたことだって、どう考えてもおかしいだろう。夏休みのはずがない。徹底して足取りを追ってみろよ。そうすれば何か矛盾《むじゅん》が見つかるかもしれない」

「女とホテルにいたらしいんですけどね」

「女？」私の答えに、法月の目つきが鋭くなった。「間違いないのか」

「確証はありません。だけど目撃証言もあるし、彼がずっと泊まっていた部屋に、ピアスが落ちていました」

思い出した。それは財布の中にしまったまま、ずっと私の手元にある。取り出し、掌に載せて二人に見せた。

「明神、どこのブランドか分からないか？」

「さあ」愛美が首を捻る。「すぐ見て分かるようなブランドじゃないですけど……こういうシンプルなやつって、意外と高いんですよね」

「ちょっと見せてくれ」法月が上半身を乗り出し、私の手からピアスを奪っていった。掌に顔を近づけてしばらく凝視していたが、やがて目を閉じて天井を仰ぐ。ややあって発した言葉は、わずかに震えていた。「おい」

「どうしました？」

「見た記憶があるんだよ、これ」

「どこで？」今度は私の声が震える。まさか、こんな小さなものが……。

「ちょっと待て」私の手にピアスを戻し、法月がやんわりと額を揉んだ。ゆっくりと記憶を取り戻すための儀式。さらに独り言を連ねて記憶の断片をつなぎ合わせようとした。

「そう、誰かの耳についていたんだ。それを見たのは間違いない……だけどピアスなんて、そんなにまじまじと見るもんじゃないよな。特にそれは、ぱっと見て記憶に残るような派手なもんじゃない。明神、ちょいと耳に当ててみてくれないか？　当てるだけでいい。あんたの耳には穴が開いてないからな」

明神が左の耳にピアスを当てた。法月はまじまじとその様子を見ていたが、やがて首を振る。何か間違いをしたとでも思ったのか、愛美の耳が赤くなった。

「そうじゃない……左じゃない」

「右ですか？」愛美がピアスを左手から右手へ持ち替える。やけに女っぽい仕草で、病室の素っ気無い雰囲気にはそぐわなかった。

「右だ！」

法月が両の拳で自分の腿《もも》を叩いた。声は上ずり、顔は真っ赤になっている。私は新たな発作を恐れ、法月の肩に手をかけてベッドに寝かせようとした。法月が肩を捻るようにしてそれに抗い、私を睨みつける。

「片方にだけついてたんだ。そういうピアスのつけ方はないよな、明神」

「ええ、普通は……」

「死体の耳」

私と愛美は、無言で法月の顔を見詰めた。法月は自分が思い出した事実にまだ興奮覚めやらぬ様子で、毛布を握り締めた手を震わせている。発作を起こすのではないかと心配になり、私はナースコールのボタンを目で探した。大丈夫。枕元にぶら下がっている。

「死体って……」ようやく愛美が口を開く。

「藤井碧だよ」法月がきっぱりと、そして冷静に言い切った。「高城、もう一度仙台に行く理由ができたんじゃないか？」


その前にやるべきことがある。事態が急速に動き始めた——どこへ行くかはまだ分からないが——のを意識しながら、私たちは病院を出た。

「妹さん、何時にこっちへ来るって？」

「夕方……五時前に東京駅へ着く予定です」愛美が腕時計に視線を落とした。私の提案を待たずに、私が考えていたのと同じことを口にする。「東京駅まで迎えに行きますか？そうすれば、碧さんの家まで行く間に話を聴けます」

「了解」何だかんだと、法月とは二時間近くも話をしてしまい、既に四時になろうとしていた。これから東京駅へ向かえば、さほど待たずに済むだろう。「電話を入れておいてくれないか」

「今、ちょうど新幹線に乗ってるはずですよ。電話には出られないんじゃないですか」

「構わない。後で留守電ぐらい聞くだろう」

「分かりました」

助手席で、愛美が電話をかけ始める。一つ咳払いをした瞬間、「香奈枝さんですか?」と少しびっくりした声で話し出した。

「警視庁失踪課の明神です。今、新幹線ですよね? 大丈夫ですか? はい、それじゃちょっと聞いて下さい。予定通り東京に着かれるんですね? ええ。それで、東京駅まで迎えに行きますので、着いたら電話してもらえますか。いえ、特に何かあるわけじゃないんですが、碧さんの家へ行くまでの間、話ができますから。そうです。時間を無駄にしたくないんです。はい……それじゃ、お願いします」

電話を切って、愛美が私に顔を向ける。

「どうだ?」

「心配してました。何でわざわざ迎えに来るんだって」

「それもそうだ」

「何かあったと思ってるでしょうね」

「残念だけど、まだ俺たちも説明できないな」

「ええ……申し訳ないですね」愛美が携帯電話をきつく握り締めた。「こんな状態じゃ、香奈枝さんだって不安になりますよね。こっちである程度情報をまとめてから確認するようにしたいんですけど」

「今の段階では、それは無理だな。逆に彼女から何か情報をもらわないと、前へ進めない」

「嫌でしょうね、お葬式が終わったばかりなのに、また警察に呼ばれて」

お前さんも変わったな、という言葉を私は呑みこんだ。数か月前、希望もしていなかった失踪課に配属されたばかりの頃、愛美は腐っていた。その状況を平然と受け入れるだけの余裕はなく、ハリネズミのように棘をまとい、ことあるごとに私にも他の人間にも突っかかっていったものである。簡単な事情聴取のはずが、いつの間にか口論になってしまったこともあった。

しかし今は、少しは他人を思いやる余裕ができた。刑事としてはそれが当たり前なのだが……若さ故だろうか、順応性の高さを私は羨ましく思う。娘がいなくなってからの七年間、酒浸りの生活を続けて人生をゆっくりと壊していった上に、既に四十代半ばに突入している私は、彼女ほど簡単にはリハビリを終えられない。

「だけど法月さんも、随分思い切ったことをしましたね」

「マスコミ関係者からネタを取るとはね。あまり褒められた話じゃないけど」

「そういうこと、よくあるんですか？」

「少なくとも俺はないな。残念な……幸いなことに、新聞記者の知り合いはいないし。ところで明神、六条と東日の阪井のことは知ってたんだろう？」

「まあ、何となく」

「バレバレかよ」

「そこまで露骨じゃありませんけどね。阪井さんの方から誘ったみたいですよ」

「何だよ、ちゃんと知ってるじゃないか」

「それぐらいは……高城さんが鈍いだけでしょう」

「否定はしない」私は口元が緩むのを感じた。「君はずっと観察してたのか」

「まさか。そんな悪趣味じゃないですよ。阪井さん、うちの課に顔を出す度に六条さんに声をかけてましたからね。あれで気づかない方がおかしいですよ」

「実際、つき合ってるのかな」

「そこまではいってないと思いますけど。少なくとも六条さんは、まだ品定めの段階だと思いますよ」

「品定め？」

「あの人、そういうところはしっかりしてるんじゃないですか」愛美の口調に皮肉が混じった。彼女と六条は、どうにも気が合わない。水と油、とまではいかないが、少なくとも親しげに話をする間柄ではない。昼飯を一緒にすることすらないはずだ。

「しっかりしてる、ね……要するに計算高いっていう意味だよな」

「私は何も言ってませんからね」

舞に高飛車なところがあるのは、出自のせいかもしれない。父親は厚労省のキャリア官僚、母親は製薬会社の創業者一族の出ということで、子どもの頃から、自分は同級生とは少し違う立場にいるということを意識してしまったのではないか。褒められた話ではないし、失踪課の仕事にも身を入れているわけではないのだが……今回は役に立ったと言っていいのではないか。何となく舞には、運を引き寄せる力がある。

「俺は一応、阪井には忠告したんだ」

「それ、野暮じゃありませんか」

「だけど、情実で情報を取ろうとするのは新聞記者としてまずいだろう」

「情実って……」愛美が顔をしかめた。

「言葉は何でもいいけど、一線を越えたらまずいよ。プライベートと仕事はきっちり分けるべきだと思わないか？　最悪、どっちかが仕事を辞めなくちゃいけなくなる。阪井がその辺のことを、どこまで本気で意識しているかは分からないけどな。本当に六条とつき合いたいと思ってるのか、ネタが欲しくて近づいてるだけなのか。ネタ狙いだとしたら、悪質だぜ」

「いずれにせよ、私には関係ありませんけどね」

「本当は悔しい？」

「高城さん、セクハラぎりぎり」

「ああ、分かってる」ハンドルを握ったまま、私は肩をすくめた。「とにかくややこしい状況に巻きこまれたら大変だから、つき合う相手は選んだ方がいい」

「阪井さんなんかは、そもそもタイプじゃないですから。でも、つき合う時はタイプで相手を選びませんけどね。そういうの、理屈じゃないでしょう」

愛美の中に潜む情熱の欠片《かけら》を見て、私は少しばかり驚いていた。あるいは情熱ではなく単なる少女趣味かもしれないが。あらゆる恋愛を経験して、それでも自分の意思のまま突き進む——愛美がそういう人間だとは思えない。単に困難な状況の中で愛を育むのに憧れているだけではないか。もう、そういう年でもないはずだが。

「でも、そこを突いて新聞記者を利用する法月さんは、やっぱり凄いですよ」

「阪井も困ったんじゃないかな。これで自分が何も知らないうちに事件にでもなったら、面子は丸潰れだ」

「新聞記者を怒らせると、いろいろとまずいでしょうね」

「その時には、六条を人身御供《ひとみごくう》に差し出す。阪井ならそれで満足するだろう。あいつはそんなに志の高い人間じゃないよ。仕事よりは女を取るだろうな」

「高城さん」

愛美がごく真面目な声で言った。また怒らせるようなことを言ってしまったのかと警戒したが、そうではなかった。

「いい考えです」

ふっと、心の中に柔らかいものが流れ出すのを感じた。刑事は基本的にコンビで動く。アメリカの場合、組む相手は常に決まっていることが多いようだが、日本ではその時々に適当な組み合わせで捜査に当たることが多い。自分でパートナーを選べないから、気が合わない相手と当たって意欲を削《そ》がれてしまうこともあるが、コンビネーションが上手くいった時の快感は何物にも代えられない。一緒に失踪課に異動してきた私たちは、初めこそとてもいいコンビとはいえなかったが、最近は波長が合う瞬間を感じることもある。それこそが刑事の仕事の醍醐味なのだ。二つの思考が一つになり、真実に向かって一直線に突き進んでいくことこそが。

しかし、一筋縄ではいかないのが、人と人との関係の難しさであり、面白さでもある。愛美は私の考えを一発で打ち砕いた。

「だけど一つ、間違ってると思いますけどね」

「何が?」
「仕事より恋人を取る……その方が志が高いとも言えるんじゃないですか」

15

東京駅、丸の内中央口。タクシー乗り場の隅に車を停め、私は愛美を香奈枝の迎えに送り出した。公務ではあっても、車をこのまま放置しておくのは心苦しい。じりじりと時が流れる。もう新幹線は到着しているはずだが……一分おきに腕時計で時間を確認し、人の出入りが絶え間なく続く駅舎を見やる。まさか香奈枝は、気が変わって途中で引き返してしまったのか。

来た。愛美が香奈枝にぴったりと寄り添っている。香奈枝は東京の人工的な暑さに驚いたように、一瞬立ち止まった。額に手を翳して、昼間最後の暴力的な熱を投げかける太陽から自分の顔を守ろうとした。愛美が香奈枝の肘に手を添え、小走りに横断歩道を渡って来る。私は車を降りて二人を出迎えた。

「お忙しいところ、本当にすいません」

頭を下げると、香奈枝の顔に戸惑いが広がった。私は初対面なのだが、第一印象は、あまり似ていない姉妹だな、というものだった。碧はすらりと背の高い女性だったが、香奈枝の方はほぼ女性の平均身長程度で、しかも体つきは全体に丸みを帯びている。いかにも女性らしい体型なのは、碧と違って子どもを産み育てているせいもあるだろう。短くカットされた髪。ポロシャツに膝下の長さのスカートという軽装で、肘に畳んだ紺色のジャケットを引っかけていた。呼び出されて慌てて家を出て来た感じである。悪いことをしてしまったな、と少しだけ後悔した。彼女には彼女で、いろいろやることもあるはずなのに。

事前に打ち合わせておいた通り、愛美がハンドルを握り、私と香奈枝が後部座席に座った。失踪課の捜査車両であるV35型スカイラインは、ボディが大きい割に後部座席の座り心地があまり良くない。まずそれを詫びると、香奈枝は「とんでもない」と答えた。まるで自分の方が悪いことをしたとでも言いたそうに。

「今回の件は、本当に残念でした。我々にも責任があると考えています」

驚いたように、香奈枝が顔を上げる。警察官が謝るなどというのは、彼女の考えの中に入っていないのだろう。私も以前はそう思っていた。謝罪はミスを認めることに他ならないし、警察はミスを犯してはいけないものなのだから。しかし失踪課に来てから、そういう考えは少しずつ変わってきている。この課は、不安を抱えた家族と直接向き合う機会が多い。少しでも安心させるためだったら、こちらの非を認めるぐらいは何でもない。

「私たちが早く捜し出していれば、こんなことにはならなかったかもしれません」

「……いえ。とんでもないです。姉が勝手にやったことですから。こっちこそ、ご迷惑をおかけしてすいません」香奈枝が少し体を捻るようにして、私の顔をちらりと見てから続ける。「でも、どうして今さら姉の家を調べなくちゃいけないんですか？　もう終わったことでしょう」

「あの家はどうするんですか」いきなり本題に入るのを躊躇い、私は直接関係ない話題を持ち出した。

「そうですね……」香奈枝が両手をきつく組み合わせる。年齢の割に――彼女は確か三十六歳だ――皺が多い。

「あそこは碧さんの名義になっていますよね。ローンの処理は結構大変でしょう」

「それは問題ないんです。ローンは組んでいませんから」

「現金で買ったんですか？」

私の質問が非難に聞こえたのかもしれない。香奈枝が少しだけ眉をひそめた。

「ええ、前の会社に勤めていた時に」

「外資系が、景気が良かった頃ですね」

「その分、こき使われてぼろぼろだって言ってましたけど」香奈枝が寂しそうに笑う。

「外資系は能力主義ですから、その分必死になりますよね」

「そうですね……とにかく家をどうするかは、まだ何も決めていません。家だけじゃなくて銀行の口座とか、私物とか、犬とか。やらなくちゃいけないことはたくさんあるんですけど、まだ何かしようっていう気にならないんですよ。何だか力が抜けちゃって」

「分かります。でも、ゆっくりやってもいいいんじゃないかな。急がせる人はいないと思いますし、そういう状況でもないでしょう」

「そうですね」

「なかなかいい部屋ですよね」私はとば口から一歩中に入った。「私も拝見しましたけど、結構贅沢な作りだ。ロケーションもいいし」

「そうですけど、東京で暮らすのって大変ですよね」香奈枝が深々と溜息をつく。「私も、大学の四年間は東京にいたんです。でも何だか疲れちゃって。東京で就職してもよかったんですけど、結局仙台へ戻ったんです」

「お仕事は何を？」

「市役所です。結婚して、子どもが産まれて辞めましたけど」

「お姉さんの部屋にはよく行かれましたか？」

「ほとんどないですね。姉があの部屋を買った時に、見においでって誘われて……その時と、あとはこの前見に行った時だけです。鍵は預かっていたんですけど」

万が一の時のために。話の流れは自然にそういう方向に行きそうだったが、私はあえてこの件を呑みこんだ。「万が一」は既に起きてしまったのだ。

「じゃあ、普段碧さんがどんな暮らしをされていたか、あまり詳しくは知らないんですね」

「すいません」素早く頭を下げると、前髪が垂れて彼女の表情を覆い隠した。「家族なんですけど、何だか距離もあって……」

「東京と仙台は確かに遠いですよね」

「そういう意味じゃないんです。東京で、外資系の会社で働いて、大学にスカウトされるような姉と、仙台で専業主婦をやっている私じゃ、立場が違い過ぎますよね」香奈枝が肩をすぼめた。

「でも、家族であることに変わりはないんですよ」

「そうかもしれませんけど、私が知ってる姉の姿は、高校生ぐらいで停まってるんです。離れて暮らした時間が長かったせいですかね」

　無言でうなずき、香奈枝の哀しみと後悔が心の底に沈んで落ち着くのを待った。沈黙の後、しばらくするとぽつぽつと話し出す。こういう状態がよくあるのを私は知っていた。通夜、葬儀、それに伴う数々の雑事。そういう慌ただしい時間が一段落した時、故人の思い出を誰かに話したくてたまらなくなる。

「姉は、私とは正反対でした。明るくて、勉強ができて、人気者で。どうやっても敵《かな》わない人だったんだけど、それで羨ましいと思ったことはないんですよね。あんまり違い過ぎて喧嘩にもならないっていうか……憧れの人というのともちょっと違うんですけど、何ていうのかな、普通の家族の中に一人だけ異質な、優秀過ぎる人が混じっていたみたいな」

「失礼ですけど、ご家族の仲はどうだったんですか」

「どうなんでしょうね……」香奈枝がきつく指を組み合わせた。「自分ではよく分かりません。姉は昔から、早く仙台を出て行きたがっていました。高校受験の時も、仙台じゃなくて東京の高校に行けないかって、色々調べていたぐらいなんですよ。結局お金の問題で実現しなかったんですけどね。でも、家族が嫌いで仙台を離れようとしてたんじゃないと思います。あの街は、姉には狭過ぎたんでしょうね。自分の力がどこまで通用するか、試してみたかったんだと思います」

「じゃあ、高校時代は結構ストレスが溜まってたんじゃないですか。色々なことが自分の思い通りにいかなくて」

「そうかもしれません。でも、あの頃はあの頃で、結構楽しかったんじゃないかな。もてましたからね、高校時代は。下駄箱に毎日ラブレターとか。漫画みたいな話ですけど」

香奈枝の口調には、ほんの少し苛立ちが混じっていた。今の話は誇張ではないだろう。写真で見ただけの碧の姿を、二十歳若返らせてみる。同世代の男子をのぼせ上がらせるには十分だったのではないか。

「すごいですね」

「ええ。男子が多い高校だという事情を差し引いても、すごかったですね」

「高校、どこだったんですか」

「港学園です」

「そう、ですか」

　内心の動揺が私の声に出てしまったのだろうか。香奈枝が不思議そうな表情を浮かべて私の顔を覗きこむ。

「何か？」

「いや……港学園は共学なんですよね」

「ええ。でも、あの頃は女子は少なかったんです。確か、全校で五分の一ぐらいしかいなかったんじゃないかな」

「なるほど」

　突然糸がつながり始めた。占部と碧。同郷で、合併の道を探っていた大学と短大の幹部。その関係が二十年以上昔に遡るとすれば……今起きている一連の出来事の発端は、その時代にあるのではないか。

　香奈枝は無言で、きつく手を握り合わせたままだった。その手を放せば、何か大事なものが飛んでいってしまうとでもいうように。車は都心を抜け、桜田通りを走っている。既に大崎付近。夕方だが道路は空いており、あと十分ほどで碧のマンションに着くだろう。

「最近、お姉さんが何か悩んでいたということはありませんでしたか」

「いえ……」言葉が萎む。「ごめんなさい、分からないんです。さっきも言いましたけど、ほとんど会ってないんですよ。電話でもあまり話しませんでしたし。特にここ何年かは、転職なんかで本当に忙しかったみたいなんです」

「でも今回は、お姉さんの行方が分からなくなったことに気づいたんですよね」

連絡も取り合っていないのに何故分かったのだ、という私の疑問のニュアンスが伝わったのだろう。香奈枝が自分の膝に視線を落とす。相手の心を閉ざさせてしまう、迂闊な質問だ。自分の間抜けさ加減を呪ったが、香奈枝は気丈にも私の質問に答えた。

「伯父が危篤《きとく》だったんです。癌《がん》で……私たちも子どもの頃可愛がってもらったんで、姉にも死に際に会わせたいと思って連絡したんです。でも家の電話には出ないし、携帯も通じないし、大学にもかけたんですけど、何だか要領を得なくて――」

「ちょっと待って下さい」私は彼女の言葉を遮った。「大学側は、碧さんのことについてはっきり言わなかったんですか」

「ええ。休みなのか、仕事でどこかに行っているのか、聞いてもはっきり答えてくれなくて。それで私、姉は家出したか、何か事件に巻きこまれたんじゃないかと思ったんです。大学側も何か事情があって、家族にも話せないのかもしれないって」

「そんなはずはない」

私の言葉が、彼女の姿勢を真っ直ぐにさせた。驚いたように目を見開き、私の顔を見据える。

「そんなはずはないって、どういうことですか」

「家族にも教えないのはおかしいと思いませんでしたか？　大学は単なる仕事場ですよ。家族より大事なものとは思えない」

「今考えるとそうかもしれませんけど、その時はそんな風には思えなかったんです」香奈枝の声が力なく消える。「私、間違っていたんでしょうか」

「それは何とも言えません」残酷な追いこみ方をしてしまった、と悔いる。これではまるで、彼女に全ての責任を被せるようではないか。

「私の方で、姉に遠慮があったのかもしれません。姉は私にとっては雲の上の人で、仕事を邪魔しちゃいけないって思って……本当は電話でもメールでも、もっと連絡を取り合えばよかったんですよね」

「それは仕方ないことですよ」

「そうかもしれませんけど……」香奈枝が両手をきつく握り合わせる。

「自分を責めないで下さい。まだ何も分からないんですから」

「家族の責任を果たしていなかったと思うと、辛いです」香奈枝が一層強く手を握り合わせる。

「気を楽にして下さい。あまり思いつめると、見えるものも見えなくなりますよ。これからは、あなただけが頼りなんです」

「姉は殺されたんですか？」

香奈枝が唐突に切り出した。いや、唐突にではない。自分が東京まで呼び出された以上、これがただの自殺ではないと確信していたに違いない。遠慮がちな性格から、今まで確認できなかっただけなのだろう。彼女にしてはかなり無理をした質問だったことを意識し、私も腹を据えて答えることにした。

「単純な自殺を疑う状況が出てきた、ということです。現段階でこれ以上のことが言えないのは申し訳ありませんけど」

「そうですか……でも、その方が気が楽かもしれません」

「どうしてですか？」

「姉は自殺なんかしそうにない人だからです。自分に自信を持って、しっかり目標を立てて、それに向かって一直線に突き進んでいく人でしたから」

「そういう人ほど、失敗した時の挫折《ざせつ》感は大きいはずですよ」同じような人間を私は知っている。古部俊光。

「姉だって、全戦全勝というわけじゃありません。だけど、負けて凹むようなことはなかったんです。負けは負けで認めて、潔く次の目標に向かう人ですから」香奈枝の声が涙で震えだした。「でも、そんなこと言う資格は私にはないかもしれませんよね。ここ何年も、姉とはちゃんと話をする機会もなかったし……だからそれは、あくまで高校生の頃の姉の印象なんです」

「着きました」

愛美の落ち着いた声が救いの一言になった。今にも崩れ落ちそうになっていた香奈枝が、気持ちを立て直そうとしているのが分かる。背筋を伸ばし、目元から零れそうになった涙を指先で拭い取った。

「お役に立てるかどうか分かりませんけど、できるだけのことはします」もう、声はしっかりしていた。

「あなたの目に期待しています」

私は人差し指で自分の目を指した。香奈枝が小さくうなずく。うなずくだけでも大変な決心が必要だったようだが、それでもその目は前を見据えていた。同じような状況に置かれた時、自分がここまで強くなれるかどうか、私にはまったく自信がなかった。

「ここは調べたんですよね」

部屋をざっと見てから彼女が発した最初の一言がそれだった。

「我々が今日の午前中、調べました」部屋に入ってからずっと彼女の後ろをついて歩いていた愛美が答える。

「あの、失礼ですけど、結構あちこちをいじりましたか？」

「できるだけ現状を変えないようにしましたよ」

「そうですか」

リビングルーム、ソファの前で香奈枝が腕を組んだ。そのまま右手を顎に持っていき、静かに目を閉じる。彼女がこの部屋に立ち入ったのは、碧と連絡が取れなくなった直後であり、その後すぐ、法月と醍醐が調べている。私と愛美は、今日初めてここに入った。何かあったとすると、法月たちが調べた後ということになる。

「座りませんか」と声をかけたが、彼女は無言で首を振った。ソファに座ると、姉の想い出が襲いかかってくるとでも思ったのかもしれない。

「それで、何か変なんですか」愛美がそっと切り出した。

「いろいろなものが……少しずつ場所が変わっているんです。例えばあのパソコンなんですけど」午前中私がいじったパソコンを、香奈枝が指差した。「私が調べに来た時は、デスクの真ん中じゃなくて隅の方に置いてありました」

今朝私が触った時は……そう、今と同じようにデスクの中央に置いてあった。あまり広いデスクではないので、書き物でもしようとしたらパソコンを脇へどかさなければならないだろう。だからデスクのどこにあってもおかしくはないのだが、香奈枝の記憶にあるのと置き位置が変わっているのはどういうことか。

「それと、書類立てって言うんですか、あの、ラックみたいになってて縦に突っこめる……」

「ファイルボックス、ですか」愛美が助け舟を出した。

「ええ、半透明のプラスティック製のケースです」香奈枝が両手で四角い箱の形を作って見せた。

「それが置いてあったんですか？」

「そうです。きちんと整理されていて、姉らしいなって思ったんですけど、それが見当たりません」

私はデスクに近づき、上から見下ろすように調べた。天板のどこにも埃はない。本当にファイルボックスが置いてあったとしても、時折動かしてきちんと掃除をしていたのだろう。

やはり誰かが持ち去った？

「引き出しの中を確認してもらえますか」

無言でうなずき、香奈枝が椅子に座った。順番に引き出しを開けていったが、二番目ですぐに手の動きが止まる。

「住所録がありません」

「住所録？」背後で動きを見守っていた私は、肩越しに彼女に訊ねた。「見たことがあるんですか？」

「ええ。この家に初めて来た時、主人も一緒だったんですけど、姉が主人の名刺を閉じこんだ時に私も見ました。手帳……Ａ４判だったと思うんですけど、きちんと整理した住所録だったんです。名刺を貼りつけて、仕事のこととか顔の特徴とか、細かい情報がいろいろ書きこんでありました。『こうしないと覚えられないのよ』って笑ってました」

盗んだ？　誰が？　想像もつかない。碧の失踪は、それほど多くの人には知られていなかったはずだ。たまたま泥棒が入って、金になりそうなものを盗み出していった……いや、それはあまりにも偶然に過ぎるし、彼女の住所録が金になるかどうかは分からない。

「ちょっと座りましょう」

今度は少し強い口調で私は言った。状況が変わってきたせいか、香奈枝も素直に従う。大き目の一人がけのソファが二つしかないので、愛美はダイニングから椅子を持ってきて座った。

「整理します。碧さんと連絡が取れなくなってから、あなたがこの部屋に入ったのはいつですか」

香奈枝がハンドバッグに手を伸ばし、中を引っ掻き回した。小さな手帳を取り出し、すぐに目当てのページを見つけ出す。

「八月……十日ですね」

私も手帳を取り出し、今月のカレンダーを確認した。八月十日。十二日前である。その日に香奈枝は警察に駆けこみ、失踪課に話が回ってきた。法月と醍醐が香奈枝と一緒に部屋を調べたのは、確かその翌日。それから一週間経たずに、碧は遺体で発見されている。

「お姉さんが家を出たと判断されたのはどうしてですか」

「姉は昔からきっちりした人だったんです」まるで自分が侮辱されたとでもいうように、香奈枝が厳しい顔つきになった。「黙っていなくなるようなことは絶対にありません。普段は電話してこなかったんですけど、長い旅行や海外への出張の時は、必ず実家にも連絡がきましたから。何も言わずにいなくなるなんて、あり得ないんです。それに、新聞や郵便物も溜まっていたんですよ。そういうだらしないことをする人じゃないんです。だから、よほど大変なことがあったんだって……」

「分かりました」私は手帳を閉じた。実際には何も分かっていない。

「姉はやっぱり殺されたんですか？」最初に訊ねた時に比べ、口調が少し強くなっていた。彼女の中でも疑念が高まっているに違いない。「何で、そんな……」

「プライベートで悩んでいたという情報もあるんです。失礼ですが、碧さんはずっと独身ですか？」

「ええ」

「最近、つき合っていた人は？」

「いません……いえ、分からないって言った方がいいですよね。もちろん今までにつき合った人はいますけど、自分からはあまり積極的にそういうことを話す人じゃないから、詳しいことは知りません」香奈枝の声が消え入りそうになった。

「確認してもらいたいものがあります」

不安そうに香奈枝が私の顔を見た。安心させようと小さな笑みを浮かべてやったが、それは失敗に終わった。何を見せられるのかと、香奈枝の顔が見る間に強張る。私は尻を動かして財布を抜き——肘掛けが高い位置にある洒落たデザインだったので結構大変だった——ピアスの片割れをテーブルにそっと置いた。香奈枝が目を細めて睨みつけるようにする。

「これは？」助けを求めるように私の顔を見た。

「見覚えはありませんか？」

「ピアス、ですよね……」

「碧さん、耳に穴をあけていたでしょう」これ以上のヒントは無理だ。誘導尋問はできるだけ避けたい。

「ええ、もう随分前……高校を卒業してすぐぐらいに開けたんです。ピアスは好きでしたね。あの、片方だけなんですか」

「私が見つけたのはこれだけです」

「この部屋で？」

「いえ」

「どこなんですか？」香奈枝が不安そうに体を揺らし始めた。

「仙台です。仙台市内のホテル」

「姉の耳……」香奈枝の顎が強張る。「片方にしかピアスがついてなかった……どこかで流れてしまったんじゃないかって……」

「残っていたピアスはこれと同じものでしたか」

「そんな……私……分かりません」

愛美が素早く立ち上がり、背後から香奈枝の肩に手を添えた。人肌の温かさと柔らかさが香奈枝を支えていた義務感と緊張感を崩壊させる。号泣する彼女の姿を暗い気持ちで見守りながら、私は事態が大きく動き出したのを実感していた。


急遽、愛美を仙台へ向かわせることにした。任務は二つ。香奈枝に同行して家まで送り届けること、その上で、遺品として地元の所轄署から渡されたピアスの片割れを確認すること。呆然としてしまった香奈枝に愛美をつき添わせ、喫茶店で休ませている間に真弓に連絡を入れる。

「占部さんと碧さんが仙台で一緒にいたのは間違いなさそうね」

「ピアスの片割れが確認できれば」

「彼女がたまたま占部理事長より先にホテルに泊まっていて、ピアスを落としたとは考えられない？」非常に確率の低い推論だが、真弓はあくまで慎重だった。あらゆる推論を吟《ぎん》味《み》し尽くし、潰して、最後に残るのが真実である。

「ホテルに確認しました。該当する女性の宿泊記録はありませんが、二人が一緒にいたことは、ホテルで確認できると思います。占部さんが女性を連れていたのは目撃されていますから、碧さんの写真を見せれば、もっとはっきりしたことが分かるでしょう」

「分かったわ。ホテルには明神を行かせて。あなたは？」

「こっちでまだやることがあります。それが終わったら、跡を追いますよ」

「あの娘《こ》一人で……まあ、大丈夫ね」

「明神なら問題ないでしょう」

「ところで、何でこのことを私に隠していたのかしら」真弓の声の温度が下がった。「勝手な捜査は困るんだけど」

「何でもないのに、室長が捜査を許してくれるわけがない」

「それぐらい、何とか説得できると思わなかったの？」

「二課が絡んでいるかもしれないから、内密にする必要があると思ったんです。何かあったら、立場上、室長は上に報告を入れざるを得ないでしょう？　課長がそれをどこかに流してしまうのは、十分あり得ることです」

「そう……この件、慎重にやって下さい。もしかしたら二課の捜査もまだ動いているかもしれないし」

「その辺り、室長から探ってもらうわけにはいかないんですか？　俺よりも室長から言ってもらった方が、圧力を跳ね返せる可能性が高い」

「考えておくわ」珍しく歯切れが悪い。それはそうだろう。仮に事件が動き出したとしても、誰かに自分の力をアピールできるわけではなく、下手をすれば「捜査を妨害した」とバツ印をつけられかねない。

「それじゃ、明神を仙台へ出します」

「明日の朝、詳しく報告して」

「明日の朝には、俺も仙台にいるかもしれませんよ」

「その時は、事前に通告して下さい」

「了解しました」電話を切り、軽く溜息をつく。気合が入ったわけではなかったが、一つの区切りがついたことを意識する。

車を停めた場所から、二人が入った喫茶店が覗けた。窓辺のカウンター席に並んで腰かけていたが、カップを前にずっとうつむいている香奈枝に寄り添うように、愛美は距離を近く取っている。普通に座るよりもほんの十センチほどだろうか。この姉妹の距離感は微妙だっただろうな、とふと思う。できのいい、人気者の姉。しかも野心家で、自分の能力を試すために早く広い世界に飛び出したがっていた。それをすぐ近くで見ていた妹は、劣等感に近い気持ちを抱くようになったのではないか。それがひいては、姉に対する遠慮がちな態度に育ってしまう。

ここから先は明神に任せておいて大丈夫だろう。私が聴くよりも、同性の彼女が側にいた方が、香奈枝も気が楽になって何かを思い出すかもしれない。それに私にもやることがある——法月のネタ元になったフリーライターを揺さぶってみるつもりだった。法月から話を聞いた限りでは、まだまだ情報を引き出せそうな感じがしていたから。二人を東京駅まで送って……いや、この時間なら電車を使った方が早いだろう。取り敢えず近くの駅まで送って、そこで別れる。手順を決めて明神の携帯に電話をかける。道路を挟んで十メートルほど先にいる彼女が、ハンドバッグの中から携帯電話を取り出すのを観察した。私からだと分かると、周囲を見回して車を確認してから渋い表情を浮かべる。

「何でそんな近くから電話してるんですか」

「暑いから外に出たくないんだ……今、室長と話した。出張の許可は出たから、すぐに準備してくれ。そのまま行けるな？」

「何とかします」

「分かった。金は？」

「カードがありますから、大丈夫です」

「……彼女の様子はどうだ」

愛美の電話から声が漏れ出ないように、私は声を潜めた。

「少しは落ち着いたのか」

「はい」愛美の声が事務的に素っ気無くなる。「問題ないです」

「すぐに動けそうかな。それとも、もう少し落ち着くのを待った方がいい？」

「もう平気ですよ」

「分かった。じゃあ、こっちへ出て来てくれ。駅まで車で送ろう」

「了解です」

五分ほどして、二人が店から出てきた。香奈枝は相変わらず視線を下に向けたまま。しかし、足取りは少しだけ軽くなっているように見えた。開き直ったのかもしれない。自殺であろうが殺しであろうが、碧が帰ってこないことに変わりはないのだから。これが本当に殺しだったとしても、いずれ彼女は立ち直るだろう。憎む相手ができたら、そこに負の感情をぶつければいいのだ。その対象は犯人、そして私たち。遺体が見つかった段階でもう少し突っこんで調べていたら、疑わしい状況がもっと早く分かっていたはずだ。

車を降りて二人を出迎え、助手席のドアを開けてやった。愛美は香奈枝を助手席に座らせてドアを閉めた後、自分は後部座席に身を落ち着かせた。車を出す前に、香奈枝に確認する。

「占部さんと碧さんは、交際していたんですかね」

「分かりません」

「二人は、港学園で同級だったんじゃないかと思いますが」

「そうなんですか？」香奈枝の疑問は心からのものに聞こえる。

「年齢的に考えると……」私は手帳をめくって、二人の個人データを控えてあるページを確認した。「同い年なんですよね。占部さんも港学園の出身です」

「あの、占部さんって、お父さんが港学園の理事長だった占部さんですよね」

「ご存じですか？」

「ええ」

「でも、お姉さんと同級だったことは知らない？」

「すいません……」

「いや、いいんですよ。高校は一学年に何百人もいるんだから、同級生でも顔見知りとは限りませんよね」

「そうですね」辛うじて同調したが、声には元気がなかった。何も知らない自分に嫌気が差しているのだ、と分かる。

「じゃあ、行きましょう。とんぼ返りで本当に申し訳ないんですが……本当は、一晩こっちでゆっくりしていただいた方がいいんでしょうけど」

「いえ、帰ります」ようやく、彼女が毅然《きぜん》とした口調になった。「今、主人が子どもの面倒をみているんです。いつまでも家族に迷惑はかけられません」

「では、なるべく早く」車を出した。住宅街なので渋滞もない。駅までは車で五分ほどだろう。もう少し香奈枝に聴いてみたいこともあったのだが、その辺りはこの後で愛美が上手く聴き出してくれるだろう。仙台まで二時間弱。腹を割ってゆっくり話し合うには十分な時間だ。

二人を駅で見送り、私は法月の病院に向かった。問題のフリーライターに関する情報を聴かなければならない。七時……面会時間は八時までだったはずだ。混んでいなければ何とか間に合うだろう。夕食はその後だ。

しかし、病院に着いた私を待っていたのは、予想もしていなかった事態だった。

法月が姿を消していた。

16

法月の病室に向かう途中でナースセンターの前を通るのだが、そこにはるかがいるのを見つけて足を止めた。まくしたてる彼女の硬い声は法律家のそれであり、病院の雰囲気には似つかわしくなかった。

「……いいですか、病院側の責任はきちんと追及させてもらいます。父はまだ体調が十分でない、という診断でしたよね。しかも父の病室は、このナースセンターから直接見える位置にある。それなのに父が抜け出すのを見落としたのは、重大な瑕疵《かし》であると考えられます。この件については、然《しか》るべき場所で然るべき形で話し合うことになると思いますから、そのつもりでいて下さい」

「ちょっと！」私は思わず声を張り上げた。私の声に振り向いたはるかの顔は、鬼だった。法廷では冷然とした態度を見せるのだろうが、今は個人的な怒りが支配的である。鋼鉄の意志と炎の怒り。それに対処するだけの自信はなかったが、敢えて火傷を負う覚悟をしなければならない時もある。

はるかが腰に両手を当て、真っ直ぐ私と向き合った。光沢のあるグレイのスーツ。膝上のタイトスカートは、すらりとした脚をさらに綺麗に見せていた。そんなことを考えている場合ではないのだが。

「何でしょうか」その口から発せられる言葉は、先ほどナースセンターに向けられていた激烈な調子とは裏腹に、凍りつくような冷たさを秘めていた。

「いや……見舞いです」空手じこみの一撃を食らわないよう、彼女の腕一本分の間隔を置いて向き合った。「いったい何があったんですか」

「父がいなくなったんです。病院の管理体制がしっかりしていないから、こんなことに……」

「いなくなった？　どういうことなんですか」

はるかが深く溜息をついた。説明するのも面倒臭そうな感じだったが、深呼吸して態勢を整えると、マシンガンのように言葉を吐き出し始める。

「七時ちょうど、私が病室に入った時点で、父はいなくなっていました。誰も、部屋を出て行くところを見ていなかったんですよ。この責任は絶対に取ってもらいますから」

「捜しましょう」

「何言ってるんですか」はるかが目を見開く。

「忘れたんですか？　我々は人捜しのプロですよ」

んですが」

「容態はどうだったんですか？　私は昼間来ましたけど、その時は結構元気そうに見えた
「私は、今日は会っていないから分かりません」はるかが唇を嚙んだ。まるで親の死に目に会えなかったような態度である。

「座っていて下さい」私は近くのベンチを指差した。

「冗談じゃないわ」

「立っていても、法月さんは帰ってきませんよ」

はるかが思い切り鼻から息を吐いた。燃えるような目つきで私を睨みつけたが、そうしていても何にもならないと思い至ったのか、結局それ以上反論せずにベンチに腰を下ろした。壁に背中を預け、すっと頤を上げる。声の荒っぽさと裏腹にひどく寂しそうで、はかなげに見えた。

ナースセンターで状況を確認する。法月の失踪とはるかの痛烈な抗議でまだ混乱しており、はっきりしない部分も多かったが、どうやら法月が姿を消したのは午後六時台後半、ほんの十数分の間の出来事のようだった。夕食の時間が午後六時、食器を引き上げたのが六時四十分で、法月が病室にいたのは確認されている。はるかが病室に来たのが七時ちょうどだから、彼が一人切りでいた時間はわずか二十分ほどだ。体に異常がなければ、十分

もあれば病室を抜け出すのは難しくないだろう。

医師からも事情を聴いた。安静が必要な状態ではあるが、すぐにどうこうなるほど危険ではない、とのこと。「すぐにどうこうとはどういうことなのだ」と突っこんでみたが、医師にも答えられなかった。どこまでが平常でどこからが危険かは、本人でも分からないものだ。狭心症の発作は、いきなり襲ってくる。

いずれにせよ、早急に捜索を始める必要があった。まず、真弓に連絡……病院の中なので携帯電話は遠慮して、ナースステーションの電話を借りる。既に失踪課には誰もいないはずだと思い、携帯電話にかけたのだが、珍しいことに彼女は部屋に居残っていた。もしかしたら一人室長室に籠り、ビールを呑みながら来し方行く末——彼女の場合、主に行く末——を考えているのかもしれない。だが、少なくとも彼女の声は酔っていなかった。私の報告を冷静に受け止めた上で、「すぐに捜しましょう」と言ってくれた。彼女の態度に少しだけ安心を覚え、同時に上司としてはとんでもなく有能な人間かもしれないと見直すことにもなった。これだけややこしいことが続いたら、激怒してもおかしくはない。取り乱しても仕方ないだろう。しかし彼女は、いつもの淡々とした自信溢れる調子を崩そうとはしなかった。

本格的に捜索を始める、と告げるために廊下に戻る。ベンチに座ったはるかは両手を組んでそこに額を載せ、祈るような姿勢を取っていた。彫刻のように固まったまま、消毒薬臭い廊下の空気と一体化している。

法月は何を考えているのだろう。もしかしたら自分が引き金を引いてしまったのかもしれない、と悔やんだ。碧と占部の関係……少し考えれば、あれが単なる自殺ではなかったという推論に至ってもおかしくはない。自分があの時、もう少し突っこんで調べていれば、と後悔したのではないだろうか。いわば彼女の死に、自分も責任を負っている、と。はるかに声をかけることはできなかった。彼女の頬を細く濡らす涙を見てしまったから。涙はしばしば、言葉を奪う。

「――何ですかあ?」だらしなく語尾を伸ばしながら、舞が鬱陶しそうに訊ねる。

「だから、東日の阪井だ」

「はい?」

聞こえていないようだ。彼女の声に被さって、誰かががなりたてるように歌っている。カラオケボックスか。この時刻ならまだ一次会、カラオケに突入するには早いはずなのだが……歌声に負けないように声を張り上げた。

「東日の阪井!」

「聞こえてますよ」冷たい声で舞が答える。いつの間にか絶叫のBGMは消えていた。ボックスを出たのだろう。

「東日の阪井の連絡先を教えてくれ」

「えー？　何でですか」

「何でもいいんだ。あいつと話をする必要がある」

「そんなの、急に言われても困りますよ」

「困るもクソもないんだ」私は携帯電話をきつく握り締めた。汗でぬるぬるする。思わずエアコンに手を伸ばして設定温度を一気に五度下げた。「法月さんには教えたじゃないか」

「あの時はあの時で……何なんですか、いったい」

「阪井に何も聞いてないのか」

「別に」

なるほど。阪井も馬鹿ではないようだ。どういうつもりで舞に近づいてきたのかは分からないが、何でもかんでも話す間柄にはなっていないのだろう。仮にそういう関係になっていたとしても、言っていいことと悪いことの区別はついているのか。だとしたら、あの男も捨てたものではない。

「とにかく、早く教えてくれ。時間がないんだ」

「何かあったんですか？」上っ面だけの疑問。毎日定時に姿を消す呑気な舞が、私の焦りに感染するわけがない。

「法月さんがいなくなったんだ」

「入院してたんじゃないんですか?」

「だから大変なんだよ」

「だけど、それとこれとは関係ないんじゃ……」

「いいから早く教えてくれ」頭痛がしてきた。ここのところずっと調子が良かったのに、久々に持病のお目見えである。バッグを探って頭痛薬があるのを確認してから続ける。

「こうやってぐずぐずしてる間にも、法月さんが危ない目に遭ってるかもしれないんだ」

「——ちょっと待って下さい」

舞の声が消え、ごそごそと送話口を擦る音が聞こえてきた。おおかた手帳でも見ているのだろうと思い、その時間を利用して頭痛薬を水なしで二錠、口に放りこむ。喉に引っかかる不快感を我慢して何とか飲み下した瞬間、いきなり阪井が電話に出た。

「阪井です」

「何だ、一緒だったのか」

「ええ」

がっくりと膝から力が抜ける。クソ、何という時間の無駄遣いだ。私は腹の中で罵声《ばせい》を上げた。頭痛が急速に悪化してくる。

「あんた、うちの法月さんに、例の週刊誌の編集部を紹介しただろう」

「そういうことは言えませんね」突然阪井の声が硬くなる。へらへらした普段の態度からは想像もできない、芯が一本通った口調だった。

「いいか、これは仕事じゃない。だからネタ元を守るもクソもないんだ」

「何ですか」一気に言い切ってやると、阪井の声が心配そうな色に染まる。何かへまをやってしまったのかと恐れているのだろう。

「仕事とは関係ないから、俺もちゃんと話す。だからあんたもきちんと答えてくれ。法月さんはある案件を調べていて、あんたに接触した。それは間違いないな」

「ええ」

「あんたは編集部の人を紹介して、さらにそこからの紹介で、法月さんはある記事を書いたライターと接触した」

「それで?」

「法月さんは今、そのライターと会ってるんじゃないかと思う。何としても法月さんを捕まえたいんだよ」

「電話してみればいいじゃないですか」

「電話して捕まるようなら、あんたにわざわざ頭を下げていない」

「どうせ頭なんか下げてないんでしょう? 法月さんじゃなくて、そのライターに電話してみればいいっていう意味ですよ」

「知ってるのか?」

「知ってますし、教えますよ。別に隠すことじゃないから。だけどどういうことなのか、教えて下さいよ。法月さんが行方不明なんですか？」

「後で話す。今は言えない」

「……分かりました」

刑事が行方不明。サツ回りの記者なら、このネタに食いつかないわけがない。しかし阪井は、それ以上突っこまないように自分を抑えたようだ。淡々とした口調で、法月と接触したライターの電話番号を告げる。

「悪いな」

「俺は構いませんけどね」構わないと言いながら、彼の声にははっきりと不満が滲んだ。

「ところで、東日のサツ回りは随分余裕綽々《しゃくしゃく》なんだな。こんな時間からカラオケとはね」

つい皮肉が口を突いて出る。

「それはこっちの事情です。一々首を突っこまないで欲しいですね」

「うちの刑事が一緒だとしたら、見て見ぬふりをしているわけにはいかないんだよ。だいたいあんた、何を考えてるんだ？　六条をたぶらかしてネタを引っ張ろうとしてるのか。だったら残念だけど、うちの課にはネタになりそうな話はないぞ」

「悲しいですねえ、高城さん」

「ああ？」

「世の中の人間が、皆そんなにぎすぎすしてると思ってるんですか？　そんなことしてまでネタは欲しくないですよ、俺は」

「だったらどうして」

「純愛路線なんでね、こっちは。それを笑うなら、高城さん、かなり心が濁ってるということですよ」

電話を切って、自分の心と会話を交わしてみる。お前、濁ってるのか？　当たり前じゃないか、という答えがすぐに返ってきた。四十五にもなって、「私は純粋です」などと胸を張る刑事がいたら、気持ち悪いだけである。両手で顔を擦って気持ちを入れ替え、もう一度携帯を開く。今のところ唯一の手がかり、法月が会いそうな人間に電話をかけるために。

出ない。

クソ、フリーライターが留守番電話を使うな。見当違いだということは分かっていたが、私は会ったこともない八橋《やつはし》という男に対して悪態をついた。いつでも電話に出られるようにしておかないと、大事なネタを逃がすかもしれないじゃないか。留守電にメッセージは残さず、一度電話を切った。どうするか……電話はつながったのだから、もう一度かければ出るかもしれない。そうだ、相手が出るまで何度でも電話してやる。そう思ってリダイヤルボタンで番号を呼び出した瞬間、電話が鳴り出した。驚いて電話を取り落としそうになりながら確認すると、つい先ほどかけたばかりの番号が浮かんでいた。

「……もしもし?」相手の声は警戒心に満ちていた。

「八橋さんですか」こちらも声を落とした。そうする必要はないのだが、何となく相手にペースを合わせてしまう。

「そうですが」

「急に電話して申し訳ない。警視庁失踪課の高城と言います」

「ああ」関心なさそうな口調だった。背後では話し声が静かなＢＧＭになっている。レストランか喫茶店にでもいるようだ。

「変な話で悪いんですが、イエスかノーで答えてくれませんか」

万が一、彼の目の前に法月がいる可能性を考え、私は提案した。もしもそうなら、法月に気づかれずに情報を集め、彼を捕捉したい。

「何ですか、それは」八橋の声に懸念《けねん》が混じる。こいつは本当に刑事なのか、と疑ってでもいるだろう。それはそうだ。電話で話しているだけでは、相手の正体は絶対に分からない。

「とにかくお願いします。そこに、うちの法月はいますか」

「……イエス」三秒ほどの沈黙の後、八橋が答える。私は体中の力が抜け、シートの上で崩れ落ちそうになった。オヤジさん、あんたは……安心感でも目が眩むのだということをこの年になって初めて知ったが、まだ入り口に立ったばかりである。法月を無事に確保するまでは安心できない。

「法月の様子に変わりはない？」

「それはどういう……イエス」

「彼は倒れて入院していたんですよ。今そこであなたと会っているのもまずいぐらいなんだ」

沈黙。しばらく後に流れ出した言葉は、八橋が頭の回転の速い男だということを証明した。

「ええと、今ファミレスで飯を食ってるんですよ」いきなり屈託のない、知り合いと気楽に話すような口調に切り替える。「場所はね、青山《あおやま》なんですけど……青山霊園の東側。分かりますかね」

「乃木坂《のぎざか》の駅の近く？」

「そうそう、トンネルがあるの、分かりますか？　青山一丁目駅の方から歩いて来て、そのトンネルのちょっと手前のところなんですけど」

見当はついた。この病院からもすぐ近くである。

「申し訳ないんだが、法月をそこに足止めしてもらえないでしょうか。十分か十五分で行きますから」

「……イエス」元の声に戻って八橋が言った。電話を切り、私はタイヤを鳴らしながら病院の駐車場から飛び出した。何とかなる……いや、法月の顔を見るまでは安心するな。念のためにと、失踪課に電話を入れる。まだ居残っていた真弓は、自分もすぐにそちらに向かう、と短く言って電話を切った。

八橋はすぐに見つかった。というよりも、向こうが私を見つけた。どうも、無用な殺気を発散しながら店に入ってしまったらしい。八橋がこちらを凝視しているのに気づいたのか、法月が振り向いて私の姿を認め、「しまった」という表情を浮かべる。それはすぐに照れ笑いに代わったが、私としてはそれで誤魔化されるわけにはいかなかった。

大股で店内を横切り、窓際の席に向かう。二人は四人がけのテーブルに座っており、私は法月を逃がさぬよう、彼の横に自分の体を押しこめた。乱暴な動きに、正面に座る八橋が目を見開く。全体に作りの大きな男だった。巨大な丸顔に大きな鼻、分厚い唇。顔の下半分は汚い髭に覆われていた。エポーレットのついたベージュのシャツは肩の当たりがはち切れそうで、丸く突き出た腹がテーブルを押している。

「オヤジさん……」

「いや、あのな、病院の食事が合わなくてな」

法月が苦しい言い訳をする。実際、彼の前にはすっかり空になった皿が置かれていた。

鉄板なので、ハンバーグかステーキを食べていたと分かる。夕食は病院でちゃんと食べたはずなのに……逆に言えば、病院の食事で足りないぐらいには体調がいいということなのだろう。これは悪くない状況だ、と自分を納得させようと試みる。

　あまり上手くいかなかった。

「オヤジさん、つけ合わせのフライドポテトまで食べたんですか」

「残したら、作った人に悪いだろう」

「フライドポテトが元凶なんですよ。油とジャガイモは、健康的には最悪の組み合わせです」

「お前さんに栄養学の講義をしてもらうとは思わなかったな」

「ふざけてる場合じゃないんです」本当は怒鳴り上げたかった。もちろん仕事は大事である。法月のようなベテランにとっては、何より大事だと言っていいかもしれない。しかし倒れてしまっては、何にもならないのだ。自分がやり始めた仕事の結末を知ることもなく死ぬような羽目になったら、後悔ばかりが残るだろう。どうして法月は、明日がないような調子で無理をするのか。

　ウエイトレスが水を持ってきたので、コーヒーを注文した。二人は禁煙席に座っていたので煙草が吸えず、苛立ちが募《つの》る。思わずそれを八橋にぶつけてしまった。

「困りますよ。この人は、入院先から抜け出してきたんだから」

「大変なのは分かるけど、その責任をこっちに押しつけられても困る。法月さんが倒れたなんて全然知らなかったし、こっちはここへ呼び出されただけですからね。それに法月さん、元気じゃないですか」

面と向かっているので、言うべきことは言っておかないといけないと思ったのだろう。実際八橋としては、どうにもできなかったのは分かる。法月がネタ元になっていたわけではないだろうが、刑事から「会いたい」と言われて断る理由はないだろう。そういうスケベ根性を持っていないライターがいたら、お目にかかりたいものだ。

一つ深呼吸して、私は法月に対する問題を全て忘れることにした。どうせこの男には会わなくてはいけないと思っていたのだから、ちょうどいい機会である。

「法月さん、新しい情報は？」

「まあまあ、そう焦らないで」

「八橋さん、あなた、あの二つの大学の件について、どこまで突っこんで調べてるんですか」

「さあ、どうでしょうね」八橋が薄ら笑いを浮かべて腕を組んだ。贅肉《ぜいにく》が強調されると同時に、急に薄汚い存在に見えてくる。「大学っていうところはガードが固くてね。簡単には内部を探らせてくれないんですよ」

「港学園大の方にはかなり食いこんでるようじゃないですか。不満分子を抱きこむことに成功したみたいですね」

「ネタ元に関してはノーコメント」八橋がコップの水を一口飲んだ。手は震えていない。視線も揺らがなかった。

「ネタ元について聴いたわけじゃないですよ」

「会った途端にそんな話をされたら、こっちも警戒しますよ。そんなことが分からないわけじゃないでしょう」

「ネタと引き換えでもいいですよ」

「高城」

法月が低い声で警告する。私はあえてそれを無視した。どうせこちらには、まだ投げてやる材料などないのだ。ここから先は神経戦、カードゲームのようなものになる。こちらがどれだけ大きな札を隠しているか、相手に妄想させるのだ。そうやって、向こうの手札を引き出す。

「ネタねえ……何で警察があの大学に興味を持つんですか？　はっきりした事件ってわけじゃないでしょう。こっちは、ワンマン理事長がばたばたしているのが面白いから書いてるだけでね」

「ばたばたしてるんですか？　それは初耳だな」

失言に気づいた八橋が、急に落ち着きをなくす。しかし彼は、沈黙で失敗をやり過ごそうとする男ではなかった。

「下にいる人間がたてついてるんですよ。いくらワンマンだからと言って、突き上げを食ったら大変でしょう」

「あなたは、占部理事長に直接会ったことがあるんですか」会っていないことは分かっている。週刊誌の記事にもそう書いてあったのだ。「占部理事長に確認を求めたが、二十五日までに回答はなかった」と。これは嘘ではあるまい。

「……いや」八橋が唇を噛む。手探りでコーヒーカップを持ち上げようとしたが、摑み損なって少し零した。

「だったらあの記事は、本人に確認しないまま書いたことになりますよね。記事にはその旨書いてあったけど、それは言い訳に過ぎないんじゃないですか」

「そういうことをあなたに言われる理由が分からない」

「一読者としての素朴な疑問ですよ。マスコミ的には、ああいう言葉で逃げられるというのが常識なんですか」

からかわれたと思ったのだろうか、八橋の顔が真っ赤になる。大きな手を拳に握ってテーブルに置いた。

「何なんですか？　俺をからかってるんですか」

「いや、情報が欲しいだけです」

「何の」

「港学園大と森野女子短大の合併について」

「あなた、大学の合併について何を知ってます？」

「ほとんど何も」

「そうですか」

八橋の唇に笑みが浮かんだ。自分の得意分野に持ちこめた、と思っているのだろう。もちろんネタを明かすのではなく、レクチャーを始めるつもりなのだろうが。それでも構わない。この機会に基本線を押さえておくのは大事だし、話しているうちにこの男が何か重大な情報を漏らす可能性もある。

「大変なんですよ、大学の合併っていうのは」

「企業合併とは違うんですね」

「お互いに背負ってるものが違い過ぎるからね。伝統とか、カラーとか。銀行同士が合併すると、そのまま派閥ができるなんて言われてるけど、大学の場合は一般企業よりもずっと複雑なんだ。少子化で全入時代になったって言われて、今はいろんな大学が合併を模索しているけど、実現したのはまだほんのわずかですよ。慶応と共立薬科大、関西学院大と聖和大とかね。それ以前には国立大学の合併が進んだ時期があるけど、それは法人化への対応策と言った方がいい」

「私立の場合は事情が違うんですね」

「純粋に経営面の問題。例えば関西学院大と聖和大の場合は、条件が非常に良かった。一つはキャンパスが近かったこと。これならそれぞれの施設をそのまま使えるから、無駄がない。もう一つが、学部のダブりがなかったことですね。お互いに補完関係になるわけですよ。もっとも実際は、大きい方が小さい方を呑みこむ形になるんだけど」

「港学園大と森野女子短大の場合も、規模の大きい港学園大が吸収合併する形になるわけですか」

「実現すればそうなるでしょうね」

「実現しないんですか」

「口で言うのは簡単だけど、現実にはいろいろ難しいんですよ。ただ俺も、合併話についてはあまり詳しく取材しているわけじゃないから、よく分からないんだけどね」

「あなたのネタ元は港学園大にしかいないわけですね」

「ネタ元の話はなしですよ」

顔を歪めて、八橋が話を打ち切った。だがそれが一時的なことに過ぎないのは、私には分かっていた。八橋は中途半端にできるジャーナリストなのだろう——私の挑発に簡単に乗ってしまうことから程度は知れる。そういう人間は、自分の知識を人にひけらかしたくてたまらないものだ。一方、本当に優秀なジャーナリストは、隠し続けることの大切さを知っている。

「港学園大の方では、理事長だけが合併話に乗り気だったようですね」

「そうみたいですね」やはり、完全に沈黙してしまうことはできないようだった。

「ワンマンぶりを発揮して、一気に推し進めようとしていた、それに周りの連中が反発したんじゃないですか」

「何をやっても反発されるでしょうね、あの性格じゃ」

「本人に会ったわけじゃないのに、よく言い切れますね」

「周囲の証言から自然に分かりますよ」

「この話、どこまで進んでいたんでしょう。まだニュースになるような段階じゃないでしょうね」

「途中で漏れたら、計画は頓挫するんじゃないかな」八橋がコップに指先を突っこみ、氷をからからと鳴らした。指先を唇に押しこみ、その冷たさを味わいながらじっと私の顔を見る。「ああいうのは、突然発表するから効果が大きいんでね。宣伝は大事ですよ」

「しかし、受験生が混乱するんじゃないですか」

「あなた、大卒ですか？」

「ええ」

「受験の時、志望校を決めたのはいつ頃でした？　漠然とした目標と志望校は、また違うものでしょう。模試の結果を睨みながら、年内ぎりぎり、あるいは年明けまで引っ張って……そんなところじゃないかな」

「そうだったかもしれない」十八歳の頃の記憶。あまりない。ひどく大変な思いをしたような気もするのだが、今考えてみるとそれほど大きなイベントではなかったのだろう。「だからまだ、時間はありますよ。今、八月でしょう……秋とかでも大丈夫なんじゃないかな」

「だったら、それぞれの大学で最終調整中、ぐらいの段階だったんですかね」

「そんなところじゃないかな」八橋がまだ濡れた指を上に持っていって、耳を半分ほど隠す長さの髪をかき上げた。「ただし、本当に合併が成立するかどうかはまだ分かりませんよ。こういうのって、ぎりぎりまで揺れる要素があるし」

「港学園大で、理事長を支えていた人は誰なんですか？」

八橋がまじまじと私を見た。どこか見下したような視線。お前は馬鹿か、とでも言いたいのはすぐに分かった。

「誰なんですか」

わずかに声のトーンを落として再度質問する。八橋はさほど抵抗せずに答えた。

「誰もいないんじゃないかな」

「完全に孤立していた？」

「と、俺は思ってるけど」

「第二段の記事は考えてるんですか」

「あなたがネタをくれればね」

「残念ながら、今のところは提供できるような情報はないな」

お互いにこれで情報は尽きたな、と思った。どうやら八橋は、非常に表面的な取材をしただけのようだ。吊るし上げられるワンマン理事長というのは、雑誌的には確かに面白い素材かもしれないが、それだけでは立て続けに記事を打ち出すことはできまい。その奥にあるもの――合併を巡る動き――の方がよほど深くて面白いと思えるのだが、それは私と彼の価値判断の違いなのかもしれない。あるいは八橋は、私の一枚上を行っているのかもしれない。合併を巡るいざこざの具体的な内容はとうに摑んでいて、記事にするために水面下でさらに情報を収集しているとか。それなら、迂闊なことは喋れないだろう。

「しかし、どうして警察がこんなことに興味を持つんですか」

「どんなことでも事件になる可能性があるからね」模範的な答えではない、と意識しながら私は答えた。

「事件ね……しかも失踪課の人がですか？　何だか釈然としないな。構図が全然想像できない」

「いつかあなたに話すことがあるかもしれない。事件になれば」

「ならない可能性もある？　事件にしたいんじゃないんですか」

「刑事が誰でも事件が好きだと思ったら、大間違いですよ。事件が起きれば、不幸になる人がいるんだから。そんなことを望んでいる刑事はいません」

「人の不幸が自分の成績につながるとしても？」

皮肉な八橋の物言いに、私は思わず真弓の顔を思い浮かべた。自分の立場を上げるために事件を利用する——露骨な方針だが、彼女とて、誰かが不幸になることを望んでいるわけではないだろう。

「どうもあなたは、今までろくな警察官とつき合ったことがないようですね」

「その名簿に、今日あなたの名前も加わりましたよ」

「まあまあ、そう言わず」それまで黙っていた法月が割って入る。ひどく居心地悪そうで、声にも元気がなかった。

「オヤジさんは黙ってて下さい」

「そうもいかないだろうが。大体——」

「法月警部補」

背後から浴びせられた低い落ち着いた言葉で、私たちの言い合いは中断させられた。振り返ると、予想通り真弓が立っている。威圧する訳でも懇願《こんがん》する訳でもなく、ただその場にすっと、店のインテリアの一部であるかのように溶けこんでいる。八橋は、事態が急変しつつあるのを素早く見抜いて腰を浮かした。

「じゃあ、私はこれで」

「八橋さん」法月が引き止めようとしたが、彼の言葉は既に、八橋に対する引力を失っていた。

「法月さん、残念ですねえ。あなたとはいい話ができたんですが、この方とはあまりウマが合わないようだ」私に向かって首を捻る。「また何か機会があったら——もうないかな」

狭いボックス席から体を抜き、八橋が立ち上がる。伝票に一瞬視線を落としたが、私はそれを素早く摑んだ。

「ここを奢ってもらったぐらいじゃ、何とも思いませんからね」八橋が皮肉を投げる。

「それで結構ですよ」

私たちに少しだけ長い一瞥をくれて、八橋が去って行った。空いたスペースに真弓が素早く滑りこみ、法月の前の空の皿を見て顔をしかめる。法月が機先を制して言った。

「食べ物に関する説教なら、もう高城から十分受けましたよ」

「そうですか」真弓の顔には一切表情がなく、刑事というよりは冷徹な事務屋のそれになっていた。「法月警部補、謹慎を命じます」

「謹慎って……」法月よりも先に、私が言葉を発してしまった。服務規程違反を犯したわけでもないのに、そういう処分はあり得ない。

「病院から出ないこと。医師の許可あるまで治療に専念すること。いいですね」

「室長――」私の反論を真弓はあっさり無視した。

「病院にいる限り、うちの課員との接触も禁止します。これが守られない場合、より重大な処分を下さなければなりません。もちろん、課員が会いに行った場合、その課員も処分します」

沈黙。しかし法月は、それを受け入れるしかないと、とうに悟っていたようだ。無茶を繰り返していたことは、自分が一番良く知っているはずである。

「ご迷惑をおかけしまして」一切言い訳せず頭を下げる。

「高城警部、これから二人で法月警部補を病院まで送致します。いいですね」

「室長、何もそこまでしなくても」

「業務命令」

一言だけ言い残して真弓が立ち上がる。私と法月、そして手つかずのままだった私のコーヒーが沈黙の中に取り残された。

法月を病院に引き渡し、はるかに――一度家に帰っていた――連絡を入れ、私たちの一日は終わった。無言で駐車場に戻る間、私はひりひりした緊張感を抱き続けた。先を歩く真弓の背中からは、特に怒りを感じることはなかったが。車にたどり着いた真弓が、運転席のドアに背中を預けて立ち尽くす。一瞬夜空を仰いで、小さな溜息を漏らした。

「法月さん、何であそこまで無理するんですかね」私は煙草に火を点け、夜空に向かって噴き上げた。「藤井碧の死に責任を感じているから？」

「捜し出せば死なずに済んだかもしれない……そう考えれば、責任を感じるのも当然よね」

「俺もそうだと思ったんですけど、それだけじゃないかもしれない。こういう状況になる前から、法月さんはかなり無理してましたからね」

「じゃあ、何？」

「話さないんですよ、オヤジさんは。隠すようなことじゃないと思うんだけど、こっちの質問にはのらりくらりで」

「そう」素っ気無く言って、真弓が目を閉じる。この件が自分のキャリアにどう影響してくるか、素早く計算しているのだろう。今のところ、今日の騒動は失踪課本体には知られていないはずである。このまま隠し通すこともできるだろうが、万が一ばれたら事態は一気に悪化する。

「室長、本当に何も知らないんですか」

「あなたは？」

何が法月を駆り立てるのか……外的要因ではないか、と考えていた。ある日突然、自分の中で「突っ走ってやる」という気持ちが芽生えるとは思えない。何かがあって、気持ちを突き動かされたのではないか。

何か。

突然思い出した。「オヤジさんは東京で刑事をやっていてこそ」。しばらく前に、元気をなくしていた彼を励《はげ》まそうと、そんなことを言った記憶がある。まさかそれを真に受けて、限界を超えるほどの無理を自分に強いているというのか。もしもそうなら、法月を追い詰めた張本人は俺ではないか。

「さっぱり分かりませんね」惚《とぼ》けた。本人に確認できていない以上、迂闊なことは言えない。

「そう」真弓が私の顔を真っ直ぐ見据える。「とにかく、法月さんが大人しくしていてくれることを祈りましょう。率直に言うわね。私は、戦力にならない人はいらない」

「法月さんが戦力じゃないって言うんですか」思わず血が沸騰《ふっとう》した。

「冷静になって。今、法月さんはベッドに縛りつけられてるのよ」

「仲間なんですよ」

「仲間と戦力は違うわ。私たちがやってるのは仕事。それを忘れないでね」

正論。返す言葉もない。真弓がふっと緊張を解いた。

「法月さんに無理させせない確実な方法が一つだけあるわ」

「何ですか」話の流れで訊ねてはみたが、彼女の結論は私には既に分かっていた。

「この一件を早くまとめること。そうすれば、法月さんの出番はなくなる」

「事件になるかどうかは、まだ分かりませんけどね。キーになるのは、やはり占部です。占部は仙台で、自殺した藤井碧と一緒にいた。彼が殺したとは言いませんけど、明らかに訳ありですよね」

「その線を押して。仙台の方はどうするの？」

「取り敢えず明神に任せます。これから動きを指示しておきますから」

「といっても、向こうでは地元の所轄に事情を聴くしかないでしょうけどね」

「それをみっちりやってもらいます。俺は明日、こっちで別の人間に当たってから次の手を考えますよ」

「そうね」真弓が車から体を引きはがし、助手席側に回りこんだ。車を挟んで私と向き合い「駅まで送ってくれる？」と言った。

「何だったらご自宅までお送りしますが」

「それは結構です」わずかに口調が強張る。訳ありの人間ばかりが集まった失踪課――その中でも最大の謎は、真弓その人である。彼女の私生活は謎に包まれているのだ。三方面分室の人間は誰も、彼女の普段の暮らしぶりを知らない。比較的よく話す公子も、警察暮らしが一番長い法月も例外ではない。露骨に私生活を隠しているわけではないが、自分の領域に他人が入りこむのをやんわりと拒絶している。

ドアロックを解除すると、真弓が流れるような身のこなしで助手席に滑りこんだ。エンジンをかけながら訊ねる。

「はるかさん、放っておいていいですかね」

「気になる?」

「それはそうですよ。精神的にかなり参ってる」泣いていたはるかの姿を思い出す。ひどく無防備に見えたのは、普段の気の強い態度を私が知っているからこそかもしれない。今夜は眠れない夜を過ごすことになるだろうと思うと、胸が痛む。

「今夜、私たちにできることは何もないわ」真弓がシートベルトを引き寄せた。「まさか、一晩中肩を抱いて慰めてあげるわけにはいかないし。それともあなた、そうしたい?」

「ご冗談でしょう」苦笑を浮かべたが、それが私の中に小さな痛みを呼び起こした。「弁護士はもうこりごりですよ」

「そう」

素っ気無い相槌。あえて個人的な領域に踏みこんだ彼女の意図は理解できる。私はあなたの世界に入りこむつもりはない。だからあなたも、私に近づかないで——穿《うが》った考えかもしれないが、案外彼女の本音はその辺にあるかもしれない、と思った。人間同士は決して完全に交わることはできない。他人と自分を隔てる壁は強固なものなのだ。

17

午前五時半にベッドを抜け出す。目覚めは目覚まし時計ではなく、べとつく体の不快感によってもたらされた。

早朝だというのに、蒸し暑い部屋の中は既に三十度を越えているようだった。空気を入れ替えようとカーテンを開けると、射しこむ朝日の強烈さに目が焼かれる。思い切って窓を開けると、室温とほとんど変わらない、蒸された熱気が入りこんできた。窓を全開にして空気を入れ替えながらシャワーを浴びる。仙台へ行くための積極的な材料が欲しい。そのために今日はとりあえず、三浦の自宅を急襲するつもりだった。あの男はもったいぶったやりとりを楽しんでいるだけで、知っていることを全て話したわけではない、という確信がある。大学教授が毎日どんな生活をしているかは知らないが、今は夏休みだ。しかも今日は日曜日。できたら自宅で捕まえ、ゆっくり話を聴いてみたかった。大学では人目もあるので、いざという時に厳しい態度に出るのが難しい。

シャワーを終えて部屋に戻ると、籠った熱気でまた汗が流れ出してきた。仕方なく、普段はほとんど使わないエアコンをつけ、冷風の下に身を晒す。震えがくるまでそうしているうちに、濡れた髪も乾いていた。凍る寸前まで冷えたミネラルウォーターのペットボトルを冷蔵庫から取りだし、半分ほどを一気に呷る。玄関から新聞を取ってきて、床に広げて見出しを眺めながら、今朝最初の煙草に火を点けた。喉の奥に苦味が絡みついているようで、不味《まず》いことこの上ない。何か腹に入れておかなくてはと思って、ミネラルウォーターを戻すついでに冷蔵庫の中を覗いてみた。見事に何もなし。ペットボトルもこれが最後の一本だった。ジョギングにでも出かけて、ついでに早朝から開いているパン屋で朝食を仕入れてこようか、という考えが一瞬頭に浮かんだが、自分が走っている姿がまったく想像できない。三歩走ったら、脱水症状で気を失ってしまうかもしれない。その前にアキレス腱が切れるか、だ。

着替え、ネクタイを背広のポケットに突っこんで家を出た。ネクタイなしでスーツを着るのは好きではない——私がそうするとホームレスのように見えるのだ——が、さすがに暑さと喧嘩をする気にもならず、最近は出勤時だけはネクタイを外している。

二十四時間営業のハンバーガーショップでホットケーキとハッシュポテト、野菜ジュースというメニューで朝食にする。何となく、肉が挟まったものを食べる気分ではなかった。バターとメイプルシロップを全部使い切り、ジュースの助けを借りて、ぱさぱさしたホットケーキを何とか胃に流しこむ。ハッシュポテトの塩気と脂っ気で朝食を終えた。コーヒーが飲みたくなったのでテイクアウトしようかとも思ったが、電車に乗ることを考えて断念する。

慌ただしい朝食を終え、中央線、井の頭線、小田急線と乗り換えて世田谷へ向かう。七時過ぎ、三浦の自宅のある豪徳寺に到着した。

豪徳寺は、昔ながらの古い町並みがそのまま残った街である。駅名の由来になった寺は、駅からは少し離れた場所にあり、基本的に駅の周辺は小ぢんまりとした商店街と住宅街だ。しかし「小田急沿線」という響きから喚起される高級住宅街のイメージとは程遠く、どちらかといえば下町の雰囲気が色濃い。再開発されていないせいで道路は狭く、一方通行ばかりで車の進入を拒否している。自動販売機で冷たい缶コーヒーを買い、カフェインに対する欲求を満たした。

空き缶を持ったまま、目指す三浦の家を探して歩く。世田谷線の線路沿いに細長く続く商店街を抜け、踏み切りのある四つ角で左に折れる。地名と駅名の由来にもなった豪徳寺は、このすぐ裏辺りのはずだ。一戸建てが建ち並ぶ住宅街をさらに歩いて行くと、住居表示が目的地のそれに変わる。

そのすぐ後、三浦の家が見つかった。築年数すら想像できない古い一戸建てで、隣の家とほとんどくっついている。車用のスペースはなし。玄関先には鉢植えがいくつか置いてあったが、この暑さでどれもへばっていた。街は完全に目覚めているが、この家には人の気配が感じられない。「三浦」の表札を確認し、新聞受けが空なのを見てからインタフォンを鳴らした。割れたような音が響いたが、反応はない。もう一度鳴らそうとした瞬間、家の中を誰かがばたばたと走る音がした。すぐにドアが開き、三浦が顔を見せる。エプロンをつけて菜箸《さいばし》を握っているので、どこか間が抜けた感じがした。一瞬私が誰だか分からなかったようだが、名乗ると思い出した。ただし、いつもの人懐っこい愛想の良さはなし。無精髭の残る顔は引き攣り、迷惑そうに目を細めていた。

「何ですか、こんなに早く」

「ちょっとお聴きしたいことがありまして」

「困るな、家にまで押しかけられたんじゃ。だいたい、どこでこの家を割り出したんですか」

「教職員の住所録を渡してくれたのは、三浦先生じゃないですか」

三浦の口がぽっかりと開いた。ややあって諦めたように首を振り、皮肉っぽく吐き出す。

「墓穴を掘るというのはこういうことかね」

「墓穴、ですか」

「調子に乗って住所録を渡して、まさか自分が容疑者になるとは思ってもみなかった」

「あなたは容疑者なんですか」

私たちはしばらく睨み合ったが、負けたのは三浦の方だった。ふっと唇を歪め、「冗談の通じない人だ」と漏らす。

「私は最初から真面目ですよ」

「まあ、仕方ないね。上がって下さい」

「食事の邪魔では？」

「邪魔だね」真顔で言ってから三浦が続ける。「私が食べ終わるのを待てるなら、いいですよ。どうせ一人だし」

「では、お邪魔します」

　玄関に入る前、一瞬表札を確認した。「三浦」とあるだけで家族構成は分からない。そもそも一人暮らしなのか、何らかの理由で家族がいないのか。私自身、家族を崩壊させた経験があるから、積極的に話題にするつもりはなかったが、三浦の方からその件を持ち出してきた。廊下で振り返ると、気楽な口調で切り出す。

「お気遣いなく、ね。女房は三年前に亡くなって、子どももう家を出てるから、気楽な一人暮らしなんですよ」

「そうですか」

　家の中には埃臭い陰気な空気が籠っていた。それが大量の本から発せられるものだということは簡単に想像がつく。狭く暗い廊下の片側を占める作りつけの本棚は多種多様な本で埋まっていたが、それはまだ序の口だった。通されたリビングルームは壁の三面が本棚になっており、元々結構広いはずの部屋は、妙な圧迫感に満ちていた。本棚の前にあるソファを勧められたが、座る気にはなれない。もしも座っている時に地震が起きたら、あっという間に本に埋もれて圧死してしまうだろう。

三浦は、リビングルームの一角にある小さなテーブルに食事を並べていた。家族が何人かいた割には小さなテーブルだったが、それが新しいものであることに私はすぐに気づいた。一人暮らしになって持て余した大きなテーブルを買い換えたのではないだろうか。

「こっちに座りますか？」

「お邪魔していいですか」

「構いませんよ。刑事さんに監視されながら食べる食事も乙なものかもしれない」

三浦の皮肉を無視してテーブルにつく。彼が熱いお茶を用意してくれたので、啜りながら食卓の全貌を確認した。小さな焼き鮭に焦げ目のない綺麗な卵焼き、鰹節《かつおぶし》を振った小松菜のお浸しというバランスの取れたメニューだった。味噌汁は豆腐。

「お茶請けに漬物でも勧めたいところなんだけど、ここ何年も食べてなくてね」

「嫌いなんですか」

「体に悪そうな感じがするじゃないですか」

「なるほど……それにしても、随分ちゃんとした食事ですね」

「料理も、真面目にやり始めると悪くないね。メニューをあれこれ考えるのも、案外楽しい」

三浦の食事のペースは非常にゆったりしていた。これほど時間をかけて楽しげに食事を取る人を見たのは久しぶりである。焦るな、と私は自分に言い聞かせた。こうやって目の前にいるのだから、逃がすことはない。

「今日は、大学へは行かれるんですか」

「いや、家にいますよ。書き物が溜まっていてね。大学にいると、どうも気が散って集中できないんです」

ますます好都合だ。時間はたっぷりある。雑談と一杯のお茶を友に彼の食事を見守るうちに、携帯電話が鳴った。愛美。とりあえず無視する。緊急ならすぐにもう一度かかってくるはずで、その時に出ればいい。

「電話、いいんですか?」口一杯に頬張った卵焼きを飲み下して三浦が言った。

「ええ」

「そうですか」ようやく三浦が箸を置いた。すぐに立ち上がって食器を流しに入れ、自分と私のために新しくお茶を淹れ直す。一口啜って「それで?」と切り出した。

「森野女子短大との合併の話は、どうなったんですか」

「あそこの総務部長さん、亡くなったそうですね。自殺だとか」私の質問には直接答えず、別の話題を持ち出した。

「どうしてご存じなんですか？　ニュースにもならなかったはずだけど」

自殺がニュースになるのは、死者がよほどの有名人か、特異な死に方をした時だけである。短大の総務部長……微妙な線だろう。宮城県警でも、記者が嗅ぎつけて訊いてくれば事実関係は認める、という程度の認識ではないだろうか。

「学内では立派にニュースですよ」

「つまり、港学園の中でも、森野女子短大の総務部長……藤井さんはよく知られた存在だったということですね」

「向こう側の旗振り役だから」

「合併計画の」

返事をせずにお茶を一口。三浦はペースを崩そうとしない。小さな苛立ちが私の中で弾けた。それでも何とか冷静さを保って続ける。

「その話、どこまで進んでいたんですか」

「どうでしょうねえ。私のような立場の人間には直接関係ない話だから」

「だけど合併すれば、いろいろと変わるでしょう？　これまでと同じ環境で、というわけにはいかないだろうし、あなたにも関係のない話とは言えないんじゃないですか」

「私は、状況はあまり変わらないと思いますがね」三浦が頰を素早く掻いた。「合併っていうけど、こちらから見れば吸収みたいなものだから」

「学内に抵抗感はなかったんですか」

「まだ話は広がってないけど、正式に決まれば学生は歓迎するんじゃないかなあ」三浦がにやにやと嫌らしい笑みを浮かべた。「うちは男子が多いですからね。短大から女子がどっと入ってくれれば、嬉しい限りじゃないですか」

「それはあくまで学生の立場として、でしょう。大学としてはどうなんですか」

「これ以上新しい学部を作る必要がなくなるから、経費削減としてもいい話じゃないんですかね。森野女子短大の二つの学部は、うちの大学にはないものだから。補完関係ということですね」

「だったら、港学園の方では何の問題もなく合併計画を進めていたんですか」

「まあ、そうとは言えない……」例によって答えをぼかして腕を組み、曖昧な笑みを浮かべる。「大学なんていうところは、絶対に一枚岩にはなれないんですよ。教授陣は基本的に、自分の研究が邪魔されなければそれでいいと思っているから、関心が薄いですがね」

「事務方はそうもいかない？」

「自分たちの生活がかかってるからね。それに、面倒な仕事は全部そっちに回るわけですから」

「だったら、事務方を中心に反対が起きていたとか」

「反対というほどのことでもないでしょうがね」

どうして曖昧な話を続けるのだ。大声を出してテーブルに拳を叩きつけたいという欲望が膨れ上がってくる。代わりに一つ深呼吸をし、肩を上下させた。

「理事長に対して複雑な感情を抱いている人は、少なくなかったと聞いています」

「複雑な感情……」三浦の口元が少しだけ歪んだ。「あなた、随分文学的な表現をされますな」

「そんなことはどうでもいいんです」まとわりつくような皮肉を一言で振り払ったつもりだったが、三浦は応えていなかった。

「大学は、普通の会社とは違うんですよ。あなたが想像しているように、白か黒かで決まるものではないんです」のんびりとした口調で続ける。

「合併に関しては、占部理事長が積極的に進めていたそうですね。というより、学内で推進派は彼一人だったとか」

「突撃、でしょうな」銃口を突きつけるように、三浦が私に向けて人差し指をぴんと伸ばした。「何というか、うちの理事長は生まれてくるのが二十年ほど遅かった。バブルの頃なら、ああいう拡大政策は歓迎されたんでしょうが」

「つまり、今は歓迎されていない？」

「揚げ足を取りなさんな」三浦がやんわりと忠告した。「どんなことでも、先頭に立ってやろうとする人間は、何かと疎《うと》まれるものですよ」

「今は一般論を話している場合じゃないでしょう」

「常に具体的な話ができるわけじゃないんでね。我々は若い頃から、物事を抽象化、一般化して考える教育を受けている」

「港学園大そのものが廃校になる、という話も聞いていますが。仙台に引っこむ計画があったらしいですね」

「それこそ妄想ですよ」三浦が首を傾げる。「うちの財務状況をどこまでご存じか知らないけど、そこまで追い詰められてはいない」

「デリバティブ取引の損失は？」

「イメージダウンにはなるけど、銀行が何とかするでしょう。大学は一般企業とは違いますからね。大学を放り出したら、今度は銀行のイメージが悪くなる」関心なさそうに三浦が言った。

「うちの法月とお会いになりましたね」少し揺さぶってやることにした。相手のペースにはまってばかりでは話が進まない。

「ああ、法月さんね」三浦が顔を綻《ほころ》ばせた。「なかなか味わいのあるお方ですな」

「我々は、その味わいを失くすところだったんですよ」

初めて三浦の顔から笑いが消えた。

「彼は、あなたから情報を引き出そうとした。酒までつき合ってね」

「楽しい酒でしたよ」言い訳するように三浦が言った。私と目を合わせようとはしない。「呑んではいけない体なんです、法月は」

「……まさか」

「無理してあなたにつき合ったんですよ、情報を得るために。でもあなたは、いつものように話を小出しにして、結果的に法月に無理をさせたんです。どうしてそういうことをするのか分かりませんが、楽しいですか?」

「小さな謎は、次へ続くでしょう。そうやって人とのつながりができるんですよ」

「そんなことはどうでもいいんです!」

私の怒声に三浦が体を震わせる。その顔には初めて見る表情——明確な恐怖が浮かんでいた。

「あなたと会った後で、法月は倒れました。彼は、心臓に持病があるんです」私は自分の左胸を拳で叩いた。「それなのに無理して、捜査のために走り回った。たぶんあなたは、例によって回りくどい喋り方をしたんでしょうが、それが法月にストレスを与えたんです。それでも彼は、捜査のためだと思って我慢した。その結果、今でも入院しています」

喋っているうちに、怒りが次第にはっきりした形を取り始める。もちろん法月の症状がそれほどひどくないことは、十分承知していた。昨夜も病院を抜け出した上に、夕食を二回——それも二回目は脂っこいハンバーグ——も食べて何ともなかったのだから。病院に戻って簡単な検査を受けても、異常は認められなかった。しかし、この状況の一因が三浦にあるのは明らかである。

「刑事はね、情報を取るためには何でもやるんです。相手を脅すとか、そういう意味じゃありませんよ。自分の体を苛《いじ》めても、怪我することになっても、それが必要だと判断すれば迷いません。そして他の刑事は、倒れた刑事の屍《しかばね》を乗り越えていくんです。もちろん、その原因に対しては、きっちり落とし前をつけさせてもらいますけどね」

三浦の頰が、はっきり分かるほど引き攣る。私の顔を見たまま湯呑みに手を伸ばそうとしたが、摑むことができずに指先で突くばかりだった。

「法月の分は私がカバーします。そうしないと、彼は浮かばれないまま死ぬことになるかもしれませんから」

三浦の喉仏が大きく上下し、壁を突き破ったことを私は確信した。法月を勝手に殺してしまったようなものだが……彼なら笑って許してくれるだろう。むしろ「もっと大袈裟に演技しろ」とダメ出しするかもしれない。

三浦のもたらした情報が、私の中に住み着いた。非常に大きな情報だが、これが事件の直接の突破口になるか……背景を理解するには役立つかもしれない。

彼の家を辞去した時には、九時になっていた。愛美は、二回は電話をかけてこなかった。

それほど大変な用件ではなかったのだろうが、歩き出しながらかけ直す。

「朝から所轄で話を聴いています」愛美の声からは、特段疲れは窺えなかった。

「さっきの電話もその件か」

「ええ。署に入ったので、連絡をしようと思って……今のところ、自殺を覆すだけの材料はありませんね」

「現場は？」

「今から行ってみます」

「できるだけ偏見なく、新鮮な目で見てくれ」

昨夜遅く、彼女と交わした会話を思い出す。香奈枝を家に送った愛美は、保管してあった遺品のうち、ピアスが、ホテルの部屋で見つかったものと一致することを確認していた。それで占部と碧があのホテルに一緒にいた可能性は非常に高くなったが、それ以上の状況はまだ判然としない。

「香奈枝さんはどんな様子だ？」

「今朝はまだ会ってません。ご主人が面倒をみてくれてると思います」

「できれば一度、顔を出してやってくれないかな。大丈夫だとは思うけど、フォローは必要だ」

「向こうはかえって嫌がるかもしれませんよ」

「君は、自分で考えているほど、人の受けは悪くない」

「高城さんにそんなことを言われても、あまり嬉しくありませんよ」

「こういう時に素直になれば、もっと受けが良くなるのに」

「内輪で評判が良くても何にもなりませんから」

「分かった、分かった。それより新しい情報があるんだ。合併計画の旗振り役だった碧さんは、学内で反対派の強硬な巻き返しにあって、まずい立場にあったらしい」

三浦から引き出した情報をそのまま与える。何の解釈も解説もつけ加えなかったせいか、愛美は唸るばかりだった。

「唸ってても何にもならないぜ」

「確かに碧さんが追いこまれていた可能性は否定できませんけど、その話、裏は取れますかね」

「やってみるしかないだろう。俺はこれから、森野女子短大へ突っこんでみる。それで何が出てくるか、ちょっと様子を見るよ。その後、この事実を占部理事長に直接ぶつけてみよう」

「かなり行き当たりばったりに聞こえるんですけど」愛美の声には不審感が滲んでいた。

「そうかもしれない。だからこそ、お前さんの動きが重要になるんだ。本当に自殺だったのか、それは現地でないと分からないことだと思う」

「とにかくやってみます。置き去りにしないで下さいよ」愛美の懇願は本気だった。

「君を見捨てるわけがない」

「どうだか」

皮肉を残して愛美が電話を切った。森野女子短大には、醍醐、それに森田も連れて行くことにする。数を頼んだやり方は褒められたものではないが、この際格好をつけてはいられない。

失踪課に戻り、醍醐と森田に合流した。森野女子短大へ向かう車の中で、私はずっと碧の部屋で見つけた手帳と睨めっこをしていた。最初は単なる数字と記号の羅列だと思っていたのだが、三浦から話を聞いた今では意味が推測できる。「森野女子短大では、理事会の中で激しい多数派工作が展開されていた」。手帳の数字は一つの裏づけだ。然るべき相手に確認できれば、その推測はさらに強化されるだろう。

G計画

4・15：Y＝8、N＝5

5・21：Y＝6、N＝7

7・3：Y＝4、N＝9

8・1：Y＝8、N＝5
8・20：？

ハンドルを握って猫背になり、前方を窺っている醍醐、助手席で小さく固まっている森田にも見せてみた。醍醐の答えは「さっぱり」。森田は「YがイエスでNがノーですか？」。現段階では森田がワンポイントトリードだ。

おそらく、合併に対する理事会内部の動向だ。となれば、「G計画」というのが「合併計画」の略称であるのは分かる。四月の段階では賛成派が反対派を上回っていた。それが次第に反対派が増え、七月の段階では相当の差をつけられて賛成派が窮地に立たされているのが分かる。それが八月になると、一気に数が逆転していた。森野女子短大の理事会にどういうルールがあるのか分からないが、多数決が原則ならば、合併は承認される方向に傾いていたわけだ。

そして八月二十日――碧が死んだ後の日付。これは何を意味するのか。碧がこの日に何を予想してクエスチョンマークをつけていたのか。おそらくこの日が、合併の可否を決める理事会だったのだろうと推測する。

それが一番合理的な推測だったが、まだ疑問も残っていた。片方で否決されれば、この合併はそもそも流れてしまうだろうが、今のところ「流れた」というはっきりした証言は得られていない。まだ水面下の動きと言っていいのだが、学内関係者が何も知らないのはいかにも不自然だ。理事会そのものが流れてしまったのか、あるいは賛成・反対が拮抗《きっこう》して——白票があればそれも不思議ではない——同数に割れたのか。そうなったら、結論が先送りされる可能性もある。少し頭を冷やしてもう一度、というわけだ。

「よし、行くぞ」

私の言葉に醍醐が両手を握り締め、拳を鳴らしてから車を降りた。荒事じゃないんだ、と忠告しようとしたが、言うだけ無駄だろう。代わりに森田に声をかける。

「期待するなよ。今は夏休みだから、女の子は全然いないからな」

「はあ」

気の抜けた返事。からかいがいのない奴だ。失踪課にも何となく慣れてきたし、課員のコントロール方法も次第に分かってきたのだが、この男だけはどう扱っていいのかさっぱり分からない。

三人揃って総務課を訪ねる。予め課長の杉内を呼び出しておいたのだ。日曜なので人気はなく、広い部屋で一人で席についていた杉内は、不満そうな表情を浮かべていた。しかし男三人組、しかも一人は無駄に大きい——醍醐だ——ということで、にわかに顔が緊張する。先日も通された会議室で相対する。醍醐がいるせいか、部屋の空気が少し薄くなったようにも感じられた。

「理事会はいつ開かれたんですか？」

「はい？」

「理事会です。今月は？」

「二十日でしたが」

当たり、だ。私は背広のポケットに手を突っこみ、手帳の存在を指先で確認した。万が一のことを考え、杉内にこの手帳を見せるつもりはない。

言葉が途切れたのがタイミングになったように、杉内が急にそわそわしだした。私たちを前に緊張しているというよりも、何か別のことを気にしている様子である。

「どうかしましたか」

「いえ」ぴくりと体を震わせ、両手を膝に載せて背筋を伸ばす。

「何か気になることがあるなら、そちらを優先でどうぞ。終わるまで待たせてもらいますので」

「いえ、とんでもない」

「そうですか」言葉を切り、杉内の顔をまじまじと観察する。元々顔色のいい男ではないが、今はほとんど蒼白で、目に力がない。「とんでもない」と言いながら、ここに座っている間に事態が自分の手の届かないところに飛んでいってしまうことを恐れているのは明らかだった。本音を穿《ほ》り返すために、わざとのんびりと質問を続けてやる。

「大学の理事会というのは、どんな感じで進行するんですか？」

「理事会ですか？　それはまあ、普通に」

「優雅なものなんじゃないですか？　全員でランチを取りながら、のんびり二時間ぐらいかけて」

「とんでもありません。常に重要案件を扱っていますから、いつも真剣な議論になりますよ」

「八月二十日の議題は何だったんですか」

「それは……いろいろありました。検討すべき課題は常に山積みですから」

「藤井さんはいつも理事会に出席されたんですか？」

「いえ、出席権限は……あくまで理事の集まりですので……説明を要求される時には出ますが」しどろもどろというほどではないが、杉内の目は泳ぎ、言葉には切れがなかった。

「八月二十日は？」

「はい、二十日はその……」

「藤井さんはその場にいなかったんですよね。いなかったどころか、遺体で発見されていました」

そんなことは人に指摘されるまでもなく分かっているはずなのに、彼にとっては爆弾になったようだ。目を見開き、酸素を求めるように口をぱくぱくさせる。

「二十日の理事会では、港学園大との合併計画が議題に上ったはずですよね」

これははったりだ。議事録もなく、証言も得られていない以上、単なる想像に過ぎない。しかしこれが当たった。

「……申し訳ありませんが、内容については何とも……理事会の内容は、大学外部へは非公開ですので」

「正式な形で、話していただかなければならなくなるかもしれません」

「それはどういう――」

「警察として、正式にその情報が必要になるかもしれない、ということですよ」

杉内の首が、テニスの試合でも見るように左右に振れた。森田から私、私から醍醐。その動きを繰り返す。

「今の段階では具体的なことは申し上げられませんが、いずれきちんとお話しさせていただくことになると思います。そうなる前に、そちらから話していただけると大変助かるんですが」

「いや、私としてはそういうことは――」杉内の額には汗さえ浮かび始めていた。尋常ではない。もう一押しすると落ちる――そう踏んだが、鳴り出した電話の音が彼を窮地から救った。内線電話のPHS。目の前にあった子機を引っつかむと、慌てて立ち上がる。会議室から出て行く瞬間に、彼の口を突いて出てきた言葉が聞こえた。「それじゃ、浦島さんはまだ——」。音を立ててドアが閉まる。大人しい杉内にしては、「乱暴な」と言っていい態度だった。

醍醐が体を倒して私の耳に口を近づけ、訊ねた。

「浦島さんって誰ですか」

「事務局長」私は閉まったドアを睨みながら答えた。

「事務局長って、この後で話を聴こうとしてた人ですよね」

「何かあったな……」私は醍醐の質問には答えず、無精髭の浮いた顎をゆるりと撫でた。

「奴さんが戻って来たら、一つだけ確認してすぐに撤収するぞ」

「いいんですか」醍醐が目を見開く。

「三十分したら、お前さんと森田でもう一度ここを襲ってくれ。その頃は状況が変わってるかもしれないから、何か掴める可能性もある」

「高城さんは？」

「俺は、この一件のもう片方の関係者に会いに行く」

「港学園の理事長ですか？」醍醐が声を潜めて訊ねる。

「そういうこと」

ドアが開き、杉内が妙に遠慮がちに会議室に戻って来た。

「失礼しました」

「この後、事務局長の浦島さんにお会いしたいんですが、ご案内いただけますか」会えないだろうと思いながら言った。先ほどの杉内の言葉「浦島さんはまだ」に秘められた意味を解釈すると「まだ大学に来ていない」という結論に達したのだ。出て来る必要があるのか？　日曜なのに？　こちらで呼んだわけでもない。

杉内が、押し潰さんばかりの勢いで子機をきつく握り締める。顔面は蒼白になり、乾いた唇を舌が這った。

「浦島さんです。今日はいらっしゃいませんよね。今、電話で話していたんですか？」

「すいません。不在です」

「今日、こちらに来られる予定はないんですか」勝手な解釈は当たった。

「ええと、今のところ、そうですね……ちょっと分かりません」杉内の答えは曖昧で、私と決して目を合わせようとしなかった。

「そうですか……行くぞ」二人に声をかけて席を立つ。三人が一斉に立ち上がる様は、杉内に大きな恐怖を与えたようだった。何故だ？　これはたかが任意の事情聴取、いや、それにすら至らない情報収集であることは、最初に通告してある。緊張することも恐れることもないはずなのに。

最初に会って別れる時、この男は嘘をついていると思った。今やその嘘は、一つや二つではないだろうと私は確信している。

18

「会えない？　何故ですか」

「多忙だからです」

「顔を見るだけでも駄目なんですか」

「どうして顔を見る必要があるんですか」

「捜査の関係です」

港学園大の総務部長、嶋田は、最初に会った時と同様の素っ気無い態度を崩そうとしなかった。日曜に呼び出されたので、紺色のポロシャツというラフな格好で、太い二の腕までを露にしている。面談場所は、先日会ったのと同じ部屋。彼が座ろうとしなかったので、私も立ったまま対峙している。間にテーブルを挟んでいても、彼の怒りが熱波となって襲いかかってくるようだった。

「何の捜査なんですか」

「それを申し上げる必要はありません」

「話になりませんな」嶋田が私を睨みつける。「事情は話せない、ただ会わせろというのは、警察の横暴じゃありませんか。しかも今日は日曜ですよ」

「何とでも取っていただいて結構です。こちらは公務でやっているだけですから」

「お引き取りいただけますか」島田が筋肉の張りを誇張するように腕を組んだ。「こちらでは対応しかねます」

「私は、理事長に一度会っているんですけどね」

嶋田の鉄仮面に僅かな罅が入った。目を細め、唇から舌先を僅かに覗かせる。私はそれをさらにこじ開けてやることにした。

「仙台で会いました。彼は長い休暇を取って東北の秘湯巡りをしていた、なんて言っていましたよ。本当ですかね」

「もちろん本当です。何故嘘をつかなくてはいけないんですか」

「大学では、理事長が夏休みを取っていることも把握していなかったじゃないですか。この前会った時、あなたは行き先に心当たりはない、と言っていた。そういういい加減な説明が許されるんですか」

「それは我々の事情です。何も問題がないんですから、そんな無礼なことを言われるのは心外だ」

「こちらも、いい加減な話で誤魔化されるのは心外ですね」言葉と一緒に溜息を押し出し、力なく首を振ってやる。「あなたが私に嘘をついているんですか」

「まさか」

「だったらこれは、どういうことなんです？」

嶋田がぐっと唇を嚙む。構わず、攻撃を続けた。

「理事長が無断で一週間以上も連絡を断っていた。帰ってきたのはよかったと思いますけど、どういうことだったのか、きちんと話を聴いたんですか？　それとも理事長なら、何をしても許されるとでも？　本当はどこにいるか、何をしていたのか、知っていたんじゃないですか」

「嘘ではない」短い台詞を口にする間に、嶋田がすっと目を逸らした。ほんの一瞬だったが、彼の心の揺らぎを見抜くにはそれで十分だった。

「理事長は、仙台で女性と一緒だったようですね」

「あんたは……」嶋田が大きく目を見開く。「本当に警察官なのか？　それじゃ、ただの覗き屋だろうが」

「覗き屋なんていう商売は、この世にありませんよ」

この男の反応は過敏過ぎる。少しでも冷静に考えれば、私の言葉は占部を貶《おと》めるものでないとすぐに分かるはずだ。妻を亡くして独身の占部が女性と旅行をして、何が問題になるというのだろう。しかも夏休みだというなら尚更《なおさら》だ。どうして大学の事務方が気にする必要がある？　あるいは週刊誌の記事が未だに頭に引っかかっており、スキャンダルを恐れているのかもしれないが。

「占部理事長が誰と一緒だったのか、知りたくないですか」

「私には関係ない」

「総務部長という立場でも？」

「そんな話を知る必要はないんです」一語一語を区切るように嶋田が言葉を叩きつける。

「大学の業務とは何の関係もないんだから」

「相手が誰かも分からないのに、どうして関係ないと言えるんですか」無言。「この話をするのが嫌なら、大学の業務について話をしましょうか」

嶋田の顔からすっと血の気が引いた。

「何か具合の悪いことでも？」

「まさか」

「別件で、ここを他の刑事が調べに来たんじゃないですか」

「そういう事実はない！」嶋田がついに怒りを爆発させた。顔を紅潮させ、上半身を前に倒すようにして両手をテーブルに叩きつける。乾いた打撃音が、二人しかいない部屋に響いた。

「ちょっと待って下さい。怒るようなことなんですか？」

「あんたが訳の分からないことばかり言うからだ」

「責任転嫁ですね……森野女子短大との合併話はどうなっているんですか？　かなり難航しているようですけど」

「それは……学内の話を部外者にする必要はない」

「学内の話、ですか。学内にそういう計画があることは認めるんですね」

「認めるも何も、私にはそういう話をする権限がない」

「だから理事長に会いたいんですよ」ここでようやく話が最初に戻った。「理事長なら、こういう問題について話せるでしょう。どうして会わせてくれないんですか」

「理事長も、そんなことは話しません」

「それは直接理事長に確認しないと分からない。あなたに私をシャットアウトする権利があるとは思えませんが」

実際は、ある。総務部長は防波堤であり、外部からの攻撃に対して責任を負う存在であるはずだ。しかし嶋田は怒りのあまり、その役割を忘れているらしい。私を防ぎ切れていないのだから。

「取り敢えず、理事長に電話して下さい。確認しないことには何も始まらないんですから。ここでどうしてもつないでもらえないとなったら、私は理事長の家に行きます。その時には、あなたが拒絶したから家まで押しかけた、と正直に言うしかないでしょうね」

顔を赤くしたまま、嶋田が大股で歩いて来た。内線電話の受話器を取り上げ、最初に「0」を押してから、太い指を叩きつけて番号をプッシュする。その様子から、占部の自宅にかけたのは分かった。今日は大学には出て来ていないということか。日曜なのだ、と強く意識する。

「港学園大の嶋田でございます。理事長は……はあ？　それはどういう……」

嶋田が電話を隠すように私に背を向け、声を低くした。ちらりとこちらを振り向いた嶋田が背中を丸め、受話器を左手で覆うようにして話し続ける。受話器を置いて振り返った時には、表情は困惑で埋まっていた。

「どうしました？」

「理事長が……」

また受話器を取り上げ、二か所ほど電話をかけた。会話を終えた時には、はっきりと顔が蒼褪めていた。

「理事長、またいなくなったんですか」

あてずっぽうだったが、その指摘は嶋田の眉間を直撃したようだった。唇をきつく引き結び、私に厳しい一瞥をくれてから「ちょっと失礼します」と言い残して飛び出して行く。

私はすぐに彼の跡を追ってしつこくつきまとい、十分後には、占部が再び東京から姿を消した事実を確認した。最後に姿を確認されたのは昨日の午前中、大学でだった。二十四時間後、彼は再び連絡が取れない状態になっている。

「何なの、それ」電話の向こうで、真弓が呆《あき》れたように言った。

「分かりませんよ」私はハンドルを握ったまま肩をすくめた。港学園の駐車場。「まだ材料がばらばらなんです」

「理事長は、また仙台に行っているとか」

「それも可能性の一つではあるでしょうね」

「いつからいなくなっているの」

「昨日の午後、らしいです。午前中は大学にいたのが確認されていますから」

「これからの方針は？」

「とりあえず、占部の実家に向かいます。そこで事実関係を確認します」

「了解。連絡を密にお願いします」

「すいませんね、日曜に」

「後で失踪課に顔を出すわ」

電話を切り、アクセルを踏みこむ。先ほど、森野女子短大で浦島の所在について杉内と交わした会話を思い出す。

浦島も不在。

まさか、浦島まで失踪してしまったのか？　一つになろうという計画を持っていた二つの大学。片方のトップ、それにもう片方の事務方の代表者がどちらも大学にいない。しかも部下が状況を説明できないのは異常だ。偶然にしてはでき過ぎているが、いったいどういうことなのか。

またも迷路のような世田谷の道路を抜け、占部の家に到着する。ガレージにはシャッターが降りていて、彼の車があるかどうかは確認できなかった。インタフォンを鳴らす。静まり返った家からは反応がなかったが、辛抱強く待った。額を汗が伝い、首筋が濡れてくるのを意識する。頭を焼く暑さにくらくらしてきたが、中腰になったまま返事を待った。

もう一度鳴らそうか、と思った瞬間に、どこか疲れた声の佳奈子が返事をした。

「以前お伺いした、警視庁失踪課の高城です。占部理事長はご在宅ですか」

「いえ」

「すいませんが、中へ入れていただけませんか。ちょっとお話を伺いたいんですが」

「お話しすることは何もありません」

「こちらにはあるんです」強い言葉を叩きつけると、インタフォンの向こうから人の気配が消えた。ほどなくドアが開いて佳奈子が出てきたが、玄関先に立ったままだったので、こちらから近づいていく。

「お話は何でしょうか」

「占部理事長がいなくなっているはずです。先ほど、大学の方から電話がありましたよね」

「前にもお話ししました」佳奈子の顔が強張る。「捜していただく必要はありません」

「私は仙台で占部さんと会いました」

佳奈子の目が大きく見開かれる。事情を把握できていない様子だった。

「ずっと捜していたんですよ。仕事を中途半端にするわけにはいきませんでしたから。彼は夏休みを取っていた、と言っていました。その後東京へ戻って来たはずなんですが」

「私は会っていません」佳奈子の声には力がなかった。視線が自分の足元を彷徨う。

「家に帰っていないんですか」

「帰っていない……それはずっとです」佳奈子が組み合わせた両手を揉み立てる。相変わらず顔は上げようとしない。

「彼は一度東京に戻っています。昨日の午前中には大学にいましたが、その後また姿を消したんです。連絡は何もないんですか？」

「はい……」

嘘ではない。おどおどと上目遣いに私の顔を覗く表情を見ているうちに、確信できた。占部はいったい何を考えているのか……それ以上は佳奈子から情報を引き出すことができず、辞去して車に戻った途端、電話が鳴り出した。

「醍醐です。浦島は本当に行方をくらましているみたいですね」

「間違いないか？」

「事務方の連中の口をやっと割りました」

「無理してないだろうな」醍醐は威圧感のある男だ。何も言わず、態度で追いこんでいるだけならいいが……。

「当然です」憤然とした口調で醍醐が否定する。

「どこへ行ったかは分からないんだな？」

「ええ。本当に行方不明のようですね。自宅にも確認してみましたが、今朝、大学に行くと言って家を出たそうです」

「何か手がかりは？」

「仙台かもしれません。少なくとも東北方面」

「何だって？」電話が汗で滑る。「ちょっと待て」と言って電話を耳から離し、手の汗を拭ってから続けた。「根拠は？」

「大学で浦島が使っていたパソコンを調べたんです。ブラウザの履歴で、東北新幹線の時刻表を調べた形跡がありました。それも今朝、です。一度ここに顔を出したのは間違いないですね」

「そうか」出張なら、大学側がそう認めるだろう。細い糸が次第に姿を見せつつあったが、それが何を意味するのか、私にはまだ分からない。「引き続き大学の方で調べてくれないか？　誰か、事情を知っている人間がいるかもしれない。少し揺さぶってくれ」

「了解です」

「それと、港学園の占部理事長も行方不明になっている」

「何ですか、それ」醍醐の声が強張った。

「こっちが知りたいよ」

電話を切り、汗で汚れた顔を両手で拭う。冷たい水を頭から被り、考えをすっきりまとめたい気分だった。エアコンを全開にし、風に頬を打たせるに任せる。忘れかけていた頭痛を思い出し——強過ぎる冷房は良くないようだ——エアコンを止めて窓を開けた。むっとするような熱波がすぐに車内を満たし、汗が滲み出てくる。車を出すと、ようやく風が流れこんできて少しだけ涼しくなった。だが頭の中は熱いままである。関係者が二人、姿を消している。しかし未だに、この件は何が問題なのか、そもそも事件なのかすら分かっていない。信じられるのは自分の勘だけだ。何かが起きている、それも好ましくない何かが、と私の経験は告げていた。

署へ戻るために、赤堤通りを東へ向かう。このまま行けば環七《かんなな》に出られるはずだ。もっと近道があるかもしれないが、迷路のような世田谷の道路を走ることで神経をすり減らしたくない。私には他に仕事があるのだ。考えろ、考えろ。ばらばらに散らばる要素をつなぎ合わせ、共通点を探すのだ。

　電話が鳴り出し、とめどなく流れる思考が壁にぶち当たる。舌打ちしながら発信者を確認すると、愛美だった。車が流れているので路肩に停めることもできず、左手に電話、右手にハンドルという警察官にあるまじき格好のまま話し始める。

「占部理事長なんですが……」遠慮がちに切り出した愛美の声は、どこか落ち着きがなかった。

「行方不明だ」私は吐き捨てた。行方不明、失踪。そんな言葉を使うことにいい加減うんざりし始めている。

「東京にいない、ということですか?」

「他にどんな意味がある?」

「何かあったんですか?　そんな、喧嘩腰で話されても……」

「すまん」自分の愚かさ加減を素直に詫びる。彼女の言う通りで、相棒に不満をぶつけても何にもならない。一呼吸おいてから事情を話した。

「そういうことですか」愛美の声は落ち着いたが、何かを疑っている気配は消えなかった。

「どうしたんだ?　もったいぶらないで教えてくれよ」

「これが何を意味するか、分からないんですけど」

　彼女にしては珍しい。こと仕事に関して、口籠ることなど滅多にないのに。

「何でもいいよ。今はどんな情報でも貴重なんだ」

「こっちで占部理事長を見たという人がいるんです」

「何だって？」反射的にブレーキを踏みこんでしまい、シートベルトが私の胸を強く打った。後ろの車が遠慮なくクラクションを浴びせかけてくる。信号は赤。路肩に停めるわけにも進むわけにも行かず、私は慎重にブレーキを踏んだまま会話を再開した。「いつだ？」

占部理事長は昨日の午前中、大学に顔を出した後で所在が分からなくなっている。家にはまったく帰っていないようだ」

「大学の方はどんな反応ですか？」

「相変わらず『学内のことには関知するな』だよ」

「徹底的に嫌われてますね」

「そんなことは分かってるよ。それより、目撃証言の内容を詳しく教えてくれ」

「所轄の方の確認作業が済んだので――自殺の線を崩す情報はないんですが――碧さんの昔の友だちに当たってみたんです。田舎って狭いですね、所轄の地域課に勤めている人の奥さんが、碧さんの高校時代の同級生だったんです」

「田舎ではよくある話だな。それで？」

「碧さんと最近連絡を取り合っていなかったか、何か聞いていなかったか、そういうことを確認するつもりでした。法月さんも自殺と分かってからは、そこまでは調べてなかったようですから」

「あの時点では、それ以上のことは俺たちの仕事じゃなかったんだよ」病院にいる法月の立場を慮《おもんぱか》って言った。もしかしたら何か遺漏があったのでは、と不安になる。

「分かってます……それでいろいろ話を聴いているうちに、昨日の夜、こっちで占部理事長を見たっていう話が出まして」

「場所は」

「それが、碧さんの遺体が見つかった現場なんです」

背筋を冷たいものが流れた。何なんだ、この不気味な感触は。もしかしたら、極めて単純な話なのかもしれない。恋人の死を悼み、たった一人で悲しみを嚙み締めていた、というのはおかしな話ではないだろう。おかしいとすれば、占部にそんなロマンティックな面があるという事実だけだ。徹底的に実務的で、そういうタイプには見えなかったのだが。

「間違いないのか？　あの辺、よくは知らないけど、そんなに賑やかな場所じゃないんだよな」現場に行った法月が、遺体発見現場の写真を撮影してきていた。広瀬川は、仙台の象徴的存在として、名前だけは全国区なのだが、実際は非常に細く、蛇行して市内を流れる川である。それも風情があるといえばあるが……碧の遺体が発見されたのは東北大学の裏手にあたる場所で、繁華街からは遠く離れている。

「そうですね。とにかく、占部さんの様子がおかしかったそうなんです」

「どういう風に?」

「私が話を聴いた人なんですが、昨日の夜九時頃、近くのコンビニエンスストアに買い物に出かけたそうなんです。自転車で。行きも帰りも占部さんの姿を見かけています。広瀬川を渡る橋の上で佇《たたず》んでいたということなんですが……」

「それのどこがおかしいんだ」

「買い物に時間がかかって、同じ場所を通るのに、行きと帰りの間隔が二十分ありました。つまり、少なくとも二十分間、占部さんはその場にいたことになります」

「いろいろ考えることもあったんだろう。恋人が死んだ場所だから」恋人と言ってしまっていいのか、という疑問を押し潰して答える。考え始めるときりがない。

「高城さん、占部さんと会った時にどんな感じでした? 傲慢な印象だったんでしょう? 碧さんが亡くなってショックを受けているように見えましたか」

「その時は、そもそも二人に関係があるとは知らなかったんだぜ」

「事情を知らなくても、人の様子は観察できるでしょう」

極めてまっとうな指摘だが、愛美に言われるとむっとする。

「俺が見た限りは、ショックを受けている様子じゃなかった」

「一つ、つまらない話をしていいですか」

「よせよ。そんな暇はない」私は思わず顔をしかめた。信号が青に変わり、車が動き出す。

運転しながらややこしい話を聞きたくはなかった。

「人間って、どんな時に一番強くなれると思います?」

「おいおい、何を——」

「愛する人を亡くした時じゃないでしょうか。もちろん落ちこむけど、亡くなった人のために何かをしてあげようと思ったら、どん底からでも頑張れると思います。相手はもういないんだから、誰も『ここまででいい』って止めてくれないわけだし」

「何が言いたいんだ?」愛美らしくない感傷的な物言いだな、と思いながら私は訊ねた。

「復讐《ふくしゅう》とか」

「誰に対する」

「分かりません。だいたい、今のところ碧さんは、あくまで自殺ということになってますよね」

「その件は、本当に疑わしい点はないんだな」

「現段階では。心配だったら、ご自分で調べてみたらどうですか」

「言われなくてもそうするつもりだよ」まだ真弓を完全に納得させるのは無理かもしれないが、占部が仙台に行っているとすれば、愛美一人の手には余る。「室長と話してから仙台行きの準備をする……一つ、いいか?」

「何でしょう」

「占部と碧の関係。何を摑んだんだ」

「どうしてそう思います？」

「君は碧さんの同級生に会っている。何も聴かなかったわけがないだろう」

愛美の報告は、事件に直接つながるものとは思えなかった。しかし人は、過去を忘れて生きることはできない。忘れたつもりでも何かの拍子にふと思い出して、昔よりもずっと熱く燃え上がることもあるのだ。私にはそういう経験はなかったが、理屈としては十分理解できる。

だからといって、何もないことにして全てを見逃してしまうわけにはいかない。真実を知るために、本人たちの口から直接事情を聴く——そのためには、誰一人傷つけてはならないのだ。


「仙台、ね」失踪課に出てきていた真弓の反応は鈍かった。経費の心配をしているのだろう。この一週間あまりの間に、三人が仙台に出かけているのだ。この上私がもう一度、今度は夏休みの名目ではなく公務で出張したら。しかし私の想像は、単なる下種《げす》の勘繰りだとすぐに分かった。

「あなたが行った後、誰がこっちをカバーするの？　醍醐も森田も動いているけど、二人はこの件に最初から係わっているわけじゃない。事情が複雑だし、話を聴かなければならない相手もたくさんいるでしょう。あの二人に任せておける？」

「だったら、俺と明神が交代して——」

「交代している間に何かあったらどうするの」私の提案を真弓が即座に拒絶する。「困ったわね……」

「困ることはないでしょう」

自信たっぷりの声に、私たちは同時に室長室の入り口を見た。法月。ぱりっと糊の利いた白いシャツに、グレイのズボンという格好である。左手には扇子を持ち、顔に風を送っている。あまりにも平然としているので、私も真弓も言葉をなくしていた。

「高城に行ってもらえばいいじゃないですか。こっちのことは俺が引き受けましょう」

「オヤジさん……」私の呼びかけは頼りなく宙に消えた。

「法月さん、謹慎を言い渡したはずですよ」

真弓が鋭く言ったが、法月は怯《ひる》む様子を見せなかった。それどころか、余裕のある笑みまで浮かべてみせる。

「正式な処分じゃないでしょうが。だいたいこんなこと、上の方には報告できないはずですよね。どういう理由をつけるんですか。書類に残らない勝手な処分はまずいでしょうねえ」

真弓が頭を抱え、盛大に溜息を漏らす。法月はその様子を面白そうに見ていた。しばし、無言の緊張が続く。私は二人にかけるべき言葉すら思いつかなかった。

こうなることを、私は心のどこかで予想していたのかもしれない。「処分だ」と通告されようが、病院のベッドに縛りつけられようが、自分の足で歩ける限り、法月はここへ姿を現す——自分だけが知る目的のために。私たちが何を訊ねても、答えてはくれないだろう。彼はこの件に関しては、本音の周囲に強固なバリケードを張り巡らせてしまっている。それは構わない。誰でも人に言いたくないことはあるのだから。しかしそのせいで法月との距離が広がってしまうことを、私は恐れた。

「法月さん、絶対に無理しないと約束してくれますか」真弓は早くも立ち直ろうとしていた。少なくとも表面上は。

「私は最初から無理なんかしてませんよ」

法月がしれっとした口調で宣言する。真弓がまた溜息をついたがそれは一瞬で、すぐに仕事の表情になった。

「このこと、娘さんはご存じなんですか」

「黙って出てきたら、今頃はここに怒鳴りこんでるでしょうな」法月の顔には笑みが張りついたままだった。

「納得してるんですか」

「もちろん」

二人のやり取りを聞きながら、私は法月が嘘をついていると悟った。あれだけの剣幕で怒っていたはるかが、法月の退院を許すはずがない。黙って出て来たとすると、すぐに分かってしまうだろう。そうなったらはるかは、また失踪課に怒鳴りこんで来る。そうなる前にこちらから状況を知らせておくか——いや、それは藪蛇《やぶへび》だ。破滅の瞬間を先延ばしにできるなら、何も今、危ない橋を渡る必要はない。

「絶対無理をしないことを条件に、復帰してもらいます。この部屋から外へ出ないこと。仕事は電話だけに限ること。いいですね」

悪戯っぽい笑みを浮かべて、法月が人差し指を軽く曲げて見せた。

「指を動かす分には体力は必要ないですよ」

「司令塔をお願いします。きちんとやってもらえれば、その分、人を振り分けられるわ。高城君は仙台へ出張の準備。できるだけ早く出発して」

「それは構いませんけど……」

真弓は私の言葉を完全に無視して指示を飛ばした。醍醐と森田は引き続き港学園大と森野女子短大を当たる。できるなら、占部と浦島の正式な捜索願を取りつけたい。そうすれば、失踪課としても動く大義名分ができる。相変わらず二課の動きは摑めないが、こちらのやり方に介入してこない限りは無視しておいていいだろう。

「捜索願を出させるのは難しいと思いますよ」私は真弓に釘を刺した。「母親は相変わらずだし、どちらの大学も、介入には難色を示しています」

「最悪の場合、私が交渉します」

室長室の中が一瞬沈黙に包まれた。真弓は基本的に、自分から捜査に加わることはない。あくまで現場は私たちに任せるというのが基本方針だ。本人が出てくるのは見せ場——誰かにアピールできるチャンスだけである。結局私たちは、彼女の舞台を整えていただけなのかもしれない。


失踪課は、他の部署に比べると比較的出張が多い。捜す相手が東京の外にいるケースも多いからだ。そのため私はロッカーに着替えを用意しており、いつでも出かけられる準備を整えてある。着替えをバッグに詰めこみながら、法月の様子を確認する。靴を脱ぎ、右足を尻の下に折り畳むいつもの格好で、早くも電話に齧《かじ》りついていた。一言話しておきたかったのだが、長引きそうな雰囲気である。仕方なく声をかけないまま、出張用のバッグを肩に担いで失踪課を出た。部屋を出たところではるかに出くわすのではないかと思ったが、それは私の妄想だった。

渋谷駅へ歩いて行く途中、愛美に電話を入れる。誰かに会っていたようで話しにくそうだったが、これから仙台に向かうと告げると、心なしかほっとした声に変わった。

「夕方にはそっちへ着く。電話を入れるからどこかで落ち合おう」

「所轄でいいんじゃないですか」

「そうだな。俺も詳しく事情を聴いてみたいし。あるいは現場でもいい」

「宿はどうしました？」

「まだ手配してない。そっちで何とかするよ。宿泊部門サブマネージャーの知り合いもいるから」

「何ですか、それ」

「この前の出張の時に話を聴いたんだ」

「私が泊まっているホテルで空き部屋があるかどうか、確認しておきましょうか？」

「そうだな……じゃあ、頼む。詳しくはそっちへ着いてから」

「分かりました」

電話を切り、駅の雑踏に呑みこまれる。胸の中がざわついていた。何か……何か釈然としない。事態は急速に動き始めているのに、行き着く先がまだ見えてこないのだ。このまま仙台へ行って占部と浦島を見つけたとしても、そこから先に何があるのか。

考えるよりも先に体を動かせ。それは長年刑事として飯を食ってきて私が学んだ原則だが、出張はその原則を簡単に打ち破ってしまう。新幹線に揺られる二時間近くの時間、体を動かすこともなくあれこれ余計なことを考えてしまうのは目に見えていた。

「ここなんですがね」

私たちを広瀬川の現場に連れてきてくれた所轄の刑事課長、三瀬《みつせ》が少し迷惑そうに言った。彼の気持ちは分かる。最初は法月。続いて愛美。最後は私。失踪課の人間が三回もここに足を運んだとなると、愛想良くしているわけにもいかないだろう。何かミスをしたのでは、と不安になるのが普通だ。それに加えて、日曜日に呼び出されたという不満もあるはずだ。

夕闇が迫る中、私は橋の真ん中付近で佇んでいた。川は二十メートルほど下を流れており、覗きこむと目が眩むほどだった。手すりに体を預け、遠くの川の流れに目をやる。百メートルほど先で右に大きく曲がり、鬱蒼《うっそう》とした森の中に消えていた。

手すりの高さは一・二メートルほどで、私の胸までしかない。手すりの下、コンクリートの基盤部分に足をかけると、一番上が胃に食いこむ。乗り越えるのは女性でも簡単で、しかも水面まで二十メートルほどあるから、自殺には適した場所と言っていい。手をかけてちょっと飛び上がれば、体は簡単に手すりを乗り越えるだろう。後はコンクリートのように硬い水面に一直線だ。いや……もっと硬いものが待っている。この所ずっと雨が降っていないのだろう、橋の下には乾いた中州が見えていた。

「その中州で発見されたんですよ」

私がそこを凝視しているのに気づいたのか、三瀬が声をかけてくる。いつの間にか横についている。

並び、手すりを両手で摑んでいた。しつこく居座る暑さのせいで、ワイシャツは体に張り

「中州に落ちたということですか」

「いや、落ちたのは水中でしょうね。死因は溺死です。溺れて、その後中州に上半身だけ打ち上げられた格好になって……そうでなければ、もっと下流まで流されていたでしょうね」

「すぐに中州へ打ち上げられたとすれば、溺れ死ぬ暇はなかったんじゃないですか」

「落ちたショックで気を失ったと考えられます。先に申し上げておきますが、外傷はありましたよ。ただそれは、落ちた時についた傷ということで、全て説明がつく」

「誰かに突き落とされたということは……」

「手すりに本人の掌の跡が残ってましたからね。左右両方とも。それと踏み切った時についたものでしょうが、下のコンクリート部分で靴の跡が見つかりました」三瀬が屈みこみ、自分の足元を指差した。かすかにチョークの跡が見える。太っているせいか、呻き声を上げながら立ち上がり、困惑したように私を見た。「どういうことなんでしょうか。これを事件にしたいとでも……」

「そういうわけじゃないんです。実の所、まだ何も分かっていない状態ですから。うちの明神が説明させていただいたと思いますが、藤井さんは亡くなる直前、仙台に何日か滞在

していた可能性が濃厚です」

「自殺する人は迷うものですからねえ」自分に言い聞かせるように三瀬が言った。「決断し切れなくて、死ぬまで時間がかかる人もいますよ」

「知り合いと一緒だったんですよ」

「男?」下卑た笑みを浮かべ、三瀬が親指を立てて見せる。

「そうです。ただ、二人の関係がまだはっきりしないんですけどね」

「別れ話のもつれで自殺というのは、よくある話じゃないですか」三瀬はまだ、自殺という糸——いや、綱にすがりついている。彼にすれば、両手でしっかり握れるほどの太い綱なのだろう。そうであって欲しいと願っているだろう。一度自殺と断定したのが覆って殺しとなれば、所轄の面子は丸潰れである。それだけならまだしも、責任を問われかねない。

そういう彼の気持ちは私を苛立たせたが、かと言って現場の状況を見た限りでは、三瀬の出した「自殺」という結論を覆すだけの材料もない。

「どうですか」三瀬がパトカーの方に歩き出したので離れると、愛美がすっと近づいて来た。

「何とも言えないな」

「そもそも私たちは、碧さんの件を殺しだとは考えていないんですよね」

立ち止まり、まじまじと愛美の顔を見た。二、三歩先に行ってから振り向いた彼女の顔には、「何がおかしいんだ」とでも言いたそうな表情が浮かんでいる。

「殺しを裏づける材料は、まだ何も出てないでしょう」

「分かってる」

「殺しにしたいんですか」

「殺しが好きな奴なんかいないよ」長野以外は。あいつだったら、まず殺しの可能性を探ることから始めるはずだ。

「そうですか」静かな愛美の口調は、逆に彼女の迷いを露にした。どこで何がどうつながっているのか――分からぬまま時が経ち、私たちが次の手がかりにたどり着いたのは、夜も更けてからだった。

19

三瀬はむっつりした表情を崩そうとしなかったが、それでもやることはやってくれた。市内の主だったホテルに連絡を入れ、占部と浦島の所在を確認してくれたのだ。しかし二人の名前での宿泊記録はない。偽名を使っているとしたら、割り出すには人海戦術が必要だ。やることがない、無為な夜の時間が背中にのしかかってくる。

九時過ぎに所轄を出て、私と愛美はホテルに引き上げた。偶然だが、先日まで占部が泊まっていたホテルだった。もちろん彼のようにスイートルームを使えるわけもなく、二人ともワンルームマンションの一室ほどの広さしかないシングルルームだったが。チェックインだけ済ませ、荷物を抱えたまま、二階の中華料理店に足を運ぶ。メニューを確認して値段に顔を引き攣らせながら、私は五目焼きそばを選んだ。愛美は少しばかり長くメニューを吟味していたが、結局私と同じものにした。

「何でこんな高いホテルにしたんだよ」焼きそばに大量の酢と芥子《からし》をぶちまけながら、私は愚痴を零した。味つけを濃くし過ぎたので、珍しくビールが欲しくなった。「清算する時に室長に突っこまれるぞ」

「駅に近くて便利じゃないですか」

「そりゃそうだけど、財布が悲鳴を上げる」

「私、カードで払いますから」

「俺は現金しか持ってない。ああいうのは嫌いなんだ」

「何ですか、それ」愛美が鼻に皺を寄せる。

「現金第一。形のないものは信用できない」

「今時そんな……」溜息をついて愛美がコップの水を一口飲んだ。

空疎な時間。仙台に来てから新たな手がかりは得られておらず、ただ推測を積み重ねる行為にも疲れていた。黙々と食事を進め、先に食べ終えた私は、愛美が料理を平らげるのを待ちながら、煙草を掌の中で転がした。それを見て、愛美がいかにも鬱陶しそうな表情を浮かべる。

愛美はことさら食事に時間をかけているようだった。ばらばらになった麺をかき集めて残った具を上に載せ、ミニチュア版の焼きそばを再構築する。それをゆっくりと食べ、また散らばった麺と具を一か所に集める……私に煙草を吸わせないための嫌がらせかもしれないが、度を越している。

「高城さんじゃありませんか？」

声をかけられ、ぼんやりと愛美の手元を見つめていた視線を上げる。宿泊部門サブマネージャー、小笠原がびっくりしたような笑みを浮かべて立っていた。

「ああ、どうも、その節は」

立ち上がり、軽く一礼する。麺をすすっていた愛美は、どうしていいものか咄嗟《とっさ》に判断できなかったようで、ぴたりと動きを止めてしまった。やや固めに焼き上げられた麺が一筋、口から垂れ下がる。

「まだこちらにいらっしゃったんですか？」

「いや、一度東京へ戻ったんです。今日、また来ました」

「それはお忙しいですね。仙台を観光している暇もないでしょう」小笠原の視線が愛美を向く。「こちらは?」

「ああ、同僚です」

「明神です」口の中にまだ食べ物が残っているはずなのに、愛美がやけに明瞭な発音で挨拶した。右頰の隅がぷっくりと膨れ上がっている。そこに焼きそばを寄せたのだろう。お前はリスか、と私は心の中で突っこんだ。

小笠原は馬鹿丁寧に明神に向かって頭を下げてから、私に訊ねた。

「お仕事の……内容は聞かない方がいいんでしょうね、相変わらず」

「私も余計なことは質問しない方がいいですか?」

「いやいや、私には隠し事はありませんから」

彼に座るよう促す。小笠原は、椅子に悪戯をしかけられていないかと恐れるように、慎重に腰を下ろした。

「そうですか……だったら質問です。日曜日のこんな時間に、まだ仕事なんですか」

「サブマネージャーというのは、雑用係の親玉のようなものです。基本は二十四時間仕事ですよ」苦笑を浮かべた小笠原が、次の瞬間には真剣な表情を浮かべる。「そういえば、先日お捜しになっていた方……占部さんとおっしゃいましたよね。地元の警察の方から連絡が回ってきましたよ」

「そうですか」

「何なんですか……とお伺いしても答えてはいただけないでしょうね」

「申し訳ない。職務上の秘密なんです。全部終わったらお話しする機会があるかもしれません」

「その時は、是非」

「小笠原さんが聞いて面白い話かどうかは分かりませんよ」

「そうですか……すいません、ちょっと失礼します」小笠原がズボンのポケットに慌てて手を突っこんだ。素早く携帯電話を取り出すと、「待って」と一言だけ言って私に頭を下げ、大股でレジの方に向かう。一連の動作は流れるようだった。

「忙しいんですね、ホテルマンも」愛美が肩をすくめる。

「もしかしたら俺たちより忙しいかもしれないな。相手は待ってくれないし」

「私たちは動かない死体が相手になることも多いですからね」

「嫌なこと言うなよ」

溜息をついてから煙草に火を点ける。愛美が一瞬私を睨んだが、すぐに諦めたようでそっぽを向いてしまった。もっとも、煙が顔の方に流れ出すと、大仰に手を振って払いのけていたが。ふと顔を上げると、レジのところにいる小笠原が私の様子を窺っているのが見える。何かに納得したように二度、三度とうなずくと電話を切った。大股で戻って来ると、上体を六十度に折り曲げて私の耳元へ口を寄せる。

「占部様がチェックインされました」

「予約じゃなかったんですね」

「ええ、いきなりです。それで今回は、こういう部屋しかお取りできませんでした」

小笠原が右手をさっと動かして部屋の中を指し示す。こういう部屋——私たちが泊まっているのと同じタイプの、シンプルなシングルルーム。無理を言って、私の部屋を占部の向かいの部屋に替えてもらったのだ。覗き穴に目を押しつけると、占部の部屋のドアが、奇妙に歪んだ形だがはっきりと確認できる。監視には申し分ない位置だ。問題は、姿勢が非常に苦しくなることである。膝をわずかに折り曲げた姿勢を長時間続けるのは無理だ。しかしすぐ、何も目で監視を続けなくてもいいのだ、と気づく。今日は宿泊客が少ないせいか、廊下も静かだった。ドアのところで耳を澄ませていれば、占部が動いた時にはすぐに察知できるだろう。

小笠原に礼を言って引き取ってもらい、監視を一時的に愛美に任せて、私は下の駐車場に下りた。ホテルまで呼び寄せた三瀬と落ち合い、今後の方針を打ち合わせる。占部は今回、自分のＢＭＷを運転して仙台まで来たので、この車を監視して欲しいと頼んだのだが、三瀬は素直に首を縦に振ろうとはしなかった。

「何かあるならさっさと踏みこめばいいじゃないですか」と三瀬が愚痴を零したが、こちらには踏みこむ理由がないのだ。「話を聴かせてくれ」と頼みこんでも、拒否されればそれまでである。何か動きがあるまで張り続けるしかないのだ、という私の説明を、三瀬はあらぬ方を向いて聞いていた。私と別れたらすぐに、部下に愚痴を零し始めるだろう。警視庁の連中はどこでも自分の庭だと思っている、云々《うんぬん》。それでもとりあえず、刑事を一人、駐車場に張りつけることには同意してくれた。

打ち合わせを終えて部屋に戻り、愛美に声をかける。

「一度部屋に引き上げてくれないか。仮眠を取って……」腕時計を見る。「午前三時に交代しよう」

「寝るぐらいならここでいいですよ」

「いいから自分の部屋に戻れ。ここは俺の部屋だ」

「だけど……」

「だけどもクソもない」少しだけ語気を強めた。「自分の部屋があるんだから、そっちで寝ろよ。それに君がその辺で寝てたら、こっちの気が散るんだ」

「じゃあ、交代して私が見張ってる時、高城さんはどうするんですか」

「俺がここで寝てる分にはいいんだよ」気を遣ってやってるのにいい加減にしろ、と思ったが、私の理屈もどこかずれている。

「滅茶苦茶ですね」呆れたように言い、愛美が肩をすくめた。「分かりました。引き上げます。三時ですね」

「三時を一分でも遅れたら、昼飯二回分、そっち持ちだぞ」

「どういう罰ゲームですか、それ」

「口から出任せだよ。出る前にちょっと時間をくれ」

愛美と監視を交代してトイレを済ませ、ライティングデスク用の椅子を持ってきてドアに押しつけた。

「張り込み場所としては、まあ上等ですよね」愛美が淡々とした調子で言った。

「そうか?」

「雨の心配もいらないし、エアコン完備ですから」

言い残して、愛美がそっとドアを開ける。左右を見回してから、音を立てないように慎重にドアを閉めた。覗き窓に顔を押しつけて確認すると、足音を殺して、低いヒールのパンプスを引きずるように歩き始める。すぐに、エレベーターが到着する電子音が聞こえた。私がいる部屋は、エレベーターホールから部屋一つ分しか離れていないのだ。

まだ十時半。今夜は長い張り込みになる。暇潰しに使えるのは煙草だけだが、あまり吸い過ぎると、交代する時に愛美が文句を言うだろう。一時間に一本、と決めて最初の一本に火を点けた。耳をドアに押し当てているので、どうしても不自然な姿勢になり、首や背中が痛くなってくる。立ち上る煙がやけに目に染みるのにも参った。自分の血液の流れがホワイトノイズのように耳を悩ませるが、その他には何も聞こえない。観光シーズンではないから、稼働率が低いのだろう。このフロアには人の気配がほとんどない。

十一時半。二本目の煙草を自分に許可しようとした瞬間、愛美が去ってから初めてエレベーターホールから音がした。押し殺したような話し声……二人？　三人か？　慌てて立ち上がり、覗き穴に目を押し当てる。出張中のサラリーマンだろう、予想した通り三人がだらだらと廊下を歩いて来るのが視界に入る。明らかに酔っ払っている様子だが、大声を上げないだけの良識は残っているようだった。しかし時に本能が良識を打ち破り、破裂するような笑い声を響かせる。かなり奥の部屋を取っているようで、その騒ぎはしばらく続いた。

ドアが立て続けに開いて閉まり、笑い声がフェードアウトしてようやく静けさが訪れる。ドアに顔を押しつけたまま、目の前に広がる占部の部屋のドアを凝視した。あの男がまだ部屋にいるのは間違いない。念のために、外へ出たら、フロントからこの部屋の電話に連絡が入る手はずになっている。

これほど長い張り込みは久しぶりだった。神経を最大限尖らせている必要はなかったから、どうしても気が緩んでしまう。そういう時に軽口を叩いて眠気を吹き飛ばすための相棒もいなかったから、かなりハードな部類の張り込みに入る。

廊下に綾奈が立っていた。あの頃、私たちが住んでいた家の近くにあった中学校の制服。野暮ったいセーラー服で、彼女の体には少しサイズが大きいようだった。

——パパも大変なんだ。

——そう、大変だぞ。だけどこれがパパの仕事だからな。

——眠くならないように、歌でも歌おうか？

思わず苦笑した。七歳の娘と十四歳の娘。声もすっかり変わっているだろう。歌うのが好きな娘で、あの頃は音程こそ安定しなかったものの、鈴の音のようにデリケートな歌声を聞かせてくれたものだ。今はどんな声をしているのだろう。

——いいよ。大丈夫だから。こういうのは慣れてる。

綾奈との無言の会話が、無味乾燥な時間を埋めてくれた。ただ、「どこにいるんだ」という質問だけは注意深く避けるように気をつけている。その台詞を口にすると必ず、綾奈は寂しそうな表情を浮かべて消えてしまうから。

愛美が廊下を歩いて来ると、綾奈は悪戯っぽい笑みを残してかき消えた。私は一つ溜息をつき、愛美がノックする前にドアを開けた。ずっと同じ姿勢を続けていたので、首と肩が変な具合に凝っている。

それにしても綾奈は、いつになったら私の前に姿を現さなくなるのだろう。捜すのはもう無駄だ、とずっと思っていた。七年前、忽然《こつぜん》とかき消えた娘を今更捜し出すのが不可能なのは、刑事として分かっている。しかし最近の——失踪課に来てからの私は、「それでいいのか」と自分に問いかけ続けている。人を捜し続けることを仕事にした時から、可能性が消えない限り諦めるべきではないと思うようになったのだ。思っただけで、何かしているわけではなかったが。捜し始めて、最悪の結論にたどり着くのを今でも恐れている。

娘の死体を見たい親はいない。

「遅くなりました」愛美はわずかに息を弾ませていた。足音を立てないよう、しかもなるべく早く歩くのは疲れるものらしい。

「少しは寝たか？」

「十分です」愛美が、椅子の脇をすり抜けるように部屋の中へ入った。声はすっきりしており、疲れているようにも見えない。かすかに石鹼の香りが漂い、私の鼻をくすぐった。手にはビニール袋。それをライティングデスクに置くと、ドアの所に戻って来た。

「代わります。寝て下さい」

うなずき、彼女に椅子を譲る。大きく腕を突き上げ、凝り固まった肩の関節をほぐしてやった。

「ずっと見てる必要はないからな。耳を押しつけておけば、何かあったら気づくよ」

「分かりました。飲み物と夜食を用意しましたから、どうぞ」椅子に座りながら、部屋の奥に向けて顎をしゃくる。

「太らせて殺す気か？」

「冗談としては今イチですね。人の好意を無にしないで下さい」

肩をすくめて部屋の奥へ進み、ビニール袋の中を検《あらた》める。ミネラルウォーターとブラックの缶コーヒーが一本ずつ。アンパンとシリアルバーが入っていた。

「わざわざ買ってきてくれたのか……これで夕飯の分はチャラでいいよ」結局焼きそばは私が奢ったのだった。

「すいません、そんなものしかなくて。ちょうどコンビニの棚が空になってる時間だったんです」

「これだけあれば十分だ」

アンパンを取り出し、袋を破る。大口を開けてかぶりついてから、缶コーヒーを開けて流しこんだ。しばらく放っておいた胃が安堵の溜息を漏らす。立ったままアンパンを食べ終え、一人がけのソファに座り、これを今夜最後の一本にしようと決めて煙草に火を点ける。たちまち部屋の空気が白く染まり、愛美が鋭い一瞥を向けてきたが、文句は言わなかった。

吸い終えると、ソファをドアに正対する位置に動かし、腰を落ち着ける。

「ベッドで寝ればいいじゃないですか」ドアに耳を押しつけたまま、愛美が言った。

「ベッドで寝たら起きられそうにないよ。六時に起こしてくれないか？　それから配置を変える」

「分かりました」

　ソファに浅く腰かけて両足を前に投げ出し、目を瞑る。腹の上で手を組み、ゆっくり目を閉じた。不可解な状況に頭は混乱しており、眠れそうにないと思っていたのだが、案外早く眠りは訪れた。こういう時、年を取ったものだとつくづく感じる。若い頃は、長時間の張り込みの後は、疲れるよりも気が昂《たか》ぶってしばらくは眠れなかったものだ。いつの間にか、どんなに激しい、厳しい仕事をした後でも平気で眠れるようになってしまった。酒の力を借りて、ということも少なくなかったが。

「……さん？　高城さん？」

　囁くような呼びかけで目が覚める。慌てて体を動かすと、毛布がずり落ちた。愛美がかけてくれたようだ。

「動きました」

「何時だ？」かすんだ目で腕時計を確認する。五時。クソ、こんな早く……しかし眠気は一気に吹っ飛んでいた。飛びつくようにドアに耳を押し当て、外の様子を窺う。すぐにエレベーターの到着を告げる澄んだ電子音が聞こえてきた。

「駐車場で待ってる連中に連絡」

「了解です」

ドアを押し開けて飛び出す。ちょうどエレベーターのドアが閉まった所で、私は取り敢えず非常階段で追うのをやめ、エレベーターの動きを見守った。階数表示がじりじりと下がっていく。B1——駐車場だ。拳を叩きつけるようにエレベーターのボタンを押し、同時に部屋に駆け戻る。激しくドアをノックして、顔を出した愛美に「駐車場に行った」と告げて駆け出す。すぐに愛美が後に続いた。

時間差を計算した。私たちが駐車場にたどりつくまでに、占部は車に乗ってしまうだろう。当面の追跡は所轄の連中に任せておいて、私たちはタクシーで後を追おう。ずっと見張っていた車が出て行くのだから、さすがに見逃さないはずだ。居眠りしていて肝心のターゲットを逃がしてしまう、などというヘマは、実際にはほとんどない。

愛美に計画を話しているうちにエレベーターがロビーに到着し、スタートの号砲が鳴ったように二人揃って走り出す。

ロビーにはまだ人気はなく、明るい照明がやけに空しく感じられた。外は既に明るくなり始めていたが、人の姿は見えなかった。幸い、こんな時間なのにタクシーが一台待機している。膨らんだ腹がハンドルにつかえそうな運転手が、シートに背中を預けて薄く口を開け、ささやかな惰眠を貪《むさぼ》っていた。目覚まし代わりに後部のウィンドウを思い切り叩いて、運転手が反応する前にドアを開けてシートに滑りこむ。

「はい、すいません、どちらへ……」寝ぼけた声の運転手が、反射神経だけでお決まりの台詞を口にする。

「ちょっと前に出て」

「はい？」

「前に出て！」強い口調で指示すると、運転手が舌打ちしてからのろのろと車を出した。十メートルほど進み、半円形の車寄せから道路に出る位置まで来たところでストップをかける。運転手が振り向き、「馬鹿にしているのか」とでも言いたそうに唇を歪めた。その眼前にバッジを示してやる。

「そのまま待機して下さい」何か言いたげに口を動かしたが、結局運転手は無言のまま前を向き、ハンドルに両肘を預けた。バックミラーを覗いて、ずれていた帽子を被り直す。

「来ました」愛美が鋭く言った。車寄せの隣にある地下駐車場への入り口。車の出入りを示すランプが黄色い光を発しながら回り始めた。最初に占部のＢＭＷが出てきて、道路を左へ向かった。少し遅れて所轄の覆面パトカーが続き、ＢＭＷを追跡していく。よし。とりあえず所轄の連中も状況は把握しているようだ。

「あの二台の車の跡をつけて下さい」

「お客さん、そういうのは――」

運転手がまた顔を歪めながら振り向く。私はもう一度バッジを示してから、ダッシュボードのネームプレートに目をやった。

「行って下さい。ご協力感謝しますよ、服部《はっとり》さん」

諦めたように服部が深い溜息をつき、車を出した。いやいやながらやっている気持ちが動作に反映したように、運転はぎくしゃくしている。二十メートルほど距離を置いてくれ、と言いたかったが、その注文は呑みこんだ。見失わなければそれでいいし、最悪、前の覆面パトカーと連絡を取り合えば何とかなる。

私はシートに深く身を埋め、フロントガラス越しに覆面パトカー、そしてその先を走るはずの占部のＢＭＷに意識を集中した。


ドライブは短時間で終わった。

占部は仙台駅西口の繁華街を走り抜けた。繁華街の外れから東北大学の広大なキャンパスが広がり、その辺りを過ぎるとすぐに住宅街になっている。そして市街地を縫うように流れる広瀬川。制限速度を守って走るパトカーのテールランプを見ながら、私は占部の行き先について薄っすらと見当がついてきた。もしも——もしも碧が殺されたのだとしたら。あの橋が殺害場所だったとしたら。

占部は運命に身を委《ゆだ》ねるような男ではないだろう。汚いことを誰かに任せて、高みの見物と洒落こむ人間でもなさそうだった。何でもかんでも自分でやる——それは仕事だけにとどまらないのではないだろうか。そして昔から変わらない、ひたすら前へ突き進むエネルギッシュな性格。それらを考えた時、占部が何をしようとしているかは歴然としているように思えた。しかし問題は相手であり、「何故」という疑問は消えない。

つまり、今に至っても何も分かっていないということだ。

短いドライブを、占部は広瀬川にかかる橋のたもとで打ち切った。まさに碧が死んだ現場。覆面パトカーは占部の車を無視し、橋を渡り切った所でいったん停止して、細い脇道にバックで入った。そこを百メートルほど通り過ぎてから、私はタクシーを停めるよう、運転手に命じた。金を払う段になっても運転手はまだぶつぶつ言っていたが、釣りを受け取らないことで文句を封じこめる。占部は橋の反対側に車を停めたままだった。ここからの距離は二百メートルほど。ドアが開く気配はない。

外に出ると、夏の朝の甘い香りが鼻をくすぐった。水、そして地方の大都市にしては豊かな緑。それらがまだ太陽に蒸される前の香りは新鮮で、普段忘れていた何かを思い出させる。しかし私の爽快な気分は、一人の男の出現でぶち壊された。

「浦島だ」

ちょうど私たちがタクシーを降りた地点を通り過ぎたところだった。決然としたその背中は緊張で膨れ上がっている。

「つけてくれ」

愛美に指示しておいてから、覆面パトカーに駆け寄る。ドアを開けて私服の若い刑事が飛び出そうとするのを目で制して、屋根に手をかけた。窓が下がり、疑わしげな視線が私に突き刺さる。

「徒歩であの男を追跡する。占部と接触するかもしれない。警戒しておいてくれ」

人気のない橋に浦島が足を踏み入れた。古びて木が腐った吊り橋を渡るような慎重さで、なかなか足が進まない。ようやく歩みを再開したが極めてゆっくりで、百メートルに満たない橋を渡り切るのに一日かかってしまうのではないかと思えるほどだった。愛美が二十メートルほどの距離を置いて尾行を続ける。うなだれているのは、もしも浦島が振り返っても顔が見えないようにするためだ。もっとも浦島は、振り返る余裕もないようで、おっかなびっくりといった様子でひたすら前進を続けている。その動きが橋の中ほどで止まった。ちょうど中間地点というわけではないが、彼がその場所を目指して歩いてきたのは明らかだった。手すりに両腕を預け、川面に視線を落とす。

愛美の足が一瞬止まった。ほどなく浦島と接触、さらには占部のＢＭＷのところまで行ってしまう。しかし彼女は振り返って私の指示を求めようとはせず、そのままゆっくりとした歩みを再開した。浦島のすぐ側を通り過ぎた時にはひやひやしたが――浦島は彼女の顔を知っているのだ――結局何事もなかった。

私は橋の欄干に背中を預け、煙草に火を点けた。短い睡眠、疲労、謎が解けない苛立ち。それらが入り混じって、煙草の味を最悪なものに変えてしまう。吐き気すらこみ上げてきたが、とにかくその場にとどまるためのカモフラージュとして煙草を吸い続けた。散歩してきた人間が、いかにもここで一服しているように。もっとも浦島がこちらを注意して見たら、私だと分かってしまうかもしれない。

　空気を切り裂くスキール音。反射的に顔を上げると、少しだけ下り坂になった橋の向こう側から、占部のＢＭＷがいきなり姿を現した。愛美が、ターンオーバーされたバスケットの選手のようにいきなり振り返ってダッシュする。私も煙草を投げ捨てて駆け出した。一人、道路に背中を向けて川面を眺めていた浦島の反応が遅れる。

「逃げて！」

　愛美の声が早朝の街に木霊《こだま》する。浦島はそれが自分に向けられた言葉だと理解できなかったようで、その場で固まった。ＢＭＷが瞬く間に大きくなる。愛美が歩道を走るのを見て、私は車道に飛び出した。愛美が姿勢を低くして浦島の体にぶつかっていく。体格はだいぶ違うのだが、勢いがついていたので二人は絡まるようにその場で転がった。私は車道をそのまままっすぐ走り、直進してくる占部のＢＭＷの前に立ちはだかる。橋に入ってから占部はわずかにハンドルを切り、左側の歩道――浦島と愛美が倒れている方――へ車の頭を向けている。かなりスピードが出ていた。このまま突っこんでしまえば、二人を直撃だ。フロントガラス越しに見る占部の表情は頑なだったが、狂気の気配は感じられない。明らかに、自分の行動に自信を持っていた。

「占部！」

叫びが届くとは思っていなかった。しかし予想に反して占部はかすかに首を動かし、私の顔を直視した。一度会っただけの私を思い出したかどうか……その動作が彼の意思に物理的な影響を与えたのは間違いなかった。真っ直ぐ、明確な殺意を持って浦島の方に突っこんできたのに、両手を広げて立ちはだかる私を轢《ひ》き殺《ころ》すわけにはいかないと思ったのだろうか。無限の時間にも思えるチキンレース——実際には一秒にも満たなかった。急ハンドル。激しいブレーキ音と、タイヤがアスファルトで焦げる匂い。視覚以外にも、私の様々な感覚が、占部の企《たくら》みの失敗を告げていた。

ＢＭＷは私のすぐ眼前に迫っていた。こういうことで死ぬものなのか……しかし諦めかけた気持ちと裏腹に、体に染みついた危険回避の習性が発動する。気づくとアスファルトを蹴り、車道から歩道に身を投げていた。勢いが止まらず、二回転したところでふいに硬い道路の感触が消える。歩道の端にあるコンクリート製の手すり——その隙間から、上半身が肩まで川の上に突き出てしまったのだ。どこもぶつけていないのは奇跡だったが、体に力が入らず、自分ではこの状況から脱出できそうにない。眼下で渦巻く川を見ているうちに、スカイダイビングしている時に見える光景とはこのようなものではないか、と訝った。

突然足を引っ張られ、目の前から川面が消える。私を助けてくれたのは、愛美と浦島だった。掌を少し擦りむいたので、鋭い痛みが意識を尖らせる。息を整えながら立ち上がり、周囲をざっと見回して状況を把握した。異常に気づいた覆面パトカーがサイレンを鳴らさずに現場に突っこんできて、道路に対して直角に止まって占部の動きを封じている。占部のBMWはパトカーとほぼ平行に、わずか二十センチほどの隙間を残しただけで停まっていた。運転席側にパトカーが迫っているので、身動きが取れなくなっている。脱出スペースを作るつもりなのか、ドアを思い切り開けては閉めを繰り返し、覆面パトカーのドアに凹みを作っていたが、そんなことをしてもどうにもならないのは明らかだった。ここにきて私は、占部という人間の新たな一面を知ることになった。馬力があって、前進していくパワーは人並み以上だが、細かい計画は立てられないのではないか。目標をぶち上げるだけで、実際の計画は部下に任せる。そして超えられない壁が目の前に立ちはだかった時には、途端にパニックに陥ってしまう。

占部はBMWの窓に拳を打ちつけ、びくともしないのを確かめてから目を閉じた。やっと状況を把握したようだ。シートに力なく背中を預け、それとは裏腹にハンドルをきつく握り締める。ここまで自分を見失っていたとは。ハンドルを切り返して方向転換すれば、楽にこの場から走り去れるはずなのに。スピンせんばかりの勢いで急停止した時にどこかでぶつけたのか、額から頬にかけて血が一筋伝っている。

「身柄を確保してくれ」愛美に告げる。私は浦島の腕を摑み、低い声で告げた。「あなたには話を聴かなければなりません」

取調室で、という言葉は省略した。

いつもと勝手が違うのは、両手が包帯で巻かれていたせいだろう。擦り傷は案外ひどく、応急処置で両手をぐるぐる巻きにされてしまったのだ。指先が蒼白くなり、痛みそのものよりも圧迫による不快感の方が強い。

「引っ張り上げてもらってありがとうございました。命拾いしましたよ」

頭を下げぬまま礼を言った。所轄の取調室。浦島は自分がどうしてここにいるのか分からないとでも言いたげに、八の字になるほど唇を捻じ曲げている。愛美と一緒に転がった時に破ってしまったのか、背広の右肩はほつれ、袖がだらしなく垂れ下がっていた。髪は乱れ、右頰には丸い傷がついている。嵐に巻きこまれたような様相だが、目はなおも険しい光を宿していた。

「怪我は大丈夫そうですね」

「ショックの方が大きいな」

「どうしてですか」

「どうして？」浦島が大きく目を見開いた。「当たり前だろう！　こっちは轢き殺されそうになったんだぞ」

「どうしてですか」

「何言ってるんだ、あんた」呆れたように浦島が両手をデスクに投げ出す。

「あなたを轢き殺そうとしたのは誰ですか？」

「見ていないな」

「あんなに近くにいたんですよ？　分かってるでしょう」

「知らん」浦島がそっぽを向いたが、唇がかすかに震えているのを私は見逃さなかった。

　私は碧の手帳を取り出し、数字とアルファベットで暗号のように記された例のページを開いた。彼に示したが、やはり顔は背けたままである。

「港学園大と森野女子短大の合併計画です」

　浦島の眉がぴくりと動く。ゆるゆると視線をデスクに落とし、手帳をちらりと見た。

「旗振り役というか、そもそものアイディアを出したのは、亡くなった藤井碧さんでしたね。しかし森野女子短大の中は一枚岩にならなかった。賛成派と反対派がせめぎ合っていたんですね。この数字は、賛成派と反対派の数の推移ではないかと見ています。随分変動しているんですね。四月十五日には『Y』——イエスですね——が八人で、『N』、ノーが五人です。この段階では賛成派の方が多数でした。その後次第に反対派が優勢になりましたが、八月になって賛成派が再び盛り返しています。そして八月二十日。この日は理事会が予定されていましたよね。合併を最終的に決定することにしていたんじゃないですか」

「そんなことを、部外者のあんたに言う必要はない」

強い否定が、逆に私の推論を裏づけた。

「自分の立場が分かってるんですか」

沈黙が取調室を覆う。浦島はすぐに、それに耐えられなくなった。取り調べは一対一の真剣勝負である。仮にこれが他の場所だったら、立場は同等だったかもしれない。しかし閉ざされた取調室は、調べられる側――しかもそういう経験のない人間にとって、間違いなくプレッシャーになるものだ。浦島にしてみれば、ボクサーなのに、土俵の上で相撲を取らねばならなくなってしまったような気分かもしれない。

「確かにその日は理事会だったが、合併については否決された」

「藤井さんがいませんでしたからね」

「それは関係ない。議決権を持つのは理事だけだ。彼女は理事ではない」

「どうしていなくなったんでしょうね」

「プライベートな事情でしょう」浦島が腕を組み、私を軽く睨む。

「それじゃ不自然です」

「不自然？」

「ええ。自分が計画を立てて、大学の将来を左右する話です。議決権がなくても、理事会に出るか、部屋の外で待って結果を待つのが普通でしょう。それだけ重大な話ですし、仮に不利な立場になっても、自分が推し進めてきた計画の結末を見届けたいと願うのが自然です。しかし彼女は出席できなかった。失踪して、亡くなっていたんですから」


「何が言いたい？」

挑みかかるような浦島の視線を無視して続ける。

「藤井さんが出席しなかったからこそ、合併案は否決されたんじゃないですか。彼女は、理事会の十日前から行方不明になっていた。その間、反対派が巻き返しをする時間は十分あったんじゃないでしょうか。それにしても、最後の一押しをしなければならない時期に行方不明になって、その後自殺するなんて、タイミングが良過ぎませんか」

たぶんに想像が入っていることは、自分でも分かっている。しかし浦島の顔色が蒼褪めるのを見て、私はその想像がポイントを突いたと確信した。

「東京から逃げ出した藤井さんを助けていた人がいました。今日、あなたを轢き殺そうとした人です」

私はデスクの上にぐっと身を乗り出した。浦島の顔が近づき、わずかに荒くなった呼吸、額に滲み出る汗を確認できる。

「藤井碧さんの部屋が誰かに荒らされていました。彼女のパソコンをいじってデータを全て消去し、書類の類を全部持ち去っています。誰がやったんでしょうね。これから本格的にあの部屋の指紋を調べますが、指紋が出てくる可能性もあります。あなたにも協力していただきたい」浦島の腰が椅子の上で滑った。私はさらに彼に迫り、声を落として宣言する。「話してもらいますよ、浦島さん。あなたには話す義務がある」

20

慌ただしく時間が過ぎた。浦島の取り調べ。東京に残った法月たちへの連絡と指示。それが一段落してから、私はいよいよ占部と対峙することになった。

取調室に入る直前、ワイシャツの胸ポケットに入れておいた携帯電話が鳴り出した。引っ張り出そうとしたが、怪我した両手は指先しか自由にならないのでどうしようもない。前を歩いていた愛美が振り返り、ごく自然な動きで携帯電話を引き抜いて私の耳に押し当てた。何だか間抜けな格好だが、話はできる。私は掌全体を押しつけるようにして電話を耳にくっつけた。

法月だった。彼は私の求めた情報を全て集めてくれていた。淡々とした報告を聞いてるうちに、私はばらばらだったパーツが全て然るべき位置にはまったと確信した。

占部は、最後の気力を振り絞って背筋を伸ばしているようだった。力を抜けばすぐに、砂になって崩れ落ちてしまうとでもいうように。私が正面に座ると、何とか威厳を保って質問をぶつけてくる。

「私は逮捕されたのか」

「まだです」

「逮捕するつもりか」

「もちろんです」

「アクセルとブレーキを踏み間違えたんだ」

「あなたは、そういう下らない言い訳をする人ではないはずだ」

占部がぐっと唇を噛み、「だったらどういう人間だと思ってるんだ」と聞き返す。

「誇り高い人ですね。それと、愛する人のためには全てを擲《なげう》ってもいいと考える、情熱的な一面もある」

プライドをくすぐる作戦に、占部の表情がわずかに緩んだ。三浦の情報を、いつどのように使うか……まだそのタイミングではないと判断し、ひとまず頭から押し出した。

「港学園と森野女子短大の合併計画は、とりあえず流れましたね。森野女子短大の理事会で否決されましたから、少なくとも来年度には実現しないでしょう。ここまで大学の改革を進めてきたあなたとしては、大変な挫折ではないかと思いますが、いかがですか」

「そういう話をするために私はここにいるんですか」

「それが、今朝の一件に関連してくるんです」言葉を切り、どこから切り出そうかと考える。そもそもの始めから？　それでは話が長くなり過ぎる。碧の一件から持ち出すことにした。「あなたは、東京から失踪した藤井碧さんと一緒に仙台にいましたね。休暇を取って温泉巡りをしていたと私に話したのは嘘だった」

「そんなことを言ったかな」惚けたが、顎は緊張で強張っている。

「ホテルの宿泊記録があります。それに碧さんが亡くなった時につけていたピアスの片方が、ホテルの部屋で見つかりました」

「そういうことを調べるのも警察の仕事なのか」

「認めるんですか？　まだ否認しますか？」

「認めたらどうなる」

「港学園大のトップと、森野女子短大の事務方の幹部。両校の合併を進める立場にいた二人が、仙台で同じホテルに宿泊していた。これは少し異常な状況だと思いますが」

「恋人同士だとしてもかね」嘲《あざけ》るように占部が鼻を鳴らした。

「たとえそうだとしても異常です。何故ならその時期、藤井碧さんは合併を決める大事な理事会を控えていましたからね。それをすっぽかしてまで、恋人と仙台旅行というのは考えにくい。彼女は合併計画に関する森野女子短大側の旗振り役だったたし、意志の強い女性だったと聞いています」

「あなたに彼女の何が分かる」占部が腕を組み、目を細めた。

「占部さん」私は声を落とした。「確かに私は、彼女のことを分かっていないかもしれない。でも、あなたはどうなんですか。あなたにとって藤井碧さんは、ずっと謎の人だったんじゃないですか。手を伸ばしても届かない存在。顔を見ても、いつも透明な膜で包まれたように本当の表情が見えない——そんな女性だった」

占部がいきなり立ち上がった。顔を赤く染め、頭突きでもするような勢いで私に迫ってくる。手を伸ばして胸倉を摑むと、私のシャツのボタンが弾け跳んだ。が、しばらく彼の激情を勝手に暴走させておくことにする。怒りは永遠には続かない。全ては終わってしまったのだから。取調室につき添っていた愛美、それに所轄の若い刑事が立ち上がる気配がしたが、私は右腕を上げて二人の動きを制した。案の定、占部はゆっくりと手を放すと、椅子にへたりこんでしまった。体からはすっかり力が抜け、半分ほどに萎んでしまったようだった。

「あなたたちは、港学園高校の同級生でしたね。あなたは当時、いろいろと難しい立場だったんじゃないかと思う。自分の父親が理事長を務める高校に通っていたんだから、同級生も何となく敬遠するでしょうね」

「一人だったよ、あの頃は」力の抜けた声で占部が認める。「理事長の息子だから何だっていうのか……私の気に入らないことでもしたら、退学処分にでもなると思っていたのかね。馬鹿馬鹿しい。そんなこと、あり得ないんだ。どうして父親の経営する高校へ進学してしまったのか、三年間ずっと悩んでいた。選択肢なんかいくらでもあったのに

「そういう高校時代に、あなたは藤井碧さんに出会った」

「向こうはそもそも私を見てもいなかったと思う」占部の唇が少しだけ歪んだ。今この男は、小さな世界を丸ごと所有していると言っていい。だが、欲しいものが手に入らなかった悔しさは、いつまで経っても消えないのではないか。心の飢えは、時の流れが癒《いや》してくれるものではない。

「碧さんは、凛とした、背筋の伸びた女性だったと思います。私は会ったことはありませんけど、キャリアを考えるとそういうイメージが浮かびます。昔から上昇志向の人だったんですね」

この辺りの情報は、愛美が碧の同級生から引き出してくれたものだ。

つんつんしてるわけじゃないけど、無駄なことは一切やらない子。あの頃、将来は何になるかは考えてなかったかもしれないけど、何をするにしても大学だけはいいところを出ておこうって思ってたはずよ。だから友だちづきあいも悪かった。部活もやってなかった。自分がいるべき場所は別のところにあって、今はただ仮のステージに身を置いてるだけって感じ。でも、気取ってたわけじゃなかった。何か、一人で先に大人になっちゃった感じ？　高

校生の頃って、今考えると本当に何も知らなかったし、将来のことなんかどうしていいかも分からなかった。だけど彼女は、そういうことで悩んで時間を無駄にしたくなかったんだと思う。

　占部君？　彼が碧に夢中になってたのは、周りの人間は誰でも知ってたわ。積極的にアプローチしてたし。でもそれが全然通じなかったのよね。鈍かったんじゃなくて、彼の気持ちを無視したの。無視……違うわね。受け流してたの。何か余計なことを言えば、占部君を傷つけてしまうことが分かっていたはずだから。思わせぶりな態度にならないように、何を話しかけられても本当に事務的な態度しか取らなくて。

　占部君はたぶん、理解できなかったんじゃないかな、碧のそういう態度。何で自分の話を聞いてくれないんだって、悩んでたみたい。あ、でも、彼も友だちが少なかったから――理事長の息子だからって、避けられてたのよね――そういうことを相談できる相手もいなかったみたい。結局ずっと彼の片思いっていうか、空回りで終わっちゃったのよね。

　馬鹿馬鹿しいが悲しい話だ。当時の占部にすれば、身悶えするような状況だったのではないか。

「どうして相手にしてもらえないのか、あの頃は分からなかった。まともな会話も成立しないんだから。そんなこと、考えられますか」占部がすがるような目つきになる。

「碧さんの中では、あなたの――というより、恋愛の優先順位が低かっただけでしょう。

卒業してからは接点はなかったんですね」

「つい、数年前までは」

「再会したのは、奥さんが亡くなってからですか」

「……下種の勘繰りだ」占部がぎりぎりと歯を嚙み締める。

「単に時間の流れを整理しているだけです。とにかくあなたが碧さんと再会したのは、奥さんが亡くなってからだった。それは間違いないですね」

「ああ」

「まったくの偶然で?」

「そうだ」

「意外な再会ですよね。卒業して二十年経って、二人とも社会的に重要な立場にいた。しかも抱える問題は同じです。あなたは、どういう気持ちで彼女と接したんですか? 厳しい経営の問題を抱える大学の幹部同士として? それとも二十年前にとうとう思いを伝えられなかった相手として?」

「それを言わないといけないのか」恨めしそうに占部が私を見た。背中は丸まり、体から零れ出すようだった自信はすっかり消え失せている。今の彼はただのおどおどした男だった。おそらく本来の姿に戻っている。

「彼女は亡くなっているんですよ。私たちには、その死の真相を調べる義務がある」

「……最初は、あくまでビジネスだけのつき合いだった。彼女は、自分の可能性を試すために、大学という未知の世界に飛びこんだんだが、さすがに不安だったようで……私にいろいろ相談を持ちかけてきた」ビジネスだけの、という言葉を発した時、占部が寂しそうに顔を歪めた。「はっきり言えば、森野女子短大の経営はかなり危険な水域に近づいていたんです。このままでは受験生は減る一方で、十年……いや、五年先には間違いなく経営が立ち行かなくなる。彼女は様々なアイディアを打ち出して、一時的には受験者数が増えたこともあった。でもそれが、あくまでその場しのぎの方法でしかないことは、彼女自身が一番よく知っていた」

「合併の話はどちらから？」

「今となっては、どうだったかな」占部が寂しそうな笑みを浮かべた。「荒療治だということは分かっていました。合併といっても、実質的にはうちが吸収するんです。港学園としては、あまり抵抗感はなかった。しかし短大が一つ消えるわけだから、森野女子短大の方では抵抗する人もいたでしょう。もちろん、様々な方法で名前を残すことはできるし、先生方も今まで通り講義を続けていくことはできる。それでも、長年大学を守り続けてきた人たちにすれば、許せないことだったかもしれない」

「それが分かっていても、二人で計画を進めたんですね」

「あれが最善の方法だった」

「碧さんは、理事会に対する多数派工作をしていました」それを告げた瞬間、占部の喉仏が小さく上下するのを私は見逃さなかった。「理事会内部もかなり揺れていたようですね。しかし、最終的に合併の可否を決める理事会の直前には、合併賛成で多数派を形成できたようです。ところが碧さんは消えてしまった。大事な理事会を放棄してまで行方をくらましたのは何故か……自分の命が危険に晒されると思ったからですよ」

「そう。あなたには想像できないかもしれないが、大学というところには社会の常識を知らない人がたくさんいる。自分たちの利益を守るためには何をやらかすか……」

「そういう社会の常識を知らない人たちが碧さんを軟禁して、合併案を放棄するような文書を作らせようとした。言い出した人間からそういう言質《げんち》が取れれば、合併案は完全に潰れますからね。その間にも多数派工作をしていたようですが」

浦島はあっさり全面自供してしまった。それは己の罪を悔いたからでもなく、大学の体面と自分の罰を天秤《てんびん》にかけたからでもない。これまで受けたことのないプレッシャーに押し潰され、こちらが聴いていないことまで喋りまくったのだ。ここまで簡単な取り調べは、私も初めてだったかもしれない。

「……そういうことです」占部が認めた。

「碧さんはあなたに助けを求めた。軟禁といっても、所詮《しょせん》素人がやることですからね。チェックが甘かったんでしょう。彼女を部屋に閉じこめることには成功したけど、通信手段を完全に取り上げることはできなかった」

「彼女は携帯を二台持っていてね」淡々とした声で占部が告げる。「連中は仕事用の携帯は取り上げたが、私用の携帯の存在には気づかなかった。彼女はトイレに入るふりをして、私にメールで助けを求めてきたよ。大学の中には頼れる人間もいなかったんだな」

「だからあなたは、白馬の騎士よろしく碧さんの救出に向かった」

「皮肉はやめてくれ」

占部が真顔で言った。本当に自分を白馬の騎士だと思いこんでいたのかもしれない。二十年来の想いを胸に、囚《とら》われの姫を悪漢の手から救い出そうと……私は無意識のうちに頭を振っていた。馬鹿げている、とはどうしても考えられない。

「どうやって救出したんですか?」

「宅配便。どうしても受け取らなければならない荷物があるというシナリオを作ったんだ」

「あのマンションには宅配ボックスもありますよ」

「時間帯指定配達でね。直接受け取る必要がある荷物、ということにした」

「配達のふりをして、彼女が玄関に出てきた瞬間を狙って連れ出したんですね」

「そういうことです」占部がわずかながら自信を——自信の仮面を取り戻した。

「素人相手には上手い手でしたね。だけど、軟禁していた連中が襲ってきたらどうするつもりだったんですか。かなり危ない橋を渡ったことは理解してますよね？」

「何でもできるような気分になることはあるんだよ」

「それから東北へ逃避行、ですか。どうしてわざわざ足がつきそうな場所へ逃げたんですか。仙台は港学園発祥の地でしょう」

「それは……気がついたら仙台にいた。逃げ回るよりも、どこかに隠れている方がいいと思っていたから、そのままホテルに籠っていたんです」

「居場所が割れないように車を乗り換え、カードの使用を控えるためにATMで現金を下ろして、できるだけ部屋から出ないようにした」占部がうなずく。推測が当たる快感は何物にも替えがたいが、一番大きな謎は未だ残っている。占部が匿《かくま》っていたはずの碧が、何故あんな場所で死んだのか。「ずっと一緒にいたんじゃないんですか。どうして彼女は一人で……」

「彼女は」占部がデスクに視線を落とした。肩が細かく震えだす。これまでずっと彼を支えていた心棒が崩れるのではないか、と危惧したが、占部の精神力は私が想像したよりもずっと強かった。「いなくなった」

「どうして」

「呼び出されたんです……浦島に。彼女はずっと電話の電源を切っていたんですが、誰かから連絡があったかどうかだけは確認しようと久しぶりに電源を入れた途端に、電話がかかってきました。自宅に軟禁したことを詫びて、合併の件できちんと話し合いをしたい、ということだった。仙台に来ているから直接会いたい、と。どうして仙台にいることを割り出せたのかは分からなかったが……私は当然反対した。罠だからと。急に態度が変わるのはおかしいでしょう。時間を置いて、巻き返しのタイミングを狙った方がいいとアドバイスしたんだ」

「だけど彼女は、あなたの忠告を聞かなかった……そういう人だから」

「一度は、私の忠告を聞き入れた。私はそれで安心して……油断して風呂に入ってしまって……彼女はその隙に部屋を出たんです」

致命的なミスだ。一瞬たりとも目を離すべきではなかったのに、占部は、自分が釘を刺したから碧は言うことを聞くはずだ、と慢心したのだろう。結局彼は、碧という女性を完全には理解できていなかったのではないか。碧にしてみれば、潰れた計画を立て直すチャンスだったのかもしれない。本気でそう考えていたとしたら、あまりにも無邪気としか言いようがないが。相手は碧が消えた後に、「G計画」――「合併計画」の関連書類を全て消してしまうほど念を入れていたのだ。

「部屋に彼女がいなくて……電話の内容を聞いていたから、どこに行くかは分かっていました」

「あの橋」

「そう。私は慌ててそこへ行った。目の前で浦島が……」

「彼女を突き落とした？」

「いや……」占部が私の顔を真っ直ぐ見詰め、乾いた唇に舌を這わせる。「それはないと思う。はっきりしたことは分からないが……揉み合っていたのは間違いない。しかし私には、あの男が彼女を突き落としたようには見えなかった」

それは浦島の証言と一致する。合併案の取り下げを頼んでいただけ。自分は手を出していない——いや、肩を掴むぐらいはしたが、彼女はそれを振り払おうとしてバランスを崩し、低い手すりから落ちてしまったのだ、と。自殺ではなく事故。しかし実態は、限りなく殺しに近い。あるいは傷害致死。

「私は彼女の安否を……死を確認しなくてはいけなかった。遠回りして河原まで降りて、彼女が倒れていた中州まで行った時には……彼女は死んでいた。浦島はもちろん、逃げていなくなっていた」

浦島が碧の大学の部屋、それに彼女の家から合併計画に関する証拠湮滅を図ったのはその後だ。それは浦島も認めている。家は法月たちがその前に調べていたが、異常を発見できなかったのも当然である。

「気持ちの整理をつけるのに、しばらく時間がかかったようですね」

「あなたの言う通りです。二日間、何もできなかった。ホテルの部屋に籠り切りで、いろいろなことを考えた。自分が追い求めて、結局手に入れられなかったもの……」占部が震える両手を体の前に掲げ、掌をぎゅっと握り潰す。「最後に残ったのが、彼女のために復讐しなければならないという気持ちだった」

「誰かがあなたを捜しているとは思わなかったんですか。事実、ご家族が私たちのところへ相談に来たんですよ」

「私がそれを知ったのは、母親が警察に行った後だった。家に電話をかけた時に分かって、慌ててこれ以上捜さないように、と念押ししたんです」

「そのせいでこちらは散々振り回されましたよ」

おそらく、私たちが占部の部屋を調べていた時にかかってきた電話が、占部からの連絡だったのだ。考えてみればあの時から、母親の態度は一変した。私は一文字も書いていないボールペンをデスクに転がした。占部は悪びれた様子も見せず、肩をすくめるだけだった。不思議議とふざけている印象はない。

「浦島をどうやって呼び出したんですか」

「あいつが碧を殺した……ようなものでしょう。その件で話があると言ったら、すぐにこっちまで飛んできた」

「わざわざ仙台まで」

「同じ場所で、と考えたんだ」

ロマンティックに過ぎる。かえって自分の行動がばれるとは考えなかったのだろうか。彼の頭の中には、私たちの存在はなかったのかもしれない。

「そしてあなたは、浦島を殺そうとした。碧さんと同じように、川に叩き落として。ただしあのまま突っこんでいたら、川に落ちる前にあなたに轢き殺されていたでしょう」

「人を殺した人間は、相応の処分を受けるのが当然だ」占部は、浦島が碧を突き落としたとは思っていない。しかし彼の中では「殺人」になってしまっていたのだ。

「もちろんです。しかしあなたには、処分する資格はない」

「ある」

「占部さん、あなたはもっと冷静な人だと思っていた。あなたの立場を考えると……」

「立場が何だ！」いきなり占部が、怒りの籠った声を張り上げた。しかしその怒りは私に向けられたものではなかった。「どんな立場の人間でも、愛する人が目の前で殺されて、そのまま大人しくしていられると思うか？　何十年も思い続けてきた人が……助けることもできずに……」

占部の頬を涙が一筋伝う。だが声が揺らぐことはなく、濡れた目は相変わらず私を真っ直ぐ見詰めたままだった。

「下らないことだと思いますか？　高校生の頃憧れて、でもどうしても振り向かせることができなかった相手です。その後人生は二つに分かれて、会うこともなかった。それがまったくの偶然で、同じような仕事について、協力し合うことになった。何とかしたい、十代の頃の気持ちを成就させたいと思うのは間違ってますか」

「いや」

「彼女のピアス」

「ええ」重大な証拠の話が突然占部の口から出てきて、私は戸惑った。「ホテルの部屋に落ちていたピアスのことですね」

「あれは私が贈ったものだ。仕事の話とは関係なく、自分の気持ちを伝えるために。高校時代、振り向いてもくれなかった彼女なのに……受け取ってくれた。自分の気持ちが通じたと思って、彼女のためなら何でもしようという気持ちになったんです。天にも舞い上がる気持ちだった。そういうの、分かりますか」

分かった、とは言えない。碧が占部に恋愛感情を抱いていたかどうかは、今となっては証明しようもないのだ。あくまでビジネスで有利に立ち回るために、占部の気持ちを利用しただけではないか、という疑念も残る。ホテルの同じ部屋にずっと一緒に隠れていた時も、男女の関係はなかったかもしれない。そこまで冷酷で利己的な女だったのか――いや、これは今は知らなくていいことだ。あるいは永遠に。

「あなたは彼女と気持ちが通じたと思った。だから危険を冒してまで助けに行ったんですね」

「人に頼られることが、これほど誇りに思えるとは考えてもいなかった」

「一つ、確認させて下さい」

「何ですか」

「森野女子短大の理事会では、合併賛成派と反対派が鬩《せめ》ぎ合っていました。その際、金が動いたという情報があります」三浦から仕入れた、とどめとも言える情報だ。あの男はこの爆弾ネタをずっと隠していたわけで、それを考えると非常に腹立たしい。「しかもその金の出所はあなただと。反対派の切り崩し工作に使われたということなんですが」

「どこからそんな話が……」占部の顔が瞬時に白くなり、同時に想い人の復讐を果たせなかった男の表情から経営者のそれに変わった。

「そういう情報があった、としか言えません。どうなんですか？　この件については、私には捜査する権利はありませんが」

「そういう事実はない」否定したが、目は背けたままだった。

「間違いないですね？　こういう事件の担当者が調べることになっても、絶対にないと言い切れますか」

「当然です」

嘘。

私学の内部で理事の買収をするのがどういう罪状になるかは分からないが、捜査二課も情報収集だけはしていたようだ。しかも当事者である占部と碧が姿を消してしまったのだから、何かもう一枚裏があると勘ぐってもおかしくはない。もしかしたら浦島たちが、一方の当事者である占部を追い落とすための情報として警察に流した可能性もある。

「あなたは間もなく逮捕されます。浦島さんに対する殺人未遂ということになります」

「そうですか」

不思議と占部の声は澄んでいた。これまで築き上げてきた地位を失う寸前になっているにも拘わらず。もしかしたら合併計画は大学のためではなく碧のためだったのかもしれない。公私混同、全ては彼女に対する妄執の産物だったのか……。

「あなたの気持ちは理解できないでもない。しかしそれと、やったことは別だ」

「そうですか」

ふいに占部の心が読めなくなった。あるいは彼は、私が理解できるような常識的な心をとっくに失ってしまっていたのかもしれない。

翌日、占部と浦島を東京へ護送した。仙台駅まで出向いてくれた醍醐と森田に二人を引き渡した後、私は法月に電話を入れた。

「例の金が動いていたという情報、事件にはならないかもしれないな」法月が言った。電話攻勢で、二課の知り合いから話を聞きだしたらしい。

「いずれにせよ、俺たちの仕事じゃないですよ」

「そうだな」法月が深く溜息をついた。

「オヤジさん、そろそろ吐いたらどうですか」

「何を」

「どうして今回、こんなにむきになったのか。俺の一言がきっかけだったら——」

「お前さんの一言？」

「ちょっと前に、『オヤジさんは東京で刑事をやっていてこそ』って言いましたよね。それが引っかかってたんじゃないですか」

「ああ、そんなこともあったな」

「もしもそうなら——」

「馬鹿言うな」法月が噴き出した。「お前に言われたぐらいで、俺が影響を受けると思うか。そんなんじゃないよ」

「だったら何なんですか」

法月の打ち明け話は、私に明確な怒り——自分に対するものも含めて——の感情を植えつけた。何もできなかったのか？　そうかもしれない。しかし何かできたはずだ、という後悔が深く心に根づいた。

占部逮捕のニュースは、今日の朝刊で一斉に流れた。現役の学校法人理事長の逮捕、しかも容疑が殺人未遂ということでどこも扱いは大きかったが、詳しい容疑を掲載している新聞はなかった。同着。結局舞は、チャンスがあったのに阪井に情報を流さなかったようだ。阪井も欲がないというか……もちろん、「何で教えてくれなかったんだ」と後から舞に突っかかる可能性はあるが、あの二人は、仕事とは直接関係ないところでつながってい る様子である。阪井が言っていた「純愛路線」という言葉を思い出し、それを信じようと思った。もちろん今後に火種が残らないとは限らないが。

東京駅からは覆面パトカーを使った。署に戻って留置手続きを終えると、妙に疲れているのに気づく。結局今回の件は、占部が勝手に思いこんで暴走した結果だとも言えるが、それでも何となく、彼に同情を禁じえなかった。今となっては確認しようもないが、占部と碧、二人の感情に大きな落差があったのは間違いない。占部の空回り。一方碧は、利用できるものなら何でも利用しようと考えていたのではないか。

何歳になっても、愛する人と心を一つにできない痛みは辛い。

私に事情を打ち明けたせいではあるまいが、法月が元気そうなのが唯一の救いだった。大丈夫ですか、と声をかけようとして躊躇う。今の法月は血色も良く、一晩ぐらい徹夜しても何ともなさそうには見えた。そんな状態の人間に対して、余計な気遣いは無用ではないか。だいたい今、私の怒りの矛先は別の方向に向いている。

報告がてら、真弓とこの件について長い話し合いを持った。次第に雰囲気が冷たくなり、私は爆発寸前になったが、真弓が取り合わなかったので本格的な言い合いには発展しなかった。仕事に対する自分と彼女の違いが明確になっただけだった。釈然としない思いを胸に抱いたまま、失踪課を後にする。

真夏の太陽に熱せられた渋谷の雑踏に足を踏み出した途端、頭がくらくらした。駅への最短ルート、青山通りと明治通りの交差点にかかる歩道橋を渡るのは、今の私にとっては富士登山にも匹敵する苦行だったが、ぐるりと遠回りするのも面倒臭い。気合だ。気合があれば歩道橋など障害にはならない。そう思って階段の腐食が進む歩道橋を登り始めたが、ようやく上にたどり着いた時には汗が噴き出し、呼吸がわずかに荒くなっていた。さすがに膝が文句を言うほどではなかったが。

一呼吸置いて駅の方に歩き出した瞬間、向こうからやって来るはるかを見つけた。今ここで、一番会いたくない相手。目を逸らしてなかったことにしようと思ったが、彼女の方でも私に気づいてしまった。少し足早のペースを変えず、真っ直ぐ近づいて来る。結局私は、彼女と正面から対峙することになった。さて、どこまでシビアに遣り合わなくてはいけないのか。唇を引き結び、肩に担いだ背広の位置を直す。ワイシャツ一枚でも暑いのに、上着がかかった部分は熱せられたようになっている。そこだけひどく汗をかいているだろう。

「いろいろご迷惑をおかけしました」

意外な彼女の一言が、私をその場に釘づけにした。客観的に考えれば、その言葉は意外でも何でもない。父の我儘《わがまま》で職場に混乱を来した——普通の家族なら、そういう発想に至ってもおかしくないだろう。しかし彼女は弁護士であり、「謝る」という行為から最も遠い場所にいる人種と言ってもいい。謝罪、すなわち自分の非を認めることは、法廷では即敗北につながるのだから。

「こちらこそ」ありきたりの返事しか思い浮かばない。

「まだ署にいるんですか」

「少し書類仕事が残っているそうです。お迎えですか」

「ちょっと心配で……」二つの大きな通り、さらに頭上を首都高が走るこの歩道橋の上はいつでも風が強い。やむことなく吹く風が彼女の長い髪を巻き上げた。何とか押さえつけようとしていたのだが、やがてそれを諦め、乱れるに任せる。

「大丈夫ですよ。軽い仕事だし、ここのところは大人しくしていたから」

「結局、私の言うことは全然聞いてもらえませんでした」

「そうですね」私は空いた方の手で頭を掻いた。

「父は、どうしてこんなことをしたんでしょう」

ともすれば街の騒音にかき消されそうになるはるかの声は、何故か私の耳にははっきりと届いた。今の私には、原因が分かっている。課長の石垣——あのクソ野郎が、体調不良を理由に緩やかに法月に退職を勧めたのだ。法月は言葉ではなく態度でそれに対抗しようとした。自分はまだ元気に動ける。定年前に肩叩きをされる言われはない、と。その理由を誰にも告げなかったのは、ただ一つ、仲間に迷惑をかけたくなかったからである。特に私に。法月は言った。「お前さんの性格からして、俺が打ち明ければ課長に噛みつくだろうが」。当たり前だ。仲間を無理矢理仕事から引き剝がそうとする上司など、許せるわけもない。

真弓も同罪と言える。彼女はもちろん、石垣と法月のやり取りを知っていた。しかし彼女にすれば、ここで法月を庇《かば》う明確な理由が見つからなかったのである。「体の不安のある人を助けても、失踪課のメリットになるかどうか分からないから」。「戦力」というものを考えねばならない立場の人間としては、当然の考えかもしれない。許せないのは、自分はこの件について法月と話をせず、私に押しつけたことである。これでは管理職として責任放棄だ。

そういう私も同罪かもしれない。もっと早く気づいて、彼の苦しみを取り除いてやるべきだった。

「オヤジさんは刑事だから」私の言葉に、はるかが無言でうなずく。納得してもらえたと思い、続けた。「優秀な人なんです。もちろん俺は、彼の仕事を全部知っているわけじゃない。実際、ここに来るまでは、机を並べたこともなかったんだから。でも、噂は伝わるんですよ。警察官は人の噂が大好きだし」

「それは、私には分からないことですね」

「優秀な人です。それは私が保証します」実際今回の一件でも、彼の持ってきた情報にどれだけ助けられたことか。「だからこそ、定年を間近にして、自然に火が消えてしまうのが怖かったのかもしれない。もっとやれるはずだという気持ちが、オヤジさんを駆り立てたんじゃないかな」

肩叩きは恐怖だったはずだが、刑事としての矜持《きょうじ》で乗り越えようとしたのだろう。

「無理をしてまで」はるかの声が少しだけ揺らぐ。

「そう、無理をしてまで。もしもこれで倒れて死ぬことになっても構わない、と思っていたのかもしれない」

「馬鹿みたい……って言えないんですよ」

「あなたも仕事をしている以上、そういう感覚は分かるでしょう」

「たぶん」

「そういう気持ちを大事にしてあげたい……わけじゃないな。無理はして欲しくないから。これからも最大限気をつけます。でもやっぱり、仕事をするなとは言えない。オヤジさんが仕事に賭ける気持ちは、大事にしてあげたいから」法月を見殺しにしてしまいそうになった事実は消えない。だからこそ、これからも彼をフォローしてやりたかった。

「心配なのは、辞めてからじゃないですか。今は無理しても、自分が納得できるまで仕事をして、それで満足かもしれません。でも、その仕事がなくなる日は絶対に来る……そうなったら、張り詰めていた糸が切れちゃうんじゃないかな」

「だったら、死ぬまで仕事をすればいい」

はるかが驚いたように目を見開き、私をまじまじと見た。

「失踪課は人手が足りないんですよ。手伝いに来てもらってもいいな。オヤジさんの人脈と勘は、貴重な財産ですから。お金をどれだけ出せるかは分からないけど、オヤジさんにとって、金はそれほど大事なものじゃないでしょう」今回の件での法月の働き。真弓もそれを評価しないわけがないと私は踏んでいた。彼女は悪く言えば打算的、よく言えば合理主義者であり、戦力になる人間がいるならとことん使おうと考えるはずである。「あなたはドライだ」と責める気は、今はなくなっていた。

「それは、私が何とかします」

「さすが弁護士だ」軽い皮肉が風に溶けて消える。馬鹿なことを言ってしまった、と後悔する。はるかは刑事専門の弁護士だ。企業の顧問弁護士とは収入のレベルが違う。しかし彼女は、私の言葉を意に介する気配を見せなかった。

「じゃあ……」少しだけ寂しげな笑みを見せ、風に乱される髪をそっと押さえる。

「食事はまだですか？」

はるかがわずかに首を傾げる。その仕草が、私と彼女の間にあった距離を一気に縮めたような気がした。

「いや、オヤジさんを迎えに行くなら、食事はどうするのかなと思って」

「何も考えてなかったわ」

「だったら三人で何か食べませんか」

はるかが口を開きかけたが、言葉は出てこなかった。実を結ばなかった台詞が「どうして」であろうことは容易に想像できたが、わざわざ確認する必要もない。私たちの間を熱い風が吹き抜け、騒音が静けさを埋めていく。

「何してるんですか」声をかけられ、振り返る。愛美が怪訝そうな表情を浮かべて立っていた。

「いや、たまたま会ってね、ここでばったり……」内心の動揺を押し隠しながら言ったが、かえって露骨になってしまったかもしれない、と思った。一つ深呼吸をして、はるか、そして愛美の顔を順番に見る。「飯でも食おうかって相談してたんだ。そう……四人で、さ」

この作品はフィクションで、実在する個人、団体等とは一切関係ありません。
本書は書き下ろしです。

DTP　ハンズ・ミケ

中公文庫

邂《かい》逅《こう》
――警視庁失踪課《けいしちょうしっそうか》・高城賢吾《たかしろけんご》

2009年8月25日　初版発行

著　者　堂《どう》場《ば》瞬一《しゅんいち》

発行者　浅海　保

発行所　中央公論新社

〒104-8320　東京都中央区京橋2-8-7
電話　販売 03-3563-1431　編集 03-3563-3692
URL http://www.chuko.co.jp/

印　刷　三晃印刷

製　本　小泉製本

Published by CHUOKORON-SHINSHA, INC.
Printed in Japan　ISBN978-4-12-205188-1 C1193

定価はカバーに表示してあります。
落丁本・乱丁本はお手数ですが小社販売部宛お送り下さい。
送料小社負担にてお取り替えいたします。

中公文庫既刊より

各書目の下段の数字はISBNコードです。978-4-12が省略してあります。

と-25-14 神の領域 検事・城戸南 堂場瞬一

横浜地検の本部係検事・城戸南は、ある殺人事件の真相を追ううちに、陸上競技界全体を蔽う巨大な闇に直面する。あの「鳴沢了」も一目置いた検事の事件簿。

205057-0

と-25-15 蝕罪 警視庁失踪課・高城賢吾 堂場瞬一

警視庁に新設された失踪事案を専門に取り扱う部署・失踪課。実態はお荷物署員を集めた窓際部署だった。そこにアル中の刑事が配属される。〈解説〉香山二三郎

205116-4

と-25-16 相剋 警視庁失踪課・高城賢吾 堂場瞬一

「友人が消えた」と中学生から捜索願が出される。親族以外からの訴えは受理できない。その真剣な様子にただならぬものを感じた高城は、捜査に乗り出す。

205138-6

と-25-7 標《しるべ》なき道 堂場瞬一

「勝ち方を知らない」ランナー・青山に男が提案したのは、ドーピング。新薬を巡り、三人の思惑が錯綜する――レースに全てを懸けた男たちの青春ミステリー。〈解説〉井家上隆幸

204764-8

と-25-10 焔《ほのお》 The Flame 堂場瞬一

大リーグを目指す無冠の強打者と、背後で暗躍する代理人。ペナントレース最終盤の二週間を追う、緊迫の野球サスペンス。〈解説〉芝山幹郎

204911-6

あ-61-1 汝の名 明野照葉

男は使い捨て、ひきこもりの妹さえ利用する――あらゆる手段で、人生の逆転を賭けて「勝ち組」を目指す、麻生陶子33歳！現代社会を生き抜く女たちの「戦い」と「狂気」を描くサスペンス。

204873-7

あ-61-2 骨肉 明野照葉

それぞれの生活を送る稲本三姉妹。そんな娘たちの目の前に、ある日、老父が隠し子を連れてきた！家族関係の異変をユーモラスに描いた傑作。〈解説〉西上心太

204912-3

あ-61-3
聖域　調査員・森山環
明野照葉
「産みたくない」と、突然言いだした妊婦。最近まで、生まれてくる子供との生活を楽しみにしていた彼女に、何があったのか……。文庫書き下ろし。
205004-4

こ-40-1
触発
今野敏
朝八時、地下鉄霞ヶ関駅で爆弾テロが発生、死傷者三百名を超える大惨事となった。内閣危機管理対策室は、捜査本部に一人の男を送り込んだ。
203810-3

こ-40-2
アキハバラ
今野敏
秋葉原の街を舞台に、パソコンマニア、警視庁、マフィア、そして中近東のスパイまでが入り乱れる、ノンストップ・アクション&パニック小説の傑作！
204326-8

こ-40-3
パラレル
今野敏
首都圏内で非行少年が次々に殺された。いずれの犯行も瞬時に行われ、被害者は三人組で、外傷は全く見られない。一体誰が何のために？〈解説〉関口苑生
204686-3

こ-40-7
慎治
今野敏
同級生の執拗ないじめで、万引きを犯し、自殺まで思い詰める慎治。それを目撃した担当教師は彼を見知らぬ新しい世界に誘う。今、慎治の再生が始まる！
204900-0

に-7-26
愛と殺意の津軽三味線
西村京太郎
都内で四件の連続殺人事件が発生、犯行時現場からは津軽三味線の調べが⁉　被害者に共通点は見つからず捜査は難航。十津川は唯一の手掛かりである津軽へ。
204622-1

に-7-27
十津川警部「ある女への挽歌」
西村京太郎
捜査一課に次々と送られてくる白骨、エレベーターの中で殺された依頼人——西村京太郎が生んだ二大キャラクター「十津川警部」と「左文字進」の名推理競演。
204677-1

に-7-28
東京—旭川殺人ルート
西村京太郎
完璧なセキュリティシステムのマンションに住む女はストーカーに怯えていた。やがて女は事件に巻き込まれ、十津川警部は謎を解くべく北海道へ飛ぶ！
204721-1

各書目の下段の数字はISBNコードです。978－4－12が省略してあります。

に-7-29 **熱海・湯河原殺人事件** 西村京太郎

殺人罪で六年の刑期を終え、小早川が熱海に帰ってきた。彼の出現により平穏な温泉町に緊張が走る。そして二週間後、熱海のホテルで殺人が起こり⁉

204782-2

に-7-30 **失踪** 西村京太郎

私立探偵・左文字進の親友、警視庁捜査一課矢部警部の妻・美加が失踪、部屋には見知らぬ女の死体が…。幾重にも重なり合う謎に都会派私立探偵・左文字が挑む！

204849-2

に-7-31 **特急ひだ3号殺人事件** 西村京太郎

警視庁捜査一課の北条早苗は休暇中、特急車内で毒殺事件に遭遇。容疑者の女は、謎の遺書を残して自殺したが――傑作トラベルミステリー四話収載。

204897-3

に-7-32 **京都感情案内（上）** 西村京太郎

人間修業をしてこい――と父親からポンと1億円を渡され京都へ来た青年は、芸妓や弁護士、骨董の目利きらと知り合う。そして、誘われて行った「都をどり」のさなか、彼の目前で殺人事件が！

204947-5

に-7-33 **京都感情案内（下）** 西村京太郎

都をどりに端を発した連続殺人事件。京都府警の捜査が難航する中、十津川警部は身分を偽り連日お茶屋遊びに励んでいた。だが、秘密捜査を進める「よそ者」十津川は、京文化に翻弄され……。

204948-2

に-7-34 **雲仙・長崎 殺意の旅** 西村京太郎

雲仙温泉の林中で泊まり客と芸者の変死体が発見された。心中と殺人の双方から捜査が進むなか、土砂崩れが起こり、新たな変死体が発見された――!!

205014-3

に-7-35 **夜行列車《サンライズエクスプレス》の女** 西村京太郎

寝台特急を取材中のカメラマン木下は、A個室を使用する美女と親しくなるが、翌朝女は姿を消し、部屋には別人の死体が――十津川&亀井が謎に挑む。

204986-4

に-7-36 **北への逃亡者** 西村京太郎

恋人殺しの容疑をかけられた気鋭の建築家が東北地方へ逃走。十津川の推理のもと、部下の三田村と北条早苗刑事が捜索に走り回る。真犯人は誰、その狙いは？

205080-8

ほ-17-1
ジウⅠ 警視庁特殊犯捜査係
誉田哲也
都内で人質籠城事件が発生、警視庁の捜査一課特殊犯捜査係〈SIT〉も出動するが、それは巨大な事件の序章に過ぎなかった！ 警察小説に新たなる二人のヒロイン誕生!!
205082-2

ほ-17-2
ジウⅡ 警視庁特殊急襲部隊
誉田哲也
誘拐事件は解決したかに見えたが、依然として黒幕・ジウの正体は掴めない。捜査本部で事件を追う美咲。一方、特進をはたした基子の前には謎の男が！ シリーズ第二弾
205106-5

ほ-17-3
ジウⅢ 新世界秩序
誉田哲也
〈新世界秩序〉を唱えるミヤジと象徴の如く佇むジウ。彼らの狙いは何なのか？ ジウを追う美咲と東は、想像を絶する基子の姿を目撃し……!? シリーズ完結篇。
205118-8

も-12-29
砂漠の喫茶店
森村誠一
雑木林の中で若い女の変死体が発見された。定年間近の老刑事・帯広はその女に見覚えが。棟居刑事との懸命な捜査の結果、別の女性失踪事件が浮上し……。〈解説〉成田守正
204361-9

も-12-34
棟居刑事の殺人の衣裳
森村誠一
青春の「女神」に似た女性に遭遇した銀行員・明石は彼女を拉致監禁してしまうが、事態は予期せぬ方向へと進む。愛憎の果ての殺人事件に棟居刑事の推理は！〈解説〉池上冬樹
204427-2

も-12-40
棟居刑事の追跡
森村誠一
望遠鏡で近隣を覗き見するのが趣味だった田島あぐ。ある夜、あぐは一人の女性が男と揉み合う光景を目撃する。翌日その女性の墜死体が発見され……。〈解説〉大野由美子
204566-8

も-12-42
棟居刑事の証明
森村誠一
政財界に多大な影響力を誇っていた大物総会屋・税所の死体が発見された。棟居刑事は彼が夏の終わりに熱海で偶然出会った男女に辿り着く。〈解説〉成田守正
204624-5

も-12-55
棟居刑事の純白の証明
森村誠一
T省ノンキャリア課長補佐が公共事業受注先の商社ビルから墜落死した。自殺か他殺か？ 捜査を開始した棟居が、政官財腐蝕の構図に挑む。〈解説〉池上冬樹
205140-9